UN BAISER *fâcheusement magique*

#3 Il était une fois un baiser

PAR BREE WOLF

Un baiser fâcheusement magique par Bree Wolf

Publiée par WOLF Publishing UG

Copyright © 2020 Bree Wolf. Titre original : *Once Upon an Irritatingly Magical Kiss*

Traduction française : Angélique Olivia Moreau

Correctrice : G.A. Elleag

ISBN e-book: 978-3-98536-236-3

ISBN paperback: 978-3-98536-237-0

ISBN hardcover: 978-3-98536-238-7

Ceci est une œuvre de fiction. Les noms, les personnages, les entités commerciales, les lieux, les marques, les médias et les faits décrits sont le produit de l'imagination de l'auteur ou sont utilisés de façon fictive.

Toute ressemblance avec des personnes réelles, vivantes ou mortes, ou des faits existants serait purement fortuite.

Tous droits réservés.

Ce livre ou tout extrait ne peut pas être reproduit ou utilisé d'une quelconque façon que ce soit sans la permission écrite expresse de l'auteur, à part pour de brèves citations dans le cadre d'une chronique littéraire.

WOLF Publishing - C'est nous :

Deux sœurs, deux personnalités... Mais un seul grand amour !

Plongez dans un monde de rêves...
    ...De la romance, des émotions sincères, des personnages adorables et pleins d'esprit, un peu d'humour et un peu de mystère ! Parce que nous voulons tout cela ! La romance historique à son meilleur !

Visitez notre site web pour tout savoir sur nous, nos auteurs et nos livres !

Inscrivez-vous à notre liste de diffusion pour recevoir des informations de première main sur les nouvelles parutions, les gratuités et les promotions, ainsi que des cadeaux exclusifs et des avant-premières !

WWW.WOLF-PUBLISHING.COM

DU MÊME AUTEUR

Il était une fois un baiser

Il était une fois un baiser est la nouvelle série de BREE WOLF, auteure à succès classée par USA Today, qui se déroule à l'époque de la Régence. Elle décrit la façon turbulente dont les six membres de la fratrie Whickerton cherchent l'amour. Si vous aimez les vicomtes fripons, les lords ténébreux et les ladies au caractère bien trempé, tous féroces dans leurs affections et audacieux dans leur quête du parfait amour, alors cette nouvelle série est faite pour vous !

#1 Un baiser diaboliquement enchanteur

#2 Un baiser agréablement dévastateur

#3 Un baiser fâcheusement magique

Préquel de la série: Un baiser absolument catastrophique

UN BAISER *fâcheusement magique*

PROLOGUE

Whickerton Grove, 1794 (approximativement)
Neuf ans plus tôt

Par erreur, la porte du salon avait été laissée entrouverte, permettant aux voix de porter jusque dans le couloir et de parvenir aux oreilles de lady Christina Beaumont, fille du comte de Whickerton et présentement âgée de treize ans. Elle se tenait cachée derrière ladite porte, l'oreille quasiment plaquée contre le bois poli, alors qu'elle essayait de regarder par la minuscule fente qui lui offrait un aperçu exceptionnel de la vie des adultes.

— Je t'en prie, Beatrice, tu dois m'aider !

Tante Francine implorait la mère de Christina d'une voix étranglée par les sanglots.

— Je ne peux pas rester ! Tu es bien placée pour comprendre !

— Vraiment ? répondit la mère de Christina d'une voix quelque peu incrédule.

La jeune fille entendit des pas légers quand sa mère commença à arpenter la pièce.

— Pourquoi le penses-tu ? Pourquoi est-ce que je… ?

— Parce que tu as fait la même chose ! s'exclama Tante Francine.

La fierté et l'admiration résonnèrent dans sa voix avant qu'elle ne se précipite d'un pas hâtif vers sa sœur aînée.

Retenant son souffle, Christina attendit que sa mère réponde. Elle ignorait ce qui s'était passé, ce qui avait amené Tante Francine à Whickerton Grove en plein milieu de la nuit ou pourquoi sa tante était aussi agitée. Un accident s'était-il produit ?

— Que fais-tu debout ?

En entendant cette voix ensommeillée derrière elle, Christina fit volte-face.

Elle poussa un soupir de soulagement en voyant Harriet, sa cadette de deux ans seulement.

— Chut ! lui souffla-t-elle en plaquant un doigt sur ses lèvres et en faisant signe à Harry d'avancer.

Celle-ci plissa ses yeux verts et vint la rejoindre à pas de loups. Sa chevelure de feu était aussi indomptable qu'à l'ordinaire.

— Que se passe-t-il ?

— Chut ! lui répéta Christina. Écoute.

Côte à côte, les deux plus jeunes sœurs du clan Whickerton se tenaient devant la porte menant dans le salon. Plus discrètes qu'elles ne l'avaient jamais été, elles tendaient l'oreille pour surprendre le drame qui se déroulait à quelques pas seulement de leur cachette.

— Essayons de rester calmes, dit soudain leur père.

Christina sursauta et plaqua une main sur la bouche de sa sœur pour l'empêcher d'émettre le moindre son. Elle n'avait pas vu que leur père était aussi dans le salon. Jusque-là, elle avait cru qu'il n'y avait que sa mère et sa tante.

Christina sentit son cœur faire un bond. C'était forcément sérieux si son père était là, non ?

— Pourquoi dis-tu que j'ai fait la même chose ? répliqua sa mère, complètement incrédule. Je n'ai jamais…

— Tu as choisi ton propre chemin, l'interrompit Tante Francine. Tu as épousé Charles, contrairement aux souhaits de nos parents. Peu importe ce qu'ils ont dit et toutes leurs objections. Tu as choisi ton propre chemin.

Sa tante laissa échapper un profond soupir.

— Je souhaite faire la même chose.

— Mais tu es mariée ! s'exclama la mère de Christina et Harriet. Ton mari n'a sûrement pas envie que tu…

— Bien sûr que non ! s'exclama Tante Francine.

Christina ne put s'empêcher de penser que sa voix résonnait d'une colère profonde.

— Il a exigé que j'abandonne mes *perspectives ridicules* de devenir artiste et que je me consacre entièrement au projet de lui procurer un héritier.

Elle laissa échapper un sanglot étranglé.

— Il a menacé de m'enfermer.

Encore une fois, les filles entendirent des pas et Christina imagina sa tante saisissant les mains de leur mère, ses yeux implorants débordant de larmes.

— Je ne peux pas mener une telle existence. Je t'en prie, peux-tu m'aider ?

Le silence plana pendant un bon moment. Christina baissa les yeux vers le visage de Harriet et y vit le reflet de sa propre confusion. Tante Francine avait toujours été enjouée, insouciante et joviale, avec un sourire radieux et un rire communicatif. Cela dit, elle paraissait avoir changé. Le désespoir et la peur imprégnaient toutes ses paroles.

Christina serra fort la main de Harriet et ensemble, elles s'approchèrent lentement de la porte. Cette conversation troublait Christina, mais elle ne parvenait pas à s'en détourner.

— Essayons de rester calmes, dit le père de Christina d'une voix ne trahissant pas le genre d'émotions profondes qu'elle avait décelées dans celles de sa mère et de sa tante. Francine, nous vous aiderons, bien entendu. Mais qu'avez-vous en tête ? Vous le savez certainement : vos options sont sévèrement limitées.

En entendant la mise en garde dans la voix de son père, Christina sentit un frisson glacial lui dévaler l'échine.

— J'ai envie de partir.

— *Partir* ? demanda leur mère d'un ton incrédule. Que veux-tu dire ? Où donc ?

Tante Francine inspira profondément et Christina l'imagina en train de redresser le dos et de pointer le menton.

— En France.

Un silence choqué s'étira sur plusieurs secondes alors que Christina retenait son souffle, attendant qu'un de ses parents réponde. Tante Francine n'était quand même pas sérieuse ! Elle ne pouvait pas abandonner sa vie ici pour partir en France. Elle était mariée. Mariée depuis plusieurs mois à peine. N'était-elle pas heureuse ? N'était-ce pas pour cela qu'on encourageait les jeunes femmes à se trouver des maris ? Le mariage ne garantissait-il pas le bonheur ?

— En France ? demanda calmement le père de Christina tandis que sa mère gardait le silence, peut-être trop sidérée pour répondre. Pourquoi la France ?

— Je suis une artiste, répondit Tante Francine d'une voix qui gagnait en intensité. Toute ma vie, on m'a complimentée sur mon excellence artistique, mais ce n'est qu'à présent que je comprends enfin que tout ce qu'on m'a dit était creux. Certes, la peinture est considérée comme un talent louable pour une jeune femme, mais on ne s'attend jamais vraiment à ce qu'elle devienne artiste. À un moment donné, j'ai franchi cette ligne invisible, cette ligne qui sépare l'acceptation et l'indignation. Bien entendu, je ne suis pas faite pour être artiste ! Une femme n'est faite que pour devenir une épouse et une mère. Mais si cela ne me suffisait pas ?

La mère de Christina inspira profondément et poussa un profond soupir.

— As-tu parlé à ton mari ? Il existe peut-être un moyen pour vous de...

— J'ai essayé, plus d'une fois, répondit Tante Francine d'une voix empreinte d'une profonde résignation. Il est gentil, mais c'est une épouse qu'il souhaite, pas une artiste. Il a honte de mes aspirations. Il ne comprend pas.

— Es-tu certaine de vouloir cela ? Comprends-tu ce que tu abandonnerais ? demanda la mère de Christina d'une voix plus douce, gentille et apaisante.

Christina retint son souffle et son regard bleu croisa le regard vert de Harriet. Cela se produisait-il vraiment ? Tante Francine allait-elle réellement les quitter ? Quitter l'Angleterre ? Reviendrait-elle un jour ?

La grande pendule du salon sonna les coups de trois heures du matin et Christina sursauta. Elle faillit perdre l'équilibre et s'écrouler contre la porte laissée entrouverte. Heureusement, Harriet tendit les mains et les referma sur ses bras pour la tirer en arrière.

Dans les bras l'une de l'autre, les deux fillettes restèrent où elles étaient et tendirent l'oreille.

— Je sais ce que j'abandonnerai si je reste, répondit enfin Tante Francine. C'est ce que je suis, ce que j'ai envie d'être, qui j'ai besoin d'être. Je suppose que j'ai été bête de ne pas l'avoir vu venir, de n'avoir pas compris que les femmes n'étaient pas censées faire quoi que ce soit de notable au-delà du mariage et de la maternité. Oui, j'aurais dû le voir venir.

Elle poussa un long et profond soupir qui exprimait tant ses récentes déceptions qu'il en était déchirant.

— Tu as tenté ta chance, dit-elle à la mère de Christina et Harriet, et tu as trouvé le bonheur. C'était un risque à courir, mais il en a valu la peine, n'est-ce pas ?

Dans son esprit, Christina imaginait ses parents qui se regardaient. Les yeux de sa mère étaient voilés de larmes et un sourire dévoué jouait sur les lèvres de son père alors qu'ils hochaient la tête en échangeant des mots silencieux, des mots qu'ils étaient les seuls à comprendre.

— Oui, répondit enfin sa mère. Cela en a valu la peine. Je n'ai aucun regret et je ne veux pas que tu en aies non plus.

Un soupir de soulagement suivi du frou-frou d'une jupe parvint aux oreilles de Christina.

— Oh, merci ! Merci beaucoup, Beatrice !

Certainement en train d'étreindre leur mère, Tante Francine commença à sangloter de joie.

— Je te promets d'écrire. Je te promets que ce ne sera pas la dernière fois qu'on se verra.

— J'espère que tu t'y tiendras, répondit leur mère dont la voix était à présent étranglée par les sanglots. Tu vas tellement me manquer !

Christina sentit des larmes lui brûler les yeux alors que la vérité commençait à s'imposer à elle. Tante Francine allait partir et ils ne savaient pas quand elle reviendrait. Christina aurait voulu comprendre ce qui s'était passé exactement, ce qui avait rendu sa tante audacieuse et assez désespérée pour faire un tel choix. Certes, sa tante aimait peindre. Elle avait toujours été une artiste formidable. Pourtant, cela ne semblait pas suffisant. Soudain, son époux réprouvait ses ambitions artistiques. *Pourquoi ?* se demanda Christina. Était-ce simplement dans l'ordre des choses ? Une chose que les enfants ne pouvaient pas comprendre ? Une chose qui arrivait avec le temps ?

Les yeux fermés, Christina songea aux innombrables carnets dans sa chambre. Des carnets que lui avait offerts sa mère pour l'encourager à écrire et à s'exprimer. Des carnets que tous les enfants Whickerton avaient reçus. Ils ne les remplissaient pas tous de la même façon. Leonora notait ses observations sur le monde qui l'entourait. Louisa aimait copier des poèmes qui touchaient son cœur. Harriet n'avait pas encore décidé ce qui lui plaisait, tandis que leur frère Troy ne s'y était carrément jamais intéressé. De son côté, Christina s'était mise à rédiger des histoires : des contes de fées qui parlaient de créatures magiques et de contrées lointaines, de chevaliers téméraires et de princesses valeureuses. Ses rêveries lui avaient toujours procuré de la joie et – comme sa tante, peut-être – elle s'était attendue à ce qu'il en aille toujours ainsi. Le jour viendrait-il enfin où elle serait contrainte de faire un choix ? Entre sa passion et sa famille ? Les maris n'appréciaient-ils pas que leurs femmes soient dotées de créativité, d'ambition et de talent ?

Harriet tira sur le bras de Christina.

— Nous devrions aller nous coucher, murmura-t-elle avant de bâiller à s'en décrocher la mâchoire, avant qu'on nous surprenne.

Une lueur pensive s'attardait dans les yeux de Harriet comme si elle aussi s'était retrouvée confrontée à une partie du monde dont elle n'avait encore jamais supposé l'existence.

Christina hocha la tête et suivit sa cadette en haut des marches. Toutefois, le moment qu'elles avaient surpris la tint éveillée pendant le reste de la nuit. Elle se remémora la note de désespoir dans la voix de sa tante. Elle se remémora sa tristesse et son regret. Plus que tout, elle se rappelait que sa tante avait été forcée de faire un choix.

Pour Christina, les choix avaient toujours évoqué des possibilités. Les choix avaient toujours été hautement appréciés dans leur famille. À présent, toutefois, ils évoquaient la perte. Après tout, au fond, choisir une chose impliquait de renoncer à une autre.

Christina ne s'imaginait pas quitter sa famille. Elle ne s'imaginait pas être loin d'eux, peut-être même séparés par une mer. Elle ne s'imaginait pas faire un tel choix, un jour.

Le temps de cesser de croire aux contes de fées était peut-être enfin venu. Après tout, elle avait déjà treize ans et les contes étaient seulement pour les enfants, n'est-ce pas ?

CHAPITRE 1

UN INCONNU À LONDRES

Londres, 1803 (approximativement)
Neuf ans plus tard

Mr Thorne Sharpe se tenait aux abords de la salle de bal, les mains derrière le dos. Il parcourait l'assemblée du regard. Malgré les battements réguliers de son cœur, il ne pouvait pas dénier le frisson d'anxiété qui parcourut lentement sa nuque.

Il avait parfaitement conscience des regards qu'on lui lançait. Comment faire autrement ? Après tout, la haute société londonienne dissimulait mal le dédain qu'elle avait pour lui et sa profession. D'ailleurs, on le regardait ouvertement en murmurant derrière des éventails ou des verres remplis d'alcool importé.

Oui, il était là, parmi eux, la bonne société, la crème de la crème. Bien entendu, Thorne savait pourquoi on l'avait invité. Et d'un, il était une singularité, un être fascinant à contempler et sur qui commérer. Et de deux, le Tout-Londres connaissait à présent ses affaires lucratives et savait qu'il avait amassé une fortune dont la plupart des gens n'auraient pu que rêver. Tous savaient également qu'il cherchait une femme.

— Mr Sharpe, quel plaisir de vous voir ce soir ! le salua lord Hartmore avec un hochement de tête amical.

Toutefois, son regard trahissait le même sentiment de supériorité que Thorne décelait dans les yeux de tous ceux qui l'entouraient.

— J'espère que vous vous intégrez bien.

Thorne hocha la tête et fit de son mieux pour agir en conséquence, pour présenter le genre de manières requises par les gens du niveau social de lord Hartmore.

— Très bien. Je vous remercie.

Il laissa son regard balayer la pièce, observant l'orchestre qui jouait une musique entraînante ainsi que les nombreux danseurs comprimés sur la piste de danse.

— C'est une soirée particulièrement divertissante.

Suivit une conversation triviale qui offrit à Thorne l'opportunité de mieux évaluer lord Hartmore. Les rides profondes du visage de l'aristocrate le vieillissaient plus que le gris de ses cheveux. Elles trahissaient le stress et l'inquiétude qui l'accablaient, les fardeaux qui pesaient sur ses épaules, jour et nuit, ce dont Thorne avait à présent la preuve sous les yeux. À ce qu'il en savait, lord Hartmore ne s'adonnait pas qu'à de rares paris, et cela lui avait coûté la majeure partie de sa fortune. Récemment, il avait même été forcé de vendre la demeure londonienne que sa famille avait possédée durant plusieurs générations. De toute évidence, sa situation s'aggravait au quotidien… et visiblement, lord Hartmore savait que Thorne en avait conscience.

Une lueur de dédain mal dissimulée couvait dans les yeux du lord. Celui-ci savait qu'il avait besoin de la fortune de Thorne, mais il ne pouvait pas s'empêcher de lui en vouloir. Lord Hartmore se considérait comme un être supérieur, comme tant d'autres qui s'attendaient à avoir le monde à leurs pieds et s'indignaient quand ils découvraient que ce n'était pas le cas.

— Puis-je vous présenter à ma fille ? demanda l'aristocrate avec un sourire poli, mais le visage tendu. Elle a hâte de faire votre connaissance.

Thorne inclina la tête d'un geste courtois.

— Cela me plairait beaucoup, Milord.

En effet, trouver une épouse issue de la haute société anglaise faisait partie du plan de Thorne. C'était nécessaire pour être accepté dans leur cercle. Il ne serait jamais considéré comme un égal, mais avec une épouse de haute naissance, ses chances de trouver grâce à leurs yeux augmenteraient. Thorne savait qu'il avait besoin du soutien de la société afin de faire une différence. Il avait besoin que ceux qui structuraient le pays à travers des lois et des régulations l'écoutent, digèrent ses paroles et les respectent.

Thorne savait que lord Hartmore et lui avaient beaucoup de choses en commun sur ce point-là. Ils avaient tous les deux des aspirations et avaient besoin l'un de l'autre pour les atteindre. Hartmore avait besoin de la fortune de Thorne et celui-ci avait besoin de l'influence et de la position sociale de Hartmore. Si seulement la pauvre fille de cet homme, innocente dans toute cette histoire, n'avait pas besoin d'être impliquée !

En vérité, Thorne ne chérissait pas l'idée d'épouser une inconnue. Il savait comment la haute société conduisait ses affaires conjugales et il ne pouvait pas dire qu'il approuvait.

Lui-même avait grandi sans rien, sans fortune ni famille. Ses parents étaient morts quand il était encore jeune, mais assez âgé pour survivre dans les rues. Il ne se souvenait pas de combien de frères et sœurs il avait perdu. Il ne se souvenait pas non plus de leurs noms ou de leurs visages. Cette vie semblait très distante à présent, comme s'il ne s'agissait pas de son propre passé, plutôt celui de quelqu'un d'autre. Toutefois, le vide de son enfance persistait et au fond, Thorne avait toujours désiré ce qu'il n'avait jamais eu.

Pas vraiment eu, du moins.

Une famille.

Suivant le regard de lord Hartmore, Thorne se figea quand ses yeux se posèrent sur une beauté aux cheveux dorés. Elle se tenait au côté d'une amie et ses prunelles d'un bleu pétillant s'animaient alors qu'elles échangeaient des propos et des rires. Ses joues roses brillaient, rehaussées par le bleu clair de sa robe. Elle avait beau ressembler à une douzaine d'autres débutantes en ces lieux, il y avait quelque chose de féroce dans son regard, quelque chose de sauvage et d'incontrôlé qui parlait à Thorne.

Était-ce la fille de lord Hartmore ? Deviendrait-il son mari dans quelques mois ? Quelques semaines, peut-être ?

À cette pensée, l'appréhension de Thorne se transforma en quelque chose de chaud et de délicieux. Assailli par un enthousiasme galopant, il parvint à peine à se retenir de traverser la pièce pour aller rejoindre la jeune femme. Il n'avait encore jamais ressenti une réaction aussi forte envers une femme. Tout espoir n'était peut-être pas perdu après tout. Pour une fois, le monde jouerait possiblement en sa faveur.

Son cœur se serra quelques secondes plus tard quand ce ne fut pas la beauté blonde qui vint vers eux à contrecœur, mais son amie.

Obéissant à son père qui lui intimait l'ordre de s'approcher, Miss Mortensen murmura quelques mots à son amie puis, d'un pas hésitant, elle traversa la salle de bal et vint les rejoindre. Quand son regard se posa sur lui, elle prit une inspiration chevrotante comme si elle devait se contraindre à avancer. De douces boucles blondes dansaient sur ses épaules, sa peau d'albâtre pâlissant davantage sous la lumière chaleureuse des multiples lustres. La jeune femme avait l'air de mourir de peur.

Thorne fronça les sourcils. Bien entendu, il s'était attendu à ce que Miss Mortensen soit quelque peu contrariée par l'époux que son mari lui avait choisi. Toutefois, il ne s'était pas attendu à ce qu'elle le contemple comme un faon effrayé. Que dégageait-il donc pour lui inspirer une telle peur ?

— Mr Sharpe, lui dit lord Hartmore quand Miss Mortensen parvint à leur côté et leur adressa un sourire poli, quoique quelque peu tendu. Puis-je vous présenter ma fille, Miss Sarah Mortensen ? Sarah, ma chère, voici Mr Sharpe.

Thorne sourit à la jeune femme effrayée tout en lui adressant une révérence formelle.

— C'est un plaisir de faire votre connaissance, Sarah.

À l'instant où son prénom quitta ses lèvres, Thorne comprit son erreur. Il la vit écarquiller les yeux avant de les détourner de lui comme si sa bévue – l'usage intime de son prénom – avait confirmé qu'il était un homme à craindre.

Miss Mortensen poussa un soupir tremblant et garda les yeux braqués au sol alors qu'elle joignait ses mains pour les empêcher de trembler.

— Comment... comment trouvez-vous Londres, Mr Sharpe ?

Sa voix n'était guère plus qu'un murmure et elle leva les yeux vers son père, ayant désespérément besoin d'être rassurée.

Lord Hartmore eut l'air de serrer les dents, mais il adressa un signe du menton à sa fille. Elle carra les épaules en dévisageant Thorne d'une façon qui lui fit songer que dans leur monde, il n'avait pas plus d'importance qu'un outil qui refusait de fonctionner. Essentiellement, c'était là ce qui ne tournait pas rond sur terre... du moins selon lui.

— C'est très divertissant, répondit Thorne en faisant de son mieux pour la mettre à l'aise.

Quelque part, sous cet extérieur frissonnant, il existait peut-être une jeune femme gentille et chaleureuse.

— C'est vraiment une belle ville d'importance, historiquement et économiquement.

Cette référence à son emploi fit se crisper Miss Mortensen qui jeta un autre regard implorant à son père.

Lord Hartmore lui adressa un hochement de tête pour l'encourager à poursuivre la conversation.

— D'où venez-vous, Mr Sharpe ? s'enquit Miss Mortensen avec un autre sourire forcé.

— De Manchester, répondit Thorne avec une note de fierté dans la voix.

Il savait que la haute société le méprisait pour ses origines et son éducation ; pourtant, lui-même ne ressentait que de la fierté envers ce qu'il avait accompli. Cela ne faisait que nourrir son désir de continuer à changer le monde non seulement pour lui, mais aussi pour les autres. Des gens que lord Hartmore et ses pairs daigneraient à peine regarder si leurs chemins venaient à se croiser.

— C'est une ville très inspirante en constante évolution. De nouvelles entreprises commerciales se créent tous les jours. Elle représente une promesse pour le futur, des vies changées et des conditions de vie améliorées par des machines qui facilitent nos gestes quotidiens.

Thorne inspira profondément et s'encouragea à ralentir. Toujours quand il parlait de ses projets, de sa vision du futur, il se laissait emporter comme si ce n'était pas lui qui tenait les rênes.

Encore une fois, Miss Mortensen lui sourit et encore une fois, elle eut l'air tendue.

— Avez-vous l'intention de… de retourner à Manchester ?

— Bien entendu, répondit Thorne sans réfléchir. La plupart de mes affaires s'y trouvent. J'ai déjà ouvert une usine de coton et j'ai l'intention d'en ouvrir une autre l'année prochaine.

Un autre soupir tremblant sortit des lèvres de Miss Mortensen, dont les joues parurent encore pâlir d'un cran.

Thorne fronça les sourcils avant que lord Hartmore ne s'interpose avec un autre sourire indulgent.

— Nous reviendrons sur les détails plus tard, dit-il avec un regard appuyé à sa fille. Cette soirée est faite pour s'amuser. Les *affaires* n'ont pas leur place dans un bal mondain.

Lord Hartmore prononça ce mot comme s'il était macabre, dégoûtant et répugnant.

Thorne avait terriblement envie d'étrangler cet homme, mais il se contint. Il n'allait pas se laisser mener par ses émotions. Il savait ce qu'il devait faire et il s'y tiendrait.

— Bien entendu.

Il décocha à Miss Mortensen son sourire le plus charmeur qui, malheureusement, ne parut lui faire aucun effet.

— M'accorderez-vous la danse qui vient ?

L'espace d'un instant, Thorne craignit que Miss Mortensen s'évanouisse. Toutefois, elle carra les épaules et soutint son regard.

— Bien entendu.

Si elle restait crispée, Thorne sentit tout de même ses muscles trembler quand elle accepta son bras. Il l'escorta sur la piste de danse en lui posant quelques questions simples, faisant de son mieux pour la mettre à l'aise. Malheureusement, Miss Mortensen semblait déterminée à lui répondre poliment, certes, mais principalement par monosyllabes.

Très vite, l'attention de Thorne se détourna de sa cavalière et atterrit sur les danseurs aux abords de la piste. Ceux-ci les toisaient avec des visages obscurcis par la désapprobation et le dégoût. Thorne ressentit une montée de colère quand son regard tomba sur la beauté blonde qu'il avait aperçue plus tôt.

Son visage aussi se plissait d'une façon clairement réprobatrice. Pourtant, ses yeux bleus brillaient d'une férocité qui trahissait son ire. Ils recelaient une lueur protectrice et Thorne comprit qu'elle était contrariée qu'il danse avec son amie. Savait-elle que lord Hartmore avait l'intention de lui donner sa fille en mariage ? Était-ce la raison pour laquelle elle le fusillait du regard ?

Thorne ne pouvait pas dénier qu'il prenait plaisir à la contempler. Elle était belle, certes, mais c'était l'éclat sauvage dans ses prunelles et ce regard blasé qu'elle posait sur lui qui lui donnaient envie de la connaître, de savoir qui elle était. Oui, c'était une femme qui méritait qu'on la découvre. Thorne en était certain, car elle ne battait pas en retraite et ne baissait pas les yeux. Non, elle l'affrontait avec un air assuré et le menton levé. Thorne réalisa alors que c'est ce genre d'épouse qu'il aurait voulu avoir. S'il avait eu le choix, s'il existait une chance pour qu'elle lui soit favorable, c'est à elle, cette furie blonde, qu'il aurait fait sa demande sur-le-champ.

Mais cela n'arriverait pas... Il ne devait pas oublier pourquoi il était là. Il avait besoin de faire ce qui était juste. Il devait protéger ses gens, tous ceux qui n'avaient personne pour défendre leur cause.

Personne d'autre que lui.

Et il ne leur ferait pas défaut.

CHAPITRE 2

DE VIVES OBJECTIONS

— Qu'est-il arrivé ? demanda Christina en fourrant entre les mains du valet le chapeau et les gants de Sarah. Vous avez l'air pâle. Quelque chose ne va pas ?

Elle prit les mains de Sarah et son cœur s'accéléra quand elle remarqua la tension qui creusait le visage de son amie.

Sarah poussa un profond soupir et ferma brièvement les paupières comme si elle avait besoin d'un moment pour se reprendre.

— Je ne sais même pas par où commencer, dit-elle avec le souffle court.

L'espace de quelques secondes, Christina eut peur que son amie ne s'écroule dans ses bras.

Sarah n'avait jamais été effrontée et audacieuse. Chacun de ses pas était calibré par les exigences et les attentes de ses parents. Pourtant, Christina ne l'avait jamais vue aussi fragile et résignée que ces derniers temps. Quelque chose clochait, c'était certain.

Serrant les mains de son amie, Christina l'entraîna au salon dont elle referma la porte. Elle braqua les yeux vers son aïeule qui était installée près de l'âtre dans un fauteuil moelleux. Assoupie, celle-ci avait les paupières closes et son menton était calé sur sa poitrine. Un léger ronflement remplissait la pièce.

— Dites-moi ce qui s'est passé, demanda Christina à son amie.

Leurs mains toujours jointes, elle la fit s'asseoir sur le canapé avant de se poser à côté d'elle.

Sarah soupira à nouveau profondément.

— Je vais sans doute être forcée de me marier, répondit-elle avec des yeux presque angoissés avant de braquer le regard à terre et de baisser la tête d'un air de défaite.

Christina sentit la colère bouillonner dans ses veines.

— Qui ? Qui votre mère a-t-elle choisi, cette fois ?

Quelque temps auparavant, Sarah et ses parents vivaient dans la maison voisine. Pendant de nombreuses années, les deux familles avaient été proches. Sarah allait et venait à sa guise à travers un trou dans la haie qui séparait leurs deux propriétés, un passage commode. Des années bienheureuses s'étaient écoulées de la sorte, mais tout avait pris fin quand lord Hartmore, le père de Sarah, avait été forcé d'admettre de graves dettes de jeu. La famille n'avait pas eu d'autre choix que de vendre leur maison pour emménager dans un quartier plus abordable.

Depuis, la mère de Sarah s'était attelée à trouver pour sa fille un mari riche afin de couvrir les dettes de son époux. Même la dot de Sarah avait été utilisée dans ce but, la laissant sans rien, sans la moindre perspective sur le marché matrimonial. Ses seuls atouts restants étaient la position de son père ainsi que son beau visage et son caractère affable. Malheureusement, ce n'était apparemment pas assez pour tenter un gentleman honorable.

Christina ne pensait pas que Sarah ait reçu une seule demande en mariage. Cela avait eu pour conséquence de désespérer lady Hartmore qui avait eu recours à pas mal de combines – pas toujours très reluisantes – pour s'assurer que sa fille se marie.

Plus tôt dans l'année, lady Hartmore s'était arrangée pour que sa fille soit compromise par lord Barrington afin de les forcer à s'épouser. Toutefois, à l'époque, l'aristocrate était déjà amoureux de Louisa, l'aînée de Christina, ce qui avait fait capoter cette tentative.

Les mains de Sarah se resserrèrent sur celles de Christina.

— Son nom est Mr Thorne Sharpe, répondit son amie dans un murmure tremblant. Il est originaire du Nord. À ce que j'en sais, il possède une fabrique de coton à Manchester et il a l'intention d'en ouvrir d'autres. Il dit que c'est une ville florissante qui…

Christina dévisagea son amie.

— Une fabrique de coton ? Il est marchand ?

C'était impensable !

— Est-ce l'homme auquel votre père vous a présentée l'autre soir ?

Christina se souvenait bien de lui. Il lui avait semblé… déplacé, faute d'un adjectif plus approprié. En un seul regard, elle avait vu qu'il n'était pas à sa place, qu'il n'était pas l'un d'entre eux.

Pas un gentleman.

Sarah hocha la tête. Des larmes brillaient dans ses yeux.

— Il a l'intention de retourner à Manchester.

Les paroles de son amie la blessèrent profondément.

— Manchester ?

Dans l'esprit de Christina, c'était un endroit constitué d'usines, de cieux noircis de fumée et de routes en terre battue.

— Mais il ne peut pas !

La perspective de perdre Sarah était intolérable. Elles se connaissaient depuis leur enfance. Sarah avait toujours été là.

Toujours.

Carrant les épaules, Sarah pointa le menton.

— J'admets qu'il semble plutôt… convenable et…

— Peu importe ! s'exclama Christina qui sentait son cœur cogner douloureusement dans sa poitrine. Vous ne pouvez pas partir. Vos parents ne peuvent pas vous forcer à l'épouser. Qui sait de quel genre d'homme il s'agit ! Il pourrait être…

Les mots lui manquèrent et pour la première fois depuis longtemps, Christina se rendit compte que sa connaissance du monde était sévèrement limitée. C'était pourtant la première fois qu'elle en prenait ombrage.

Le regard de Sarah se durcit.

— Je n'ai pas vraiment le choix, confia-t-elle à Christina comme si c'était elle qui avait besoin de réconfort. Des créanciers ne cessent de toquer à notre porte et…

— Vous n'y êtes pour rien ! Votre père devrait…

Les mains de Sarah se resserrèrent sur celles de Christina, l'interrompant.

— Ma famille en a besoin. J'en ai besoin, dit-elle en respirant fort. Vous savez que je n'ai pas d'autre choix. Aucun gentleman ne voudra m'épouser, vu notre dégringolade sociale. C'est ainsi que va le monde, n'est-ce pas ? Je devrais peut-être me considérer chanceuse que Mr Sharpe soit venu en ville et accepte de m'épouser malgré les dettes de mon père, en dépit du fait qu'il ne peut pas me donner de dot.

— Ne croyez jamais une chose pareille, Sarah. Vous avez tant à offrir ! Vous êtes gentille et dévouée. Vous êtes belle. Vous êtes…

Sarah lui sourit tendrement.

— Vous savez aussi bien que moi que cela ne compte pas. Les mariages sont arrangés pour un bénéfice mutuel. Il en est toujours allé ainsi.

Son sourire s'élargit et prit une note mélancolique.

— Tout le monde ne peut pas être comme vos parents. On ne peut pas tous se marier par amour.

Une nouvelle fois, elle inspira et expira profondément.

— Tout ira bien. Mr Sharpe a l'air d'être gentil, quelles que soient ses origines ou sa position sociale. Rien ne me dit que je ne serai pas heureuse avec lui.

Toutefois, la voix de Sarah mourut sur ces dernières paroles et Christina sut que son amie avait des doutes qu'elle n'était pas disposée à admettre.

— Vous ne pouvez pas le savoir, répondit Christina qui hésitait entre conseiller à son amie d'empêcher un tel mariage et l'aider à le tolérer en lui apportant du réconfort et de la force.

Oui, Christina avait conscience que tout le monde n'était pas comme ses parents. Ses sœurs et elle avaient beaucoup de chance que ces derniers insistent pour qu'elles se marient par amour. C'était une tradition chez les Whickerton, même s'ils n'étaient que la deuxième génération à la suivre.

— Vous avez raison, admit Sarah, mais je sais que ma famille en a besoin. Si je ne fais pas un mariage avantageux, nous serons ruinés, et même si Mr Sharpe n'est pas un gentleman, sa fortune nous sauvera. C'est aussi simple que cela.

Des larmes lui brûlaient les yeux et Christina voyait bien que Sarah était sur le point de craquer. Cette dernière se redressa et se tamponna les yeux avec un mouchoir avant que son amie ne puisse rajouter quoi que ce soit.

— Je ferais mieux de partir. Ma mère m'attend à la maison. Elle dit qu'il y a beaucoup de choses à faire avant de…

Elle plaqua un petit sourire sur son visage tout en se dirigeant vers la porte.

— Merci de m'avoir écoutée. Vous êtes l'amie la plus chère que j'ai jamais eue.

Sur ce, Sarah fit volte-face et s'en alla.

— Qu'allez-vous faire ? demanda la voix de Grannie Edie derrière elle.

Christina soupira et se tourna vers son aïeule.

— Je savais que vous ne dormiez pas. Pourquoi avez-vous fait semblant ?

Sans se départir de cette espièglerie habituelle qui ne collait absolument pas à son âge, Grannie Edie dit en souriant :

— N'était-ce pas une bonne idée ? Auriez-vous vraiment parlé aussi librement, Sarah et vous, si vous aviez su que je vous entendais ?

Christina poussa un léger rire puis s'installa dans le fauteuil en face de sa grand-mère.

— Un précieux conseil ?

Grannie Edie se pencha en avant et tapota doucement la main de sa petite-fille.

— Ma chère, je ne peux pas vous dire ce qu'il faut faire ou ne pas faire. Toutefois, généralement, je trouve qu'écouter son instinct ne trompe jamais.

Christina considéra sa grand-mère en hochant la tête.

— Je crois qu'on devrait empêcher cela d'arriver.

Elle soutint le regard de la vieille dame, attendant qu'elle dise quelque chose. Quand elle n'en fit rien, Christina poursuivit :

— J'ai beau être en colère contre la mère de Sarah, je comprends pourquoi lady Hartmore est si attachée à ce mariage. Oui, ils sont endettés, sévèrement, et sans cette union…

Elle secoua la tête.

— Il doit pourtant exister un autre moyen. Elle ne peut pas épouser cet homme.

Grannie Edie fronça les sourcils en observant Christina avec attention.

— Quelles objections avez-vous contre cet homme ? Vos paroles me portent à croire que vous possédez d'autres raisons à part ses origines nordiques ou son emploi ?

Passant en revue la soirée précédente, Christina hocha la tête.

— Je l'ai entraperçu à un bal, répondit-elle en invoquant ses souvenirs, essayant de voir son visage tel qu'il leur était apparu, à Sarah et elle, de l'autre côté de la salle de bal. Je ne l'avais pas vraiment remarqué ; je l'avais juste vu en passant. Cela dit, il y a quelques jours, j'étais présente quand lord Hartmore l'a présenté à Sarah. Je l'ai observé et…

Au fond, Christina savait que son amie ne devait pas épouser Mr Sharpe. Toutefois, elle ne possédait visiblement pas les mots pour expliquer exactement pourquoi cette question la touchait aussi fortement.

— Quelle impression avez-vous eue de lui ? lui demanda Grannie Edie en tapotant l'accoudoir de son fauteuil du bout des doigts. Lui avez-vous parlé en personne ?

Christina soupira et secoua la tête.

— Non. Cependant, je…

Elle était incapable de mettre le doigt dessus, mais quelque chose se terrait dans ses souvenirs. Une chose très lointaine, des murmures qu'elle avait entendus alors qu'elle n'aurait pas dû.

— Les hommes d'affaires, commença-t-elle en regardant sa grand-mère, sont-ils vraiment différents des gentlemen ?

Les yeux de la vieille dame prirent un pli intrigué.

— Différents ? Eh bien, je dirais qu'il serait juste de dire que chaque personne est différente du reste du monde. La même chose est vraie pour les femmes, n'êtes-vous pas d'accord ?

Christina hocha la tête. Elle sentait les yeux de sa grand-mère sur elle, consciente qu'elle la scrutait en attendant qu'elle s'exprime plus clairement.

— J'ai entendu dire, commença la jeune femme qui ne savait pas précisément ce qu'elle voulait dire, par des commères, bien entendu, que les roturiers font des maris différents. J'ai surpris des matrones parler en confidence de la façon dont ils traitent leurs épouses… du fait qu'ils ne sont pas attentionnés et conscients des sensibilités d'une dame.

Grannie Edie poussa un petit rire.

— Ma chère et tendre enfant, Mr Sharpe ne possède peut-être pas les mêmes manières que les hommes bien nés de votre milieu, toutefois, cela ne le rend pas incapable de gentillesse et de respect.

Elle inclina la tête avec une expression perplexe dans le regard.

— C'est donc ce que vous croyez ? Que certaines personnes valent en quelque sorte mieux que d'autres ? Qu'elles sont mieux nées ?

Christina fronça les sourcils et secoua la tête.

— Bien sûr que non, Grannie. Toutefois, notre éducation influence ce que nous sommes, n'est-ce pas ? Si Mr Sharpe a grandi parmi des voyous et des voleurs, qu'est-ce que cela fait de lui ? Est-il vraiment capable de traiter Sarah avec le genre de respect qu'elle mérite ? Quelle sorte de mariage connaîtrait-elle avec lui ?

Christina secoua la tête, refusant de se représenter une telle possibilité.

— Elle est trop… douce et gentille… Un tel homme la détruirait. J'en suis certaine.

— Et vous ? s'enquit Grannie Edie avec une lueur audacieuse dans les yeux. Vous sentiriez-vous à la hauteur de la tâche ? Pensez-vous qu'il vous détruirait aussi ?

Christina renifla d'un air moqueur, consciente que ce n'était pas très raffiné, mais aussi que sa grand-mère ne s'en offusquerait pas.

— Bien sûr que non !

Toutefois, elle n'avait aucun moyen d'en être certaine, car elle ne savait pas ce que cela signifierait d'être mariée à un tel homme.

À l'occasion, Christina avait épié des moments entre un époux et sa femme – lors d'un bal ou d'un pique-nique – qui l'avaient fait s'interroger. Elle avait vu un homme saisir le bras de sa femme et la tirer vers lui alors qu'il tenait des propos colériques. Son épouse avait écarquillé les yeux, sa peau avait pâli et elle était demeurée tête baissée, acceptant la défaite. Christina savait que certains maris dominaient leurs femmes et même que certains levaient la main sur elles. Elle ne l'avait jamais vu, mais elle avait eu vent de rumeurs et ne pouvait s'empêcher de se demander si Mr Sharpe était ce genre d'homme.

— Je connais ce regard, fit remarquer Grannie Edie avec un grand sourire. Dites-moi tout.

Souriant tendrement à sa grand-mère, Christina se redressa.

— Je ne vois absolument pas ce que vous voulez dire.

L'aïeule éclata de rire.

— J'ai beau être vieille, je vous connais depuis le jour de votre naissance. Vous ne pouvez pas me berner… mais cela n'a pas l'air d'être votre intention.

Ses yeux pétillèrent.

— Bonne chance, conclut-elle.

Christina lui sourit avant de s'éclipser, consciente qu'elle ne pouvait pas demeurer les bras croisés tandis que son amie allait être sacrifiée à l'autel des ambitions parentales. Non, elle devait faire quelque chose. Elle devait…

Quelque part au fond de son esprit, Christina se remémora le ton implorant de la voix de sa tante quand elle avait supplié sa sœur aînée de l'aider. Tante Francine s'était retrouvée emprisonnée dans un mariage qu'elle n'avait pas été capable de supporter un jour de plus. Cela dit, Francine avait toujours possédé une audace qui évoquait celle de Christina.

Celle-ci sourit en se rappelant sa tante. Elles ne s'étaient pas vues depuis des années et à présent que l'Angleterre et la France étaient à nouveau en guerre, il s'en écoulerait de nombreuses autres avant qu'elles ne se revoient. Toutefois, ce qui était important, c'était que

Tante Francine ait fini par trouver le bonheur. Pas de la façon qu'on exigeait ou attendait d'elle, mais à sa propre manière.

Christina avait toujours su qu'elle était différente de sa tante, qu'elle ne choisirait pas sa passion au détriment de sa famille comme Francine l'avait fait. Non ! Il y a de nombreuses années, Christina avait décrété que ses récits devaient rester un secret, un secret qu'elle ne partagerait qu'avec son entourage le plus proche : ses sœurs. Toutefois, au-delà de ce cercle restreint, personne ne saurait jamais qu'un cœur d'écrivaine battait dans sa poitrine et qu'elle passait parfois ses soirées à noircir des pages entières, laissant libre cours à son imagination.

Pourtant, au fil des années, Christina s'était souvent demandé ce qui serait arrivé si Tante Francine n'avait pas pris ce risque, ce soir-là. Sa tante s'était montrée audacieuse, chose qui l'avait aidée à trouver le bonheur. Et maintenant, ici, en cet instant, Christina savait qu'elle aussi avait besoin d'être hardie. Elle ne devait pas songer à elle-même, mais à quelqu'un de cher à son cœur. Sarah était comme une autre sœur et Christina ne voulait pas la voir mariée à un homme qui n'apprécierait pas le trésor qu'elle était.

— Quoi qu'il en coûte, marmonna Christina, je trouverai le moyen d'empêcher ce mariage. Quoi qu'il en coûte.

Pour le bien de Sarah.

CHAPITRE 3

DES ARRANGEMENTS

Thorne était las de discuter avec lord Hartmore des termes de son mariage avec Sarah. Cet homme semblait tout à la fois insensible et cupide. Toutes les stipulations ne concernaient que la fortune de Thorne et les gains qu'il désirait en échange de la main de sa fille. Il n'avait pas émis un seul mot sur le bien-être et le bonheur de la jeune femme et Thorne commençait à se sentir comme le méchant d'un conte, car il voyait que son accord avec lord Hartmore forçait la main de Miss Mortensen.

Elle ne souhaitait pas l'épouser. C'était parfaitement clair. Peu importe ce qu'il lui disait ou la gentillesse avec laquelle il s'adressait à elle, elle semblait constamment mal à l'aise, croisant à peine son regard et fuyant sa présence dès qu'elle en avait l'occasion.

Lord Hartmore n'était pas inquiet. D'ailleurs, il n'avait même pas l'air de s'en rendre compte. Même lorsque Thorne aborda le sujet de front, lord Hartmore se contenta d'éluder la question.

— Il n'y a pas lieu de se tracasser. Les jeunes femmes sont toujours un peu appréhensives quant au mariage. Cela passera, répondit l'aristocrate sans jeter le moindre regard à sa fille qui, une fois de plus, se tenait de l'autre côté de la pièce avec son amie blonde.

La furie !

Thorne sourit. Alors que Miss Mortensen le dévisageait avec angoisse et anxiété, la dragonne qui la flanquait paraissait se consumer de colère. Thorne vit qu'elle avait envie de bondir. Ses muscles se contractaient comme si elle bouillait d'envie de traverser la pièce comme un boulet de canon pour venir le gifler en plein visage. Thorne ne savait pas ce qu'il avait fait pour mériter une telle haine. Toutefois, il devait admettre qu'il la trouvait particulièrement intrigante.

Malgré lui, il désirait lui parler, s'attendant vraiment à ce que cet échange lui change la vie. Il ne savait pas pourquoi, mais il en était certain. C'étaient peut-être ses yeux expressifs qui révélaient ouvertement ce qu'elle ressentait tout en dissimulant quelque chose qu'il ne saisissait pas tout à fait.

Elle était bel et bien la femme la plus intrigante du monde !

Fusillant du regard l'homme qui se tenait de l'autre côté de la piste de danse, Christina se hérissa quand il lui décocha un sourire taquin. L'audace de cet individu ! Ne se rendait-il donc pas compte que sa simple présence mettait son amie profondément mal à l'aise ? En effet, Sarah semblait au bord de l'évanouissement. Son visage avait une teinte verdâtre comme si elle était à deux doigts de rendre le contenu de son estomac. Cela prouvait d'autant plus qu'elle ne survivrait pas à un tel mariage. Christina devait faire quelque chose.

Mais quoi ?

— Que vous a-t-il dit tantôt ? demanda-t-elle en plaçant une main délicate sur le bras de Sarah.

Celle-ci cligna des paupières, le souffle court.

— Pardon ?

— Quand vous avez discuté avec lui plus tôt, de quoi a-t-il parlé ? s'enquit Christina avec un sourire rassurant.

En effet, elle avait observé lord Hartmore et sa fille aborder Mr Sharpe avec une grande attention. Ses épaules s'étaient contractées quand elle avait perçu la réticence de son amie.

Secouant la tête, Sarah cligna des paupières pour recentrer ses pensées.

— Je... Il... Je crois qu'il m'a questionnée sur mon passe-temps préféré.

Elle fronça les sourcils puis secoua à nouveau la tête.

— Pour être honnête, je ne me rappelle pas tout à fait ce qu'il a dit. Quand je le vois, je songe seulement que je vais quitter Londres, quitter ma famille, vous quitter.

Sa main saisit celle de Christina et la serra fort dans la sienne alors que des larmes commençaient à lui voiler le regard.

— Je n'aurais jamais cru qu'un jour, je serais contrainte d'épouser un homme qui sort du cercle social que j'ai toujours connu. Manchester sera un monde complètement nouveau, sans doute terrifiant et impressionnant. Je ne suis pas certaine de pouvoir le faire, acheva-t-elle en déglutissant fort.

— Alors ne le faites pas, insista Christina. Il doit exister un autre moyen. Peut-être...

Elle serra les dents, essayant de songer à quelque chose, à n'importe quoi.

— Il n'en existe pas, répliqua Sarah d'une voix abattue. Mon seul salut est d'épouser un homme riche et personne d'autre ne m'a fait sa demande.

Parcourue par une vague d'espoir, Christina leva brusquement la tête.

— Mais si l'on trouvait quelqu'un, pas n'importe qui, mais un gentleman qui...

Sarah secoua la tête.

— La situation de mon père est de notoriété publique et c'est ma troisième saison, dit-elle avec un sourire triste. Durant tout ce temps, je n'ai pas reçu une seule demande.

— Moi non plus, fit remarquer Christina, déterminée à ne pas laisser Sarah abandonner aussi facilement.

Il devait exister un moyen ! C'était forcé !

Son amie poussa un petit rire.

— Ce n'est pas pareil. Tout le monde sait que les Whickerton se marient par amour et rien de moins. Aucun homme briguant un mariage de raison ne ferait sa demande, conscient que ce serait une perte de temps s'il ne possédait pas aussi le cœur de celle qu'il souhaiterait épouser.

Elle secoua la tête.

— Non, Chris, ce n'est pas pareil.

À court d'arguments, Christina poussa un soupir contrarié. Oui, les Whickerton se mariaient par amour. Tout le monde le savait. C'était comme une loi de la nature. Quelque chose de gravé dans le marbre.

— Alors, peut-être… réfléchit Christina à haute voix, ne sachant pas ce qu'elle voulait dire, mais pressentant l'existence d'une solution.

Il *devait* y en avoir une !

Serrant les dents, elle se tourna pour considérer Mr Sharpe de l'autre côté de la pièce. Oui, il n'était pas désagréable à regarder. Certaines femmes trouveraient probablement ses yeux taquins attirants. Et ce sourire…

Christina tourna sur elle-même et saisit les mains de son amie.

— Je sais ce que j'ai à faire !

Sarah se tendit et écarquilla très légèrement les yeux. L'espoir se mêlait à la peur d'y croire.

— C'est simple, expliqua Christina qui bouillonnait d'excitation.

Elle n'avait jamais pu supporter l'indolence. Cela lui donnait l'impression d'être impuissante, désarmée.

— On va s'assurer qu'il épouse quelqu'un d'autre. Voilà la solution. S'il s'unit à une autre femme, il ne pourra pas vous épouser.

L'espoir dans les yeux de Sarah s'éteignit.

— Vous savez aussi bien que moi que seul quelqu'un de désespéré accepterait une telle union. Quelqu'un comme moi.

Elle parcourut du regard la salle de bal avant de hausser les épaules.

— Tout le monde espère trouver un beau parti et ce n'est tout bonnement pas son cas. À part pour sa fortune, la seule raison pour laquelle qui que ce soit accepterait de l'épouser, ce serait pour sauver la face.

Christina ouvrit de grands yeux quand elle eut une idée soudaine.

— Nous pourrions faire en sorte qu'il se compromette avec une autre.

Sarah lui adressa un regard indulgent.

— Feriez-vous vraiment une telle chose à une autre dame ? Une jeune femme comme nous ? L'emprisonneriez-vous dans un mariage à un homme que vous êtes si déterminée à écarter de moi ?

Christina réprima un grognement quand cette ébauche de projet lui fila entre les doigts puis elle ferma les yeux.

— Non, bien sûr que non.

Encore une fois, une vague d'impuissance s'abattit sur elle et Christina eut envie de fuir l'âpreté du monde pour aller se rouler en boule, ignorant le présent et un futur hypothétique. Cependant, en faisant cela, elle se retrouverait à fuir éternellement. Non, elle n'était pas ce genre de personne. Quoi qu'il arrive, elle devait prendre les événements de front.

Jetant un regard à Sarah, Christina tendit le bras pour lui prendre la main.

— Si vous voulez bien m'excuser une minute. Je dois parler à quelqu'un.

Sur ce, elle tourna les talons et commença à traverser la salle de bal d'un pas décidé.

Vers Mr Sharpe !

— Chris, je vous en prie, ne faites pas cela ! tenta de la dissuader Sarah dans un petit sifflement frénétique. Mes parents seront furieux.

Christina s'en fichait royalement. Elle ne pouvait pas rester sans rien faire. Elle devait faire quelque chose.

N'importe quoi.

Peut-être qu'après tout, Mr Sharpe était un homme raisonnable.

Les miracles se produisaient parfois, non ?

CHAPITRE 4

UNE LADY ET UN VAURIEN

La furie blonde se dirigeait vers lui !
Surpris, Thorne remarqua que son cœur trébucha, une réaction totalement inattendue. Ces derniers temps, peu de choses le surprenaient ou l'affectaient d'une façon qu'il considérait comme notoire. Néanmoins, la jeune femme avait quelque chose de différent.

Tout en parlant à lord Hartmore, Thorne avait continué de couler des regards en direction de la jeune femme, incapable d'ignorer cette attirance profonde et quasi magnétique. Il y avait quelque chose chez elle… quelque chose qu'il n'avait encore jamais croisé. Pourtant séparé d'elle par l'étendue de la pièce, il savait que le regard de la demoiselle avait quelque chose de séduisant. Il y percevait aussi une férocité découlant sans nul doute d'un sentiment de loyauté envers son amie. Si elle le méprisait – supposition raisonnable –, ce devait être à cause de Miss Mortensen.

Une partie de lui admit qu'à présent, il avait une raison de plus de ne pas trouver bon d'épouser cette dernière. Cela étant…

— Bonsoir, Lord Hartmore, dit la furie blonde qui salua le père de Miss Mortensen avec un sourire avenant. Quelle belle soirée, n'est-il pas ?

Elle gardait les yeux braqués sur lord Hartmore, mais Thorne crut déceler de l'impatience dans sa posture, comme si elle aurait préféré se dispenser de toute politesse et s'adresser à Thorne avec plus de franchise.

Celui-ci réprima un ricanement quand il se rendit compte que seul à seule, la demoiselle ne devait pas être du genre à brider ses propos ! Une qualité appréciable, il devait bien l'admettre.

— Effectivement, répondit lord Hartmore, légèrement irrité qu'on l'interrompe en plein milieu de ses négociations.

Malgré lui, Thorne aurait voulu le gifler.

La furie blonde afficha un sourire doucereux débordant d'hypocrisie.

— J'ai bien peur de devoir requérir votre assistance, Milord. Sarah n'a pas l'air très bien. Une promenade sur la terrasse lui ferait le plus grand bien. Si vous aviez la gentillesse d'aller l'aider ?

Thorne l'écouta avec curiosité, se demandant si lord Hartmore allait lui demander pourquoi elle ne pouvait pas elle-même faire le tour des jardins avec Miss Mortensen. Toutefois, malgré son air perplexe, le vieil homme s'en abstint. Encore une fois, peut-être s'agissait-il d'un de ces codes sociaux dont Thorne ignorait tout.

— Certainement. Merci de m'avoir prévenu, dit lord Hartmore qui semblait pourtant tout sauf content. Lady Christina. Mr Sharpe.

Puis sur un dernier hochement de tête, il traversa la pièce pour rejoindre sa fille.

— Lady Christina, n'est-ce pas ? lui demanda Thorne à la seconde où lord Hartmore fut hors de portée d'oreille.

Il ne savait pas pourquoi il se sentait assez à l'aise pour lui parler comme s'ils étaient des confidents, mais cela semblait parfaitement naturel.

Lady Christina se tourna vers lui. Elle plissait les paupières et son sourire avait disparu.

— Mr Sharpe, je présume ?

— Vous présumez bien, répondit-il avec un éclat de rire. Toutefois, je crois que vous connaissez mon nom depuis bien plus longtemps que vous ne voudriez bien l'admettre. Une question plus intéressante serait : pourquoi ?

Elle plissa davantage les paupières tout en l'observant et le coin droit de sa bouche adopta un pli mécontent.

— Vous êtes très direct, *Monsieur*.

Sur ses lèvres, cela sonnait comme une insulte, ce qui dérangea plus Thorne qu'il aurait voulu l'admettre.

— Vous aussi, contra-t-il.

Il se ravit des étincelles bleu foncé qui crépitèrent dans les yeux de la jeune femme. Elles démontraient qu'elle ne lui était pas entièrement indifférente.

— Me trompé-je en disant que vous êtes venue jusqu'ici pour me parler ?

— Comme c'est présomptueux de votre part ! ricana-t-elle en haussant des sourcils défiants. Je suis venue informer lord Hartmore que sa fille était... légèrement souffrante. Rien de plus.

Thorne ricana.

— Est-ce vrai ? Et moi qui croyais que vous aviez utilisé cette distraction pour nous débarrasser de sa présence ! Je me trompe ? acheva-t-il en arquant un sourcil.

Elle pinça les lèvres.

— *Nous* ? demanda-t-elle d'un ton hautement désapprobateur. Vous parlez comme si nous étions confidents alors qu'en vérité, je viens à peine d'apprendre votre nom.

Pendant une seconde, Thorne eut le souffle coupé par ce qu'il voyait dans ses yeux.

Ils savaient tous les deux qu'elle mentait. Cela faisait bien longtemps qu'elle connaissait son nom. Il le lisait dans son regard. Pourtant, elle le déniait. Pourquoi ? Le taquinait-elle ? Mais dans quel but, vu que sa simple présence lui faisait visiblement bouillonner les sangs ?

— Alors, dites-moi, pourquoi êtes-vous ici ? demanda-t-il avec la même audace, osant faire un pas vers elle. Pourquoi êtes-vous venue me parler ? Ma compagnie est-elle si désirable ?

Loin d'être offensée, lady Christina sourit et une brève lueur d'appréciation chatoya dans ses prunelles avant qu'elle ne croise les bras en signe de défiance.

— Je dois vous informer qu'il est très inconvenant de votre part de parler ainsi à une dame, lui décocha-t-elle avec une certaine condescendance. Je devine que vous ignorez tout des règles de la société ?

Thorne lui adressa un grand sourire.

— J'ignore peut-être certaines règles, dit-il doucement en baissant la tête comme s'il murmurait des secrets, mais pas d'autres. Malgré mes origines… rustiques, je suis parfaitement capable de lire entre les lignes.

Il haussa les sourcils et soutint son regard.

— Vous cherchez à temporiser. Pourquoi êtes-vous venue ? Que cherchez-vous ? Que voulez-vous découvrir ?

Une note d'irritation s'empara des yeux bleus de Christina.

— Votre comportement est singulier. Ne vous a-t-on jamais appris à parler à une dame ? À prendre des pincettes afin de n'offenser personne ?

En dépit de ses réprimandes, Thorne avait l'impression qu'elle n'était pas terriblement déçue par sa réponse.

— Et pourtant, vous prolongez notre conversation plus longtemps qu'il n'est nécessaire, *Lady Christina*. Pourquoi ? Après tout, vous auriez pu me faire savoir directement pourquoi vous êtes venue me parler et repartir séance tenante.

Encore une fois, il haussa un sourcil défiant.

Christina pinça les lèvres et pendant un instant, elle eut l'air d'avoir très envie de lui arracher les yeux. Ses narines s'évasèrent et elle lui décocha un regard noir que Thorne trouva particulièrement charmant.

— Je suis venue pour me faire une idée de votre personnalité, répondit-elle enfin en le dévisageant des pieds à la tête comme si un seul regard lui suffirait pour le percer à jour et voir qui il était vraiment.

— Et qu'avez-vous découvert ? demanda Thorne avec légèreté, se rendant compte avec un temps de retard que même s'ils venaient de se rencontrer, l'opinion qu'elle avait de lui comptait.

Il déglutit fort tout en attendant sa réponse.

Encore une fois, lady Christina parut prendre sa mesure. Ses yeux bleus passèrent ses traits en revue comme si elle souhaitait les graver dans sa mémoire. Thorne sentit presque son regard comme une caresse sur sa peau et un frisson dansa le long de son épine dorsale.

— Eh bien ?

— Vous êtes un homme bien singulier, fit remarquer lady Christina en plissant légèrement le nez sans cesser de l'observer.

— Est-ce censé être un compliment ou une insulte ? rit-il.

Elle leva brusquement les yeux vers lui et le fusilla du regard comme pour lui reprocher d'avoir osé lui poser une question aussi inappropriée.

— Pourquoi êtes-vous là ? À Londres ?

Thorne marqua un temps d'arrêt, réticent à discuter de ses affaires, ne désirant pas cesser ce badinage plaisant. Cela dit, que pouvait-il dire à part la vérité ?

— Pour trouver une épouse, entre autres.

Il patienta, plongeant dans le regard de la jeune femme et y voyant naître une autre étincelle de résistance.

Elle serra les dents et inspira lentement.

— Et votre dévolu s'est posé sur mon amie ?

Feignant d'être dénué de la moindre inquiétude à ce sujet, Thorne haussa les épaules. Il était conscient que cela la déstabiliserait.

— Notre union serait avantageuse d'un côté comme de l'autre, ne trouvez-vous pas ? N'est-ce pas précisément ainsi que la haute société conduit ses *affaires* ?

Les narines de la jeune femme s'évasèrent.

— Sarah n'est pas un agneau qu'on peut sacrifier au plus offrant, siffla-t-elle en regardant prudemment autour d'eux, s'assurant que personne ne soit assez près pour les entendre. Elle est douce et gentille, et elle mérite mieux qu'un homme de votre espèce.

— Un homme de mon espèce ? répéta Thorne en serrant les dents.

La colère lui courut dans les veines alors que tous les rejets qu'il avait connus remontaient à la surface. Des occasions où l'on avait posé les yeux sur lui sans le voir. D'autres où la douleur avait été ignorée et la souffrance méprisée. Il n'avait pas toujours été question de sa propre souffrance, mais également de celle des autres.

Pourtant, en cet instant, cela ne comptait pas.

— Je parle des roturiers, expliqua lady Christina comme s'il ne le savait pas. Des hommes qui ne savent pas comment traiter une dame. Des hommes qui…

— Qu'ai-je fait exactement, s'emporta soudain Thorne en se rapprochant d'elle, pour vous offenser ? Vous ou votre amie ? En quoi l'ai-je mal traitée ?

Ses yeux pétillaient d'un air défiant et il vit qu'elle posait sur lui un regard nouveau.

— Vous avez discuté mariage avec son père sans même vous adresser à elle, souffla lady Christina qui le considérait à présent avec autant de dédain qu'il en ressentait en cet instant. Vous ne possédez même pas la décence de…

— N'est-ce pas ainsi que les mariages s'effectuent dans vos cercles ? demanda Thorne, conscient que les battements de son cœur s'accéléraient au fil des pas qu'il faisait dans sa direction. En quoi vous ai-je offensée, précisément ? À ce que je comprends, je me suis conduit d'une manière parfaitement appropriée. Alors pourquoi protestez-vous ? sourit-il. Pourquoi êtes-vous aussi déterminée à me percevoir comme une brute ?

Elle serra les dents et laissa échapper un grognement à peine audible.

— Vous êtes malpoli, avec des manières horribles et…

— Ne l'êtes-vous pas aussi ? la taquina Thorne. Ou bien trouvez-vous poli de me juger ainsi alors que je me comporte comme n'importe quel homme présent ?

Elle décroisa les bras et il la vit serrer les poings contre elle. Malgré ses yeux qui lançaient des éclairs, elle ne dit rien.

— Pourquoi êtes-vous venue ici ? s'enquit Thorne qui s'approcha suffisamment pour sentir son souffle léger contre sa peau. Vous dites que c'est pour déterminer mon caractère, mais ce n'est pas tout, n'est-ce pas ? Que voulez-vous… de moi ?

Ces deux derniers mots rendirent sa question étrangement intime et il la vit écarquiller légèrement les yeux, lui indiquant clairement qu'elle aussi l'avait remarqué.

Lady Christina inspira profondément. Elle avait assurément envie de lui décocher une réplique, mais elle se retint, consciente que si elle se donnait libre cours, elle n'obtiendrait jamais ce qu'elle souhaitait de lui.

— Je veux que vous retiriez votre demande en mariage, dit-elle rapidement.

— Pour être honnête, je n'ai pas encore fait ma demande. J'ai simplement entamé des négociations avec…

— Alors, cessez-les, insista lady Christina.

Ses poings tremblaient à présent d'une impatience à peine contenue.

— Quittez Londres et retournez d'où vous venez. Vous n'avez pas votre place ici et Sarah n'a pas la sienne à Manchester.

Thorne la dévisagea prudemment.

— Et après ? Si je fais ce que vous me demandez ? Nous savons tous les deux pourquoi lord Hartmore serait plus que ravi de m'accorder la main de sa fille.

Il plissa les paupières et scruta le visage de la jeune femme.

— Vous n'êtes pas bête. Vous savez aussi bien que moi que lord Hartmore n'a pas d'autre choix que de troquer la main de sa fille. La vraie question est : pourquoi vous opposez-vous autant à *moi* ?

— Sarah ne souhaite pas vous épouser, répondit-elle hâtivement quand il devint clair pour elle qu'il n'allait pas accéder à sa requête sans protester.

— Existe-t-il un gentleman qu'elle souhaiterait épouser ? Et réciproquement ? demanda Thorne qui aimait la voir s'agiter. Sans quoi, nous n'avons rien à nous dire. Lord Hartmore a besoin de fonds et moi, d'une épouse bien née. Cette union sera mutuellement avantageuse. Encore une fois, je vous demande si ce n'est pas ainsi que les mariages sont conduits dans *votre* monde ?

Son ton moqueur n'échappa pas à lady Christina et le regard qu'elle lui adressa en retour aurait pu geler des océans.

— Vous êtes un homme vraiment horrible, s'exclama-t-elle, ayant recours aux insultes quand elle se retrouva à court d'arguments. Si seulement je...

Thorne lui adressa un grand sourire.

— Quoi donc ? Si seulement vous pouviez prendre sa place ?

Il ne savait pas d'où cette question était sortie, mais elle parut faire vibrer l'air autour d'eux de chaleur et de tentation. Les battements de son cœur s'accélérèrent et il la vit écarquiller les yeux tout en prenant une inspiration tremblante.

Oui, il la prendrait pour femme sans la moindre hésitation.

Sans poser de questions.

Mais jusqu'où lady Christina serait-elle prête à aller afin de sauver son amie ? C'était une question intéressante, et Thorne ne pouvait s'empêcher de vouloir connaître la réponse. Il n'était pas assez bête pour croire que le Destin lui accorderait une telle épouse, que miraculeusement, ce ne serait pas Miss Mortensen, mais lady Christina, qu'il retrouverait à l'autel.

Pourtant, en cet instant, Thorne osa rêver.

CHAPITRE 5

AU MAUVAIS ENDROIT, AU MAUVAIS MOMENT

Le visage de Sarah pâlit d'une façon qui donna envie à Christina de lui prendre les mains. Inquiète, elle sentit son cœur battre plus fort en voyant son amie.

— Qu'y a-t-il ?

Sarah déglutit difficilement, mais elle se reprit rapidement et afficha un sourire poli quoique quelque peu tendu.

— Ce n'est rien. C'est juste que...

Christina plissa le front puis se tourna pour regarder par-dessus son épaule, se demandant ce que regardait son amie ou plutôt ce qu'elle essayait de ne pas regarder avec autant d'attention.

— Qu'y a-t-il ? Qu'avez-vous... ?

Le ventre de Christina se contracta quand elle l'aperçut.

— Que fait-il ici ?

Sarah secoua la tête.

— Je n'en ai pas la moindre idée. Je ne m'étais pas attendue à...

Effectivement, que faisait-il ici ? À la fête de mariage de sa sœur ? Dans la nouvelle demeure de celle-ci ?

Étirant le cou, Christina remarqua Leonora et son nouvel époux qui s'entretenaient avec plusieurs autres invités, les yeux pétillants de bonheur. Sa sœur avait la main posée sur le bras de son mari tout en se collant à lui.

— Pourquoi l'auraient-ils invité ? marmonna-t-elle plus pour elle-même que pour qui que ce soit d'autre.

Puis elle se tourna vers Sarah.

— Croyez-vous que ce soit votre mère ? demanda-t-elle en plissant davantage le front. Sans vouloir vous vexer, je l'en crois capable.

Sarah écarta d'un geste de la main les inquiétudes de son amie.

— Moi aussi. Toutefois, je ne crois pas qu'elle aurait invité quelqu'un sans la permission de vos parents ou de votre sœur.

Ensemble, elles se tournèrent vers le piano où lady Hartmore se tenait au centre d'un petit cercle de matrones âgées, un verre de ratafia à la main. Pour être honnête, elle n'avait pas l'air particulièrement coupable. Si elle avait bel et bien invité Mr Sharpe, son visage n'en trahissait rien. Elle avait plutôt l'air complètement indifférente.

— Pensez-vous qu'il ait pu s'inviter tout seul ? demanda Sarah qui évitait soigneusement de regarder Mr Sharpe.

Clairement, cet homme l'avait profondément contrariée. Chaque fois qu'il était proche ou même qu'on mentionnait son nom, Sarah semblait mal à l'aise.

Christina comprenait pourquoi. Cet homme était particulièrement irritant ! D'ailleurs, c'était probablement l'homme le plus irritant qu'elle avait jamais rencontré. Quand elle lui avait parlé l'autre jour au bal, il s'était montré particulièrement direct et impoli. Aucun gentleman ne se serait adressé à une lady comme il l'avait fait.

Une petite voix lui susurra qu'une vraie lady ne se serait pas non plus adressée à Mr Sharpe comme elle l'avait fait, mais elle la réprima immédiatement.

— Honnêtement, cela ne me surprendrait guère. Il n'a pas de manières, aucune décence, pas de…

Elle s'interrompit quand le regard de l'intéressé accrocha le sien à travers la pièce.

Mr Sharpe la salua d'un sourire, ce qui ne fit qu'attiser la colère de Christina. Que lui arrivait-il ? Ils n'étaient pas amis ! Ils ne se connaissaient même pas ! Au contraire, il était son ennemi juré. Quoique… c'était peut-être un tantinet exagéré. Cela dit, Christina le détestait de tout son être pour le rôle qu'il était en train de jouer dans la vie de son amie.

— Qui regardes-tu avec autant d'intensité ? couina la voix de Harriet une seconde avant d'apparaître dans le champ de vision de Christina.

Ses boucles d'un roux vif rebondirent sur ses épaules puis volèrent sur le côté quand elle tourna brusquement la tête en direction de Mr Sharpe.

— Oh, lui !

Les paupières plissées, elle se tourna vers sa sœur.

— Honnêtement, je n'ai jamais compris pourquoi tu ne l'apprécies pas. Il semble très aimable.

Christina poussa un reniflement moqueur.

— Comment peux-tu dire une chose pareille ? dit-elle en regardant Sarah, refusant de perturber davantage son amie. Sais-tu pourquoi il est là ? Mère ou Père l'ont-ils invité ? Ou bien Leonora ?

Elle plissa le front et jeta un regard rapide à son nouveau beau-frère.

— Il n'est quand même pas ami avec Drake ?

Harriet lança la tête en arrière et éclata de rire.

— Oh, tu t'imagines ? Ils sont comme le jour et la nuit, l'un ténébreux et renfermé alors que l'autre est joyeux et taquin. Non, s'il est ami avec quelqu'un, ce doit être Phineas. Ils se ressemblent beaucoup, vous ne trouvez pas ?

Christina plissa le front puis elle regarda Sarah, légèrement soulagée de lire la même confusion sur le visage de son amie.

— Harry, honnêtement, je ne sais pas pourquoi tu t'obstines à ne pas le voir. Il est si…

Harriet leva la main pour l'arrêter.

— Si tu insistes pour crier et fulminer le jour du mariage de ta sœur, donne-moi le temps de m'éclipser.

Elle voulut se détourner, mais elle s'arrêta et regarda Sarah.

— Voulez-vous aller faire le tour des jardins ?

Elle coula un regard vers Christina puis leva légèrement les yeux au ciel avant de tendre la main à Sarah.

— Vous avez l'air d'avoir besoin d'un peu d'air frais.

Christina fit de son mieux pour ne pas laisser la remarque de sa sœur l'offenser.

— Allez-y, dit-elle à Sarah, consciente que présentement, elle était de bien piètre compagnie. J'ai besoin de rester seule un moment.

Avec un petit soupir, Sarah prit le bras de Harriet et adressa à Christina un petit sourire. Puis les deux jeunes femmes franchirent d'un même pas les portes de la terrasse et sortirent dans l'air chaud du début de l'été.

Inspirant profondément, Christina s'efforça d'apaiser sa nervosité. Toutefois, les petits picotements qui lui dévalèrent l'échine lui firent lancer un autre regard à Mr Sharpe par-dessus son épaule.

À sa grande surprise, ce maudit homme la regardait toujours. Pis encore ! Il l'observait. Pourquoi la scrutait-il ainsi ? Après tout, elle ne *pouvait* rien faire pour protéger son amie et il le savait parfaitement. Était-ce de la fierté prétentieuse ? Se réjouissait-il de lui faire savoir qu'il finirait par l'emporter ?

Y songer suffisait à lui faire bouillir les sangs. Elle ressentit le besoin de refermer les poings. Elle serra les dents et plissa les paupières. Elle voyait qu'il comprenait qu'elle était en colère. Elle repéra le sourire taquin qui lui monta aux lèvres ainsi que son sourcil légèrement arqué, comme s'il la défiait de s'emporter.

Ici.

Devant tout le monde.

Oh, non ! Elle n'entrerait pas dans son jeu. Elle n'exploserait pas. Elle contiendrait sa colère jusqu'à ce qu'elle puisse se retrouver seule.

Carrant les épaules, Christina pointa le menton et croisa directement son regard. Puis elle fit de son mieux pour imiter un sourire sincère, un sourire qui reflétait son assurance et son aplomb, et elle le conserva alors qu'elle comptait jusqu'à trois dans sa tête. Un instant plus tard, elle lui décocha un regard de défi, lui tourna le dos et s'éloigna.

Son cœur martelait sa poitrine et Christina n'aurait rien désiré de plus que de taper du pied et de lui arracher les yeux. C'était un désir enfantin et immature, mais cet homme ne pouvait s'en prendre qu'à lui-même.

Abandonnant la foule des invités, Christina sortit dans le couloir désert. Les voix joyeuses qui résonnaient dans son dos la narguaient, lui rappelaient que ses sentiments étaient bien différents de ceux de son entourage. Si seulement elle avait pu profiter du mariage de sa sœur ! Si seulement elle avait pu prendre part aux festivités, tout simplement ! Mais non, *il* fallait qu'il détruise tout ! Que faisait-il ici ?

— Qui vous contrarie autant, ma chère ?

En entendant la voix de Grannie Edie, Christina fit volte-face.

— Comment faites-vous pour toujours réussir à nous surprendre ? Et avec votre canne, en plus ?

Elle prit une inspiration vivifiante et regarda successivement son aïeule amusée et la canne de cette dernière.

— Je doute que cela dépende de moi, ma chère, répondit sa grand-mère avec un sourire indulgent. Vous semblez perdue dans vos pensées. Quelque chose vous tarabuste ?

La main droite pesant lourdement sur sa canne, Grannie Edie glissa son autre main sous le bras de Christina puis elles descendirent le couloir.

— Parlez-moi, mon enfant, et je vous promets de ne pas en souffler mot à qui que ce soit.

Christina secoua la tête.

— Oh, ce n'est rien.

Sa grand-mère renifla d'un air moqueur.

— Chris. J'ai vu qu'il n'y avait *rien* des centaines de fois – quoique pas aussi souvent que je n'ai vu *quelque chose* – et je peux vous dire qu'un *rien* provoque rarement des joues écarlates et un cœur qui bat la chamade, répliqua-t-elle en souriant. Allez-vous vraiment faire comme s'il n'y avait rien ?

Christina poussa un profond soupir.

— Oh, très bien. Pas besoin de vous le cacher, n'est-ce pas ?

Encore une fois, sa grand-mère poussa un petit rire.

— Bien entendu, vous êtes libre d'essayer. Toutefois, je doute que vous réussissiez.

Christina sourit à sa grand-mère puis, reconnaissante de l'avoir dans sa vie, elle lui donna une brève étreinte. Quoique souvent intrusive et fâcheusement tenace quand il s'agissait de se mêler des affaires des autres, son aïeule était dotée du cœur le plus bon que Christina avait jamais connu. Elle aimait aussi se dire que sa propre ténacité lui venait de sa chère aïeule, transmise comme un cadeau précieux.

— Que se passe-t-il, ma chère ? Est-ce le futur fiancé de Sarah ?

Christina s'immobilisa et se tourna pour regarder la vieille dame.

— Comment le savez-vous ? demanda-t-elle en plissant profondément le front. M'avez-vous observée ?

Sa grand-mère ricana.

— Comment pourrais-je en savoir autant sans cela ?

Ses yeux pâles et observateurs scrutèrent le visage de sa petite-fille.

— Il vous contrarie, fit-elle remarquer d'un ton pensif. Il vous contrarie profondément.

Christina sentit une bouffée de colère en entendant les paroles de sa grand-mère. Oui, il la contrariait ! Il l'irritait ! Il… !

— Je ne sais pas quoi faire, admit Christina qui se rendit compte que Mr Sharpe la contrariait aussi profondément parce que son insistance à vouloir épouser son amie lui donnait un sentiment d'impuissance.

Et Christina ne s'était jamais sentie impuissante. Elle ne s'était jamais retrouvée confrontée à un problème qu'elle ne savait pas résoudre. Et maintenant, elle était dépendante de *sa* coopération, qu'il refusait obstinément de lui accorder !

— Sarah ne peut pas l'épouser. Elle ne peut pas, c'est tout.

Sa grand-mère inclina la tête.

— Pourquoi donc ? Serait-ce un mari si terrible ? Vous devez admettre qu'il a l'air plutôt fringant avec ces yeux verts taquins et ses boucles brun foncé.

Les yeux de la vieille dame pétillèrent d'un éclat juvénile et Christina leva les mains au ciel.

— On croirait entendre Harriet, l'accusa-t-elle. Il a l'air d'un coquin, d'une canaille, d'un rebelle, d'un… scélérat. Oui, il a l'air d'un scélérat, le genre de bandit que le héros doit vaincre afin de sauver la demoiselle en détresse.

Elle poussa un grand soupir et croisa les bras devant elle.

— Voilà à quoi il ressemble !

Grannie Edie ricana et pour une fois, ce son contraria profondément Christina.

— Donc, c'est un scélérat et je suppose qu'il est juste de dire que Sarah est la demoiselle en détresse. Alors, qui est le héros ? demanda-t-elle avec un grand sourire à Christina. Vous ?

La jeune femme leva les yeux au ciel.

— En l'absence d'un fringant gentleman, oui ! Qui d'autre ?

Oh, elle aurait tant voulu être un homme – un gentleman, pour être précise – capable d'emmener Sarah loin d'ici. Un homme qui voulait l'épouser. Un homme qui serait bien pour elle. Un homme qui serait *bon* envers elle.

— Eh bien, commença Grannie Edie en reprenant le bras de sa petite-fille, même un héros a besoin d'un moment pour respirer, de temps en temps. Venez.

Ensemble, elles continuèrent à descendre le couloir jusqu'à ce que Grannie Edie désigne une porte avec sa canne.

— Je crois que la bibliothèque est par là.

Christina hocha la tête, car elle connaissait la maison depuis toujours. Après tout, c'était l'ancienne demeure de Sarah !

Elle tourna la poignée et entra, ses yeux passant rapidement des hautes fenêtres de plain-pied aux nombreuses rangées de livres qui couvraient les murs. Une cheminée était nichée dans un coin, entourée par des fauteuils qui donnaient envie de s'y asseoir. La pièce semblait paisible, avec le soleil chaud qui se déversait par les fenêtres, venant caresser l'acajou sombre des étagères et du plancher.

— Reposez-vous l'esprit pendant un moment, lui conseilla Grannie Edie depuis la porte. Je vais veiller sur Sarah.

Christina soupira et hocha la tête. Elle se sentait soudain entièrement vidée.

— Elle est sortie avec Harry. Je vous en prie, assurez-vous que

Mr Sharpe ne s'approche pas d'elle. Il lui met les nerfs à vif chaque fois qu'il vient l'aborder.

— Bien entendu, répondit la vieille dame avec un sourire bienveillant. Ne vous inquiétez pas. Je vous promets que tout ira bien.

— J'aimerais avoir votre foi en l'avenir, marmonna Christina qui se dirigea alors vers le fauteuil qui avait l'air le plus confortable.

Toutefois, après avoir fait un pas, elle s'arrêta et se retourna.

— Savez-vous qui a invité Mr Sharpe ici aujourd'hui ?

Grannie Edie haussa les épaules.

— Je n'en ai pas la moindre idée.

Puis elle referma la porte sur un sourire. L'écho de ses petites foulées s'estompa alors qu'elle s'éloignait dans le couloir.

CHAPITRE 6

SANS HÉSITATION

Thorne avait su ce qui allait se produire bien avant d'entrer dans la maison de lord Pemberton. À chaque pas, des murmures lui parvenaient aux oreilles et il pouvait quasiment sentir le regard des autres invités comme de petites aiguilles dans sa nuque. Ils n'essayaient même pas de dissimuler le choc et l'indignation que provoquait sa présence. Bien entendu, ils n'avaient pas besoin de le faire. Ils représentaient la crème de la société, prenant de haut tous ceux qu'ils considéraient comme inférieurs à eux, lui y compris. Personne ne les avait jamais tenus responsables de leurs actes et on n'avait pas cherché à leur reprocher leur comportement. Pour eux, ils agissaient bien.

Thorne les trouvait pourtant impolis.

Toutefois, il était déterminé à ne pas réagir. Gardant la tête haute, il pénétra dans le salon avec un sourire adéquatement poli plaqué sur le visage. Il contempla les invités et fit de son mieux pour ignorer leurs regards entendus avant de se retirer d'un côté de la pièce, une position avantageuse d'où il pouvait observer la plupart des événements. Épié par tout le monde, il continuait d'observer les gens qu'il était venu voir ce jour-là.

Ces Whickerton dévoyés – comme les nommait la haute société –

étaient une famille plutôt particulière. Thorne ne les désapprouvait pourtant pas. Bien au contraire !

Alors que lord et lady Whickerton conversaient avec leur fille et leur nouveau beau-fils, la marquise de Pemberton et leurs cinq autres enfants se mêlaient à des amis et des connaissances partout dans la pièce ainsi que dans les jardins. Du coin de l'œil, il aperçut la comtesse douairière assoupie dans un fauteuil, l'aînée des Whickerton collée à son côté. La cadette, une fille rousse, se tenait près de la fenêtre, le regard braqué sur une volée d'oiseaux qui traversaient le ciel bleu. Leurs cris résonnaient à l'intérieur de la pièce.

Où était-*elle* ?

Un frisson de tentation parcourut sa nuque et Thorne fit volte-face. Son regard s'abattit sur la furie aux cheveux dorés : lady Christina !

Se tenant dans un coin du salon en compagnie de nulle autre que Miss Mortensen – bien entendu ! –, elle n'avait pas encore remarqué sa présence. Venaient-elles d'entrer ? Ou bien ne l'avait-il pas remarquée jusqu'alors ?

Thorne en doutait.

Il la contempla et son pouls s'accéléra. Elle était belle, c'était indéniable ! Cela dit, ce n'étaient ni l'or de sa chevelure ni ses courbes appétissantes qui captivaient son attention. D'ailleurs, Thorne essaya de croiser son regard. Il voulait qu'elle le regarde et le voie. De ces yeux d'un bleu profond jaillissaient souvent des étincelles. Certaines synonymes de joie et d'exubérance, tandis que d'autres – particulièrement lorsqu'elle le regardait – révélaient de l'irritation et même de la fureur. Elle le détestait, c'était évident.

Et cela le dérangeait.

Cela le dérangeait beaucoup.

Dans un sens, il comprenait parfaitement pourquoi elle ressentait cela envers lui. Elle cherchait clairement à protéger son amie. Pour une raison quelconque, il terrifiait Miss Mortensen. Il n'avait jamais élevé la voix contre elle ou ne s'était exprimé méchamment en sa présence. Toutefois, elle n'osait jamais croiser son regard et semblait pâle chaque fois qu'il entrait dans une pièce. Thorne était profondément tenté d'aborder le sujet. Toutefois, il avait compris que cela représenterait une autre impolitesse qui la ferait de nouveau battre en retraite, le laissant une fois de plus sans réponse.

Lady Christina se montrerait peut-être plus coopérative. Elle ne lui donnait effectivement pas l'impression d'être quelqu'un sur la retenue. Son approche directe et inflexible avait fourni un spectacle impressionnant. Il avait apprécié leur conversation de l'autre jour et elle lui était restée à l'esprit plus longtemps qu'il l'avait anticipé.

Tous les enfants Whickerton semblaient téméraires et inébranlables dans leur approche du monde. Alors que certains, comme lady Pemberton, la sœur récemment mariée, paraissaient posséder une disposition plus tranquille, cette dernière ne lui donnait toutefois pas l'impression d'être du genre soumise… pas plus que l'aînée, celle qui ne s'écartait jamais de leur grand-mère. Elle avait beau rester en retrait, ses yeux observateurs voyaient plus de choses que ce que n'importe qui aurait pu soupçonner. Elle semblait sûre d'elle et conversait facilement avec les autres, le menton pointé et les yeux dénués du moindre effarement.

C'était une famille qui avait un profond respect pour chacun de ses membres. Thorne le voyait à la façon dont les yeux des parents parcouraient la pièce comme s'ils avaient besoin de s'assurer que tous leurs enfants étaient là, sains et saufs. Les six enfants Whickerton paraissaient souvent se regrouper, ne s'éloignant jamais les uns des autres, toujours au courant quand l'un d'eux s'en allait ou avait besoin de conseils ou de réconfort.

Thorne devait admettre que les observer le rendait mélancolique. Cela lui rappelait ce qui manquait à sa vie. Cela lui faisait regretter que ses parents ainsi que ses frères et sœurs n'aient pas survécu. Cela lui faisait souhaiter d'avoir eu la chance de les connaître au-delà des quelques années qu'ils avaient partagées.

Son regard revint vers lady Christina et, comme si elle sentait qu'il la regardait, elle tourna la tête et ses yeux bleus pétillants accrochèrent son regard.

Thorne le sentit comme un coup de poing dans le ventre. Le

moment de leur connexion ; quand elle le vit enfin. Bien entendu, elle le fusillait du regard, mais elle le *regardait*.

Lui.

Personne d'autre.

Thorne lui adressa un petit sourire, chose qui ne fit apparemment que l'irriter davantage. Derrière la jeune femme, Miss Mortensen semblait plus pâle qu'avant. À plusieurs reprises, ses yeux se posèrent sur lui et se détournèrent, ne s'attardant jamais. Les deux jeunes femmes échangèrent quelques mots avant que la plus jeune sœur Whickerton ne fasse son apparition. Ses cheveux roux bondissant sur ses épaules, elle se tourna pour voir ce que regardait sa sœur.

Ses yeux se posèrent sur lui pendant un instant et Thorne la vit sourire. Clairement, elle ne partageait pas l'aversion que lady Christina ressentait à son encontre.

Les trois jeunes femmes conversèrent entre elles sous le regard de Thorne qui se délectait de chaque œillade haineuse que lui jetait lady Christina. Il ne pouvait s'empêcher de penser qu'elle ne le méprisait pas autant qu'elle l'aurait voulu. Il y avait quelque chose dans ses yeux bleus qui trahissait d'autres émotions, des émotions qu'elle aurait désespérément voulu maîtriser. Plus encore, il songeait malgré lui qu'à un certain niveau, elle aussi appréciait leur connexion quelque peu inattendue.

C'était précisément pour cela que Thorne était venu ce jour-là.

Un moment plus tard, la benjamine des Whickerton attira Miss Mortensen à l'écart et les deux femmes sortirent dans les jardins. Lady Christina resta seule pendant quelques secondes, puis elle lui décocha un dernier regard menaçant. Enfin, elle tourna les talons et disparut dans le couloir. Thorne ignorait où il menait, toutefois, il était certain qu'il devait la suivre.

Forçant ses pieds à rester immobiles pendant quelques instants de plus, il braqua les yeux sur la porte arquée par laquelle lady Christina avait disparu. Puis il se mit en mouvement, sentant son cœur s'emballer d'anticipation.

Il avait toujours su ce qu'il voulait. Il avait toujours été prompt à réaliser ses ambitions et ses désirs. Et il les avait toujours poursuivis avec une détermination inflexible, n'hésitant jamais, ne remettant jamais rien en question.

Le couloir était désert et au fil des pas, les voix dans son dos s'amenuisaient. Il parcourut du regard les nombreuses portes qui s'alignaient de part et d'autre. Il se demandait quoi faire quand soudain, un mouvement devant lui retint son attention.

Une porte s'ouvrit et il entendit des voix. Il était encore trop loin pour déchiffrer ce qu'elles disaient. Toutefois, il était certain qu'une de ces voix appartenait à lady Christina.

Le moment suivant, la comtesse douairière sortit dans le couloir, marqua un temps d'arrêt, marmonna quelques paroles, poussa un petit rire puis referma la porte. Elle descendit le couloir et l'aperçut.

Pendant une seconde ou deux, la vieille femme se contenta de poser sur lui un regard curieux et déterminé. Puis elle s'approcha de lui en s'appuyant sur sa canne avec la main droite. Toutefois, elle se déplaçait avec une agilité surprenante.

— Mr Sharpe, je présume.

Elle le considéra avec quelque chose de presque taquin dans ses yeux pâles.

Thorne ricana.

— C'est juste, Madame.

Comme si elle ne le savait pas !

Il braqua les yeux sur la porte qu'elle avait refermée derrière elle, un peu plus loin dans le couloir.

— Ces rassemblements peuvent être un peu fatigants, lui dit-elle en jetant un regard par-dessus son épaule. Si vous avez besoin d'une retraite temporaire, je vous suggère la bibliothèque. C'est un endroit particulièrement paisible.

Elle afficha un sourire diabolique.

— C'est peut-être précisément ce que vous recherchez.

Elle haussa les sourcils d'un air de défi puis lui adressa un geste du menton. Enfin, elle reprit sa route vers le salon. Face à sa démarche vacillante, il se demanda laquelle des impressions qu'il avait eues à propos d'elle reflétait la vérité.

— En êtes-vous certaine ? demanda Thorne alors qu'elle était quasiment arrivée au bout du couloir. Je sais qu'il est parfois difficile de vivre dans le... doute.

La comtesse douairière se tourna pour le regarder.

— Personne n'a jamais prononcé de mots plus justes, lui dit-elle d'un air pensif. Toutefois, nous pouvons avoir plusieurs raisons de douter. Le choix est entre vos mains tout autant qu'entre les siennes.

— Comme dans votre cas personnel ?

La comtesse douairière opina.

— Effectivement, et je ne l'ai jamais regretté une seule seconde.

Thorne lui sourit.

— Jamais ?

Elle secoua la tête.

— Jamais.

Puis elle se tourna et s'éloigna lentement.

Inspirant profondément, Thorne descendit le couloir vers la porte qu'elle avait refermée derrière elle plus tôt. Il hésita une seconde, pensant que peut-être, il serait judicieux de se pencher sur la question. Toutefois, au plus profond de lui, Thorne savait ce qu'il voulait.

Il l'avait su depuis qu'il avait posé les yeux sur elle. Il ne s'était jamais attendu à ressentir une telle chose, mais c'était pourtant le cas...

Un sourire lui fendit le visage alors qu'il tendait la main vers la poignée pour ouvrir la porte.

Il savait ce qu'il avait choisi de faire et il n'hésiterait pas.

CHAPITRE 7
LA PLACE D'UNE AUTRE

Malgré les bouleversements émotionnels qui faisaient battre son cœur avec frénésie, Christina sentit qu'elle respirait plus facilement alors que son regard passait sur les rangées successives de livres dans la bibliothèque. Après s'être débarrassée de ses chaussons, elle s'était blottie dans le fauteuil, avait replié les jambes sous elle et calé la tête contre le dossier molletonné. Une lumière chaude se déversait par les fenêtres, baignant la grande pièce voûtée d'un léger éclat.

Christina poussa un soupir de soulagement. Elle sentit ses muscles se détendre et son esprit s'apaiser. Depuis son enfance, la bibliothèque avait été son endroit préféré. Si elle avait cessé d'écrire ses réflexions et ses fantaisies il y a longtemps, Christina aimait toujours se plonger dans celles des autres. Il restait peu de livres dans la bibliothèque de son père qu'elle n'avait pas encore lus, car elle aimait être transportée dans un autre monde, voir les choses à travers les yeux d'autrui, connaître des expériences très éloignées de sa propre vie cloîtrée.

C'était bon de pouvoir se retirer de tout de temps en temps. Sa grand-mère avait eu raison de le lui suggérer. Son cœur s'apaisa lentement et elle sentit la tension des quelques moments précédents quitter lentement son corps. Elle afficha un sourire chaleureux alors que son regard continuait à parcourir les longues rangées de livres, puis elle eut envie de traverser la pièce à pas de loup pour s'emparer d'un volume sur la haute étagère à l'autre bout.

— Seulement une page ou deux, se murmura-t-elle en dépliant les jambes, posant à terre ses pieds seulement vêtus de bas. Rien qu'une page ou deux, puis je retournerai au salon.

Elle poussa un petit rire tout en se redressant, abandonnant ses chaussons, et elle se dirigea vers cette promesse d'évasion sur laquelle ses yeux étaient braqués. Elle n'avait pas fait plus de quelques pas qu'un léger craquement la fit se retourner, les yeux braqués vers la porte.

Son cœur remonta dans sa gorge et elle sentit son corps se crisper alors que la porte s'ouvrait à la volée, ne révélant nul autre que Mr Sharpe.

Pendant un moment qui lui parut sans fin, Christina se contenta de le regarder, certaine que c'était une sorte de mirage. Son esprit la torturait peut-être en lui envoyant son image, la punissant de s'être retirée dans la bibliothèque le jour du mariage de sa sœur. Elle aurait dû se trouver au salon, à féliciter Leonora et à les aider, son mari et elle, à s'occuper de leurs invités. Au lieu de cela, elle s'était enfuie, toutes ses pensées centrées sur elle-même et cette sensation d'impuissance qui la saisissait toujours quand elle songeait à lady Hartmore qui voulait marier sa fille à Mr Sharpe.

Cette même sensation s'infiltra en elle quand elle plongea dans les prunelles vertes de Thorne. Un petit sourire s'attardait sur les lèvres du jeune homme et elle le parcourut du regard, notant ses cheveux légèrement ébouriffés et sa cravate maladroitement nouée. D'ailleurs, elle avait l'impression que, peu habitué à porter un tel accessoire, il n'avait cessé de tirer dessus.

Levant le menton, Christina ravala une sensation accablante d'inévitabilité – comme si ce n'était pas à elle de choisir celui qui allait conquérir son cœur – et une fois de plus, elle dirigea ses pensées vers des émotions plus importantes.

— Que faites-vous ici ? demanda-t-elle en croisant les bras devant elle et en le fusillant du regard d'une façon qui aurait fait décamper tout véritable gentleman.

Toutefois, de nom et de comportement, Mr Sharpe n'était pas un gentleman, n'est-ce pas ? Christina le savait depuis longtemps, aussi ne fut-elle pas surprise quand, au lieu de partir, ce maudit homme referma la porte et s'avança vers elle.

— Je suis venu chercher un moment de répit, lui dit-il d'une voix qui la fit douter de chaque mot. Et vous ?

Il s'avança vers elle et Christina pointa davantage le menton, car la façon dont il la regardait éveillait au creux de son ventre un sentiment profondément déroutant.

— Partez ! lui ordonna-t-elle d'un ton hautain. Vous ne devez pas rester là ! Si nous sommes découverts ensemble…

Elle pinça les lèvres, momentanément désarçonnée quand elle le vit afficher un sourire en coin comme si… comme si…

— Ce n'est pas correct ! lui lança-t-elle en faisant de son mieux pour ignorer les légères palpitations de son cœur.

Le sourire du jeune homme ne fit que se décupler quand il baissa les yeux et remarqua qu'elle avait retiré ses chaussures.

— Vous maîtrisez parfaitement ce genre de considérations, si je ne me trompe pas ?

Il s'approcha d'elle d'un pas nonchalant avec un regard qui la fit trembler.

— Puis-je vous poser une question ?

Curieuse, Christina le regarda en plissant les paupières. Elle se reprochait son envie de le laisser parler. Pourquoi se préoccupait-elle de ce qu'il pensait ?

— Si vous y êtes contraint.

Encore une fois, ce sourire irritant et attachant dansa sur les lèvres de Thorne.

— Vous arrive-t-il de ne pas dire ce que vous pensez ?

Christina sentit ses narines s'évaser.

— Oh, je me retiens, croyez-moi ! Si je disais ce que je pense, alors…

Son sens du décorum qui luttait contre le besoin presque désespéré de s'en prendre à lui la tiraillait et la remplissait de doute. Elle détestait être aussi indécise.

— Pourquoi paraissez-vous détester ma simple présence ? demanda Mr Sharpe de façon plutôt inattendue en s'approchant d'un pas, suffisamment près pour que Christina puisse voir des mouchetures dorées danser dans ses yeux verts.

Elle poussa un soupir exaspéré.

— Comment osez-vous me demander une chose pareille ? Vous savez très bien pourquoi !

Elle le regarda en secouant la tête.

— N'ai-je pas clairement exprimé mes sentiments à ce suj... ?
— En effet, l'interrompit Mr Sharpe.

Il se rapprocha d'un autre pas. Quelque chose d'audacieux et de défiant pétillait dans les yeux qu'il gardait braqués sur elle.

— Alors pourquoi cette haine ? Je peux comprendre que vous ne goûtiez pas à ma présence, ici à Londres, ainsi qu'à mon intention de demander votre amie en mariage. Toutefois, la façon dont vous me regardez me révèle que votre motivation est tout autre.

Christina déglutit quand il la considéra comme personne ne l'avait encore jamais fait. C'était comme s'il lisait en elle et connaissait précisément ses pensées et ses sentiments.

— Il y a quelque chose que vous refusez d'admettre, poursuivit Mr Sharpe qui se trouvait à présent à moins d'un mètre d'elle. Dites-le-moi tout de suite, la défia-t-il avec un autre sourire irritant comme s'il savait précisément ce qu'elle allait faire. Dites-moi à quoi vous pensez quand vous me regardez.

Christina déglutit fort et essaya désespérément de retrouver son aplomb.

— Quand je vous regarde, lui dit-elle en faisant de son mieux pour durcir son ton et surprise de découvrir que c'était loin d'être facile, je vois un homme qui ne mérite pas mon amie. Je vois...

Mr Sharpe émit un son moqueur.

— Pendant combien de temps avez-vous l'intention de vous raccrocher à cette excuse ? la taquina-t-il en se rapprochant, la transperçant du regard comme s'il était en mesure de déceler la vérité malgré son manque de coopération.

— Cette excuse ? lança Christina qui se délecta de la vague de colère que ses paroles condescendantes firent s'abattre sur elle. Vous ne possédez peut-être pas le moindre sens de la loyauté, ce qui n'est bien entendu pas surprenant vu vos origines, toutefois, Sarah est ma plus chère amie. Je la considère quasiment comme ma sœur et je ferai le nécessaire pour m'assurer que…

— Le nécessaire ? répéta Mr Sharpe avec un sourire taquin. Ce qui me rappelle que vous me devez toujours une réponse…

Christina plissa le front.

— Une réponse ? Une réponse à quoi ?

— Ne vous rappelez-vous pas notre conversation de l'autre jour ? répliqua-t-il avec un petit rire.

Le sourire qu'il lui adressa révéla à la jeune femme que lui-même s'en souvenait dans les moindres détails et elle sentit ses joues s'embraser.

— Apparemment si, en conclut-il.

Il n'était clairement pas aveugle.

Ignorant l'impulsion de quitter la pièce en courant, Christina carra les épaules et soutint son regard, refusant de se laisser intimider par un homme de basse extraction.

— Vous n'avez aucun droit d'être ici. C'est le mariage de ma sœur et je doute qu'un membre de ma famille vous ait invité. Partez ! Quittez cette maison ! Quittez Londres ! Retournez d'où vous venez !

Soutenant son regard, Mr Sharpe secoua lentement la tête de droite à gauche.

— Pas avant que vous n'ayez répondu à ma question, murmura-t-il, donnant à ces mots une intimité qu'ils n'auraient pas eue sans cela.

Il ne détourna pas la tête, la mettant au défi de lui répondre, énonçant d'une voix forte et claire qu'il ne bougerait pas tant qu'elle n'aurait rien dit.

— Répondez-moi et je partirai. Pas de Londres, mais de cette pièce.

Christina fit de son mieux pour lui jeter un regard exaspéré seulement destiné à dissimuler les battements irrités de son cœur.

— Très bien. Quelle était votre question ?

Ce maudit homme ricana sans cesser de sourire.

— Comme si vous ne vous en souveniez pas… murmura-t-il de ce même ton bas.

Bien entendu, Christina s'en souvenait. Après l'avoir quasiment fui le jour du bal, cette question avait continué de la tarabuster et la tenait éveillée toutes les nuits, pour une raison qu'elle n'osait pas explorer.

— Je crains que non, dit-elle.

Toutefois, ses propres paroles lui semblèrent creuses.

Le sourire de Mr Sharpe s'élargit, coupant le souffle de la jeune femme alors qu'il se rapprochait, les yeux toujours braqués sur les siens comme s'ils avaient le pouvoir de la clouer sur place. Il inspira profondément et le moment entre eux s'étira d'un battement de cœur à un autre… puis un autre.

— Jusqu'où seriez-vous prête à aller ? demanda-t-il, réitérant ses propos de l'autre soir. Prendriez-vous sa place ?

Christina savait déjà ce qu'elle devrait répondre. Elle l'avait su à l'époque et elle le savait à présent. Cela dit, sa voix semblait l'avoir brusquement désertée. Les mots ne voulaient pas venir. Ils refusaient de franchir ses lèvres pour remettre cet homme à sa place. Pourquoi ? Pourquoi ne parvenait-elle simplement pas à le dire ?

En colère contre elle-même, Christina ouvrit la bouche, déterminée à dire quelque chose, à lui fournir une réponse qui aurait exprimé tout son mépris à la perfection… quand Mr Sharpe franchit soudain la distance qui les séparait.

Complètement prise au dépourvu par cette proximité, Christina inspira brusquement. Puis elle sentit son cœur s'arrêter de battre quand il tendit les bras et que ses mains se posèrent sur sa taille d'un geste presque possessif.

— Que faites-vous… ?

— Vous sacrifieriez-vous pour la sauver ? demanda Mr Sharpe de si près qu'elle sentit son souffle sur ses lèvres. Prendriez-vous sa place… à mes côtés ?

Levant les yeux vers lui, Christina ne parvint pas à empêcher sa respiration de s'accélérer. Elle sentait le souffle chaud de Thorne se mêler au sien et avait conscience qu'elle devrait l'arrêter. Elle devrait quitter son étreinte. Elle devrait le réprimander d'avoir pris autant de libertés. Elle devrait…

— Je crois que j'ai trouvé une question qui n'a pas de réponse facile, ricana-t-il.

Il resserra sa prise sur sa taille pour la rapprocher de lui.

Christina retint son souffle.

— Lâchez-moi !

Elle fut soulagée quand elle retrouva la capacité de parler.

— J'exige que vous me lâchiez sur-le-champ !

— Et moi, j'exige une réponse, répliqua-t-il en souriant sans la quitter du regard. Le feriez-vous ? Ou bien avez-vous une raison pour refuser de me répondre ? Essayez-vous encore de gagner du temps ?

Il baissa brièvement les yeux vers ses lèvres avant d'ajouter :

— Aimez-vous tant ma compagnie qu'en refusant de répondre, vous espérez que je vous embrasse ?

Sonnée par le choc, Christina ouvrit de grands yeux. Ce qui était profondément choquant n'était pas la menace – ou peut-être la possibilité – d'un baiser, mais plutôt que cette vérité lui ait été révélée de façon aussi inattendue. Oui, Christina s'était déjà retrouvée à deux doigts d'être embrassée. Toutefois, elle n'avait jamais été indécise. Elle avait toujours su d'instinct ce qu'elle voulait… ou plutôt, ce qu'elle ne voulait *pas*.

Toutefois, à présent, elle devait bien avouer – ne serait-ce qu'à elle-même – que la perspective d'embrasser Mr Sharpe était fâcheusement tentante. Elle ne devrait pas aspirer à son baiser. Elle ne devrait pas et pourtant, quelque part, d'une certaine façon, inexplicablement, c'était le cas.

Avant que l'un ou l'autre ne décide d'agir, la porte de la bibliothèque s'ouvrit brusquement, laissant entrer un petit groupe d'invités. Leurs voix résonnèrent si fort dans la pièce voûtée que Christina se demanda comment elle ne les avait pas entendus approcher. La vérité était peut-être qu'elle avait été simplement trop emportée par le moment. Quelle qu'en soit la raison, cela ne changeait pas la réalité.

Et la réalité était que lady Christina Beaumont, fille du comte de Whickerton, se trouvait dans l'étreinte intime d'un gentleman – non, d'un *homme* ! – qui baissait la tête pour l'embrasser. Les chaussons de la jeune femme étaient oubliés à quelques pas de là, tandis qu'un groupe de curieux les observaient comme s'ils étaient exposés au musée.

Décidément, cette journée n'aurait pas pu tourner plus mal ! Qu'allaient-ils faire à présent ?

CHAPITRE 8

CE QU'ON ATTENDAIT D'EUX

Thorne devait bien admettre que lui aussi s'était laissé emporter par le moment. Malgré le soin avec lequel il avait planifié chaque étape, lorsqu'il s'était rapproché, il avait agi par pur instinct. C'était l'effet qu'elle avait sur lui ! Quand elle le scrutait avec ses yeux bleus étincelants, il oubliait tout, la réalité et les bienséances. Un simple mot d'elle avait chamboulé ses projets les mieux établis, et il avait cédé à des désirs qu'il n'avait pas pleinement anticipés.

Bien entendu, il connaissait l'effet qu'une belle femme pouvait avoir sur un homme. Il avait déjà été perdu dans le flou du désir. Pourtant, ceci était différent.

Elle était différente.

Certes, il avait envie de l'embrasser, mais ce n'était pas tout ce qu'il voulait, désirait ou chérissait. Il aimait la façon dont elle lui mentait avec aplomb, prétendant ne pas ressentir l'attraction qui crépitait entre eux. C'était si captivant de la voir lutter pour reprendre le contrôle sans rien céder, garder la tête haute et faire semblant qu'en réalité, elle le méprisait ! C'était peut-être le cas, mais plus probablement dû à l'effet que lui aussi exerçait sur elle. Elle n'aimait pas perdre le contrôle et se retrouver à la merci de quelqu'un d'autre, aussi le repoussait-elle.

Elle luttait contre elle-même.

Ses propres désirs et ses aspirations.

Toutefois, il avait senti qu'elle cédait de plus en plus au fil des secondes. Sa résistance s'était amenuisée. Il avait vu ses muscles commencer à se détendre et la tentation pétiller dans ses yeux bleus.

Il voyait qu'elle n'était pas contente de se retrouver attirée par lui et quelque chose au plus profond de son être criait à la jeune femme de lui résister, de résister à cette attirance inattendue entre eux.

Pourtant, au moment où cette satanée porte s'était ouverte, Thorne avait perçu qu'elle avait été à deux doigts d'acquiescer.

À présent, il devrait attendre.

Attendre une autre occasion.

Mais son heure viendrait.

Leur moment viendrait et il ne le laisserait pas lui glisser à nouveau entre les doigts.

— Nous ne sommes pas seuls, je le crains, murmura-t-il.

Il la vit ouvrir de grands yeux choqués quand l'impact de leur situation s'infiltra lentement dans son esprit. Ils ne s'étaient pas encore tournés pour regarder ceux qui étaient entrés sans avoir eu la courtoisie de toquer. Toutefois, ils savaient tous les deux ce qui les attendait à présent.

Lady Christina déglutit puis baissa les yeux. Il sentit qu'elle se retirait de ses bras. Thorne ôta ses mains d'elle, lui accordant plus de distance qu'il l'aurait voulu. Toutefois, ce n'était pas le moment. Présentement, ils avaient d'autres problèmes.

Thorne ne connaissait aucune des personnes qui se tenaient dans l'encadrement de la porte et les observaient, bouche bée. Un par un, tous entrèrent dans la pièce au lieu de sortir dans le couloir. La curiosité les poussait à avancer en échangeant des murmures étouffés. Chaque fois que quelqu'un entrait, un autre le suivait comme s'il y avait une quantité infinie d'invités agglutinés dans le couloir, dans l'attente d'être introduits.

Il entendit murmurer les mots *compromise, une situation particulière-*

ment indécente ainsi que *un mariage suivra promptement*. Cela ne le touchait pas, mais quand il baissa le regard vers sa complice et nota la pâleur de ses joues, il se sentit quelque peu honteux de ses actes.

Il croisa les doigts pour qu'un jour, elle les lui pardonne.

— Que se passe-t-il ici ? leur parvint une profonde voix masculine.

La petite foule se fendit pour laisser passer lord Whickerton et son épouse, suivis de près par les jeunes mariés. Ils les regardèrent successivement, lady Christina et lui, avec un air légèrement suspicieux.

— Si vous voulez bien nous accorder un moment d'intimité, dit le maître de maison d'une voix autoritaire alors qu'il se tournait pour faire face aux invités rassemblés.

Il leur adressa un bref hochement de tête, sa haute stature et son ton autoritaire suffisant à faire reculer même la plus curieuse des commères. À contrecœur, un par un, tous battirent en retraite dans le couloir, échangeant frénétiquement des murmures et propageant de nouvelles rumeurs alors qu'ils se hâtaient d'informer les autres de ce qu'ils venaient de découvrir.

Enfin, la porte se referma derrière eux.

— Christina, que s'est-il passé ici ? demanda lord Whickerton en s'avançant vers sa fille. Vous allez bien ?

Sa voix exprimait de l'inquiétude et non un reproche.

Lady Christina hocha la tête. Son visage était pâle, mais ses yeux toujours aussi lumineux. Malgré le choc qui s'attardait sur ses traits, elle semblait aussi vive qu'à l'ordinaire. Thorne aurait voulu savoir ce qu'elle pensait en ce moment.

D'un autre côté, ce que pensait lord Pemberton était très clair, car il le fusillait du regard avec une hostilité prononcée. Dans son cou, le pouls battait rapidement et malgré son calme apparent, Thorne crut voir la colère commencer à bouillonner sous la surface. Manifestement, seule la présence apaisante de son épouse qui plaça une main sur son bras et le chercha du regard parvint à dissiper toute envie de vengeance.

Thorne avait rencontré lord Pemberton à une seule reprise, peu de temps auparavant, et l'homme lui avait paru du genre à adhérer à sa conscience plutôt qu'à l'opinion publique. Lui-même trouvait cette qualité admirable et ne se sentait absolument pas repoussé par le regard sombre de lord Pemberton. Après tout, cet homme ne faisait que protéger sa famille.

— Père, ce n'est rien, dit soudain lady Christina dont les traits se ravivèrent alors qu'elle prenait les commandes de la situation. C'était un malentendu. Rien de plus.

Ses parents échangèrent un regard puis sa mère s'avança vers elle.

— Chris, ma chérie, vous venez d'être découverte seule avec un gentleman. Ce n'est pas rien. Vous devriez pourtant le savoir.

Lady Christina poussa un profond soupir puis hocha la tête.

— Oui, bien sûr, Mère. Je ne suis pas idiote. Toutefois, c'était réellement… un malentendu.

Elle adressa à Thorne un regard lourd de sens qu'il eut du mal à interpréter.

— Il ne s'est rien passé de fâcheux.

— Quelle sorte de malentendu ? demanda la nouvelle lady Pemberton avec une lueur quelque peu suspicieuse dans ses yeux bleus, des yeux qui ressemblaient beaucoup à ceux de sa sœur.

Lady Christina hésita et coula un autre regard, quelque peu irrité, dans sa direction.

— Je suis venue ici chercher un moment de répit et je n'étais apparemment pas la seule. C'est tout.

Son père fronça les sourcils.

— Puis-je vous demander ce que vos souliers font là-bas ?

Lady Christina expliqua rapidement qu'elle se reposait dans le fauteuil près de l'âtre et avait eu l'intention d'aller prendre un livre quand *il* était entré sans prévenir. Jusque-là, Thorne savait qu'elle disait vrai, mais ses explications restaient superficielles.

— Si c'est le cas, dit lord Pemberton en se tournant lentement vers Thorne, pourquoi êtes-vous encore là ? Pourquoi n'êtes-vous pas sorti dès que vous vous êtes trouvé seul avec elle ?

Thorne s'éclaircit la gorge.

— Franchement, la demoiselle et moi devions discuter de quelque chose.

— Discuter ? s'enquit la nouvelle lady Pemberton en échangeant un regard avec sa sœur. De quoi deviez-vous discuter ? Seule à seul, qui plus est ?

Lady Christina poussa un profond soupir exaspéré.

— Je voulais qu'il cesse de faire la cour à Sarah. J'ai pensé que si je pouvais lui parler, je réussirais peut-être à le convaincre de braquer ses attentions ailleurs.

Elle poussa un autre soupir exaspéré et lui décocha un regard qui était loin d'être favorable.

— Malheureusement, je vois que j'ai échoué.

Encore une fois, lord et lady Whickerton échangèrent un regard entendu avant d'observer Thorne, le jaugeant des pieds à la tête.

— Êtes-vous toujours décidé à épouser Miss Mortensen ? s'enquit lord Whickerton avec un regard en coin à sa fille.

Nouant les mains derrière le dos, Thorne se redressa et soutint le regard inquisiteur de l'autre homme.

— Comme je l'ai expliqué à votre fille, je suis simplement en train de négocier avec le père de la jeune femme, lord Hartmore. Nous ne sommes parvenus à aucun accord pour l'heure.

Lord Whickerton hocha la tête.

— Je vois.

Il laissa courir son regard sur la pièce d'un air pensif, méditant sans nul doute les implications de la situation dans laquelle ils se trouvaient.

Thorne savait précisément ce qu'on attendait d'eux et il ne pouvait pas dénier qu'il était curieux de voir comment lord Whickerton réagirait. Émettrait-il des exigences, des conseils ou des suggestions ? Quelle sorte d'homme et de père était-il ? Thorne s'en doutait, mais il ne savait pas s'il allait voir ses soupçons confirmés.

Lord Whickerton se tourna vers sa fille.

— Christina, qu'avez-vous l'intention de faire ? Vous savez aussi bien que moi quelle ligne de conduite est attendue à présent.

À n'en pas douter, la rumeur de l'événement se propageait toujours parmi les invités présents et se répandrait à travers Londres dans les jours à venir. Lord Whickerton serra les dents et sa femme vint se positionner près de lui, posant une main sur son bras. Encore une fois, ils se regardèrent, un de ces échanges silencieux que Thorne avait surpris à l'occasion. Puis lord Whickerton se tourna vers lui.

— Mr Sharpe, quelles sont vos intentions ? Qu'allez-vous faire, à présent ?

Si tout naturellement, il avait une voix tendue, son expression demeurait calme.

Thorne soupira profondément, laissant son regard courir sur les gens qui le dévisageaient avec curiosité avant de le poser sur lady Christina pendant un long moment. En toute honnêteté, il avait pris sa décision il y a belle lurette. Les choses avaient été lancées et on ne pouvait pas revenir en arrière. Il savait ce qu'il voulait, ce qu'il voulait *toujours*, et il n'allait pas battre en retraite à présent. La seule question était de savoir ce qu'elle voulait, elle ?

Croisant le regard de lord Whickerton, Thorne hocha la tête.

— J'ai beau être considéré comme étranger à vos cercles, j'ai conscience de ce qui est attendu dans une telle situation. Si c'est ce que vous désirez, commença-t-il en regardant lady Christina, conscient que ses yeux bleus légèrement appréhensifs étaient braqués sur lui, nous nous marierons.

Il ne fut pas surpris de la voir écarquiller les yeux. On aurait pu croire que sa mâchoire allait se décrocher et tomber à terre. Elle le contempla, complètement désarçonnée par la tournure qu'avaient prise les événements. Ne l'avait-elle réellement pas vu venir ? Qu'allait-elle répondre ? Clairement, lord Whickerton ne forcerait jamais sa fille à quoi que ce soit. Aussi la décision lui appartenait-elle.

À elle seule.

Allait-elle le choisir ?

CHAPITRE 9

POUR RENDRE SERVICE À UNE AMIE

Pendant un moment, Christina eut l'impression que la pièce s'était mise à tourbillonner. Sa vision se troubla et un étrange gargouillis résonnait en sourdine à ses oreilles. Elle continua de contempler Mr Sharpe d'un air idiot, comme si elle n'avait pas intégré ses paroles. Toutefois, elles passaient en boucle dans son esprit.

Nous nous marierons.

Elle devait admettre que sa réponse l'avait prise par surprise. Elle ne s'était pas attendue à ce qu'il réagisse de la sorte. N'avait-il pas semblé décidé à s'unir avec Sarah ? Pourquoi ce revirement soudain ?

Bien entendu, d'un point de vue rationnel, il devrait peu lui importer d'épouser Sarah ou elle-même. D'ailleurs, objectivement parlant, elle constituerait le meilleur parti. Après tout, son père lui octroierait une dot généreuse – ce qui, vu la fortune de Mr Sharpe, n'aurait guère d'influence sur lui – et les connexions de sa famille aideraient certainement ce monsieur à s'élever en société, lui ouvrant des portes et l'aidant dans ses affaires. Alors oui, elle comprenait pourquoi il était si disposé à accepter ce mariage.

Quel maudit personnage ! Cela n'avait-il été qu'une ruse pour obtenir sa main ? Son arrivée dans la bibliothèque n'avait donc pas été une coïncidence ? D'ailleurs, plus elle y songeait, plus ce scénario semblait le plus probable.

Encore une fois, la fureur bouillonna dans ses veines et pendant une demi-seconde, Christina fut tentée de se jeter sur lui, déterminée à lui infliger de la douleur physique par tous les moyens possibles. Pour qui se prenait-il ? Venir ici à Londres, dans la maison de sa sœur, et la manipuler de la sorte ? Tout n'avait-il été qu'un stratagème ? La façon dont il l'avait regardée… avait voulu la toucher ?

Christina sentait toujours la chaleur de ses mains sur sa taille. Elle se souvenait encore de la caresse fugace de son souffle sur ses lèvres. Elle s'était bel et bien perdue dans ce moment. Elle s'était *laissé* manipuler. Elle s'était montrée vigilante et suspicieuse envers lui depuis le début, et pourtant, au moment où elle avait eu le plus besoin de rester alerte, sa simple présence lui avait dérobé sa raison.

Tout en se maudissant, Christina avait serré les poings qu'elle dissimula rapidement dans les plis de ses jupes. Elle ne voulait pas qu'il sache à quel point il l'avait troublée, mise en colère. Elle ne voulait pas qu'il voie qu'il avait été plus malin qu'elle.

Car c'était le cas, n'est-ce pas ?

La honte lui enflamma les joues et Christina se raccrocha à la pensée qu'au moins, à présent, elle aurait l'opportunité de l'éconduire. De le remettre à sa place. De le rejeter. Quelles que soient les circonstances, ses parents ne la forceraient jamais à accepter un homme qu'elle ne souhaitait pas épouser. Certes, sa réputation serait en lambeaux. Toutefois, il existait des destins pires que…

Christina se figea quand une nouvelle idée lui vint. Non, elle ne voulait pas l'épouser. Aucune femme saine d'esprit n'aurait accepté de l'épouser. Sarah non plus. Toutefois, s'il devait l'épouser *elle*, Sarah serait en sécurité.

Consciente que tous la regardaient dans l'attente d'une réponse, Christina se détourna et arpenta la pièce, son regard tombant sur ses chaussons toujours posés au pied du fauteuil dans lequel elle s'était assise… quand le monde tournait encore normalement.

— Nous ne sommes pas forcés de prendre une décision tout de suite, n'est-ce pas ? demanda Leonora.

Elle se tourna vers leurs parents, les yeux légèrement écarquillés et la voix résonnant d'une profonde inquiétude.

Il n'y a pas très longtemps, Leonora avait failli céder à un chantage au mariage pour le bien de ses sœurs, craignant que sa réputation écornée ne leur nuise à toutes. Toutefois, tout s'était bien terminé et Leonora avait épousé un homme qu'elle aimait vraiment, un homme qui était venu à sa rescousse sans la moindre hésitation. Christina voyait pourtant que la menace de ce mariage forcé lui pesait toujours et faisait trembler sa voix de peur, comme si c'était elle qui se tenait à ce carrefour.

— Bien sûr que non, répondit leur père, tendu, certainement tiraillé de tous les côtés.

Bien entendu, tout le monde savait que rétablir sa réputation après un tel scandale était presque impossible pour une femme. Toutefois, leurs parents avaient toujours insisté pour que leurs enfants prennent leurs propres décisions, pour le meilleur ou pour le pire. Le libre arbitre : voilà la seule façon de vivre sa vie et de trouver le bonheur. Les parents Whickerton avaient toujours pensé que c'était une vérité universelle.

Christina n'aurait jamais cru que quelques jours seulement après Leonora, elle se retrouverait dans une situation similaire, contrainte de trancher entre ses propres souhaits et ce qui serait le mieux pour ceux qu'elle aimait. En effet, si elle épousait Mr Sharpe, cela protègerait certainement la réputation de sa famille autant que la vie de Sarah.

Christina se tourna pour regarder Mr Sharpe, essayant de s'imaginer passer le reste de sa vie à ses côtés. Oui, c'était un véritable enquiquineur. Taquin et moqueur, avec un regard acéré qui en voyait bien plus qu'elle ne l'aurait voulu. Toutefois, elle le trouvait suffisamment décent pour ne pas craindre pour son bien-être si elle devait l'épouser. Et puis, elle avait toujours été plus affirmée que Sarah ou même Leonora. Oui, elle serait capable de lui tenir tête. Elle ne le laisserait pas la forcer à se soumettre. Non, elle garderait le menton fièrement pointé et serait peut-être même capable de lui enseigner comment traiter une dame. Dieu sait que c'était une leçon dont il avait bien besoin !

— Mr Sharpe, lui dit lord Whickerton, j'ai entendu dire que vous venez du Nord.

Mr Sharpe acquiesça et lui fournit un bref résumé de ses affaires, y compris l'usine de coton à Manchester.

— Et qu'est-ce qui vous amène en ville ? s'enquit Drake, le mari de Leonora, avec dans le regard cette lueur protectrice que Christina avait fini par apprécier.

Avant, ce genre de regard était exclusivement réservé à Leonora, mais à présent, il l'étendait apparemment au reste de la famille. Sa sœur avait choisi un bon mari.

Christina regarda Mr Sharpe. Elle aussi aurait voulu avoir cette opportunité. Même si elle l'éconduisait, aucun gentleman digne de ce nom ne la courtiserait plus, à présent. Si elle le repoussait, sa situation serait pire que celle de Sarah.

— Je crois, commença Mr Sharpe d'un ton déterminé tout en regardant successivement Drake et lord Whickerton, que le labeur équitable devrait être une exigence dans toutes les entreprises commerciales. J'ai vu bien trop de travailleurs blessés ou tués à cause de conditions de travail inadéquates. C'est quelque chose, je crois, qui a besoin d'être régulé par la loi.

Le visage de lord Whickerton se détendit et son regard se fit intrigué.

— Vous cherchez à rallier du soutien ?

Mr Sharpe hocha la tête.

— Franchement, je me sens chez moi à Manchester. Toutefois, Londres est l'endroit où aller si l'on veut implémenter des changements dans le droit du travail. Je suis venu ici pour m'assurer que ceux dont je suis responsable, ainsi que d'autres dans la même position, soient protégés. Jusqu'ici, c'était à la discrétion de chaque propriétaire d'usine, individuellement, de déterminer les conditions de travail. Malheureusement, peu de gens prennent cette responsabilité au sérieux.

Sa voix s'assombrit et Christina fut surprise de le voir serrer les dents. Sa mâchoire se contracta alors qu'il parlait de quelque chose qui attisait clairement la colère dans son cœur.

Son père hocha la tête en signe d'approbation. De toute évidence, Sharpe était remonté dans son estime.

— C'est louable. J'aimerais approfondir la question un autre jour, dit-il en coulant un regard à Christina.

Celle-ci ne savait pas si elle appréciait ou non le fait qu'entendre Mr Sharpe parler avec une telle compassion des besoins d'autrui le rende sympathique à ses yeux… du moins un peu. Manifestement, il possédait un côté gentil et bienveillant sous le masque odieux qu'il portait toujours en sa présence. Il n'était peut-être pas le pire des hommes, après tout, même s'il n'était pas un gentleman. Un gentleman ne se serait pas comporté de la sorte. Un gentleman ne l'aurait jamais manœuvrée dans une position où elle n'avait pas d'autre choix que d'accéder à ses désirs.

Christina plissa le front en se rendant compte que ce qu'elle pensait était loin d'être exact. Oui, quelque part, elle voulait qu'il y ait de bonnes personnes et de mauvaises personnes. Des gens à qui on pouvait faire confiance et d'autres pas. Cela ne simplifierait-il pas les choses ? Sauf que la vérité était loin d'être aussi simple. En effet, certains hommes considérés comme des gentlemen commettaient certainement des crimes particulièrement haineux afin d'atteindre leurs objectifs. N'avait-elle pas appris cette leçon quand Leonora avait subi le chantage d'un *gentleman* de la haute ? Car malgré son éducation et son statut, sa fortune et ses connexions, il s'était comporté comme un homme des plus vils.

Il était *toujours* particulièrement vil.

Mr Sharpe, par comparaison, était bel et bien le moindre des deux maux. Peut-être, songea-t-elle, devait-elle simplement le voir comme un défi ? Après tout, elle possédait la force et l'audace nécessaires pour le relever, ainsi qu'une bonne dose de franchise.

— Très bien, dit-elle, brisant le silence momentané, ses yeux passant de ses parents à sa sœur puis à Mr Sharpe.

— Très bien ? entendit-il sa sœur lui demander d'une voix qui tremblait légèrement d'anxiété. Que veux-tu dire ?

À ses paroles, Mr Sharpe plissa les paupières. Toutefois, les coins de sa bouche se recourbèrent lentement en un sourire alors qu'il la contemplait, l'observait et attendait. Elle voyait l'amusement et la curiosité danser dans ses yeux, la taquinant et se riant d'elle comme il l'avait toujours fait. Toutefois, elle ne vit rien qui l'effrayait ou la faisait craindre pour sa vie. Cet homme était peut-être, juste peut-être, relativement décent, après tout.

Et *elle* serait assurément capable de lui tenir tête. Cela ne devrait pas être trop dur, non ?

Et Sarah serait en sécurité.

Du moins pour le moment.

— Oui, répondit Christina à sa sœur sans détourner le regard de celui de Mr Sharpe. Je vais l'épouser.

Le silence s'abattit sur la pièce avant que toutes les voix n'explosent en même temps. Alors que ses parents l'encourageaient à temporiser pour y réfléchir, sa sœur fit objection à sa décision de but en blanc. Mr Sharpe, d'un autre côté, lui sourit. La lueur dans ses yeux lui rappelait sa question de tantôt.

Jusqu'où êtes-vous prête à aller ? Prendriez-vous sa place ?

Christina n'aurait jamais cru que la journée se terminerait ainsi. Pourtant, elle se retrouvait quasiment fiancée à un homme qu'hier encore, elle avait considéré comme un vaurien et de la pire espèce possible. Aujourd'hui, eh bien, elle devait admettre qu'il n'était pas… entièrement mauvais. À sa grande surprise, ils partageaient même quelques similarités. Ils avaient tous les deux la capacité d'exprimer ce qu'ils pensaient, chose rarement appréciée par leur entourage. D'ailleurs, Christina ne pouvait pas dire qu'elle goûtait à ses manières directes. Toutefois, avec le temps, ils apprendraient peut-être à s'entendre.

Et peut-être qu'un baiser vaudrait la peine d'enseigner à Mr Sharpe des manières dignes de ce nom.

Si seulement elle n'était pas forcée d'attendre !

CHAPITRE 10

RÉPERCUSSIONS

Des pas colériques résonnèrent dans le couloir et Thorne reposa sa plume avant de se tourner vers la porte. Un moment plus tard, celle-ci s'ouvrit violemment et lord Hartmore entra, suivi de près par le majordome de Thorne particulièrement indigné.

— Monsieur, je suis terriblement désolé, mais...

— Comment osez-vous traiter ma fille de la sorte ? rugit lord Hartmore, le visage écarlate, alors qu'il se précipitait vers le bureau de Thorne.

Il battit l'air avec les poings, les agitant comme s'il avait envie de frapper quelqu'un.

— Je devrais vous défier en duel sur-le-champ !

Lentement, Thorne se redressa. Il avait l'habitude des hommes tels que lord Hartmore. Des hommes qui fulminaient et rugissaient, affichaient des airs agressifs, mais fondamentalement, étaient dénués du courage ou de la détermination de les sceller par des actes.

— Alors, faites-le, le défia Thorne qui le regarda fermement par-dessus son bureau.

Clairement désarçonné, lord Hartmore pinça les lèvres. Dégoûté, il plissa les paupières et son visage se rembrunit considérablement. Toutefois, sa seule réaction fut de pousser un soupir indigné en disant :

— J'exige une explication. Que s'est-il passé hier soir à la réception de mariage de lord Pemberton ?

Il plissa davantage les yeux et regarda Thorne comme si celui-ci était un insecte qu'il aurait voulu écraser sous sa botte.

Thorne carra les épaules.

— Je crains de ne pas être en mesure de vous faire part du moindre détail, Milord. Toutefois, il semblerait qu'un malentendu se soit produit.

Il ricana, visiblement ravi de voir l'autre homme s'agiter devant lui, mal à l'aise. Il savait mieux que personne que lord Hartmore se considérait comme supérieur aux autres. Toutefois, pour l'instant, il se tenait là, furieux qu'on lui ait dérobé un mariage avantageux pour sa fille… pour lui-même. Après tout, ses dettes de jeu étaient accablantes.

L'homme serra les dents et ses muscles se contractèrent violemment.

— Un malentendu ? répéta-t-il d'un ton indigné. Nous avions un accord ! N'avez-vous aucun honneur ?

Thorne ricana.

— Je vous retourne la question.

Gardant le regard fixé sur celui de lord Hartmore, il contourna lentement le bureau et vit son interlocuteur se ratatiner, ses yeux injectés de sang reflétant son malaise.

— Vous jouez la fortune de votre famille, risquez leur bien-être et leur bonheur, leur volez tout puis ordonnez à votre fille de sacrifier son propre avenir afin de sauver sa famille. Pour vous sauver ! Où est l'honneur là-dedans ?

Pendant un moment, lord Hartmore sembla sur le point de rendre l'âme sur place. Son visage adopta une teinte aubergine et les yeux faillirent lui sortir de la tête alors qu'il regardait Thorne avec indignation.

— Toutes mes excuses si j'ai mis votre fille mal à l'aise, poursuivit

Thorne, soupçonnant néanmoins que Miss Mortensen avait été soulagée de découvrir qu'elle n'était plus destinée à devenir son épouse.

Après tout, à chaque fois qu'elle avait posé les yeux sur lui, elle avait pâli et s'était rapidement détournée comme si elle tolérait à peine de le voir. Clairement, il l'avait effrayée ou du moins, quelque chose dans leur union à venir la terrifiait. Qui aurait pu dire ce que les parents de la jeune femme lui avaient dit sur lui ? Ou ce qu'elle avait pu entendre de la bouche d'autres personnes ? Après tout, la société ne le trouvait pas digne d'être parmi eux.

— Elle sera perdue de réputation à présent, gronda lord Hartmore qui gesticula à nouveau sauvagement avec les poings comme si les agiter rapidement suffirait à revenir en arrière et rectifier le tir. Comment osez-vous l'éconduire ? N'avez-vous aucune décence ? Aucun gentleman ne voudra d'elle à présent !

— Je ne l'ai pas éconduite, insista Thorne, incapable de moucher le petit pincement de culpabilité qu'il ressentit en songeant à Miss Mortensen.

Oui, c'était elle la victime dans cette histoire et peut-être aurait-il dû se montrer plus prudent afin de lui éviter une telle humiliation.

— Nous n'étions pas parvenus à un accord. Je n'avais pas non plus fait ma demande à votre fille. D'ailleurs, c'est vous qui avez eu la présomption de faire circuler des rumeurs quant à nos noces prochaines. Si vous aviez été plus discret, rien de tout ceci ne serait arrivé ! Personne ne l'aurait jamais su.

Il adressa à lord Hartmore un regard acerbe.

Les poings tremblants, l'homme dévisagea alors Thorne, sidéré que quelqu'un qu'il considérait comme inférieur lui parle de la sorte. Après tout, lord Hartmore était visiblement convaincu qu'aucun de ses problèmes ne découlait de lui. Par conséquent, il n'avait jamais pris le temps de songer à endosser le moindre reproche. Selon l'humble opinion de Thorne, c'était précisément ce qui avait causé tous ces problèmes. Si cet homme possédait le moindre sens des responsabilités, il n'aurait jamais misé la fortune et l'avenir de sa famille.

— Je vous remercie de votre visite, dit Thorne d'un ton glacial.

Toutefois, puisque j'allais sortir aussi, je dois vous demander poliment de partir.

Il arqua les sourcils en désignant la porte.

Lord Hartmore souffla puis tourna les talons en marmonnant quelque chose d'inintelligible, mais de certainement insultant. Il sortit alors en trombe de la pièce, ses pas résonnant dans le couloir.

Thorne s'autorisa un petit sourire en voyant un membre de la haute société humilié de la sorte. Bien entendu, c'était mesquin et méprisant. Cela dit, après une vie entière à se faire mépriser et traiter sans le moindre respect, Thorne ne pouvait pas s'en empêcher. D'ailleurs, selon lui, lord Hartmore méritait bien pire pour ce qu'il avait fait… pour ce qu'il continuerait sans le moindre doute de faire à sa famille. Si seulement Thorne pouvait faire quelque chose afin de protéger Miss Mortensen des machinations à venir de son père ! Qui pouvait savoir à quel *expédient* l'aristocrate aurait maintenant recours ?

Quittant son étude d'un pas vif, Thorne mit son chapeau puis sortit sur le trottoir devant la maison individuelle qu'il avait louée le temps de son séjour à Londres. L'air était chaud et apaisant. Une légère brise faisait frissonner les feuilles des arbres qui longeaient la rue. Il avança à un rythme tranquille, ses pensées se détournant de la visite de lord Hartmore pour songer à la femme qu'il allait épouser.

Il sourit, une partie de lui se demandant encore s'il n'avait pas seulement rêvé le fait qu'elle avait accepté. D'ailleurs, il s'était attendu à ce qu'elle lutte bec et ongles. Toutefois, ce serait insensé de sa part de penser qu'elle avait accepté de devenir sa femme parce qu'elle avait des sentiments pour lui. Bien entendu, Thorne savait que lady Christina avait seulement accepté ce mariage pour protéger son amie.

Sa dévotion envers cette dernière ne faisait qu'accroître le respect que Thorne avait pour elle. Certes, elle avait ses défauts et ses idées absurdes, mais au fond, c'était une femme profondément compatissante et loyale, prête à sacrifier son propre bonheur afin de protéger quelqu'un qu'elle aimait beaucoup. Thorne ne pouvait qu'espérer que le bonheur finirait par les trouver tous les deux.

Songeant à elle, il accéléra le pas et sourit en voyant l'hôtel particulier de sa famille. Il avait véritablement hâte de la voir.

Bien plus qu'il ne l'aurait cru.

CHAPITRE 11

PARMI SES SŒURS

En descendant les marches vers le rez-de-chaussée, Christina trouva une petite foule qui l'attendait en bas, les yeux braqués sur elle et le front plissé.

— Je pressens une intervention, marmonna-t-elle avec un sourire involontaire tout en regardant ses sœurs.

Généralement, ces interventions concernaient Harriet, car c'était elle qui entretenait les idées et les projets les plus outrageux.

Devinant certainement à quoi songeait son aînée, Harry éclata de rire.

— Pour être honnête, je n'y vois aucune objection, dit-elle en ignorant les regards sombres de ses sœurs. Je suis juste venue pour m'amuser.

S'arrêtant sur la dernière marche, Christina se tourna pour regarder Louisa, Leonora et Juliet.

— Eh bien ? Dites ce que vous avez à dire.

Louisa secoua la tête.

— Pas ici. Viens.

Prestement, elle saisit le bras de Christina et l'entraîna en avant, leurs sœurs dans leur sillage. La porte du salon s'ouvrit violemment et Christina fut entraînée à l'intérieur puis poussée sur un canapé. La porte se referma derrière elles avant que ses sœurs ne s'installent autour d'elle, la regardant toutes. C'était une sensation étrange qui ne plaisait guère à Christina.

Jules, la plus âgée et la plus raisonnable, lui souriait gentiment.

— Christina, nous voulons seulement te parler pour nous assurer que tu...

— Tu ne peux pas l'épouser ! l'interrompit Leonora dont le pouls battait follement alors qu'elle secouait la tête. Tu ne peux tout simplement pas !

Christina comprenait les inquiétudes de sa sœur, vu ce qu'elle-même avait traversé récemment. Toutefois, elle s'était décidée et n'allait pas se laisser influencer.

— Pourquoi pas ? s'enquit Harry alors qu'elle plissait légèrement le front en regardant successivement une sœur puis l'autre.

Bouche bée, Leonora la regarda pendant un moment avant d'inspirer profondément, essayant de se calmer. Elle n'avait jamais été impulsive, mais plutôt calme et maîtrisée, réfléchissant à tout avant d'effectuer le moindre geste. De temps en temps, cela avait été enrageant d'attendre que Leonora se décide. Ce jour-là, toutefois, était différent.

— Elle le connaît à peine, commença-t-elle d'une voix tremblante et légèrement hésitante, comme si elle cherchait ses mots. Ou plutôt, elle ne le connaît pas du tout. Ils avaient à peine échangé deux mots. La seule raison pour laquelle on se retrouve ici à en discuter, c'est parce qu'ils ont été surpris seuls ensemble.

Un grand sourire illumina le visage de Harry.

— Précisément, dit-elle d'un ton taquin en braquant le regard vers Christina. Comment cela est-il arrivé, exactement ?

Une lueur malicieuse pétillait dans ses yeux et Christina sut d'expérience que généralement, quand sa benjamine trouvait quelque chose qui piquait sa curiosité, elle était comme un chien avec un os.

Exaspérée par Harry, Christina leva les yeux au ciel puis se tourna vers Louisa et Leonora, décidant qu'au moins, elle pourrait essayer de les détourner de la question.

— Que faites-vous ici, de toute façon ? Vous êtes jeunes mariées et pourtant, vous n'avez rien de mieux à faire que de passer voir votre petite sœur tôt dans la journée. Leonora, tu devrais être en lune de miel. Ton mari ne voit-il pas d'inconvénient à ce que tu passes ton temps ici avec nous ?

Leonora secoua la tête.

— Bien sûr que non. Il…

Elle marqua un temps d'arrêt et plissa les paupières.

— Il y a des sujets de conversation plus importants que mon mariage. Arrête d'essayer de nous distraire !

Elle leva les mains au ciel et regarda Louisa, car toutes deux avaient toujours été proches, autant que Christina et Harry.

Louisa hocha la tête et prit la défense de Leonora.

— Elle a raison, Chris, dit-elle avec un petit rire. Tu sais qu'on a besoin d'en parler. Tu n'espères quand même pas qu'on va simplement accepter cette folie et…

Christina éclata de rire.

— Quelle folie ? Vous êtes mal placées pour parler. Toutes les deux, n'avez-vous pas trouvé des maris d'une façon… comment dire ? Particulière ? Vous attendiez-vous vraiment à ce que je fasse exception ?

— Nous avons épousé des hommes que nous aimons, protesta Leonora en échangeant un regard entendu avec Louisa. Me dis-tu que tu es amoureuse de lui ? Comment serait-ce possible ?

Christina poussa un petit ricanement et secoua la tête.

— Bien entendu que je ne suis pas amoureuse de lui. Toutefois, j'ai mes raisons comme vous avez les vôtres. Pourquoi ne pouvez-vous pas le respecter ?

Harriet s'avança sur son siège. Ses yeux verts pétillaient de curiosité.

— Que s'est-il passé exactement hier soir ? demanda-t-elle en regardant successivement Leonora et Christina. J'admets être terriblement déçue de ne pas avoir été présente pour y assister.

Poussant un profond soupir, Christina se remémora brièvement les événements de la veille, fronçant les sourcils quand elle se rendit compte qu'expliquer les simples nécessités qui l'avaient fait battre en retraite dans la bibliothèque où l'avait retrouvée Thorne faisait paraître la chose très banale.

Pourtant, c'était loin d'être le cas.

Pas pour elle.

Et pour lui ?

Christina s'arrêta de respirer pendant quelques secondes quand elle repensa à leur proximité. Elle sentait toujours les mains de Thorne sur les siennes, revoyait ses yeux émeraude braqués sur elle, lisant en elle plus qu'elle ne l'aurait souhaité. Elle se souvint de ce sourire taquin sur ses lèvres et de la façon dont elle avait été attirée par lui. Plus que tout, Christina se souvint de son regret qu'ils aient été interrompus. L'aurait-il embrassée si on n'avait pas soudainement ouvert la porte ? L'aurait-elle laissé faire ?

— J'admets que Leonora marque un point, dit Louisa en tendant le bras pour tapoter la main de sa sœur, ce à quoi Leonora répondit par un sourire reconnaissant. Franchement, je ne t'ai jamais entendue parler en bien de cet homme-là. Au contraire, tu as l'air de détester sa simple présence.

Les yeux verts de Louisa plongèrent profondément dans les siens, exigeant une réponse, exigeant la vérité.

Juliet adressa un sourire apaisant au petit cercle de femmes.

— N'est-il pas l'homme que tu croyais ? demanda-t-elle doucement en se tournant vers Christina. Ou bien… ?

— Attends un peu ! l'interrompit Harriet en levant une main pour stopper les réflexions de tout le monde. L'épouses-tu simplement afin qu'il n'épouse pas Sarah ?

Toutes ses sœurs restèrent collectivement bouche bée.

Christina haussa les épaules.

— C'est un bon plan. Franchement, le meilleur que j'ai pu inventer.

Leonora la dévisagea. Elle devint très pâle.

— Ce n'est pas un bon plan ! Ce n'est même pas un plan ! C'est insensé ! C'est de la folie !

Ses mains se mirent à trembler et une fois de plus, Louisa les prit dans les siennes, lui offrant du réconfort.

Louisa tourna alors son regard inquisiteur vers Christina.

— Tu es sérieuse ? Tu ne l'épouses que pour protéger Sarah ? répéta-t-elle en secouant lentement la tête. Je te jure que moi aussi, je souhaite la voir heureuse en mariage, mais pas au prix de ton propre bonheur. Si cet homme est si terrible que tu crains pour son bien-être si on la forçait à l'épouser...

Ses yeux se voilèrent d'anxiété et elle secoua à nouveau la tête de droite à gauche comme si elle espérait que ce mouvement convaincrait Christina.

— Pourquoi n'as-tu pas peur ? Tu ne t'inquiètes pas pour toi-même ?

Christina déglutit. Elle luttait pour conserver son masque de décontraction et d'indifférence. Elle ne voulait pas que ses sœurs s'inquiètent. Elle ne voulait pas qu'elles sachent que – bien sûr – elle s'inquiétait. Malgré la tentation que représentait Mr Sharpe, elle n'avait aucune certitude quant à son caractère ou la façon dont il la traiterait une fois qu'elle deviendrait sa femme.

La nuit précédente, Christina avait lutté pour garder ses pensées braquées sur son exploit – elle avait trouvé le moyen de sauver Sarah – et loin du futur incertain qui se profilait à présent à l'horizon. Un futur avec un homme dont elle savait très peu de choses. Bien sûr, elle avait entendu des rumeurs sur des hommes tels que lui. Des rumeurs qui suggéraient qu'il était bien différent des gentlemen auprès desquels elle avait grandi. Une partie de Christina savait que ce n'étaient que des rumeurs répandues par des commères. Elles n'étaient pas nécessairement vraies. Il ne fallait pas juger les gens selon des aspects superficiels. Elle avait beau le savoir, elle ne pouvait pas s'empêcher d'entendre ces murmures répétés dans sa tête, et ils la faisaient s'interroger.

Les sourires que lui avait adressés Mr Sharpe jusqu'ici étaient-ils sincères ? Parlaient-ils de son caractère ? Ou bien étaient-ils simplement un masque, comme celui que lord Gillingham avait porté ? Il donnait l'apparence d'un gentleman, pourtant, c'était lui qui avait agressé Leonora. N'était-ce pas la preuve que ces maudits gentlemen pouvaient posséder des âmes tout aussi sombres ? Et que des hommes tels que Mr Sharpe pouvaient se montrer… décents et respectueux, et traiter une dame comme elle le méritait ?

Christina priait pour que ce soit possible. Elle voulait que ce soit vrai sans véritablement y croire. Parce que sans quoi, n'aurait-elle pas laissé Sarah épouser Mr Sharpe ? Sarah n'aurait-elle pas été en sécurité avec lui, après tout ? En effet, la seule raison pour laquelle Christina était intervenue, c'était parce qu'elle le prenait pour une horrible fripouille…

Sentant que ses sœurs la regardaient, Christina s'efforça de paraître indifférente. Elle leur adressa un nouveau sourire et un geste rapide de la main pour écarter leurs inquiétudes.

— Vous savez toutes très bien que Sarah est une fleur délicate. Elle n'aurait jamais été capable de gérer un homme tel que Mr Sharpe. Tandis que moi, j'ai beaucoup d'expérience avec… les personnalités difficiles.

Elle haussa les sourcils d'un air de défi et les regarda tour à tour.

Harriet s'esclaffa avec un sourire.

— À qui reproches-tu d'avoir une personnalité difficile ?

Elles éclatèrent toutes de rire et Christina voyait bien que ses sœurs n'étaient pas convaincues.

Les mains toujours tremblantes, Leonora poussa un profond soupir.

— Même si tu épouses Mr Sharpe, cela ne sauvera pas Sarah pour toujours.

Elle échangea avec Louisa un regard entendu.

— Un de ces jours, ses parents trouveront un prétendant qui ne se laissera pas décourager, quel qu'il soit. Et alors, qu'arrivera-t-il ?

Christina serra les dents, contrariée que sa sœur aborde ce sujet durant son moment de triomphe.

— Vous croyez que je ne le sais pas ? J'en ai conscience, bien entendu. Toutefois, c'est le mieux que je puisse faire pour le moment. Demain, je m'efforcerai de trouver pour Sarah un prétendant qui la mérite.

Elle regarda toutes ses sœurs.

— J'apprécierais votre aide.

Juliet hocha la tête, affichant à nouveau ce sourire maternel avant de regarder ses sœurs tour à tour.

— Bien entendu, nous ferons tout notre possible. Aujourd'hui, toutefois, on s'inquiète pour toi. Qu'ont dit Mère et Père à ce sujet ?

— Ils ne te forcent certainement pas à accepter sa main, fit remarquer Louisa avec un léger froncement de sourcils. Ils ne feraient jamais une chose pareille !

— Bien sûr que non, confirma Christina. Au contraire, ils m'ont dit à peu près la même chose que vous. Ils m'ont demandé d'y repenser, de prendre mon temps et d'y réfléchir prudemment, de ne pas prendre de décision hâtive sur laquelle on ne peut pas revenir.

En effet, quand elle avait parlé à ses parents plus tôt dans la matinée, Christina s'était sentie découragée en quittant leurs appartements. Les paroles de sa mère avaient été étonnamment sinistres, comme si accepter d'épouser Mr Sharpe était comme accepter un arrêt de mort. Était-ce possible ?

— Et ? l'encouragea Leonora.

Christina lui décocha un regard exaspéré.

— Et je leur ai dit ce que je viens de vous dire. J'ai pris ma décision.

Leonora se redressa d'un bond et commença à faire les cent pas devant la fenêtre, se tordant les mains et jetant régulièrement des regards incrédules à Christina.

— Nous devrions peut-être… commença Louisa quand un coup résonna à la porte.

Un moment plus tard, leur majordome apparut dans l'encadrement et annonça que Mr Sharpe était là pour voir l'intéressée.

Les sœurs retinrent leur souffle ensemble, écarquillant légèrement les yeux alors que toutes se tournaient pour regarder Christina. Leonora eut l'air de vouloir protester, mais elle pinça les lèvres. Louisa se précipita vers elle pour l'étreindre.

— Nous allons te laisser seule pour lui parler, dit Louisa à Christina avec une mise en garde dans le regard. Je te suggère d'apprendre à connaître l'homme que tu as accepté d'épouser.

Christina hocha la tête puis regarda ses sœurs quitter la pièce, une par une. Elle se redressa à son tour et s'approcha de la fenêtre, inspirant profondément afin de se préparer à refaire face à Mr Sharpe. Comme précédemment, Christina se sentait tiraillée entre deux directions. Une partie d'elle ressentait un profond malaise alors que l'autre fourmillait presque d'anticipation. C'était étrange, n'est-ce pas ?

Des pas résonnèrent à ses oreilles puis elle entendit une voix familière derrière elle.

— Si je ne me trompe pas, vos sœurs me détestent. Je suppose que vous leur avez fait part de votre opinion peu flatteuse.

Sa voix était taquine et quand Christina se tourna vers lui, elle ne put s'empêcher de sourire.

Avec lui, elle ne savait apparemment jamais à quoi s'attendre et elle ne savait pas vraiment si cela lui plaisait… ou non.

CHAPITRE 12

FÂCHEUSEMENT TENTANT

Refermant la porte derrière lui du bout de sa botte, Thorne ne put s'empêcher de contempler lady Christina. Elle était belle ; le soleil du matin entrait par la fenêtre et faisait danser des étincelles dorées sur ses cheveux soyeux. Ses yeux étaient écarquillés et uniquement rivés sur lui. Thorne dut admettre que cela lui plaisait ainsi. Un soupçon de nervosité s'attardait et il pouvait voir la pulsation à la base de son cou battre un peu plus rapidement que ce à quoi il se serait attendu.

Puis elle tourna les yeux pour regarder par-dessus son épaule, croisant les bras devant elle de façon légèrement réprobatrice.

— Par souci de décence, la porte est censée rester ouverte, l'instruisit-elle comme elle l'aurait fait avec un enfant désobéissant.

Thorne rit et fit un pas à l'intérieur.

— Comme vous le savez, j'ignore quasiment tout des règles de la société. Voulez-vous bien me les enseigner ?

Elle fit de son mieux pour réprimer le sourire qui taquinait ses lèvres.

— Monsieur, votre comportement est scandaleux.

Il s'approcha d'elle.

— Toutefois, je ne peux m'empêcher de remarquer que vous n'*insistez* pas pour que j'ouvre la porte. Pourquoi cela ?

Il soutint son regard, aimant voir cette lueur d'indécision dans ses yeux. Elle l'observait avec attention, un peu comme lui-même la regardait. Après tout, ils étaient des inconnus qui devraient bientôt se marier. Ils avaient beaucoup à apprendre l'un sur l'autre, beaucoup à savoir et à découvrir.

— Pourquoi êtes-vous ici ? demanda lady Christina au lieu de répondre à sa question.

Elle ne fit pas un seul pas vers la porte pour la rouvrir et Thorne ne put s'empêcher de rire doucement.

— Je suis venu parler à ma future épouse, la taquina-t-il, ravi de voir une légère rougeur lui monter aux joues.

Cela dit, elle soutint fermement son regard avec une pointe de colère dans ses yeux bleus.

— Vous êtes venu me taquiner ? demanda-t-elle en lui adressant un de ces regards hautains auxquels il avait fini par s'attendre de sa part.

C'était apparemment sa façon à elle de le taquiner.

— Je suis venu voir si vous n'aviez pas changé d'avis, dit-il d'un ton léger.

Néanmoins, il sentit sa poitrine se contracter alors qu'il attendait sa réponse.

Elle le dévisagea avec curiosité avant de faire un pas vers lui. Ce geste lui montrait que ce n'était pas lui qui menait la conversation, qu'ils étaient sur un pied d'égalité.

— Qu'est-ce qui vous pousse à croire que j'aurais pu changer d'avis ?

Thorne haussa les épaules.

— Franchement, nous savons tous les deux pourquoi nous nous retrouvons dans cette situation, n'est-ce pas ? Si nous n'avions pas été découverts, rien de tout ceci ne se serait produit.

Il remarqua le mouvement de sa poitrine alors qu'elle inspirait profondément, la façon dont elle ne le quittait pas du regard alors qu'elle souhaitait peut-être le faire. La rendait-il nerveuse ?

— J'admets volontiers que j'en connais très peu sur *votre* cercle social. Toutefois, j'ai entendu dire qu'il n'est pas rare qu'afin de sauver la réputation d'une famille, de jeunes femmes soient souvent forcées d'accepter des propositions qu'elles auraient sans quoi refuser.

Il soutint son regard, la mettant au défi de s'exprimer, d'être sincère avec lui. Il savait très bien qu'elle n'avait pas accepté de l'épouser par affection. Il n'était pas idiot ! Toutefois, il était égoïste à l'occasion. Il avait été égoïste cette nuit-là. La veille. Il savait qu'il la désirait, mais égoïstement, il voulait qu'elle le désire aussi.

Bien entendu, ce n'était pas le cas.

Pas présentement.

Pas encore.

Mais peut-être qu'un jour, cela arriverait.

Seulement, il était certain que le chemin vers ses affections se trouverait dans des mots honnêtes. S'il voulait avoir la moindre chance de lui démontrer qu'elle avait tort, alors il avait besoin de lui parler ouvertement. Elle avait besoin de savoir qu'il n'était pas le même genre d'homme que lord Hartmore. Le genre d'homme qu'il avait trop souvent croisé au sein de la bonne société. Un homme qui dominait les autres par la peur. Des hommes qui faisaient ce qu'ils voulaient sans égard pour les autres. N'était-ce pas ce qui avait entraîné Miss Mortensen dans cette situation insoutenable ? N'était-ce pas précisément l'accusation que lady Christina avait fait peser sur le père de son amie ?

Égoïstement, Thorne avait besoin qu'elle sache qu'il était différent.

— Mon père ne me forcerait jamais la main, insista lady Christina d'une voix forte et déterminée dans laquelle on percevait un murmure d'indignation.

Clairement, il l'avait offensée en lui suggérant que son père aurait décidé seul de son futur sans la consulter. Thorne ne l'avait jamais cru, mais il était bon de savoir que lord Whickerton était tel qu'il l'avait escompté : un homme qu'il pouvait respecter.

— Il existe peut-être d'autres raisons ? continua-t-il en s'autorisant un grand sourire alors qu'il se rapprochait. D'ailleurs, vous-même m'avez décrit plus d'une fois comme le pire des hommes.

Il s'arrêta à un mètre d'elle, remarquant que ses yeux suivaient chacun de ses mouvements.

— Alors pourquoi avez-vous accepté de m'épouser ?

Les yeux flamboyants de contrariété, elle serra les dents.

— Nous avons été compromis, répondit-elle d'une voix plate comme s'il était stupide de poser la question. Je n'ai pas vraiment le choix.

Thorne ricana.

— Vous ne me donnez pas l'impression d'être le genre de femme à succomber aux pressions sociales, songea-t-il, remarquant une ombre étrange passer sur son visage comme si une fois, peut-être dans un passé lointain, elle l'avait fait.

Elle ne baissa pas son regard d'un bleu profond aussi dur et inébranlable que la glace.

— Pourquoi me posez-vous toutes ces questions ?

— Afin de me faire une idée de votre personnalité.

Thorne venait de répéter les propos qu'elle lui avait adressés lors de leur première conversation, se réjouissant de la voir lever légèrement les yeux au ciel.

— Après tout, comment suis-je censé savoir si vous êtes le genre de femme que je désire avoir pour épouse ?

Lady Christina éclata de rire.

— Vous auriez dû y penser avant de m'acculer dans la bibliothèque.

Il fronça les sourcils.

— Je ne vous ai pas acculée.

— Si fait.

Elle s'avança vers lui en secouant la tête.

— Vous auriez pu partir, mais vous ne l'avez pas fait, dit-elle d'un ton indigné.

— Vous non plus, sourit-il.

Il baissa les yeux vers elle, remarquant le moment exact où elle se rendit compte de leur proximité. Elle écarquilla légèrement les yeux et inspira en frissonnant.

— Vous êtes restée, vous aussi.

Elle déglutit et pendant une microseconde, elle détourna les yeux de lui.

— Je n'avais pas mes chaussons, alors je...

— Ce n'est qu'une excuse, l'accusa Thorne qui appréciait plus ce petit échange que tout ce qu'il avait pu connaître à Londres jusqu'alors.

Il avait pensé que la ville serait morne et peuplée de gens prétentieux. Il le pensait toujours. Sauf qu'à présent, il avait trouvé un rayon de soleil dans le brouillard et il s'y raccrocherait aussi longtemps que possible.

Indignée, la jeune femme resta bouche bée.

— Une excuse ? Comment osez-vous... ?

— Alors pourquoi êtes-vous restée ? demanda Thorne en baissant très légèrement la tête.

Toutefois, ce fut suffisant pour voir les effets de sa proximité sur le visage de Christina. Voyait-elle la même chose en lui ? Car son propre cœur faisait des bonds, lui aussi. Il n'avait jamais connu quelque chose d'aussi... excitant.

Tentant.

Irritant !

— Vous saviez encore mieux que moi, continua-t-il quand elle ouvrit la bouche – sans doute pour le contredire –, quelles seraient les conséquences de se faire surprendre. Pourtant, vous êtes restée et avez accepté le risque. Pourquoi ?

— Je vous ai dit pourquoi ! lâcha-t-elle avant d'inspirer profondément.

Ses yeux exprimaient une certaine irritation... pas contre lui, mais contre elle-même.

Un moment plus tard, la colère disparut de ses traits et Thorne fut surpris de voir un petit sourire jouer sur ses lèvres. Aurait-il dû se méfier ? Était-ce une sorte de ruse ou de manipulation ?

— Mettons une chose au clair, dit doucement lady Christina. La seule raison pour laquelle j'ai accepté de vous épouser, c'est pour protéger mon amie, et vous souhaitez m'épouser uniquement afin de rassembler du soutien pour vos projets. Ne faisons pas semblant qu'il y a autre chose.

Elle battit des paupières d'un air mutin, puis tourna les talons, se dirigea vers le sofa et s'assit.

— Devrais-je faire monter du thé ?

Ignorant sa question, Thorne éclata de rire avant de se laisser tomber sur le fauteuil en face d'elle.

— Vous pensez que vous savez exactement de quoi nous parlons ?

— Quoi donc ? Nos noces à venir ? répondit-elle d'un air confus.

Lui adressant un large sourire, Thorne hocha la tête, certain qu'elle savait exactement de quoi il parlait. Apparemment, sa future épouse aimait jouer au chat et à la souris. D'ailleurs, la lueur dans ses yeux le lui confirmait, car il ne pouvait s'empêcher de penser qu'elle n'était pas entièrement opposée à l'idée de l'épouser. Cette pensée était peut-être légèrement présomptueuse de sa part. Toutefois, Thorne était convaincu que malgré les circonstances qui les avaient unis, leur mariage serait une réussite.

— Bien entendu, répondit lady Christina d'un ton légèrement hautain.

Elle joignit les mains sur ses genoux, soutint ouvertement son regard et s'adressa à lui avec un calme qu'elle ne ressentait sans doute pas selon lui.

— Comme la plupart des choses dans la vie, le mariage est gouverné par des règles. Deux parties trouvant des avantages mutuels dans une telle union s'accordent pour…

— Est-ce vraiment le genre de mariage dont vous rêvez ? l'interrompit Thorne en se penchant en avant, posant les coudes sur les genoux. Vous ne pouvez quand même pas me dire que lorsque vous étiez petite, vous rêviez d'un *accord mutuellement avantageux* !

Il rit en la dévisageant avec curiosité.

Lady Christina le fusilla du regard, mais elle refusa momentanément de répondre. Était-ce parce qu'elle ne souhaitait pas s'emporter devant lui ? Après tout, la pulsation à la base de son cou battait aussi rapidement qu'avant.

— Si c'était le cas, poursuivit Thorne, se demandant jusqu'où il pourrait pousser le bouchon avant qu'elle n'entre en éruption, alors pourquoi avez-vous cherché à protéger votre amie de moi ? Après tout, notre accord aurait été mutuellement avantageux. Pourquoi vous en êtes-vous mêlée ?

Elle pinça les lèvres et haussa légèrement le menton, lui donnant l'impression qu'elle le prenait soudain de haut.

— Vous ne la méritez simplement pas, dit-elle calmement sans parvenir à réprimer entièrement la note de colère qui résonnait dans sa voix. Nous n'avons pas toutes la même capacité à traiter ce genre d'union comme un accord d'affaires, acheva-t-elle en arquant des sourcils défiants.

— Puis-je vous demander, commença Thorne, curieux de voir ce qu'elle allait dire, ce à quoi vous objectez exactement ? Oui, je sais que vous méprisez mes origines et mon manque de manières. Nous l'avons déjà établi. Toutefois, je doute que ce soit suffisant pour que vous ayez une opinion aussi négative de moi. Alors quoi ?

Elle écarta les lèvres comme si elle souhaitait répondre du tac au tac. Toutefois, elle marqua un temps d'arrêt, ses yeux bleu clair passant sur ses traits comme si elle doutait soudain de la réponse à sa question. Un soupir profond s'ensuivit puis elle reprit la parole :

— Vous n'avez pas remarqué ? Pas même une seule fois ?

Thorne fronça les sourcils.

— Remarquer quoi ?

Elle soupira et secoua la tête.

— Bien sûr que non, marmonna-t-elle plus pour elle que pour lui. Chaque fois que vous vous approchiez, continua-t-elle d'une voix plus forte qu'avant, Sarah pâlissait, ses mains se mettaient à trembler et elle devait se retenir de s'enfuir.

Elle soutint son regard pendant un long moment, une lueur défiante illuminant ses profondeurs bleues.

— N'avez-vous jamais remarqué ?

Thorne déglutit, sentant que sa réponse comptait beaucoup pour elle.

— Bien sûr que si. En dépit de ce que vous pouvez croire, je ne suis pas un ogre sans cœur. Je n'avais pas l'intention de détruire la vie de votre amie.

— Alors pourquoi n'avez-vous pas battu en retraite ? demanda-t-elle en plissant à nouveau le front. Une fois que vous avez compris qu'elle ne souhaitait pas vous épouser, pourquoi avez-vous insisté pour concrétiser cette union ?

Thorne secoua la tête.

— Je n'ai jamais fait cela. Certes, j'ai entamé des négociations avec son père, mais c'est tout. Aucun accord n'avait encore été conclu et franchement, dit-il en inspirant lentement, je commençais à avoir des doutes. Oui, j'avais remarqué sa réticence et bien entendu, je me suis interrogé. Toutefois, comme vous l'avez dit, la plupart du temps, elle paraissait à deux doigts de s'enfuir.

— Cela vous a-t-il vraiment surpris ? dit-elle avec un petit rire.

Thorne leva les mains au ciel.

— Suis-je un monstre si hideux que je doive m'attendre à ce que toutes les femmes que je rencontre s'enfuient à mon approche ?

À sa surprise, en entendant cette question, lady Christina détourna le regard. Brièvement. Juste pendant une demi-seconde. Mais cela suffit.

Thorne esquissa lentement un sourire, conscient qu'elle savait qu'il l'avait remarqué. Il se redressa, continua d'observer sa tête légèrement baissée, puis fit le tour de la table basse pour venir se placer près d'elle. Enfin, il se laissa lentement tomber à côté d'elle sur le sofa, cherchant à croiser son regard.

— Regardez-moi.

Elle serrait les dents en essayant de garder le contrôle. Quelques moments s'écoulèrent puis elle tourna vers lui un regard inflexible et déterminé.

— Eh bien ?

Thorne sourit et se rapprocha jusqu'à ce que leurs genoux ne soient plus séparés que de quelques millimètres.

— Ne me considérez-vous pas comme un monstre hideux ? la taquina-t-il en se réjouissant de la voir rougir.

Elle poussa un soupir exaspéré puis leva les yeux au ciel pour la mesure.

— Je ne dirais pas *hideux*, non. *Monstre*, en revanche…

Thorne éclata de rire.

— *Pas hideux*. Mon Dieu, quel compliment !

Il s'agita et son genou cogna brièvement contre celui de la jeune femme. Celle-ci plissa les yeux et le sourire de Thorne s'élargit.

— Cela signifie-t-il que vous me trouvez remarquablement beau ?

Cette fois, ce fut au tour de lady Christina d'éclater de rire. Ses yeux pétillèrent et elle secoua la tête.

— Remarquablement beau ? Je vous en prie, ne vous flattez pas.

— Extrêmement beau, alors, proposa Thorne qui ne songeait pas une seule seconde qu'elle puisse être d'accord avec lui.

Il était même certain de ne pas avoir envie qu'elle le soit.

Elle haussa les sourcils et les laissa aussitôt retomber de cette façon habituelle qui donnait l'impression qu'une petite vague venait de passer sur ses traits.

— *À peine passable* serait plus proche de la vérité.

Thorne voyait bien qu'elle mentait et qu'elle savait qu'il en avait conscience. Pourtant, elle continua :

— Vos yeux sont trop rapprochés. Quant à leur couleur…

Elle se pencha vers lui en secouant doucement la tête.

— Je la trouve pâle et quelconque. Quel dommage !

— Même si c'était le cas…

— Ça l'est !

Thorne hocha la tête.

— Oui, faisons comme si vous aviez raison et que vous trouviez mes traits *à peine passables*. Serait-ce une raison suffisante pour que vous me considériez comme un monstre indigne de votre amie ? D'ailleurs, de quoi avez-vous peur ? Que je la dévore ? Que je l'enferme dans la plus haute des tours et que je ne la libère jamais ?

Il ricana.

Toutefois, lady Christina ne sourit pas et n'émit pas le moindre rire. Une expression étrangement sérieuse s'empara de son visage et elle s'écarta de lui sur le sofa.

— Ce ne sont pas vos traits que je condamne, mais votre conduite.

— De quoi m'accusez-vous précisément ? demanda Thorne en fronçant les sourcils.

À sa surprise, lady Christina se redressa d'un bond et mit rapidement quelques pas entre eux.

— Bien entendu, vous ne comprendriez pas. Seul un gentleman le pourrait…

— Oui ! siffla Thorne en se redressant pour la suivre, les yeux braqués sur la jeune femme comme s'il était un prédateur et elle sa proie. Je ne suis pas un gentleman, comme vous n'avez cessé de le répéter.

— C'est la vérité, se défendit-elle.

Il vit que son approche l'avait déroutée. Était-ce sa proximité ? Toutefois, à peine quelques secondes auparavant, ils étaient assis ensemble sur le canapé. Ou peut-être était-ce la lueur dans ses yeux ? S'inquiétait-elle ? Que craignait-elle qu'il fasse exactement ?

S'arrêtant à un mètre d'elle, Thorne baissa légèrement la tête pour mieux la regarder dans les yeux.

— Qu'est-ce que tout cela signifie ? Qu'est-ce qui fait que je ne suis *pas* un gentleman ? Mes origines roturières ? Mon… ?

Lady Christina secoua la tête.

— Ce n'est pas ça ! lança-t-elle comme s'il venait de l'insulter. Toutefois, c'est entièrement dû à la façon dont vous avez été élevé, comment vous avez grandi et quelles mœurs vous ont été inculquées. Vous ne comprenez même pas comment vous offensez les autres. Vous ne savez pas comment parler à une dame. Vous ne savez pas comment traiter une dame. Je ne tolèrerai pas qu'un homme tel que vous épouse mon amie.

Elle déglutit et leva le menton, soutenant son regard sans grimacer.

Thorne lui sourit en se rapprochant d'un centimètre, la voyant écarquiller légèrement les yeux.

— Pourtant, murmura-t-il, *vous* avez accepté de m'épouser.

CHAPITRE 13

BIEN LOIN D'ÊTRE UN GENTLEMAN

Christina sentit son ventre faire des sauts périlleux et des roulades jusqu'à ce qu'elle ait mal au cœur et ressente un léger vertige. Il se tenait si près, tellement près, avec des yeux d'une teinte de vert si profonde qu'elle aurait pu s'y noyer ! Toutefois, ses paroles étaient taquines et défiantes, et elles la tenaient sur ses gardes. En dépit de son sourire facile et de sa répartie humoristique, Christina était certaine que Mr Thorne était un homme dangereux.

Elle devrait peut-être vraiment y réfléchir à deux fois.

Peut-être.

— N'essayez pas de m'intimider, lança-t-elle d'une voix si fluette qu'elle ne put s'empêcher de mépriser le léger tremblement qu'elle y entendit.

Encore une fois, il sourit légèrement en se rapprochant d'un autre centimètre, sans doute parfaitement conscient du trouble que lui provoquait sa présence.

— Je n'ai aucun désir de vous intimider. Loin de là.

Il poussa un long soupir dont elle sentit la caresse sur ses propres lèvres. Légère. Très légère. Et cela lui fit dévaler un frisson d'excitation dans le dos. Un frisson dont *il* avait parfaitement conscience, à en juger par son sourire en coin.

— Pourquoi êtes-vous venu ici aujourd'hui ? demanda simplement Christina pour avoir quelque chose à dire, quelque chose qui comblerait le silence et l'étrange crépitement de l'atmosphère qui les entourait comme si un feu brûlait quelque part.

— N'ai-je pas déjà répondu à cette question ?

Christina poussa un soupir exaspéré.

— Et voilà précisément pourquoi vous n'êtes pas un gentleman.

Mr Sharpe fronça les sourcils.

— Parce que je refuse de répondre deux fois à la même question ?

Une fois de plus, Christina sentit une bouffée de colère et elle serra les dents pour la ravaler.

— Parce que vous refusez de jouer le jeu afin de protéger les sensibilités d'une dame.

En effet, le dire à haute voix paraissait presque absurde.

Il afficha à nouveau ce même sourire irritant.

— Me dites-vous, ma chère Christina, que vous avez des sensibilités ? C'est en effet une idée choquante et très éloignée de la vérité, n'êtes-vous pas d'accord ?

Christina aurait voulu disparaître sous terre. Elle n'avait jamais rencontré un homme aussi direct et qui ignorait tout des règles implicites de la société.

Sans lui laisser le temps de répondre, Mr Sharpe éclata de rire.

— J'ai encore mis les pieds dans le plat, n'est-ce pas ? demanda-t-il en la scrutant du regard. Tout à l'heure, vous ne vouliez pas vraiment que je réponde *à nouveau* à votre question. C'était simplement une distraction.

Il gardait les yeux braqués sur elle tout en parlant, la scrutant, contemplant.

— De quoi vouliez-vous me distraire ? réfléchit-il avec un autre sourire entendu.

Que le ciel lui vienne en aide, cet homme était exaspérant !

— Je crois que vous devriez partir, s'empressa de dire Christina avant qu'il ne puisse en déchiffrer davantage sur son visage.

Elle n'avait encore jamais remarqué qu'elle était expressive à ce point. D'autres personnes parvenaient-elles aussi à lire ses pensées sur son visage ? Ou bien était-ce juste lui ?

Elle voulut se détourner, mais il referma la main sur son bras pour la retenir. À ce contact, elle tourna brusquement la tête, ouvrant de grands yeux tout en levant la tête vers lui. Elle ne savait pas ce qu'elle craignait d'y voir, ce qu'elle désirait peut-être y voir.

Baissant les yeux vers elle, il la fit se rapprocher, ses yeux verts pétillant d'une lueur victorieuse irritante.

— Je vous rends nerveuse, pas parce que vous me craignez, mais parce que…

Il s'interrompit et haussa des sourcils entendus.

Pendant un long moment, ils ne bougèrent pas. Il garda la main sur son bras pour la tenir en place. En vérité, ce n'était absolument pas nécessaire, car Christina n'avait aucune envie d'être ailleurs. Oui, Mr Sharpe la frustrait terriblement. Elle le méprisait… ou du moins elle s'efforçait de le faire. Toutefois, il y avait quelque chose…

Elle ne pouvait pas s'empêcher de penser que…

Il avait presque l'air de…

— Allez-vous changer d'avis ? murmura Mr Sharpe en soutenant son regard alors qu'il attendait patiemment.

Était-ce vraiment le cas ? Du coin de l'œil, Christina prit note du battement rapide du pouls de Thorne, trahissant le calme intérieur qu'il projetait.

— Non.

Le jeune homme arborait un petit sourire.

— En êtes-vous certaine ?

— Oui, répondit-elle sans hésitation, chose qui tenait du miracle, car son cœur aussi battait la chamade.

Le sourire de Thorne se fit plus appuyé.

— C'est bien, dit-il comme si sa réponse avait réellement illuminé sa journée. Alors je suppose que nous nous marierons bientôt.

Sa voix était douce et taquine, et Christina perçut le sens caché derrière chacune de ses paroles.

— Je suppose, oui.

Malgré le frisson qui dégringola le long de son dos, Christina ne baissa pas le regard. Il la rendait nerveuse. Il lui faisait ressentir toutes sortes de choses dont elle n'avait encore jamais fait l'expérience. Il lui donnait également envie de redresser l'échine. C'était comme si toutes les paroles de Thorne étaient un défi, mais elle était surprise de découvrir qu'il n'avait apparemment pas envie qu'elle baisse les armes. En effet, il n'avait pas l'air d'être un ogre, déterminé à imposer sa volonté, à intimider les autres pour qu'ils se soumettent.

Peut-être s'était-elle trompée sur lui… Peut-être prouverait-il qu'il était un homme décent. Christina y avait déjà songé… Seulement, le doute suivit rapidement, car si après tout, Mr Sharpe s'avérait être un homme bien, alors ne devrait-elle pas lui permettre d'épouser son amie ? Ne ferait-il pas un bon mari pour Sarah ?

— Je parlerai à votre père, lui dit-il.

Il la scrutait toujours comme s'il s'attendait à la voir s'évanouir ou exploser de colère.

— Espérez-vous avoir une cérémonie grandiose ?

— Pas du tout, répondit Christina qui ne savait pas ce qu'elle espérait exactement.

Certes, elle avait souvent entendu d'autres débutantes s'extasier sur des fêtes de mariage élaborées. Cela dit, de son côté, Christina n'avait jamais entretenu ce genre d'ambitions. Elle s'était plutôt représenté son futur époux, avait imaginé le type d'homme qu'il serait, la façon dont il la regarderait. N'était-ce pas cela qui était important ? Se retrouver mariée à quelqu'un qui…

Ses pensées s'interrompirent et elle poussa un profond soupir. Les Whickerton se mariaient par amour, n'est-ce pas ? Ses parents l'avaient fait. Ses grands-parents aussi. Et maintenant, Louisa et Leonora étaient toutes les deux mariées à des hommes qu'elles aimaient vraiment.

Je romps la tradition, songea Christina avec un pincement de culpabilité, de remords. Ses parents l'avaient toujours encouragée à suivre son cœur.

Encore une fois, Christina se remémora le jour où Tante Francine était venue à Whickerton Grove, des années en arrière. Ce jour était toujours très clair dans ses souvenirs. Elle se souvenait parfaitement du désespoir de Tante Francine face à la décision qui s'était imposée à elle. Pourtant, sa tante avait choisi sa propre personne, sa propre volonté, son droit d'être maîtresse de sa propre destinée. Elle n'avait pas plié l'échine et Christina ne pouvait effacer l'impression qu'elle avait de décevoir tout le monde en acceptant un mariage qu'elle ne souhaitait pas sincèrement. Elle avait abandonné sa passion afin de trouver le bonheur dans le mariage, n'est-ce pas ? De s'assurer de ne jamais perdre sa famille ? Toutefois, elle épousait Mr Sharpe pour des raisons relativement rationnelles, n'était-il pas ?

Elle l'épousait pour protéger Sarah.

Elle l'épousait afin d'éviter un scandale.

Elle l'épousait pour...

Christina cligna des paupières et découvrit que les yeux expressifs de Thorne scrutaient les siens. Pendant combien de temps était-elle restée ici, le regard dans le vide ? Lui avait-il dit quelque chose ? Avait-elle omis de lui répondre ?

— Tout va bien ? demanda-t-il doucement en tendant une main afin d'écarter une boucle de son front.

Le bout de ses doigts ne frôla pas sa peau, mais elle sentit leur douce pression quand il les fit courir dans ses cheveux avant de les recourber plus bas, derrière son oreille. Toutefois, il retira sa main avant que ses doigts n'atteignent la courbe de son cou.

Des picotements dévalèrent l'échine de la jeune femme alors qu'elle ne le quittait pas du regard, la gorge nouée, continuant de se demander si peut-être, une petite partie d'elle n'aurait pas *vraiment* envie de l'épouser.

Christina s'éclaircit la gorge.

— Oui, je vais parfaitement bien. Que disiez-vous ?

Une fois de plus, il affichait un sourire taquin et elle ne put s'empêcher de penser qu'il se ravissait de sa distraction.

— Je vous demandais dans quel délai nous devrions nous marier. J'ai entendu dire que parfois, on peut se procurer une licence spéciale pour ce genre de situations ; toutefois, si vous préférez attendre trois semaines...

Il n'acheva pas sa phrase, mais Christina sourit à la façon dont il haussa puis arqua les sourcils, ses yeux ensorcelants pétillant d'une lueur malicieuse.

— Vous êtes impossible, rit-elle en secouant la tête.

Il sourit.

— Ah oui ? Faites attention, sans quoi je risque de penser que vous ne me détestez pas autant que vous aimeriez me le faire croire.

Encore une fois, il tendit la main afin de capturer l'extrémité d'une mèche entre le pouce et l'index, tirant légèrement dessus.

— Quand vous me regardez ainsi, quelqu'un qui ne vous connaîtrait pas pourrait penser que vous commencez à m'apprécier.

Christina ferma les yeux, car elle ne put contenir le sourire traître qui s'empara de son visage.

— Comment donc ? demanda-t-elle en croisant à nouveau son regard, consciente que ne pas le faire ne ferait que l'encourager, lui donner la mauvaise impression.

Encore une fois, il tira délicatement sur la boucle comme s'il voulait l'encourager à se rapprocher.

— Eh bien, je n'ai pas manqué le fait que vous avez cessé de me fusiller du regard. Au lieu de cela, il y a une rougeur très seyante sur vos joues et je ne peux m'empêcher de me demander si… peut-être… je n'en serais pas responsable.

Il haussa les sourcils, ses yeux en exprimant plus que ses paroles ne l'avaient fait.

Christina ne pouvait pas dénier le fait qu'en toute probabilité, Mr Sharpe avait raison. Toutefois, cela ne signifiait pas qu'elle devait le dire à haute voix. Au lieu de cela, elle poussa un petit rire et libéra sa mèche de cheveux.

— Je dois dire que pour un homme qui n'est généralement pas considéré comme un gentleman, vous avez une opinion élevée de votre propre personne.

Tout sourire, Thorne haussa les épaules.

— Allons, vous ne pouvez quand même pas dénier, murmura-t-il en rapprochant sa tête d'elle, qu'il y a quelque chose entre nous ? Vous le ressentez aussi, n'est-ce pas ?

Feignant l'ignorance, Christina pinça les lèvres.

— Ressentir quoi ?

Il patienta en soutenant son regard puis il dit :

— Honnêtement, vous rendriez les choses beaucoup plus faciles si vous acceptiez tout simplement de l'admettre.

Christina plissa le front, mais elle sentit son pouls s'accélérer.

— Admettre quoi ?

Le sourire de Thorne s'élargit et il avança soudain la main, la glissa autour de la taille de la jeune femme et la serra contre lui.

Christina souffla fort sans le quitter des yeux.

— Vous... vous ne devriez pas faire ceci. Elle avait eu l'intention de le gronder, de le remettre à sa place, mais ses mots étaient haletants et hésitants.

— Parce que ce n'est pas approprié ? demanda-t-il.

Elle sentit son souffle sur ses lèvres.

— Ou bien parce que cela ne vous plaît pas ?

Christina serra les dents.

— Pourquoi me taquinez-vous toujours de la sorte ? Pourquoi exigez-vous une réponse alors que vous voyez bien que... ?

Elle pinça les lèvres, craignant d'en dire trop, de trop en révéler. En réalité, la proximité du jeune homme émoussait sa raison. Elle n'avait pas l'esprit clair. Si elle n'y prenait pas garde, elle risquerait d'admettre qu'elle...

Qu'elle quoi ?

— Vous essayez d'être contrariée par moi, murmura Mr Sharpe qui retira une main de sa taille pour lui saisir le menton.

Il le pinça légèrement ; un autre geste taquin, un autre geste défiant.

— Pourtant, vous échouez lamentablement.

Christina détestait cette lueur osée dans ses yeux, cette lueur victorieuse, comme s'ils avaient été des adversaires engagés dans une bataille et qu'il la savait plus faible, savait qu'elle finirait par admettre la défaite.

— J'avais raison, lâcha-t-elle en levant les mains afin de le repousser. Vous êtes l'homme le plus énervant, irritant et...

— Et je vous plais, murmura-t-il en s'accrochant à son menton, résistant à ses tentatives pour le repousser. Peu importe ce que vous essayez de vous dire, de vous faire croire… vous m'appréciez.

Choquée, Christina le regarda alors que ses mots continuaient de résonner dans sa tête. Était-ce vrai ? L'appréciait-elle ? Oui, peut-être possédait-il certaines qualités, quelque chose qui le rendait *tolérable*, quelque chose qui…

— N'ayez pas l'air si choquée, dit-il avec un petit rire avant de plisser légèrement le front. Vous n'en aviez réellement pas conscience, n'est-ce pas ?

— Non ! s'exclama Christina sans pouvoir s'en empêcher.

Instantanément, elle sentit la chaleur lui monter aux joues, lui donnant enfin la force ou plutôt la détermination de se libérer, de retirer ses mains de son corps et de faire un pas en arrière.

— Je veux dire, non, je ne vous apprécie pas. Je ne voulais pas dire que je ne le savais pas, parce que je ne peux pas savoir quelque chose qui n'existe pas…

Refermant les lèvres pour interrompre les balivernes embarrassantes qui se déversaient de sa bouche, Christina sentit ses poings se serrer.

— Vous me plaisez aussi, dit-il alors, la prenant par surprise.

Christina leva brusquement la tête pour le contempler. Elle ne pouvait pas dénier que ses paroles lui réchauffaient le cœur et elle se demanda d'où venait cette sensation qui ne s'était pas trouvée là auparavant. Avait-elle recherché son affection ?

— Je… je vous plais ?

Elle ne savait pas ce qu'elle lui demandait ni pourquoi. En soi, ce moment semblait étrangement surréaliste et elle ne savait pas vraiment quoi en faire.

Il hocha la tête en faisant un pas vers elle.

— Est-ce mal de ma part ? Les gentlemen n'aiment-ils pas les femmes qu'ils vont épouser ?

Son sourire canaille refit son apparition.

— Ne serait-ce pas très bête ? Je veux dire, gentleman ou non, de se retrouver fiancé à une femme exceptionnelle et de ne pas en être content ?

Tentant d'égaliser sa respiration, Christina le regarda. Elle voulait croire en ses paroles, voulait croire que malgré tout, il était heureux de l'épouser.

Elle.

Pas sa famille ou leurs connexions.

Elle.

Encore une fois, il tendit la main et tira sur une de ses boucles.

— Je crois qu'on va très bien s'entendre, tous les deux.

Christina dut en convenir, du moins en silence. Était-ce imprudent de sa part ?

— À bientôt, au plaisir de vous revoir, Chris, dit-il avec un petit rire.

En entendant le surnom dont sa famille l'affublait, Christina plissa les paupières par pur réflexe.

— Ne m'appelez pas ainsi ! le gronda-t-elle en ressentant à nouveau le besoin soudain de le remettre à sa place tout en défendant la sienne.

Mr Sharpe avait une façon bien à lui de la distraire, de la rendre confuse, même, et elle craignait de s'y perdre si elle n'y prenait pas garde. Il était bel et bien un homme dangereux.

— Pourquoi ? demanda-t-il avec son ton informel auquel Christina commençait à s'habituer. J'ai entendu vos sœurs vous appeler ainsi. Cela vous déplaît-il ?

Christina lui décocha un regard défiant.

— Elles sont mes sœurs. Vous ne l'êtes pas.

— Mais je vais devenir votre époux, rit-il doucement.

Encore une fois, il se rapprocha et la lueur de défi dans ses yeux se raviva.

— N'ai-je pas le droit de m'en servir aussi ?

Christina admettait qu'au fond, une petite partie d'elle n'était pas opposée à cette suggestion. Elle avait toujours aimé qu'on l'appelle Chris. C'était peu conventionnel, audacieux et unique pour une femme d'avoir un tel surnom... du moins, hors du cercle familial. Seulement, elle n'était pas certaine de vouloir l'autoriser à s'en servir... Pas encore. Peut-être devrait-elle le pousser à mériter cet honneur ?

— Je vais y réfléchir, répondit-elle enfin d'un ton quelque peu hautain.

Sans surprise, il trouva sa réaction amusante et poussa un autre petit ricanement irritant.

— Je vous en prie.

Il sourit puis... il se pencha en avant pour déposer un léger baiser sur sa joue.

C'était rapide et parfaitement chaste, mais Christina eut l'impression que son cœur allait bondir hors de sa poitrine. Une étrange sensation s'empara de son corps, lui taquinant la peau et dérobant presque tout l'air de ses poumons. Elle n'avait encore jamais ressenti un tel bouleversement.

Et Mr Sharpe le savait ! Ce maudit homme le savait. Son sourire taquin en attesta quand il s'écarta afin de croiser à nouveau son regard.

— On se reverra bientôt, Chris, murmura-t-il, lui adressant ainsi une autre bravade avant de s'écarter et de quitter la pièce.

N'ayant soudain plus aucune force dans les jambes, Christina se laissa tomber sur le canapé, faisant de son mieux pour recouvrer son équilibre et sa maîtrise d'elle-même. Serait-ce ainsi pour le reste de sa vie ? Mariée à un tel homme ? Se taquineraient-ils et se testeraient-ils éternellement ?

Au fond d'elle, une voix à l'honnêteté déroutante lui murmura : *Cela te déplairait-il vraiment ?*

CHAPITRE 14

DEUX PERSONNES

Un jour seulement s'était écoulé depuis que Thorne avait vu sa future épouse pour la dernière fois. Pourtant, quelque chose à l'intérieur de lui débordait d'impatience à l'idée de la revoir. Il n'avait pas ressenti une telle agitation depuis un bon moment. En réalité, il avait passé des années à domestiquer son impulsivité. Jour après jour, il avait bataillé contre elle, s'efforçant de penser d'abord et d'agir ensuite, de ne pas se précipiter. Au fil du temps, il avait senti qu'il se calmait et que son cœur ne s'emballait plus comme il l'avait fait autrefois.

Oui, cela faisait longtemps que quelque chose ne lui avait pas procuré ce genre de frisson, comme si un feu brûlait dans ses veines, l'empêchant de rester posé, immobile.

— Puis-je vous demander pourquoi vous êtes venu ? demanda calmement Lord Whickerton qui dévisageait Thorne par-dessus son bureau.

Les yeux de l'aristocrate reflétaient le calme visible dans ceux de Thorne, même si une certaine appréhension colorait sa voix.

— Je m'excuse pour tous les faux pas que j'ai pu commettre, répondit Thorne qui s'autorisa un sourire détendu.

Il ignorait pourquoi, mais avec lord Whickerton, il ne ressentait pas le besoin de faire semblant.

— Comme vous le savez, je ne suis pas très au fait des règles de la société. Toutefois, je vous assure que je n'ai aucune intention de vous insulter, vous ou votre fille.

Le visage de son interlocuteur avait beau demeurer impassible, Thorne eut l'impression que ses paroles honnêtes étaient bien reçues.

— Jusqu'ici, je ne peux rien vous reprocher.

Lord Whickerton marqua un temps d'arrêt et haussa des sourcils entendus.

— Du moins pas aujourd'hui.

Thorne hocha la tête.

— Oui, il semblerait que ma conduite de l'autre soir était loin d'être appropriée.

Toutefois, Thorne ne pouvait pas dénier que s'il avait pu changer quoi que ce soit à la soirée durant laquelle il avait compromis Christina, il ne l'aurait pas fait.

— Mais je suis ici pour faire ce qui est considéré comme la chose honorable.

Lord Whickerton l'observa attentivement en joignant les doigts.

— Est-ce la raison de votre présence ?

— Franchement, répondit Thorne après un moment de considération, je n'ai pas le moindre regret. Je souhaite épouser votre fille parce que c'est une femme exceptionnelle qui ne ressemble à aucune autre.

Lentement, lord Whickerton hocha la tête.

— Je vois... dit-il d'un ton plutôt inquiétant.

Thorne ne put s'empêcher de se demander si le père de Christina comprenait ses motivations.

— Ma fille m'a informé que vous ne souhaitez pas être mariés par dispense spéciale, l'un comme l'autre.

Thorne acquiesça, s'avouant tout de même que la perspective d'attendre trois semaines pour qu'elle devienne sa femme devenait tous les jours de plus en plus insupportable. Elle dégageait quelque chose de séduisant qui lui faisait penser à elle constamment. Il continuait à s'interroger sur elle, se demandant à quoi elle ressemblerait tôt le matin ou quelles conversations ils échangeraient le soir au dîner. Très souvent au cours de la journée, il ressentait le désir de lui parler puis un pincement de regret quand il se rendait compte que c'était impossible. Quand il lui avait parlé la veille au soir, il était rentré chez lui avec une sensation de ravissement absolu. Toutefois, il était rapidement redescendu sur terre comme si seule sa présence en continu était capable de lui dégager l'esprit. Encore maintenant, il ressentait le désir profond de poser à nouveau les yeux sur elle, d'entendre sa voix et de vérifier s'il ne s'était pas trompé, la veille.

Thorne en doutait. Il avait perçu quelque chose entre eux, quelque chose qu'elle avait refusé d'admettre. Mais c'était pourtant bien là…

— Très bien, énonça lord Whickerton en se penchant en avant, le regard braqué sur Thorne. Puisque ma fille a apparemment pris sa décision, je vais m'organiser pour que ce mariage ait lieu.

Sa voix était aussi tendue qu'un arc et elle résonnait de quelque chose de dangereux et même de menaçant.

— Toutefois, je vais être très clair : vous devrez toujours traiter ma fille avec le respect qu'elle mérite. Elle va certes devenir votre épouse, mais elle restera toujours ma fille et dans cette famille, on se protège mutuellement. Faites-lui du mal et vous regretterez d'avoir posé les yeux sur elle. Je vous tiendrai responsable de tout. Me suis-je bien fait comprendre ?

Malgré la note d'hostilité dans la voix de lord Whickerton, Thorne sentit son cœur enfler de quelque chose de peu familier, d'inconnu, même. C'était une sensation chaude et apaisante, sécurisante et aimante, et son cœur fut investi par un désir profond que quelqu'un – qui que ce soit – pense à lui comme lord Whickerton pensait à sa fille.

— Vous avez ma parole, jura Thorne, profondément ravi de voir que l'aristocrate était avant tout un père.

Un père qui se préoccupait du bonheur de sa fille. Un père qui ne la donnerait jamais en mariage au plus offrant. Un père qui, d'ailleurs, ne ferait *rien* pour améliorer son propre statut social.

C'était une qualité rare.

Thorne soutint le regard de son interlocuteur.

— Pour ma part, je n'ai jamais connu la signification du mot *famille*, s'entendit-il dire sans réfléchir, et depuis mon arrivée à Londres, je n'ai observé que de pâles imitations de ce que cela signifie vraiment.

Il inspira profondément, faisant de son mieux pour contrôler l'envie soudaine qui palpitait dans ses veines.

— Je vous promets que je ferai tout ce qui est en mon pouvoir pour me montrer digne de votre fille et de la confiance que vous m'avez accordée.

Le silence pesait sur la pièce alors que les deux hommes se dévisageaient. Même si le regard de lord Whickerton restait contemplatif, Thorne crut percevoir une certaine compréhension se développer entre eux. Tous deux avaient espéré – ou peut-être craint – de trouver l'autre inférieur à leurs attentes, et tous deux furent surpris de voir qu'ils s'étaient trompés.

— Je suis heureux de vous l'entendre dire, répondit enfin lord Whickerton d'une voix radoucie.

Thorne hocha la tête.

— Me permettez-vous de faire une promenade dans le jardin avec votre fille ? J'admets que j'ai hâte de lui reparler.

L'esquisse d'un sourire joua sur le visage de lord Whickerton, mais il se dissipa si rapidement que Thorne ne pouvait pas en être certain.

— Je vous autorise à le lui proposer.

— Merci, répondit Thorne avec un sourire tandis que lord Whickerton tendait la main vers la cordelette.

Quelques instants plus tard, un valet apparut et reçut l'ordre d'escorter lady Christina jusqu'à l'étude de son père.

Les deux hommes se redressèrent et lord Whickerton fit le tour de son bureau antique.

— Qui nous sommes, dit-il d'une voix qui fit tendre attentivement l'oreille à Thorne, est déterminé par la façon dont nous traitons ceux qui méritent notre respect. Telle est la véritable valeur d'un être humain.

Soutenant le regard de lord Whickerton, Thorne sentit son cœur s'arrêter de battre alors qu'il peinait à inspirer profondément. Personne ne lui avait jamais parlé de la sorte. Il ne s'était pas attendu à trouver une telle acceptation, une telle occasion de démontrer sa valeur, ici – à Londres, qui plus est ! –, parmi des gens qui étaient connus pour leur aveuglement envers ceux qu'ils jugeaient indignes de leur attention. Clairement, lord Whickerton était différent et le respect que Thorne avait pour lui s'accrut, ainsi que son espoir qu'il le trouve digne. Le reste de la société anglaise pouvait bien le prendre de haut, lord Whickerton était un homme dont il désirait à présent décrocher le respect.

Puis la porte s'ouvrit et Christina entra. Elle ouvrit de grands yeux bleus en le voyant. Thorne s'éclaircit la gorge avant de sentir quelque chose s'éveiller au plus profond de lui.

— Que faites-vous ici ? demanda franchement sa fiancée qui se tourna alors vers son parent. Père ? Pourquoi m'avez-vous convoquée ?

Lord Whickerton s'approcha de sa fille avec un sourire chaleureux.

— Je crois que votre fiancé aimerait mieux vous connaître, ma chère.

Il tourna les yeux vers Thorne.

Tout sourire, celui-ci s'avança et inclina respectueusement la tête.

— C'est une si belle journée. Aimeriez-vous faire le tour des jardins avec moi ?

Christina l'observa avec des yeux interrogateurs.

— Je suppose qu'il n'y a pas de mal là-dedans, dit-elle enfin d'une voix qui contenait toutefois un certain doute.

D'ailleurs, dès le début, il avait semblé qu'une sorte de compétition existait entre eux. C'était une lutte constante, comme un tir à la corde, chacun essayant d'avoir le dessus, chacun craignant d'être tiré en avant et de dégringoler dans la boue.

Sortant au soleil, c'est en silence qu'ils descendirent les quelques marches de la terrasse. Puis ils s'engagèrent sur le chemin de gravier qui les guiderait à travers cette oasis de verdure resplendissante au centre de Londres.

Thorne sentait les regards furtifs de la jeune femme alors que ses propres yeux se tournaient vers elle aussi souvent qu'il l'osait. Une étrange timidité planait entre eux, quelque chose dont il n'avait encore jamais fait l'expérience. C'était comme si tout à coup, ils s'étaient rendu compte en même temps que ce n'était plus un jeu. C'était leur vie, leur futur. Il n'était pas question de gagner ou de perdre, mais de trouver une façon de grappiller au moins un semblant de bonheur.

— Votre père est un homme impressionnant, dit enfin Thorne qui voulait qu'elle sache qu'il chérissait les mêmes valeurs familiales, même s'il ne les avait jamais connues. Il a très clairement exprimé qu'il me mettrait à mort si j'osais vous causer le moindre désarroi.

Que ce soient les mots en eux-mêmes ou peut-être la légèreté de sa voix, le visage de Christina s'illumina instantanément. Elle le considéra avec une lueur chaleureuse dans les prunelles.

— Il est très protecteur envers nous. Alors, vous feriez mieux de faire attention.

Appréciant son sourire amical, Thorne opina du chef.

— Me voilà prévenu.

— Et votre famille ? demanda soudain Christina.

L'atmosphère plus détendue entre eux était si palpable qu'elle avait parlé sans réfléchir.

— Sont-ils toujours à Manchester ? Viendront-ils assister au mariage ?

Thorne s'immobilisa et secoua la tête.

— Je crains que non.

Malgré le peu de souvenirs qu'il gardait d'eux, son cœur se serra. Ce n'était sans doute pas à cause de ses parents et de sa fratrie dont il se souvenait à peine. Son regret était peut-être simplement dû au manque d'affection familiale.

Il soutint le regard de Christina qui ressentit son changement d'humeur.

— Pourquoi pas ?

— Parce qu'ils sont morts, dit-il en déglutissant.

Elle pâlit visiblement et entrouvrit les lèvres comme si elle souhaitait dire quelque chose, mais elle se ravisa.

Thorne essaya de lui sourire.

— Ne vous inquiétez pas. Cela s'est passé il y a longtemps.

Christina déglutit.

— Je suis vraiment désolée, dit-elle alors.

La façon dont elle s'exprima en faisait plus qu'une platitude, la simple expression attendue de condoléances. En effet, le regard de la jeune femme exprima une tristesse et un regret profonds alors qu'elle s'imaginait certainement ce que perdre sa propre famille signifierait pour elle.

— Comment cela s'est-il passé ?

Thorne inspira profondément. Cette situation inattendue le déboussolait. Il n'avait encore jamais échangé des mots aussi simples et intimes avec une autre personne… qui qu'elle soit.

— Mes parents se sont quasiment tués au travail et mes frères et sœurs sont morts jeunes, comme c'est souvent le cas avec les enfants des pauvres.

L'image de leurs visages pâles se raccrochait encore aux coins sombres de son esprit, mais il n'avait aucune envie de parler d'eux, de les invoquer. Il se souvenait de corps frêles, mal nourris et faibles, avec des yeux aussi grands que ceux de Christina, mais dénués d'espoir ou de force.

Devant l'expression du visage de la jeune femme, Thorne vit que sa réponse n'était pas celle qu'elle s'était imaginée. Il lisait le choc, mais également une certaine honte.

— Les difficultés que rencontrent les classes miséreuses au quotidien restent invisibles à ceux qui sont très éloignés d'une telle vie.

Même s'il n'avait aucune envie de lui faire porter le chapeau, il ne pouvait pas demeurer silencieux. Certaines choses avaient besoin d'être dites, particulièrement celles qui étaient trop souvent auréolées de silence.

Elle baissa la tête.

— Je ne sais pas quoi dire, murmura-t-elle.

Thorne était reconnaissant de son honnêteté.

— Ce n'est pas votre faute et vous ne devriez pas vous sentir responsable.

Elle leva la tête et encore une fois, ses grands yeux trouvèrent les siens.

— Et pourtant ?

Thorne fronça les sourcils. En dépit de ses paroles, y avait-il eu une forme de censure dans sa voix ? Avait-elle perçu la colère qui couvait toujours en lui, le même genre de colère qui l'avait amené à Londres ?

Redescendant le chemin, Thorne secoua la tête.

— Rien.

— Ce n'est pas rien, objecta Christina qui pressa le pas pour le rattraper.

Elle plaça une main sur son bras et l'encouragea à se retourner pour la regarder.

— Vous aviez l'intention de dire quelque chose, je le sais, dit-elle en pointant le menton. Alors, faites-le.

Thorne lisait le défi dans ses yeux. Il sentait quelque chose en lui qui luttait pour se libérer. Toutefois, il savait que ce n'était ni l'endroit ni l'heure.

Elle n'était pas non plus le véritable objet de sa colère, de son indignation. Il était venu aujourd'hui pour la courtiser comme on s'y attendait de la part d'un gentleman, n'est-ce pas ? Il était venu ici pour avoir l'occasion de la connaître, de la taquiner comme il l'avait fait l'autre jour, de lui parler et d'entendre ses pensées.

Il n'était pas venu ici aujourd'hui pour l'insulter… mais apparemment, c'était ce qui s'était produit.

CHAPITRE 15

DEUX MONDES

Christina ne s'y était pas attendue.

Alors que la légère brise estivale tirait lentement sur ses cheveux et ses jupes, elle sentit quelque chose au plus profond d'elle battre en retraite devant la rude réalité qu'elle regardait à présent en face. La honte conquit lentement son cœur quand elle commença à réaliser qu'elle n'avait jamais beaucoup songé à ceux qui vivaient hors de son propre cercle social. Bien entendu, en tant que fille de comte, elle avait grandi protégée de l'âpreté de la vie que d'autres connaissaient au quotidien. Pourtant, elle n'avait pas essayé de voir au-delà des confins de son propre petit monde.

Mr Sharpe déglutit, ses épaules se tendirent et ses mains se joignirent derrière son dos. Son regard restait hésitant ; un regard qui n'osait plus croiser celui de Christina. Elle voyait bien qu'il ne souhaitait pas discuter de tels sujets, mais les mots qu'il avait déjà prononcés lui disaient qu'il ressentait encore de la colère.

C'était compréhensible.

— Ce n'est pas une chose dont je souhaite discuter avec vous, dit-il enfin d'une voix tendue et quelque peu réticente.

Christina l'observa prudemment.

— Toutefois, c'est la raison pour laquelle vous êtes venu à Londres, n'est-ce pas ? N'est-ce pas ce que vous avez dit l'autre soir quand on nous a découverts dans la bibliothèque ? Que vous souhaitiez obtenir du soutien ? Apporter du changement ?

Malgré le léger tremblement de ses mains, Christina fit un pas vers lui, ouvrant de grands yeux qu'elle braqua sur lui, le mettant au défi de lui répondre.

Pendant un long moment, il se contenta de baisser les yeux vers elle et elle voyait qu'il ne savait pas quoi faire. La vérité dans son regard était immanquable. Pourtant, il ne dit rien. Pourquoi ? Ne voulait-il pas la troubler ? Ou bien les roturiers et les gentlemen avaient ceci en commun qu'ils ne se préoccupaient guère des pensées d'une femme ?

— Dès le début, dit enfin Mr Sharpe dont un muscle se contracta dans la joue, vous m'avez dit que vous méprisiez les hommes tels que moi. Eh bien, pour être honnête, je n'ai jamais eu non plus une très haute opinion des gens de votre espèce.

Elle vit ses narines s'évaser et ressentit presque malgré elle l'envie de faire un pas en arrière.

— Je ne vous reproche rien, bien entendu. Toutefois, les gentlemen que vous estimez tant sont précisément ceux qui pourraient facilement être vecteurs de changement. S'ils le décidaient, ils pourraient mettre un terme à ces souffrances inutiles.

La colère assombrissait son visage et elle vit la pulsation dans son cou s'emballer follement, accélérant alors qu'il se précipitait en avant.

— Dans votre monde, c'est comme si les gens trop pauvres pour se permettre de la nourriture, des soins médicaux ou du bois en hiver n'existent même pas. Vous fermez simplement les yeux et tout va bien.

Son regard restait triste, ses dents toujours serrées de colère.

— Je ne peux pas faire de même parce que lorsque je ferme les yeux, je ne vois que des enfants affamés, leurs corps meurtris et abîmés par une vie qui ne les a jamais bien traités. Pas une seule fois.

Quand le dernier mot quitta enfin ses lèvres et que le silence retomba sur eux, Christina sut que son monde ne serait plus jamais le même. En vérité, elle l'avait su avant même qu'il ne prononce le moindre mot. Elle avait lu dans ses yeux que ce qu'il s'apprêtait à dire changerait tout. Même si elle avait redouté de l'entendre, elle avait su qu'elle ne pouvait pas lui demander de garder le silence.

Après tout, il allait devenir son mari. S'il brûlait de passion pour cette cause, elle devrait le faire aussi. C'était ainsi que le monde tournait. *Son* monde. Les épouses étaient censées soutenir leurs maris sur tous les plans. Certes, Christina ne pouvait pas dénier que ses mots l'avaient ébranlée. Elle se représenta les enfants dont il avait parlé et son cœur se serra pour eux. Serait-elle à nouveau capable de fermer les yeux sans songer à l'image que Thorne venait d'invoquer ?

Elle en doutait.

Au bout d'un long moment, elle leva la tête et s'autorisa à le regarder différemment, essayant de le voir sans les préjugés qui embrumaient toujours sa vision. Qui était-il ?

— Je n'aurais pas dû dire ceci, fit remarquer Mr Sharpe d'un ton amer alors qu'il luttait pour bannir toute trace de déception de son visage. Rien de ce que je viens de dire n'est votre faute d'une quelconque façon. Après tout, vous-même êtes emprisonnée dans un monde où les décisions sont prises pour vous sans beaucoup d'égards pour vos propres souhaits.

Ses paroles invoquèrent instantanément la nuit où Tante Francine était venue à Whickerton Grove. La nuit où Christina avait appris quels sacrifices étaient exigés des femmes qui souhaitaient quelque chose au-delà du mariage et de la maternité.

— Mon père ne me forcerait jamais à quoi que ce soit, insista Christina qui se remémorait aussi parfaitement la façon dont ses parents avaient soutenu sa tante dans sa décision.

Un sourire approbateur s'empara du visage de Mr Sharpe.

— Je le sais. Votre père a exprimé très clairement que la seule raison pour laquelle il m'acceptera en tant que beau-fils, c'est parce que…

Il soutint son regard en faisant un pas vers elle.

— … je suis *votre* choix.

Votre choix.

Les mots résonnèrent dans la tête de Christina alors qu'elle levait les yeux vers lui. D'une certaine façon, ils étaient vrais. Toutefois, elle n'avait jamais vu les choses de la sorte. Oui, il était vrai qu'elle aurait pu refuser de l'épouser. Comme elle l'avait dit une minute auparavant, son père ne lui aurait jamais forcé la main. Même maintenant, elle était libre de changer d'avis. Si elle n'avait pas pris cette décision, elle ne l'aurait pas épousé.

Alors, étrangement, il était bel et bien son choix. Cela étant, Christina s'était toujours attendue à ce que ce choix soit... différent. Elle s'était toujours attendue à... plus. Un sentiment de ravissement. Un sentiment de triomphe ou même de victoire d'avoir découvert quelque chose que son cœur désirait vraiment. Thorne était-il vraiment ce que son cœur appelait ?

Ou bien le serait-il... un jour ?

— Y suis-je enfin parvenu ? la taquina Mr Sharpe en l'observant avec attention et curiosité.

Les nuages sombres qui s'attardaient sur sa tête quelques moments seulement auparavant avaient soudain disparu comme s'ils n'avaient jamais existé.

— Vous ai-je convaincue de changer d'avis et de m'éconduire ? Vous avez l'air incertaine, choquée, même.

Il fronça les sourcils et plissa les paupières.

— Que se passe-t-il dans votre petite tête ? J'admets que je souhaite vraiment le savoir, car ce doit être captivant.

Christina écarta les considérations qui pesaient sur elle pour se forcer à se reconnecter au présent.

— Pour être franche, j'étais désarçonnée par l'idée que vous puissiez être mon choix. Cela ne semble pas très...

— Approprié ? suggéra-t-il en l'observant avec un sourire plus lumineux.

Christina hocha la tête.

— Oui. J'admets que j'ai toujours pensé que choisir un mari serait...

Elle haussa les épaules.

— Je ne sais pas.

Il se rasséréna légèrement et elle vit le mouvement de ses épaules quand il inspira profondément.

— Est-ce donc vrai ? Vous avez changé d'avis ?

Christina ne pouvait s'empêcher de penser qu'il retenait son souffle tout en attendant sa réponse. S'il la redoutait, c'était parce qu'il craignait qu'elle ne confirme ses soupçons.

Des picotements à couper le souffle dévalèrent le dos de Christina à la pensée qu'il souhaite sincèrement l'épouser, qu'il veuille être son mari, qu'il veuille qu'elle devienne sa femme. Elle aurait voulu pouvoir s'attarder sur cette sensation et maîtriser ses pensées, les empêcher de s'égarer dans des rêveries qui n'amèneraient que doute et regrets. Cependant, ses pensées ne pouvaient être contenues. Elle n'en avait jamais été capable. C'étaient des électrons libres qui gambadaient à leur guise.

La vérité était qu'il voulait l'épouser, mais non pour sa personnalité. Non parce qu'il la désirait *elle*. C'étaient simplement les connexions de sa famille qui l'attiraient. Il aurait tout aussi bien pu épouser Sarah si elle-même, Christina, ne s'était pas manifestée, représentant un trophée encore plus influent.

Reprenant ses esprits, la jeune femme leva la tête vers lui, vers ses yeux émeraude, des yeux qui étincelaient de malice et d'audace. Elle vit qu'il plissait légèrement les lèvres, une preuve de son espièglerie naturelle malgré les épreuves qu'il avait subies. Il n'était pas tombé dans la morosité et la dépression. Au lieu de cela, il avait relevé le défi et trouvé un moyen de surmonter tous les obstacles qui s'étaient dressés en travers de sa route. Et il l'avait fait sans perdre cette partie enfantine de lui, cette partie qui voyait toujours la joie et gardait espoir en dépit de tous les éléments contraires.

C'était un cadeau, n'est-ce pas ? Être capable de voir le monde et d'en profiter après tout ce qu'il avait connu, tout ce qu'il avait vu ?

C'était une leçon d'humilité.

— Non, dit enfin Christina. Je n'ai pas changé d'avis.

Étrangement, elle ne s'imaginait pas ne pas l'épouser. Si quelques jours seulement s'étaient écoulés depuis la soirée dans la bibliothèque, elle n'avait pas envie de se détourner du futur qui prenait à présent forme devant elle. Elle n'aurait pas vraiment su dire pourquoi, mais elle savait qu'au moins à un certain niveau, elle en avait envie.

Peut-être même le désirait-elle.

Pour toute réponse, ce sourire diaboliquement charmeur envahit à nouveau le visage de Thorne qui se rapprocha – trop pour que ce soit décent – et murmura :

— En êtes-vous certaine ? Ne craignez-vous pas que je sois un ogre sans cœur, déterminé à vous emporter de force vers mon château effrayant dans le Nord, pour vous enfermer dans une tour pour l'éternité ?

Le dévisageant en secouant la tête, Christina éclata de rire, aimant la façon dont ses paroles insouciantes parvenaient à chasser ses pensées sombres et lugubres. Il avait une façon de regarder le monde qui le faisait paraître mieux qu'il l'était réellement. Comment faisait-il ?

— Vous êtes incroyable !

— Merci ! répliqua-t-il en bombant le torse.

— Ce n'était pas un compliment.

Mr Sharpe haussa les épaules.

— Quoi qu'il en soit, je choisis de le prendre ainsi.

Très curieuse, Christina marqua un temps d'arrêt pour le dévisager à nouveau.

— Est-ce votre secret ? marmonna-t-elle plus pour elle que pour lui, ne se rendant pas compte qu'elle s'exprimait à haute voix.

Il fronça les sourcils.

— Mon secret ? Que voulez-vous dire ?

Prise au dépourvu, Christina sentit ses joues se réchauffer. Elle se détourna rapidement et fit quelques pas le long du chemin. Toutefois, quand elle l'entendit marcher derrière elle, elle dut admettre qu'elle en était heureuse. Elle ne souhaitait pas vraiment lui échapper, à lui ou a cette conversation. En vérité, elle voulait qu'il la suive.

Posant une main sur son bras d'un geste doux, mais déterminé, il la fit s'arrêter.

— Vous n'êtes pas du genre à vous cacher, énonça-t-il comme s'il la connaissait depuis toujours alors qu'il scrutait son visage.

Elle avait beau détourner la tête, elle sentait son regard comme une caresse sur sa peau.

— Cessez de tergiverser et dites-moi ce que vous voulez dire.

Lentement, Christina pointa le menton et le scruta du regard, essayant de déterminer s'il était véritablement sincère. Toutefois, jusqu'ici, tout ce qu'il avait dit n'avait été que la vérité, n'était-il pas ? Il n'était pas du genre à utiliser des mots doux pour arriver à ses fins. Du moins, elle espérait que non.

— En dépit de tout...

Elle leva les mains pour faire un mouvement large qui englobait tout ce qu'il lui avait dit.

— ... vous... vous souriez et plaisantez toujours et...

Levant les yeux vers lui, elle secoua la tête.

— Comment faites-vous ? Quel est votre secret ?

En entendant cette question, Thorne se fit sérieux et Christina ressentit du regret à l'idée d'en être la cause.

— Il n'y a pas de secret, dit-il enfin d'une voix sombre. C'est un choix. Le choix qu'on a tous besoin de faire. Nous n'en avons peut-être pas conscience, mais c'est la vérité. Nous pouvons tous choisir non seulement le chemin que nous empruntons, mais également la façon dont nous le percevons.

Il poussa un profond soupir et, pendant un bref moment, leva le visage vers le ciel. Puis son regard accrocha à nouveau celui de Christina comme s'il avait besoin que cette connexion se poursuive.

— La noirceur, la douleur et la souffrance sont partout, et pourtant, on trouve aussi de la lumière, de la chaleur et de l'espérance. Il faut être conscient des premiers éléments, mais également croire à l'existence des seconds. Comment vivre autrement ? Sans quoi, comment savoir ce qui est bien ou mal ? Sans quoi, comment trouverions-nous... le bonheur ?

C'est à ce moment précis que Christina se rendit compte que tout ce qu'elle avait cru savoir sur lui était faux. Il n'était pas le genre d'homme qu'elle avait cru. Admettons-le, il n'était pas un gentleman selon les exigences de la société. Il possédait pourtant une décence et une gentillesse qu'elle avait rarement rencontrées avant. Loin d'être égoïste, il avait fait le choix de se battre pour les autres. Il était là, à Londres, à cause de cela. Cela dit, en même temps, il n'avait pas permis à cette lutte de consumer ses sens. Il savait toujours comment trouver de la joie.

— Est-ce ce que vous cherchez ? se sentit-elle obligée de demander. Le bonheur ?

Il lui sourit gaiement.

— N'est-ce pas le cas de tout le monde ?

— En vérité, dit-elle, je crois que très peu de gens désirent trouver le bonheur. Du moins, je ne crois pas qu'on pourrait l'appeler ainsi. Ils désirent tous la fortune et une position sociale élevée, ainsi que certaines possessions et expériences, convaincus que ces choses leur apporteront le bonheur. Toutefois, je crois que très peu de gens voient véritablement le bonheur en lui-même comme l'objectif de leur vie, l'objet de leurs désirs et de leurs souhaits. Et je crois que quelque part en route, ils oublient souvent le bonheur et s'acharnent à obtenir des choses qui au final ne les comblent pas.

Christina cligna des paupières, surprise par les propos qui venaient de lui échapper. Puis elle remarqua qu'une paire d'yeux verts la regardaient. Thorne l'observait, le visage légèrement confus, sans doute tout aussi surpris de l'entendre parler ainsi.

Se forçant à sourire, Christina retourna sur le chemin.

— Allez-vous m'en raconter plus sur votre vie ? Si l'on doit se marier, je suppose qu'on devrait en apprendre un peu plus l'un sur l'autre.

Il poussa un petit rire, mais n'émit pas le moindre commentaire sur ce qu'elle venait de dire. Il ne révéla pas ce que ses propos lui avaient fait ressentir.

— Que souhaitez-vous savoir ?

Il vint se placer à sa hauteur et ensemble, ils se promenèrent sur le chemin. Le soleil brillait fort au-dessus de leurs têtes alors que des oiseaux gazouillaient dans les arbres environnants.

— Comment avez-vous grandi ? Où ?

Mr Sharpe inspira profondément comme s'il s'apprêtait à se lancer dans une histoire dont le récit demanderait toute son énergie.

— J'ai grandi à Manchester. En vérité, je garde très peu de souvenirs de ma petite enfance. Je me rappelle avoir eu faim et froid.

Il soutint son regard avec un sourire amer.

— Parfois, je n'en suis pas certain, mais je crois que j'en rêve encore. Les rêves ont la réputation de nous montrer les choses de façon déformée, n'est-ce pas ?

Christina hocha la tête, se souvenant du rêve qu'elle faisait de temps en temps depuis le soir où Tante Francine était venue à Whickerton Grove voilà une éternité. Dans ce songe, ce n'était pas Tante Francine qui avait été forcée de faire un choix terrible entre ses propres rêves et sa famille, mais plutôt Christina. Elle avait eu l'impression que des forces invisibles tiraient sur ses bras, l'écartelant toutes dans des directions opposées. Elle se sentait déchirée, effrayée et incapable de bouger, de prendre une décision. Étrangement, ignoblement, cela lui rappelait les gens qui se faisaient écarteler au Moyen Âge, mis en pièces par des forces sur lesquelles ils n'avaient pas le moindre contrôle.

— Ma mère est morte en couches quand j'avais environ six ou sept ans, poursuivit Mr Sharpe avec un léger froncement de sourcils alors qu'il essayait d'évoquer ses souvenirs. Le bébé est mort aussi. Je garde un doute sur le nombre de frères et de sœurs que j'avais autrefois. Ils étaient incroyablement jeunes quand ils sont morts. Je me souviens d'un visage ou deux.

Il se tourna vers elle avec une tristesse manifeste dans le regard. Christina fut surprise qu'il n'essaye pas de la cacher, mais lui permette de la voir aussi ouvertement.

— Je n'arrive pas à me le représenter, répondit-elle.

Elle sentit son cœur se serrer à la pensée de perdre son frère et ses sœurs. Bien sûr, elle les avait connus toute sa vie. Qu'aurait-elle ressenti si elle les avait perdus durant sa jeunesse ? Se souviendrait-elle encore de leurs visages ? Ces souvenirs se seraient-ils estompés au fil du temps ?

— C'est peut-être mieux ainsi, poursuivit Thorne qui regarda à nouveau devant lui, les yeux braqués sur le passé, sur quelque chose qu'il ressentait profondément. C'est peut-être une façon pour le cerveau de se protéger, de nous empêcher de trop souffrir. Il faut que la douleur s'atténue avec le temps, sans quoi elle nous consumerait.

Comment serions-nous censés continuer si on la ressentait à tout moment de chaque jour ?

Christina hocha la tête.

— Vous avez peut-être raison. J'ai simplement du mal à me le représenter. Ne vous êtes-vous pas souvent demandé quel genre de personnes ils seraient devenus… s'ils avaient vécu ?

— Oui, de temps en temps, admit-il avec un nouveau sourire amer qui témoignait de sa détermination à avancer, à ne pas oublier le passé, mais à se concentrer sur le futur. Toutefois, je dois admettre que j'ai eu très peu de temps pour songer à mon enfance.

Légèrement soulagée d'aborder un sujet moins douloureux, Christina le contempla, impatiente d'en apprendre davantage sur l'homme qu'elle allait épouser.

— Voulez-vous m'en dire davantage ?

Il hocha la tête en lui souriant.

— Eh bien, cela vous choquera peut-être de l'apprendre, mais c'est avec des matches de boxe que j'ai remporté mes premières véritables sommes d'argent.

Christina sentit ses yeux s'écarquiller alors qu'elle essayait de l'imaginer dans un ring, face à un adversaire. Bien entendu, en tant que lady, elle n'avait jamais ne serait-ce qu'entraperçu un tel événement. Elle savait qu'à l'occasion, les gentlemen se battaient ainsi pour leur amusement personnel ou leur condition physique. Elle avait même entendu dire qu'ils plaçaient des paris sur ce genre de matches. Se tenant toujours dans l'immense jardin de ses parents, une brise légère caressant sa peau, Christina n'imaginait pas l'homme qui se dressait en face d'elle s'adonner à un passe-temps aussi brutal.

Cela dit, pour lui, cela n'avait pas été un passe-temps, n'est-ce pas ?

Mr Sharpe la considéra avec curiosité. Quand il vit qu'étrangement, elle ne montrait pas le moindre signe de choc, il poursuivit.

— C'était une bonne façon de gagner de l'argent, mais je savais que ce n'était pas une façon de vivre, de continuer indéfiniment. Je savais que j'avais besoin de quelque chose de plus permanent, de plus stable, alors j'ai commencé à investir le peu d'argent que j'avais gagné en boxant. J'ai prêté attention chaque fois que j'en avais l'occasion, écouté attentivement et fait de mon mieux pour comprendre le fonctionnement du monde afin d'utiliser cette connaissance à mon avantage.

Pendant son récit, une ombre dansa sur son visage, démentant ses propos rationnels.

— Je savais que j'avais besoin de trouver un moyen d'arrêter de vivre au jour le jour, sans savoir si j'allais pouvoir manger le lendemain.

Il se tourna pour la regarder.

— C'est une vie très éloignée de la vôtre, n'est-ce pas ?

Christina ne savait pas quoi dire. Bien sûr, il disait vrai ; pourtant, admettre que c'était le cas la faisait se sentir… terriblement mal. Elle avait l'impression d'avoir fait défaut à quelqu'un.

Croisant son regard, elle fit un pas en arrière puis observa son visage, la façon dont il se dressait devant elle, fier, mais abordable, chose que les hommes bien nés n'étaient généralement pas.

— Je vous prenais pour un vaurien, lui dit-elle honnêtement, décidant que si elle allait bel et bien s'engager dans ce mariage, elle serait honnête à partir de maintenant. Je trouvais que vous étiez un vaurien sans manières ni décence.

Il poussa un petit rire amusé et lui sourit. Christina se rendit alors compte qu'elle n'était absolument pas surprise qu'il ne prenne pas ombrage de ses paroles. En vérité, elle ne s'était pas attendue à ce qu'il le fasse.

— Moi aussi, dit Mr Sharpe, quelque chose d'audacieux illuminant à nouveau ses yeux, je pensais que toutes les ladies de la haute étaient des demoiselles minaudeuses, dénuées de cervelle et affublées de sourires hypocrites.

Il sourit en soutenant son regard.

— Nous avions peut-être tous les deux tort.

Christina ne pouvait pas dénier qu'une partie d'elle l'enjoignait à rester prudente, à ne pas placer sa confiance en lui et croire qu'il était le genre d'homme qu'elle voulait qu'il soit. Cependant, elle éclata de rire malgré elle puis se tourna afin d'inspirer profondément.

— Très bien ! J'admets que vous n'êtes probablement pas aussi mauvais que je le pensais.

Mr Sharpe leva les bras vers le ciel en un geste de pur triomphe.

— Enfin ! s'exclama-t-il. La dame m'accorde un rare compliment !

Christina éclata de rire. Elle se le reprocha, mais c'était incontrôlable.

— Vous êtes impossible et franchement, parfois, je ne sais pas quoi penser de vous.

Elle plissa les yeux en se remémorant l'autre soir dans la bibliothèque. Elle fit un pas en avant sans détourner le regard.

— Cette nuit-là, ce n'était pas une erreur, n'est-ce pas ? Ce n'était pas un accident. Vous saviez ce que vous faisiez. Vous connaissiez les règles. Vous saviez que si nous étions découverts…

— … vous seriez obligée de m'épouser, finit-il à sa place, soutenant son regard, explicitant le fait que, oui, il l'avait rejointe exprès ce soir-là.

Sentant son cœur s'emballer dans sa poitrine, Christina ne cilla pas non plus. Elle savait qu'elle aurait dû garder le silence, mais elle en fut incapable.

— C'est moi que vous vouliez.

C'était une déclaration, pas une question, parce qu'elle connaissait déjà la réponse.

Malgré les *petits scandales* récemment associés à sa famille, la réputation de son père demeurait impeccable. Les Whickerton étaient très sollicités et même après les petites incartades de Louisa et Leonora, la haute société ne leur avait pas tourné le dos. Oui, Mr Sharpe l'avait désirée *elle* au lieu de Sarah. Les connexions des Whickerton étaient bien supérieures, puisque lord Hartmore était généralement méprisé pour avoir détruit les finances familiales. Ils risquaient de se retrouver à la rue et tout le monde le savait. La pauvre Sarah !

Christina devrait peut-être reconsidérer sa décision finalement, non pour son propre bien, mais pour celui de Sarah. Elle avait découvert que Mr Sharpe était un homme bon ! Au moins, à ce qu'elle en voyait, son amie n'aurait pas à en avoir peur. Il ferait un mari adéquat.

Il posa une main chaude et tentante sur le bras de la jeune femme qui cligna des paupières avant de se retourner vers lui.

— C'est vous que je voulais, murmura-t-il, l'air entre eux crépitant de cette façon étrange, comme si un feu avait été allumé.

Bien que consciente de ne pas tout comprendre, Christina savait que cela l'attirait, comme un papillon vers une flamme.

Oui, elle devrait reconsidérer sa décision, mais non !

Elle était égoïste !

CHAPITRE 16

LES CONSEILS D'UNE MÈRE

À sa grande honte, Christina attendait avec impatience la moindre visite de son fiancé. Ils ne se connaissaient pas très bien, mais il existait entre eux une étrange franchise. Avec les gentlemen de la haute société, Christina avait toujours échangé des conversations quelque peu tendues, comme si chacun était constamment sur ses gardes et pesait chaque mot avant de le prononcer. Elle ne savait jamais si les propos d'autrui étaient vrais et se demandait toujours, même après des semaines de conversation, qui était vraiment l'autre personne.

Bien entendu, la connaissance que possédait Christina du caractère de Mr Sharpe ainsi que de son passé était toujours sévèrement limitée. Toutefois, elle avait l'impression qu'elle commençait lentement à connaître l'homme qu'il était véritablement... pas celui qu'il essayait d'incarner. Cette pensée apaisait souvent les battements rapides du cœur de la jeune femme chaque fois qu'elle songeait à leur mariage prochain. En dépit de cela, elle épousait un parfait inconnu, un homme issu d'un milieu très différent du sien. Oui, cela l'inquiétait, mais une partie d'elle avait hâte d'entamer cette nouvelle vie qui s'ouvrait à elle.

À son grand désarroi, sa famille se montrait moins convaincue.

Son père lui avait dit sans ambages que si elle choisissait de mettre un terme aux fiançailles – à n'importe quel moment –, il la soutiendrait. Elle savait qu'il voulait s'assurer qu'elle ait conscience d'avoir le choix, qu'elle sache que si elle avait des doutes, elle était libre de changer d'avis. Christina appréciait la dévotion et la loyauté de son père, mais les doutes de ce dernier nourrissaient également les siens.

Évidemment qu'elle avait des doutes ! Le contraire serait étonnant. Bien entendu, il y avait des moments où elle craignait de commettre une erreur colossale. Toutefois, à chaque fois qu'elle songeait à changer d'avis, il y avait toujours *quelque chose* qui la retenait.

Elle n'aurait pas su dire ce que c'était, exactement, mais cela suffisait pour l'empêcher de revenir sur sa décision.

Ses sœurs ne valaient guère mieux. Elles l'encourageaient constamment à bien réfléchir, à ne pas se précipiter dans quoi que ce soit. Christina voyait bien qu'elles s'inquiétaient. Toutefois, aucune de leurs objections ne l'avait vraiment ébranlée.

Dans ces circonstances, elle trouvait qu'elle s'engageait dans ce mariage en toute connaissance de cause. Très souvent, les femmes ne savaient pas ce qui les attendait une fois que leurs vœux auraient été prononcés. Toutefois, Christina pensait avoir une bonne idée de ce que lui réserverait une vie avec Mr Sharpe. Le tempérament de Thorne différait peu du sien. C'était peut-être pour cela qu'ils parvenaient à communiquer aussi facilement.

Seule Grannie Edie se retenait de remettre en question la décision de Christina. En effet, sa grand-mère s'était peu exprimée à ce sujet. De temps en temps, elle tapotait la main de Christina, lui souriait et lui assurait que tout allait bien se passer.

Elle avait souvent l'impression que sa grand-mère en savait plus que n'importe qui d'autre. Elle ne voyait pas comment c'était possible. Toutefois, au cours de sa vie, elle avait appris à se fier aux instincts de sa grand-mère. Ils étaient rarement trompeurs et Christina tirait sa force de la certitude qu'elle lisait dans le regard ferme de la vieille dame.

On frappa à la porte et Christina leva la tête.

— Entrez, répondit-elle en reposant sa plume.

Elle était en train d'écrire à sa tante en France, mais, craignant de décevoir Francine, elle peinait à trouver les mots justes. Après tout, sa tante avait quasiment fui l'Angleterre, laissant derrière elle un mari et sa famille tout entière afin de vivre comme elle l'entendait.

— Avez-vous un moment ? demanda la mère de Christina en franchissant le seuil de la porte.

Un petit sourire dansait sur ses traits délicats et la main qui referma la porte frémissait légèrement.

— Bien sûr, Mère, dit Christina qui se redressa et alla à sa rencontre. Tout va bien ? Vous semblez… quelque peu souffrante.

Sa mère inspira profondément puis tendit les mains pour saisir celles de Christina. En effet, elles tremblaient.

— Je dois vous parler de quelque chose.

Son débit était rapide, mais Christina entendit la réticence dans sa voix.

— Cela concerne-t-il Mr Sharpe ? s'enquit-elle, surprise que sa mère vienne la trouver à deux semaines du jour J. Allez-vous également me demander d'y réfléchir ?

Sa mère afficha un sourire attendri et le tremblement de ses mains cessa tandis qu'elle regardait sa fille. Ses yeux s'illuminèrent comme c'était parfois le cas quand elle contemplait un de ses enfants.

— Vous êtes devenue une femme très déterminée, dit-elle à voix basse, plus pour elle-même que pour Christina. Vous savez ce que vous voulez et vous n'avez pas peur de partir le conquérir.

Ses yeux se posèrent sur Christina, la voyant pour celle qu'elle était devenue.

— J'en suis ravie, mais je sais également qu'il y a un revers de la médaille, car la détermination peut souvent se changer en entêtement.

Christina ricana malgré elle.

— Me trouvez-vous entêtée ?

— Je n'en suis pas certaine, soupira sa mère. C'est précisément pour cela que je suis venue. J'ai besoin de savoir pourquoi vous avez choisi de l'épouser. Je vous ai observée avec attention et je ne sais pas si vous êtes simplement déterminée à le faire parce que vous en avez sincèrement envie ou bien si vous êtes trop entêtée pour changer d'avis, parce que vous pensez que c'est interdit.

La question, audacieuse et inflexible, s'attarda dans le regard de sa mère qui l'observait avec des yeux scrutateurs. C'était ainsi que les mères regardaient souvent leurs enfants, comme si elles pouvaient voir dans leurs cœurs malgré tous les efforts que leurs enfants faisaient pour s'en prémunir.

Essayant d'ignorer le frisson qui lui dévala l'échine, Christina fronça les sourcils.

— Je ne vois pas vraiment de quoi vous parlez…

Les mains de sa mère se refermèrent plus fort sur les siennes.

— Faites-vous cela pour vous ? Ou bien pour Sarah ?

Elle haussa des sourcils entendus, lui faisant savoir sans l'ombre d'un doute qu'elle avait parfaitement conscience du conflit qui résidait dans le cœur de Christina.

Celle-ci poussa un profond soupir. Elle regrettait d'avoir à défendre sa décision devant sa mère. Celle-ci avait toujours eu une façon de lire entre les lignes et de comprendre avec une clarté parfaite ce que Christina ne voulait pas admettre.

— Cela compte-t-il vraiment ? Faut-il qu'il y ait une différence ? Je le fais peut-être autant pour moi que pour elle.

— Vraiment ? insista sa mère en la regardant d'un air déterminé.

Ou bien était-ce de l'entêtement ? Comment faire la différence ?

— Et si vous me parliez de vos objections ? répondit immédiatement Christina au lieu de répondre à la question de sa mère, ne sachant pas quoi dire pour la satisfaire. Pourquoi ne souhaitez-vous pas que je l'épouse ?

Pendant un moment, sa mère resta silencieuse. Puis elle inspira lentement comme si elle avait besoin de force avant de parler.

— Venez vous asseoir avec moi.

S'asseyant au pied du lit de Christina, elle encouragea sa fille à s'installer à côté d'elle.

Christina observa sa mère avec attention alors que les secondes s'égrenaient. Il y avait une note de réticence et peut-être une pincée de mortification sur le visage de sa mère qui tentait de trouver les mots justes. Christina sentit qu'elle se crispait. Elle commença à se demander à quel aspect du caractère de Mr Sharpe ou peut-être de la vie maritale en soi elle avait oublié de penser.

Au bout d'une petite éternité, sa mère reprit enfin la parole. Son regard était redevenu ferme malgré l'hésitation qui sous-tendait sa voix.

— Vous ne le savez peut-être pas… ou peut-être avez-vous déjà parlé à Louisa ou Leonora. Toutefois, il y a… certaines intimités partagées entre un mari et sa femme auxquelles vous devez songer.

Sa mère déglutit et Christina ne put s'empêcher de penser qu'elle était soulagée de l'avoir dit.

Christina fronça les sourcils.

— Que voulez-vous dire ?

Bien entendu, elle avait vu des regards enflammés entre des époux – ou même des inconnus à un bal – ainsi que des étreintes passionnées et un baiser occasionnel entre ses parents ou bien ses sœurs et leurs maris. Qu'existait-il de plus ?

D'après les commentaires qu'elle avait glanés au passage, Christina en avait déduit que le lit conjugal était peut-être une tout autre histoire. Cependant, ne serait-ce pas la même chose quel que soit l'époux qu'elle choisirait ?

Pendant un moment, sa mère baissa les yeux vers leurs mains jointes en inspirant profondément. Puis elle leva à nouveau la tête et son visage se refit hésitant.

— Ma chère, vous savez que j'aime profondément votre père et donc, bien entendu, je n'ai rien contre les moments où il me prend dans ses bras. Au contraire, je les chéris.

Elle eut un sourire si plein de désir et de joie qu'un pincement de jalousie détraqua le cœur de Christina.

— Je l'ai épousé parce que je l'aimais, et je l'aime toujours. Chaque jour est plus beau parce qu'il est avec moi et que je suis avec lui.

Chaudes et fermes, les mains de sa mère ne tremblaient plus.

— C'est ainsi que le mariage devrait être. Je ne m'imagine pas ne pas avoir de sentiments pour la personne qui me prend dans ses bras.

Je sais que la plupart des mariages commencent ainsi. C'est ainsi que vont les choses. Toutefois, je ne veux même pas songer à une telle existence. Je refuse de vivre avec un inconnu, à me sentir stressée chaque fois qu'il s'approchera. Après tout, qui serait à l'aise à l'idée de partager quoi que ce soit d'intime avec quelqu'un qu'il ne chérirait pas ?

Christina baissa la tête le temps de digérer lentement les paroles de sa mère. Les Whickerton se mariaient par amour. C'était une tradition familiale qui, de toute évidence, était basée sur des raisonnements sûrs. Une question restait : aimait-elle assez Mr Sharpe pour se sentir à l'aise avec lui ?

Christina ne le savait pas. Si elle appréciait sa compagnie, elle ne savait pas ce qu'elle ressentirait s'il… l'embrassait, l'étreignait. Certes, dans la bibliothèque, il s'était rapproché, incroyablement rapproché, et d'après ses souvenirs, elle n'avait montré aucune réticence. Certes, son cœur avait martelé sauvagement dans sa poitrine, mais non par réticence, n'est-ce pas ? D'ailleurs, elle était convaincue que sur l'instant, elle avait été tentée. Cela signifiait-il qu'elle serait à l'aise à l'idée d'être son épouse… sur tous les plans ?

Sa mère lui serra la main.

— Je vous suggère de parler à vos sœurs. Après tout, je suis une vieille femme, poursuivit-elle avec un sourire enfantin. Cela fait des décennies que je suis mariée et ce serait peut-être plus utile pour vous de parler à quelqu'un qui vient d'entamer ce voyage dans lequel vous aussi souhaitez vous embarquer. Interrogez-les et écoutez leurs réponses. Cela ne presse pas, mais je vous en prie, dit-elle en l'implorant du regard, réfléchissez-y, car une fois que vous aurez fait votre choix, vous ne pourrez plus revenir en arrière.

Incapable de formuler une réponse, Christina hocha la tête. Toutefois, elle avait donné sa parole et le mariage aurait lieu dans moins de quinze jours. Si elle revenait sur sa promesse, se priverait-elle de son unique perspective de mariage ? Serait-ce le scandale qui réduirait en cendres la réputation de sa famille ?

— Je veux que vous soyez absolument certaine de votre décision, ma chère, insista sa mère.

Christina eut l'impression de lire dans son regard qu'elle aussi avait été confrontée au même dilemme.

— Un mariage ne peut pas être annulé et parfois, on se retrouve séduite par un sourire charmeur et des paroles affables, pour découvrir plus tard qu'il n'existe pas de véritable lien, encore moins un lien destiné à durer une vie entière.

Christina observa sa mère avec plus d'attention. Elle eut le besoin soudain de demander des détails, sentant qu'il y avait autre chose que sa mère ne lui disait pas. Cela dit, quoi qu'il se soit passé dans son passé était bien protégé, presque enterré, et elle savait qu'elle ne recevrait pas de réponses à ses questions.

— Parlez à vos sœurs, je vous en prie.

Christina lui sourit et hocha la tête.

— Je vous le promets.

C'était peut-être plus sage de le faire. Bien entendu, elle s'attendait à ce que Louisa et Leonora allaient dire. Leonora, en particulier, semblait terriblement contrariée par la perspective de voir Christina épouser Mr Sharpe. Après ce que sa sœur avait traversé, elle n'était sincèrement pas surprise. Oui, Leonora avait connu l'intimité forcée avec un inconnu et cela l'avait blessée à un niveau que Christina ne pouvait même pas concevoir. Seules la gentillesse et la patience de son nouvel époux lui avaient donné la force de s'élever à nouveau au-dessus de tout cela et de garder la tête haute.

Oui, songea Christina. Il serait peut-être sage de parler à ses sœurs pour être mieux préparée à ce qui pourrait l'attendre.

CHAPITRE 17

UN SECRET BIEN GARDÉ

Le soleil qui se déversait par les hautes fenêtres du salon faisait rougeoyer l'atmosphère. Les mains jointes derrière le dos, Thorne gardait les yeux braqués sur les collines verdoyantes dont les hauts brins d'herbe ondulaient doucement dans la brise estivale. C'était une vision paisible, calme et apaisante, et il aurait pu s'imaginer passer sa vie ici. Était-ce la vie que sa future épouse avait connue depuis sa naissance ?

Il poussa un profond soupir. Il aurait voulu que tous les enfants du monde puissent grandir dans un tel endroit. Un endroit plein de chaleur et de douceur, vaste et aux horizons illimités. Un endroit empli d'une famille aimante et de mains encourageantes.

Sa propre vie, bien sûr, avait été très éloignée de cet endroit magnifique et tout ce qu'il promettait, tout ce qu'il inspirait. Tout avait été froid, rude et douloureux, ce qui était le cas pour d'innombrables autres enfants à travers tout le pays. Ils ne sauraient jamais ce que signifiait dormir paisiblement, avec de jolis rêves et des réveils dans la douceur. La réalité qu'ils affrontaient tous les jours était trop rude et c'était cette pensée qui ne manquait jamais d'attiser la peur dans le cœur de Thorne. Oui, il était venu à Londres pour faire quelque chose !

Pour accomplir quelque chose.

Pour eux.

Mais il avait besoin de rassembler du soutien et de l'influence. De nouvelles lois étaient nécessaires. Des lois qui contraindraient les propriétaires de fabriques de coton à faire respecter les mesures de sécurité et à prendre en compte les exigences en matière de santé.

C'était la raison de sa présence.

Seulement, depuis que Thorne avait posé les yeux sur Christina, une partie latente de lui s'était réveillée. Il ne se rappelait pas si elle existait déjà. Peut-être quand il était enfant... Peut-être quand ses parents étaient toujours vivants.

C'était un rêve.

De l'espoir.

Thorne soupira, car même s'il avait conscience de son devoir et de ses responsabilités, il ne pouvait plus dénier que tout à coup, il souhaitait quelque chose.

Pour lui.

Il *la* voulait.

Il l'avait désirée depuis le moment où il avait posé les yeux sur elle.

Cela dit, ce n'était pas tout ce qu'il voulait. Il ne désirait pas simplement l'avoir dans son lit ou même comme épouse. Il savait parfaitement – l'ayant observé à d'innombrables reprises – que le mariage ne garantissait pas... l'intimité.

En vérité, Thorne voulait de l'amour et une famille. Des gens qu'il serait censé protéger et entretenir. Une femme et des enfants qu'il pourrait gâter et dont les sourires et les rires lui apporteraient de la joie.

Son regard courut à nouveau sur les collines battues par le vent et il poussa un autre soupir profond, empli de mélancolie et de désir.

C'était peut-être l'endroit. Avec de la chance, ils seraient tous heureux ici.

Thorne savait que Christina était proche de sa famille et le serait toujours. Il n'aurait pas voulu qu'il en aille autrement, car lui aussi commençait à vraiment les apprécier. Ils étaient la famille de la jeune femme et peut-être qu'un jour, il compterait parmi eux.

Thorne ne se souvenait que trop bien de la réaction de Christina à l'idée qu'il emmène Miss Mortensen loin de Londres, à Manchester. Il s'imaginait parfaitement son désarroi après leur mariage si elle était contrainte de déménager dans le Nord. Non, il était certain qu'elle voudrait rester proche de sa famille.

Et il trouvait que ce domaine – Pinewood Manor – conviendrait parfaitement à la jeune femme. De taille notable, il n'était pas trop grand et exprimait un certain confort, lové entre les collines en pente douce. Il n'était pas situé à plus d'une journée de cheval de Whickerton Grove, le domaine de sa famille, ce qui assurerait que sa future épouse reste proche de ceux qui comptaient pour elle.

Il entendit des pas, des petits pas rapides qui descendaient en courant le grand escalier de l'entrée sans la moindre prudence. Des gloussements joyeux les accompagnaient, immédiatement suivis par une remontrance de la part de Mrs Huxley.

Thorne sourit malgré lui.

— Par ici ! appela-t-il en se détournant de la fenêtre pour regarder la porte au moment où Samantha en franchit le seuil.

Les yeux pétillant de malice et ses boucles blondes dansant follement sur ses épaules, elle vint le rejoindre en sautillant.

— C'est un endroit fantastique ! s'exclama-t-elle en battant des mains tout en posant sur lui de grands yeux ronds.

Âgée de cinq ans, Samantha n'atteignait même pas sa ceinture, forçant Thorne à s'agenouiller s'il souhaitait la regarder dans les yeux.

— Cela vous plaît-il ? demanda-t-il en prenant ses petites mains. L'escalier du vestibule n'est-il pas trop raide ?

Les yeux de l'enfant s'illuminèrent comme des lucioles.

— Non, il est parfait. Dans un an ou deux, je serai capable de glisser sur la rambarde.

Haletant discrètement, Mrs Huxley atteignit enfin le salon.

— Vous ne devrez pas faire cela, en aucune circonstance, jeune fille ! l'admonesta-t-elle sévèrement.

Toutefois, l'effet de ses paroles fut quelque peu perdu à cause de son essoufflement manifeste.

— Je suis d'accord, en convint Thorne en adressant un bref regard à Mrs Huxley.

Toutefois, quand il se retourna vers Samantha, il lui fit un clin d'œil.

— En aucune circonstance !

Samantha pouffa avec une lueur conspiratrice dans les yeux.

— Bien sûr que non !

Puis son regard voyagea vers la fenêtre, derrière l'épaule de Thorne, et elle écarquilla encore davantage les yeux alors qu'elle regardait les collines verdoyantes.

— Cela deviendra-t-il notre nouvelle maison ? demanda-t-elle d'une voix émerveillée alors qu'elle lui retirait ses mains et le contournait pour se diriger vers la fenêtre.

Thorne hocha la tête et permit à son regard de suivre le sien.

— Cela vous plairait-il ?

Le nez presque collé contre la vitre, Samantha hocha la tête.

— Oh oui, bien sûr.

Elle le regarda par-dessus son épaule.

— Pensez-vous que votre nouvelle épouse aimera cet endroit ?

Thorne poussa un profond soupir puis il alla se placer à côté de Samantha, une main plaquée sur le mur.

— Je l'espère bien.

— Redites-moi comment elle s'appelle.

— Christina, murmura Thorne qui chérit la sensation de son nom sur sa langue.

Jusqu'ici, il ne l'avait prononcé à haute voix qu'à l'occasion. Bien entendu, il l'avait appelée Chris comme le faisaient ses sœurs. C'était pour la taquiner et il avait apprécié le résultat et pensait qu'elle aussi, malgré ses objections.

— C'est un beau nom, s'émerveilla Samantha qui le répéta à deux reprises. Comme celui d'une princesse.

Sa petite main posée sur la vitre, Samantha tourna lentement la tête vers lui. Ses yeux verts contenaient une note sérieuse, quelque chose de vulnérable, et Thorne se retrouva une fois de plus à genoux, ses grandes mains saisissant à nouveau celles de la petite fille.

— Pensez-vous qu'elle m'aimera ? lui demanda alors Samantha avec un besoin presque désespéré dans la voix.

Thorne déglutit fort. Il craignait de donner de faux espoirs à Samantha alors qu'en vérité, il n'avait pas encore parlé d'elle à Christina.

— Bien entendu, répliqua-t-il pourtant sans délai.

Après tout, quand elle posait sur lui des yeux si emplis d'espoir et de confiance, il était incapable de lui refuser quoi que ce soit.

C'était une enfant, comme il y en avait beaucoup dans le monde, qui méritait tout. Une famille. Une maison. Un futur sans labeur éreintant.

Malgré tous ses efforts, Thorne savait qu'il ne serait jamais capable d'assurer le futur de tous les enfants. Bien entendu, il s'efforcerait de les protéger, eux et leur famille, mais il savait que ce ne serait jamais suffisant.

Pour Samantha, il n'y avait cependant pas de limites à ce qu'il pourrait faire. Le vœu le plus cher de la fillette était néanmoins d'avoir une mère. Une mère qui l'aimerait, qui sècherait ses larmes et lui lirait des histoires. Une mère qui resterait à ses côtés pour le reste de sa vie, lui prodiguerait des conseils et des attentions aimantes.

Christina pourrait-elle être cette femme ? Était-il possible que, dans un an peut-être, ils soient tous une famille ?

Thorne regarda Samantha, sachant que c'était ce qu'elle voulait. Et pour être honnête, il le souhaitait aussi.

CHAPITRE 18

DES HOMMES À AIMER

Suivant les conseils de sa mère, Christina invita Louisa et Leonora à lui rendre visite pendant l'après-midi. Les trois sœurs étaient assises dans les jardins près de la petite fontaine où deux bancs en marbre étaient disposés à l'ombre des arbres. Le soleil brillait presque impitoyablement. Sa chaleur n'était compensée que par la brise légère qui remuait le feuillage au-dessus d'elles.

— Tu as quelque chose à l'esprit, fit remarquer Louisa en plissant légèrement les yeux, le regard pensif. Quelque chose qui te préoccupe.

Elle échangea un regard avec Leonora et les deux sœurs parurent se rapprocher sur le banc comme si la proximité était le mot d'ordre.

— Dis-nous.

Les propos directs de Louisa firent sourire Christina. Sa sœur avait le chic pour dire à voix haute ce que les autres pensaient sans oser l'exprimer. Christina trouvait souvent que cela leur permettait plus facilement d'aborder certaines questions.

— Oui, vous avez raison. D'ailleurs, c'est Mère qui a suggéré que je vous parle, à toutes les deux.

— À nous deux ? répéta Leonora en coulant un nouveau regard à sa sœur aînée. Pourquoi à nous deux ?

Christina inspira lentement. Elle n'avait généralement pas l'habitude d'éviter de se confronter à des sujets délicats, mais elle ne pouvait s'empêcher de ressentir un certain malaise.

— Oh, dis-nous ! s'exclama Louisa avec un geste impatient de la main. Je ne rajeunis pas !

Cette fois, Christina et Leonora échangèrent un regard avant de ricaner d'une même voix.

— On croirait entendre Grannie Edie, fit remarquer Leonora qui donna un léger coup de coude à Louisa. Suggèrerais-tu que tu as acquis une sagesse précoce ? Tu es mariée depuis guère plus de six mois, pas soixante ans.

Louisa feignit un rire avant de se tourner à nouveau vers Christina.

— Eh bien ?

— Eh bien... commença Christina qui se sentait un petit peu plus à l'aise après cette brève démonstration d'affection entre sœurs. Je vous ai conviées ici parce que j'aimerais vous entretenir de quelque chose.

Elle regarda successivement les deux jeunes femmes, s'interrogeant sur ce qu'elles ressentaient à propos de leur intimité avec leurs époux. Bien entendu, elle avait observé des baisers occasionnels entre Louisa et Phineas, alors que Leonora et Drake paraissaient réserver de telles démonstrations d'affection à des moments plus privés. Existait-il une raison pour laquelle ces deux mariages semblaient si différents aux yeux d'une observatrice extérieure comme elle ?

En toute honnêteté, Christina trouvait plutôt irritant que les jeunes femmes soient rarement informées des secrets maritaux. Certes, on leur disait de faire leur devoir. Toutefois, comme par hasard, les détails intrigants étaient omis. Christina se rappela que sa mère avait eu l'air tendue et troublée, et elle s'était dit que c'était peut-être la mortification de devoir aborder ouvertement la question. Toutefois, Christina avait entendu murmurer ici et là que les maris – comme les gens en général – ne se ressemblaient pas tous. D'ailleurs, elle se rappelait avoir entendu une vieille matrone marmonner derrière son éventail que des hommes tels que Mr Sharpe, ceux qui ne pouvaient pas être considérés comme des gentlemen, exigeaient souvent de leurs épouses des *choses innommables*.

Christina aurait voulu savoir ce qu'étaient ces choses *innommables*.

— À l'aube de mes épousailles, commença-t-elle prudemment en décelant une certaine tension sur le visage de Leonora, je me demandais si vous vouliez bien me faire part de vos propres impressions sur le mariage.

Leonora baissa les yeux vers ses mains repliées sur ses genoux.

— Eh bien, je…

— C'est une phrase lourde de sens, petite sœur ! s'exclama Louisa avec des yeux inquisiteurs qui s'attardèrent sur le visage de Christina d'une façon qui la fit s'agiter. Que nous demandes-tu exactement ?

Christina sourit à sa sœur.

— Tu es toujours directe, n'est-ce pas ?

— Je pense que cela fait gagner du temps, répliqua Louisa en haussant les épaules.

— C'est quelque chose que Grannie Edie aurait dit, fit remarquer Leonora avec un ricanement. Encore une fois.

Christina éclata de rire.

— Apparemment, tu deviens de jour en jour plus similaire à notre chère aïeule.

Louisa soutint le regard de Christina et secoua la tête.

— N'essaye pas de me distraire. Alors, maintenant, qu'est-ce que tu veux qu'on te dise ?

Christina rendit à Louisa son regard intimidant.

— Eh bien, si vous voulez tout savoir, Mère m'a conseillé de reconsidérer la demande en mariage de Mr Sharpe, si on peut l'appeler ainsi.

Elle haussa les épaules.

— Je sais, vous avez quasiment toutes fait la même chose. Toutefois, elle m'a encouragée à vous interroger sur… les intimités du mariage.

Un large sourire illumina le visage de Louisa.

— Je vois, dit-elle d'une voix taquine. Que voulais-tu savoir ?

Pendant un moment, Christina fut perdue, puis elle se souvint des paroles de sa mère.

— Cela ne te fait rien… quand vous êtes proches ? Que ressens-tu quand Phineas t'étreint ? T'embrasse ?

Un soupir mélancolique sortit des lèvres de Louisa et son expression rêveuse en dit plus long que n'importe quel discours.

Christina éclata de rire.

— Tu apprécies ses affections à ce point ?

Avec un large sourire, Louisa hocha énergiquement la tête. En toute honnêteté, elle semblait presque enfantine sur l'instant. Toutefois, Christina ne manqua pas de détecter la joie à l'état pur qui paraissait imprégner toutes les cellules de sa sœur.

— Et… ta nuit de noces était… ? commença prudemment Christina qui ne sut pas comment achever sa question.

Heureusement, elle n'eut pas besoin de le faire.

— Extraordinaire ! s'exclama Louisa qui n'avait pas perdu son air rêveur. Fantastique ! Merveilleuse !

Elle adressa un large sourire malicieux à Christina.

— Est-ce tout ce que tu voulais savoir ?

Christina hocha la tête.

— Alors, cela ne t'a pas mise mal à l'aise ?

Louisa rit.

— Bien sûr que non. J'admets que j'étais un peu nerveuse, effectivement. Mais principalement, je me souviens d'avoir été très enthousiaste et particulièrement impatiente.

Son sourire se fit diabolique puis son visage devint sérieux.

— C'est cela qui t'inquiète ? De ne pas apprécier ses… attentions ?

— Mère a suggéré que je pourrais ne pas aimer cela.

Louisa hocha la tête avec attention.

— Je suppose que c'est vrai, si tu te maries sans amour.

Christina inspira lentement. Bien entendu, elle ne se faisait aucune illusion sur son union avec Mr Sharpe. Il n'y avait pas d'amour entre eux, mais il y en aurait peut-être un jour. Toutefois, dans l'intervalle… exigerait-il des intimités qu'elle n'aurait pas envie de lui accorder ?

— Et pour Drake et toi ? s'enquit Christina à Leonora.

Elle se demandait comment – après la violente agression qu'elle avait subie l'année précédente – elle avait vécu sa nuit de noces récente. Après tout, il ne s'était pas écoulé plus de quinze jours depuis.

Leonora échangea un regard avec Louisa avant de braquer à nouveau son attention sur Christina.

— Honnêtement, je dois dire que j'étais très nerveuse.

Elle inspira profondément tout en cherchant les mots exacts pour exprimer ce qu'elle avait ressenti.

— Tu sais que je me sens parfaitement à l'aise avec Drake. Je l'aime et je lui fais confiance. Pourtant, cette nuit-là, je me suis sentie tendue et… inquiète. Pas à cause de lui, mais parce que…

Un léger sourire s'empara du visage de Leonora alors que ses dents s'enfonçaient dans sa lèvre inférieure.

— Je crois que c'était différent cette nuit-là parce qu'un mariage doit être consommé durant la nuit de noces, n'est-ce pas ? Ce n'est pas seulement attendu, mais également exigé. Cela fait partie du contrat et rien n'est officiel tant que…

Elle s'interrompit et secoua la tête, ses yeux bleus brillant d'un mélange étrange de vulnérabilité et de défi.

— Franchement, cela semblait… forcé.

Louisa lui sourit, tendit une main réconfortante et la plaça sur celle de Leonora.

Christina fronça les sourcils.

— Mais Drake n'a pas… ? Je veux dire, il… ?

Leonora écarquilla les yeux quand elle comprit ce que voulait dire sa sœur.

— Bien sûr que non ! Je crois qu'il a compris bien avant moi que quelque chose n'allait pas. Cela arrive souvent, poursuivit-elle avec un petit sourire mélancolique. Il m'a prise dans ses bras et… m'a rassurée avec son charme habituel.

Elle poussa un soupir mélancolique.

— Nous n'avons pas consommé notre mariage cette nuit-là, mais quelques jours plus tard, quand cela ne semblait pas aussi… forcé. C'est juste arrivé et ce n'était absolument pas planifié. Cela semblait tout naturel et c'était beau.

Christina sourit à ses sœurs, heureuse d'entendre qu'elles avaient toutes les deux connu des moments aussi fantastiques avec leurs époux, qu'elles avaient trouvé des maris qui les traitaient avec respect et gentillesse. Car Phineas et Drake, quoique très différents l'un de l'autre, regardaient tous les deux leurs épouses de la même façon.

C'était l'amour, n'est-ce pas ? L'amour qui faisait toute la différence. Que serait un mariage sans amour, une nuit de noces sans amour ?

— Tu dois être certaine de ce que tu veux, lui conseilla prudemment Leonora. Tu dois être certaine de ce que tu es disposée à endurer. Selon la loi, Mr Sharpe aura tous les droits de consommer votre mariage pendant votre nuit de noces.

Christina secoua la tête et un petit frisson lui dévala l'échine.

— Il ne me forcera à rien, répondit-elle instantanément.

Elle ne savait pas d'où lui venait cette conviction.

— Comment le sais-tu ? demanda Leonora.

Ses mains recommencèrent à trembler, sans doute à cause des souvenirs de ce moment particulièrement douloureux qu'elle avait traversé.

— Tu le connais à peine et nous savons tous qu'il est venu à Londres pour chercher des connexions influentes. Vous ne faites pas un mariage d'amour et seul un mari qui aime sa femme est capable de la traiter avec la considération nécessaire.

Louisa hocha la tête en signe d'accord tandis qu'elle serrait les mains de Leonora d'un geste rassurant.

— Tu me connais, Chris. Je suis loin d'être prudente. Pourtant, moi aussi, je te prie d'y réfléchir sérieusement. Nous connaissons toutes des mariages qui ne sont rien de plus qu'un contrat. Nous avons toutes vu les faux sourires qui dissimulent un cœur triste. Je redoute l'idée que tu puisses devenir l'une de ces femmes.

Christina poussa un profond soupir.

— Je te remercie pour ta sollicitude et je sais que je ne peux pas simplement rejeter ce que tu as dit. Bien sûr, tu as raison. Moi aussi, j'ai vu ces femmes, ces épouses, et je les ai prises en pitié, jurant que je ne compterais jamais parmi elles.

Son regard se déplaça vers l'horizon, ou plutôt vers l'endroit où il se serait trouvé s'il n'avait pas été bloqué par une haute haie touffue.

Toutefois, Christina ne voyait pas la verdure, mais essayait de se remémorer le visage de son fiancé, les moments qu'ils avaient passés ensemble. Même s'il était vrai qu'elle ne le connaissait pas très bien, une partie secrète de sa personne l'encourageait à lui faire confiance. Cette partie d'elle était peut-être bête. Elle était peut-être sage. Elle ne le savait pas et ne pouvait pas le savoir. Que devait-elle faire ?

— Tu vas l'épouser quand même, n'est-ce pas ? dit enfin Louisa, brisant le silence.

Ses yeux inquisiteurs s'attardèrent à nouveau sur le visage de Christina.

— J'ai déjà vu cette expression. Elle signifie que même si tu as entendu ce que nous avons dit, tu n'en feras qu'à ta tête, de toute façon. Tu ne t'inquiètes pas ? Pas même un peu ?

Encore une fois, un frisson étrange dévala le dos de Christina.

— Peut-être un peu, admit-elle avec un profond soupir de soulagement.

Elle aurait peut-être dû parler à ses sœurs plus tôt, exprimer ses inquiétudes et décharger son cœur en partageant ce genre de choses avec celles qu'elle aimait.

Atterrée, Leonora secoua la tête.

— Comment peux-tu faire ceci ? Tu n'as pas peur ?

Christina y réfléchit pendant un moment.

— Non, je n'ai pas peur. Je suis peut-être… un peu nerveuse, mais je n'ai pas peur.

Car Mr Sharpe ne lui avait jamais fait peur, même lorsqu'ils s'étaient affrontés et qu'il avait été réticent à lui accorder ce qu'elle demandait. Ce n'était peut-être pas un gentleman, mais c'était un homme décent.

Ou du moins, Christina espérait que c'était le cas.

Qu'elle ne se trompait pas.

Qu'il ne la trompait pas.

Qu'elle n'était pas en train de commettre une erreur monumentale.

CHAPITRE 19

LA MESURE DU MARIAGE

La belle journée d'été avait attiré de nombreuses personnes à Hyde Park. Elles se promenaient le long de la Serpentine, appréciant la brise légère ainsi que le spectacle des bourgeons et des fleurs. Les abeilles bourdonnaient activement et des oiseaux pépiaient sur chaque branche. Les pelouses étaient encombrées d'enfants qui se couraient après et profitaient d'un pique-nique en famille.

Marchant côte à côte avec Christina, Thorne regarda sa famille par-dessus son épaule. Installés sous une petite tente, ils les suivaient du regard comme des faucons.

— J'aimerais savoir lire dans les esprits, marmonna-t-il avant de se retourner vers sa fiancée et d'éclater de rire. Cela, il vaut peut-être mieux en être incapable, car les expressions sur certains visages suggèrent des pensées assassines.

Christina suivit son regard et rit.

— Je crains que vous n'ayez raison.

Elle croisa son regard.

— Franchement, à l'exception de Harriet, mes sœurs n'ont pas l'air de vous apprécier.

Elle marqua un temps d'arrêt et fronça légèrement les sourcils.

— Ce n'est peut-être pas complètement vrai. Elles… ne vous font pas confiance. Elles ont peur pour moi.

Elle haussa les sourcils d'un air défiant.

— Leurs craintes sont-elles justifiées ?

— Me posez-vous la question pour elles ? demanda Thorne, incapable de se débarrasser de l'impression que quelque chose était différent depuis qu'il était rentré de Pinewood Manor. Ou bien pour vous ?

La lueur défiante ne quitta pas les yeux de la jeune femme, mais elle plissait légèrement les lèvres comme si elle devait se forcer à maintenir le sourire qu'elle affichait. Oui, quelque chose était différent.

— Cela compte-t-il vraiment ? Elles font partie de moi et je ferai toujours partie d'elles. C'est la définition d'une famille, n'est-ce pas ?

Thorne hocha la tête, parfaitement conscient qu'elle esquivait la question.

— Oui, je commence à le voir. La famille n'a pas de prix.

Il songea à Samantha et se demanda si peut-être un jour, le clan Whickerton la protègerait comme ils le faisaient présentement avec Christina. Il espérait que oui !

Le sourire de Christina se décomposa.

— Je suis désolée, murmura-t-elle en baissant momentanément les yeux. Je n'avais pas l'intention de vous causer la moindre souffrance. Je ne m'imagine pas ce que serait la vie sans ma famille. Je ne m'imagine pas être sans eux.

Elle lui adressa un regard interrogateur qu'il comprit sans paroles.

— On se sent seul, lui confirma ouvertement Thorne alors qu'ils s'engageaient sur un chemin légèrement moins fréquenté.

Au-dessus d'eux, la frondaison les protégeait du soleil presque brûlant.

— On apprend à se débrouiller tout seul parce que, quand on est faible, il n'y a personne qui sera fort pour nous. Cette vie m'a appris à être prudent et autonome, à me montrer méfiant et à m'attendre toujours au pire afin d'être préparé et de ne pas me retrouver pris au dépourvu.

Thorne sentit qu'elle le regardait pendant qu'il parlait. Il perçut son léger soupir alors qu'elle intégrait toutes ses paroles, les retournait dans son esprit et essayait de s'imaginer cette vie qui ne ressemblait guère à la sienne. Elle était attentionnée et empathique, chose que Thorne appréciait chez elle.

Il l'appréciait *elle*.

Christina sembla perdue dans ses pensées pendant un long moment et alors qu'il s'apprêtait à lui demander à quoi elle songeait, elle se tourna vers lui et demanda :

— Que représente le mariage pour vous ?

Thorne devait admettre qu'il ne s'était pas attendu à cette question, aussi haussa-t-il les épaules.

— Honnêtement, je n'y ai pas encore vraiment songé. N'ayant jamais été marié, je n'ai aucune expérience sur laquelle me baser.

Il lui sourit, essayant d'apaiser la tension parce qu'il sentait que cette simple question dissimulait quelque chose.

— Je suppose que mariage et compagnie vont de pair. Cela veut dire qu'on a quelqu'un à qui parler et sur qui compter. Du moins, je l'espère.

Elle opinait du chef en l'écoutant comme si elle approuvait, et il put voir un certain soulagement illuminer son regard. S'était-elle inquiétée ?

— Et pour vous ? lui demanda Thorne en se dressant en travers de sa route, scrutant son regard. Que signifie ce mariage pour vous ? Après tout, vous avez exprimé très clairement que vous ne m'approuviez pas de quelque façon que ce soit et que vous ne vous sacrifiiez que pour protéger votre amie.

Il lui sourit et sa voix resta légère et taquine. Toutefois, il était indéniable qu'il sentit son cœur se serrer.

Christina secoua la tête, mais se retint encore une fois de répondre.

— N'êtes-vous jamais sérieux ? Nous devons nous marier dans moins de quinze jours et vous me parlez comme si ce n'était rien de plus qu'une plaisanterie.

Elle fronça les sourcils en l'observant avec attention.

— N'y a-t-il pas une petite partie de vous qui s'inquiète ? Vous allez partager votre vie avec quelqu'un que vous connaissez à peine.

— Est-ce cela qui vous préoccupe ? répondit Thorne qui remarqua la façon dont elle détourna le regard pendant guère plus d'une demi-seconde.

Quelqu'un d'autre ne l'aurait pas noté, mais Thorne ne s'imaginait pas pouvoir ignorer quoi que ce soit la concernant. Il avait l'impression qu'en sa présence, son attention, ses pensées et ses émotions se braquaient vers elle comme un papillon vers une flamme.

— Craignez-vous de partager votre vie avec moi ? Si c'est le cas, alors dites-le.

Pendant un moment, elle hésita, puis elle hocha la tête.

— C'est le cas. Cela vous surprend-il ? Vous déplaît-il ?

Une note d'audace s'infiltra dans sa voix alors qu'elle soutenait son regard.

Thorne ne pouvait s'empêcher de penser que c'était une sorte de test afin de déterminer son caractère, de voir de quel bois il était fait.

— Non, cela ne me surprend pas. D'ailleurs, ce qui me surprendrait, c'est que vous n'ayez pas la moindre réserve, car tout ce que vous avez dit est vrai : on se connaît à peine. Qui suis-je pour savoir quel genre de personne vous êtes ? Vous avez peut-être des goûts affreux et bientôt, je me retrouverai dans une maison qui m'écorchera les yeux, la taquina-t-il avant d'éclater de rire. Vous trouverez peut-être un plat délicieux alors que je ne le tolérerai pas. Vous chantez peut-être comme une casserole, mais vous insisterez pour me divertir par une chanson tous les soirs.

Christina leva les yeux au ciel puis rebroussa chemin en éclatant de rire.

— Vous êtes vraiment horrible. Comment vais-je faire pour vous supporter ?

Thorne aimait cette conversation facile entre eux et il espérait qu'il en serait toujours ainsi.

— Si ça se trouve, continua-t-il en lui emboîtant à nouveau le pas, vous ronflez en dormant et je n'aurai pas une seule seconde de tranquillité.

Même si elle ne s'arrêta pas net et n'eut aucun mouvement de recul, Thorne ne put s'empêcher de penser que quelque part, ses paroles l'avaient déboussolée. Était-ce l'intimité qu'ils partageraient naturellement en tant que mari et femme qui l'inquiétait ?

— Que feriez-vous, demanda soudain Christina, si je vous désobéissais ? Ou même si je vous insultais ?

Elle fit un autre pas en avant puis tourna les talons pour lui faire face. Écarquillés, ses yeux bleus inflexibles exigeaient une réponse.

Thorne ricana.

— Ne l'avez-vous pas déjà fait ? Vous m'avez dit honnêtement ce que vous pensiez de moi, ce que vous pensez toujours de moi. À ce que j'en sais, vous n'hésitez jamais à dire ce que vous pensez, et...

— Cela vous déplaît-il ? demanda-t-elle.

Au ton de sa voix, Thorne savait qu'il n'existait qu'une seule bonne réponse.

Soutenant son regard, il fit lentement un pas vers elle jusqu'à ce que seuls cinquante centimètres les séparent. Il la vit inspirer lentement, les muscles de son cou et de ses épaules se contractant alors qu'elle tenait bon, ses yeux bleus aussi observateurs qu'avant.

— J'ai conscience, commença-t-il d'une voix qui n'était guère plus élevée qu'un murmure, que les gentlemen de la haute société ne font aucune faveur aux femmes indépendantes d'esprit. Toutefois, comme vous me l'avez souvent fait remarquer, je ne suis pas un gentleman.

— Cela signifie-t-il que cela ne vous déplaît pas si j'exprime mes propres pensées ? Particulièrement alors qu'elles sont différentes des vôtres ?

Thorne sentit les coins de sa bouche tressauter.

— Je n'aime peut-être pas ce que vous avez à dire, mais j'apprécie nos désaccords. Je suppose que si nous étions toujours d'accord, la vie serait profondément ennuyeuse.

Il vit quelque chose pétiller dans ses yeux : un certain amusement et un sentiment d'approbation. Peut-être avait-il répondu juste, lui fournissant la réponse qu'elle voulait. Il restait cependant une pointe d'inquiétude.

— Qu'est-ce qui vous effraye ?

Soudain, elle fronça les sourcils et son visage s'assombrit.

— Je n'ai pas peur, insista-t-elle en croisant les bras d'un geste de bravade.

Thorne ne répondit pas. Il se contenta de hausser les sourcils d'un air défiant… et attendit.

CHAPITRE 20

DES IDÉES RIDICULES

Christina comprit à la lueur audacieuse dans ses yeux qu'il la mettait au défi. D'ailleurs, il n'avait pas l'air de vouloir la voir céder, baisser la tête et battre en retraite. Au lieu de cela, elle ne pouvait s'empêcher de penser qu'il souhaitait qu'elle relève le défi. Peu d'hommes voulaient que leurs femmes leur tiennent tête, n'est-ce pas ? Seuls les hommes amoureux s'y risquaient. Mr Sharpe était peut-être un spécimen rare ?

Décidant que dans ce cas précis, elle n'avait rien à perdre à être directe, Christina pointa le menton et décroisa les bras, les forçant à se détendre.

— Très bien, dit-elle, se sentant immédiatement mieux quand elle accepta ce défi. Si vous souhaitez réellement le savoir, alors oui, il y a quelque chose… qui me turlupine.

Les prunelles de Thorne pétillèrent d'espièglerie, car il avait certainement remarqué son incapacité à utiliser l'expression *me fait peur*.

— Dites-moi.

Après sa conversation avec sa mère puis ses sœurs, Christina avait passé des heures à ressasser tout ce qu'on lui avait dit. En conclusion, elle s'était rendu compte que tout dépendait du genre d'homme qu'était Mr Sharpe. Jusque-là, tout ce qu'elle avait appris de lui ne l'avait pas effrayée au point de vouloir renoncer à ce mariage.

Peut-être légèrement inquiétée, mais pas effrayée.

Bien entendu, ce serait un défi, mais Christina savait pertinemment qu'elle le relèverait. Oui, même s'ils devaient découvrir avec le temps qu'ils n'auraient jamais de sentiments l'un pour l'autre, vivre séparément n'était pas rare parmi la haute société. Certains couples mariés ne passaient pas plus de quelques jours par an ou peut-être quelques semaines ensemble sous le même toit.

Sa seule inquiétude restante était le lit conjugal.

Elle s'irritait de son manque d'informations spécifiques sur ce qui l'attendait, car peu de gens parlaient ouvertement du lit conjugal. Même sa mère et ses sœurs avaient semblé hésitantes, comme si c'était un sujet que personne ne devrait s'aventurer à aborder. Elle n'avait que des rumeurs, des murmures et des bribes de conversations surprises en secret.

En parler à son futur mari serait peut-être une bonne idée. Aussi s'éclaircit-elle la gorge, invoqua tout son courage et dit :

— Puisque nous nous accordons tous les deux sur le fait que vous n'êtes pas un gentleman…

Il ricana.

— … je m'inquiète quant aux… exigences du lit conjugal.

Son rire cessa abruptement et il s'immobilisa en la regardant.

Mortifiée, elle s'empourpra puis poussa un soupir irrité, faisant de son mieux pour réprimer sa rougeur.

— N'ayez pas l'air aussi choqué ! le gronda-t-elle, résistant à l'impulsion de croiser à nouveau les bras devant elle. J'ai tous les droits d'être inquiète.

Mr Sharpe cligna des paupières à une ou deux reprises. Il ouvrit et referma plusieurs fois la bouche avant de l'ouvrir à nouveau. Clairement, ses paroles semblaient l'avoir désarçonné, pour une raison que Christina ne pouvait même pas se représenter. Puis au bout d'une petite éternité, il s'éclaircit la gorge et ses yeux se concentrèrent à nouveau sur elle.

— Permettez-moi de clarifier, commença-t-il en se saisissant le menton d'un air pensif. Vous vous inquiétez de mes attentes dans le lit conjugal parce que je ne suis pas un gentleman ?

Il prononça chaque parole lentement comme s'il avait besoin de temps pour saisir la pensée qu'il essayait d'exprimer.

Christina déglutit.

— Oui. Pourquoi est-ce une telle surprise pour vous ?

Il fronça les sourcils. L'incompréhension assombrissait toujours ses traits.

— Vous vous inquiétez parce que je ne suis pas un gentleman ?

Christina souffla à nouveau.

— Oui !

— Et vous ne seriez pas inquiète si j'en *étais* un ?

Christina posa les mains sur ses hanches et le fusilla du regard.

— Avez-vous récemment reçu un coup à la tête, *Monsieur* ? Pourquoi semblez-vous avoir tant de mal à comprendre ce simple concept ?

Sa mortification ne faisait que croître au fil de ses paroles. Ses joues étaient brûlantes et la pulsation dans son cou battait bien trop rapidement. Elle priait pour qu'il ne le remarque pas.

Commençant à se reprendre, Mr Sharpe lui sourit avec dans les yeux une lueur d'amusement qui donna envie à Christina de disparaître sous terre.

— Puis-je vous demander… à quelles attentes vous songiez ?

— Êtes-vous forcé de me le demander ? répliqua la jeune femme.

— Je crains que oui.

Elle le fusilla du regard.

— Comme si vous ne le saviez pas !

Encore une fois, il s'immobilisa comme s'il essayait de l'observer de plus près.

— Vous le savez, vous ?

Oh, si seulement elle n'avait pas commencé à poser ces questions ! Cependant, il était trop tard pour battre en retraite.

S'éclaircissant la gorge, elle s'efforça de continuer à soutenir son regard.

— J'ai entendu des gens parler de… choses innommables que les roturiers exigent de leurs épouses.

Là ! Elle l'avait dit. Après tout, elle n'aurait pas pu lui fournir de meilleure explication, parce qu'elle n'en avait pas. C'était là le problème !

Encore une fois, Mr Sharpe ricana.

— Êtes-vous forcé de vous moquer de moi ? protesta Christina d'un ton indigné, se demandant si elle ne l'avait pas mal jugé. C'est vraiment malpoli.

Il secoua la tête pour s'excuser.

— Je suis désolé. Je vous assure que je ne me moque pas de vous. Je ris des idées ridicules que vous avez dû entendre.

Christina plissa le front.

— Ridicules ?

Encore une fois, il éclata de rire, plus fort, cette fois.

— J'en ai bien peur.

Il inspira profondément, cherchant clairement à se calmer avant de se rapprocher d'elle sans la quitter du regard.

— Bien entendu, les hommes ne sont pas tous les mêmes. Les femmes non plus. Toutefois, les attentes ne dépendent pas de la noblesse ou non d'une personne. Vous dites que vous vous inquiétez de ce que je pourrais exiger de vous parce que je suis roturier.

Christina hocha la tête.

— Mais vous n'avez aucune idée de ce que cela implique, n'est-ce pas ? Hormis que – en tant que dame, je suppose – cela devrait vous inquiéter ?

Encore une fois, Christina hocha la tête.

Mr Sharpe marqua un temps d'arrêt et lui sourit.

— Avez-vous déjà été embrassée ? demanda-t-il abruptement en baissant les yeux vers ses lèvres.

Christina prit une inspiration tremblante, consciente que cette fois, ce n'était pas son indignation qui la faisait frémir.

— Non.

— Pourquoi ?

— Je...

Elle haussa les épaules, se souvenant du moment où lord Kenton avait essayé de l'embrasser.

— Je n'en avais pas envie.

Il hocha la tête d'un air compréhensif.

— Quelqu'un a-t-il déjà *essayé* de vous dérober un baiser ? lui demanda-t-il avec une étrange tension dans la voix.

Christina hocha la tête et le muscle dans sa joue se contracta à nouveau.

— Une fois, répondit-elle alors que son esprit revenait au moment où lord Kenton s'était rapproché.

Elle avait lu son intention dans son regard et avait su d'instinct qu'elle ne voulait pas qu'il l'embrasse.

— C'était un gentleman parfaitement charmant. Cela dit, je... C'est juste que... je...

Mr Sharpe hocha la tête et une lueur douce, gentille et compréhensive envahit son regard.

— C'est ce qui compte, n'est-ce pas ? sourit-il. Ce n'est pas notre statut qui importe ; lord ou roturier, dame ou demoiselle.

Un sourire fugace fendit son visage avant qu'il ne se rapproche d'elle d'une fraction de centimètre. Cependant, Christina sentit sa proximité comme s'il l'avait touchée et elle ne pouvait pas dire qu'elle ne le souhaitait pas.

— C'est plutôt la manière dont on se sent *ensemble*, continua Mr Sharpe dans un murmure doux et attirant tout en caressant son visage du regard. Ce que vous ressentez pour moi et ce que je ressens pour vous.

Les coins de sa bouche esquissèrent un sourire coquin.

— Un test vous aiderait peut-être à déterminer si vous avez raison de vous inquiéter.

Mécontente de la réaction de son corps à sa proximité, Christina déglutit. Cependant, elle ne pouvait dénier la réalité des agréables fourmillements que ses mots provoquaient en elle.

— Un test ? Que voulez-vous dire ?

Il se pencha d'un air conspirateur, son sourire devenant fâcheusement attirant.

— Je parle d'un baiser, bien sûr.

Il ne rajouta rien et patienta en l'observant.

— Vous voulez m'embrasser ? demanda Christina par souci de clarté, mais aussi parce qu'elle avait besoin d'un moment de plus pour rassembler ses idées.

— Oui. Cela vous surprend-il ?

Elle le dévisagea prudemment.

— Pourquoi me taquinez-vous ?

Toutefois, elle n'y était pas opposée. Quelque part, cela facilitait la communication.

Mr Sharpe haussa les épaules.

— Je ne saurais le dire. Cela me vient naturellement chaque fois que je suis près de vous, rit-il. Cela dit, cela n'a pas l'air de vous contrarier. Vous donnez le change, bien sûr, mais je ne peux pas m'empêcher de penser que – secrètement – cela vous plaît.

Christina, qui le regardait toujours, secoua la tête.

— Vous êtes incroyable !

Jamais de toute sa vie un gentleman ne lui avait parlé d'une façon aussi directe et franche. Toutefois, il n'en était pas un. Ce fait avait été établi à d'innombrables reprises.

— Merci !

— Encore une fois, ce n'est pas un compliment.

— Je choisis de le prendre comme tel, répliqua-t-il en haussant les épaules. N'est-ce pas ainsi que la vie est définie ? Par nos choix ?

Ses yeux verts pétillants évoquaient une nature vive que Christina n'avait jamais vue chez aucun des hommes de sa connaissance. Mr Sharpe semblait avoir une passion pour la vie que personne n'avait encore jamais égalée. Malgré les souffrances qu'il avait certainement endurées, il voyait la beauté de l'existence.

Peu certaine de la direction que prenait la conversation, Christina soutint son regard, indubitablement intriguée.

— Et qu'avez-vous choisi ?

— Vous, murmura-t-il sans hésitation, osant capturer son regard comme s'il savait que sa réponse la clouerait sur place.

Christina voulut y croire. Elle voulait croire qu'il l'avait choisie de sa propre volonté parce qu'il y avait quelque chose en elle que nulle autre femme ne possédait. Elle voulait être spéciale. Elle voulait être… unique à ses yeux.

Toutefois, en même temps, elle savait qu'elle ne l'était pas. Après tout, elle était bien placée pour savoir pourquoi il l'avait *choisie*, comment ils s'étaient fiancés. Elle savait et pourtant, parfois, elle l'oubliait presque, distraite par des espoirs et des souhaits qu'elle n'avait jusqu'ici pas eu conscience d'entretenir.

Carrant les épaules contre l'attirance presque magnétique que provoquaient ses paroles, Christina leva les yeux au ciel, s'efforçant de prétendre qu'elles ne l'affectaient pas.

— Oui, et nous savons tous pourquoi. Nous savons aussi tous parfaitement pourquoi je vous ai choisi, répondit-elle, ayant besoin de lui faire savoir qu'elle ne le désirait pas plus qu'il ne la désirait.

Ils étaient donc bien assortis, chacun ayant choisi l'autre pour des raisons qui n'avaient rien à voir avec l'affection. Du moins, c'était ce que Christina avait choisi de croire.

Mr Sharpe ricana, chose dont il semblait avoir l'habitude.

— Alors, vous ne *voulez* pas m'épouser ?

Christina déglutit.

— Non. Vous êtes simplement le moindre de deux maux.

— Mais vous *allez* m'épouser ? rit-il.

— Oui.

— Malgré vos inquiétudes concernant le lit conjugal ?

— Oui.

Christina tenta de contenir sa rougeur.

— Pourtant, vous souhaitez m'embrasser ?

— Oui.

Ce mot lui échappa avant qu'elle ne puisse le retenir. La rougeur qu'elle tentait désespérément de dissimuler s'empara de ses joues et elle ressentit une chaleur aussi cuisante que celle du soleil. Plus mortifiée que jamais, elle fusilla son fiancé du regard.

— Espèce de vaurien ! Vous n'avez vraiment pas de manières. Vous…

Sa voix se brisa quand il se rapprocha jusqu'à ce qu'elle sente son souffle sur ses lèvres.

— J'ai aussi envie de vous embrasser, murmura-t-il alors.

Son regard était sincère, honnête et presque vulnérable.

S'efforçant de se raccrocher aux vestiges de son sang-froid, Christina prit une inspiration tremblante.

— Vraiment ?

Le coin droit des lèvres de Thorne tressaillit.

— Vous ne le saviez vraiment pas ? Ne l'ai-je pas exprimé très clairement ?

Elle ouvrit puis referma la bouche avant de parvenir à retrouver l'usage de la parole.

— Comment aurais-je pu le savoir ? Vous n'avez jamais rien dit à ce prop…

— Bien entendu ; je n'ai jamais rien dit. Les gens disent rarement ce qu'ils veulent, n'est-ce pas ?

Il regarda à nouveau ses lèvres. C'était bref, mais assez long pour qu'elle le remarque, le ressente.

— Toutefois, il y a d'autres façons de rendre ses intentions parfaitement claires, ajouta-t-il.

Christina fut prise d'un vertige. Elle n'avait encore jamais rien ressenti de tel. Il s'était exprimé clairement et elle comprenait ce qu'il voulait dire. Ne l'avait-il pas déjà regardée de la sorte ? Ce soir-là, dans la bibliothèque ?

La pensée qu'il puisse la désirer, même de façon si minime, fit palpiter le ventre de Christina. Était-ce ce le sens de l'expression « avoir des papillons dans le ventre » ? C'était bizarre, en effet, mais étrangement enivrant.

— Cela ne vous ferait rien ? demanda Mr Sharpe qui ne fit pas le moindre mouvement pour s'éloigner et placer une distance plus appropriée entre eux. Si je devais vous embrasser, l'accepteriez-vous ?

Bien entendu, leur relation peu orthodoxe avait toujours été une bataille d'esprits. Dès le début, Christina avait ressenti le besoin de le surpasser, de triompher de lui. Seulement, elle n'avait eu aucun mal à voir que lui aussi ressentait la même chose. Bien sûr, à cet égard, elle aurait dû refuser, l'éconduire et le remettre à sa place. Pourtant, cela annulerait le baiser et Christina était presque certaine que cela la contrarierait davantage.

— Je suppose que je serais ouverte au test que vous avez proposé tout à l'heure, répondit-elle enfin de la voix la plus condescendante du monde.

Elle avait beau s'y attendre, la réponse hilare de Mr Sharpe n'en fut pas moins irritante.

— Oh, vous seriez *ouverte* à l'idée. Comme c'est flatteur !

— Alors ? demanda la jeune femme qui prit lentement conscience d'un léger pincement dans sa nuque.

Après tout, elle se tenait ainsi depuis un moment, se forçant à lever la tête afin de soutenir son regard. Elle ne savait pas comment elle avait fait pour ne pas remarquer avant qu'il était aussi grand. Par contraste, alors qu'elle se trouvait si proche de lui, elle se sentit soudain minuscule.

— Alors quoi ?

— Allez-vous m'embrasser ou non ? précisa-t-elle en lui décochant un regard de réprimande.

Il sourit davantage avec une lueur profondément tentatrice dans le regard.

— J'ai beau avoir envie de vous embrasser ici et maintenant, je n'ose pas.

À la surprise de Christina, une profonde déception envahit sa poitrine. Que Dieu lui vienne en aide ! Elle était trop impatiente de l'embrasser !

— Pourquoi donc ?

Il détourna lentement le regard d'elle pour le diriger vers autre chose, par-dessus l'épaule de la jeune femme.

— Je crois que la curiosité de votre famille ne connaît pas de limites, ce qui est – je suppose – la raison pour laquelle ils sont tous là, à nous épier.

Il ricana avant de poursuivre d'une voix non alarmée :

— D'ailleurs, si je ne me trompe pas, votre frère ainsi que vos beaux-frères entretiennent présentement des pensées assassines à mon endroit, lui expliqua-t-il avec un grand sourire. Je ne suis pas assez bête pour les encourager à passer à l'acte.

Il inspira lentement et la considéra pendant un long moment avec quelque chose de pensif dans les prunelles.

— Une autre fois, murmura-t-il.

Il y avait quelque chose de fâcheusement magique dans sa façon de la regarder.

En dépit de sa volonté, Christina se sentit réagir. Sentant le désir poindre, elle regretta l'absence d'intimité qui les empêchait de s'embrasser sur-le-champ.

— Une autre fois, répéta-t-elle.

Il acquiesça puis tendit le bras pour la retenir alors qu'elle voulait se détourner. Il la regarda à nouveau dans les yeux et Christina vit que ce qu'il s'apprêtait à dire n'était pas négociable.

— Appelez-moi Thorne, demanda-t-il en maintenant sur son bras une main ferme et implacable. Chris.

— Cela ne serait pas approprié, répondit instantanément la jeune femme.

Cela faisait en effet partie de la danse dans laquelle ils s'étaient engagés depuis leur première rencontre, n'est-ce pas ? Il exigeait quelque chose d'elle et elle le lui refusait, et vice versa. C'étaient les règles, non ? Des règles qui avaient fini par s'instaurer entre eux.

Thorne éclata de rire, clairement amusé et même ravi par la façon dont elle cherchait toujours à lui résister.

— Je m'en fiche, dit-il en haussant des sourcils taquins. Et vous ? En vérité ?

Christina l'observa prudemment.

— Thorne, murmura-t-elle, s'essayant à prononcer son prénom.

Elle fut surprise qu'il lui vienne aussi naturellement et résolut de ne pas le lui montrer.

— Ce nom vous va bien. Il est aussi piquant que vous.

— Oh, Chris, j'ai moi aussi appris à vous apprécier, répliqua-t-il avec un grand sourire lumineux.

Puis il retira sa main de son bras, privant Christina de cette sensation.

Visiblement, elle trouvait son futur époux fâcheusement séduisant. Une nouveauté très gênante !

Si seulement elle savait quoi faire à ce propos !

CHAPITRE 21

À L'ABRI DES REGARDS INDISCRETS

Thorne attendait avec impatience chaque moment qu'il pouvait passer en présence de Christina. C'était une femme exquise, audacieuse, mais bienveillante, même si elle était encore loin d'exprimer la moindre émotion positive à son égard. Ils semblaient entièrement pris au piège d'une sorte de compétition, chacun essayant toujours de dominer l'autre, de sortir gagnant.

Toutefois, Thorne ne pouvait pas dire que cela ne lui plaisait pas.

Au contraire.

Un jour où il se tenait dans le vestibule de la maison des Whickerton, attendant l'arrivée de Christina, la comtesse douairière sortit du salon et s'avança vers lui, s'appuyant à nouveau lourdement sur sa canne.

— Mr Sharpe, le salua-t-elle avec une lueur presque juvénile dans ses yeux pâles. Encore vous ?

Elle haussa les sourcils d'un air moqueur et Thorne sourit.

— Oui, je suis venu voir ma fiancée.

La comtesse douairière hocha la tête.

— Oui, vous semblez incapable de demeurer loin d'elle, répondit-elle en souriant. Je trouve cela plutôt intéressant. Très intéressant, même.

Thorne savait qu'elle le taquinait, mais ce n'était pas par malice. Loin de là. Il y avait de l'affection dans ses yeux et Thorne s'émerveilla à la pensée que la comtesse douairière l'apprécie vraiment. Bien entendu, elle ne l'avait pas confirmé. Comme il l'avait fait remarquer à Christina il y a quelques jours seulement, les gens disaient rarement ce qu'ils pensaient. Cela dit, à bien y regarder, il y avait toujours des signes qui trahissaient leurs véritables intentions.

Des pas légers attirèrent l'attention de Thorne et quand il se tourna pour regarder le grand escalier, il vit que Christina descendait lentement vers le rez-de-chaussée. Elle portait une robe d'été pâle qui la faisait ressembler à une jouvencelle innocente, même si l'expression avisée de ses yeux d'un bleu profond démentait cette supposition. Certes, c'était une jeune femme protégée, mais elle n'avait pas peur d'explorer le monde.

Thorne aimait cette qualité chez elle.

— Mr Sharpe, je dois admettre que je suis surprise de vous revoir ici, le salua-t-elle.

La lueur dans ses yeux se fit plus appuyée quand elle s'adressa à lui par son nom de famille.

— N'êtes-vous pas venu me rendre visite hier à peine ?

— Me dites-vous que vous vous lassez de ma compagnie ? répliqua Thorne avec un petit rire.

Certes, ils avaient passé beaucoup de temps ensemble ces jours-ci. Malheureusement, les Whickerton paraissaient avoir conscience de leur envie de s'isoler pour mener leur test à bien. Par conséquent, l'un deux se trouvait toujours à proximité, que ce soit une sœur, un frère ou même un beau-frère. Leurs yeux restaient vigilants et inquiets. S'il ressentait une petite irritation bien involontaire, Thorne appréciait tout de même l'affection qu'il savait être à l'origine de leur diligence, de leur désapprobation. Ils aimaient Christina et la protègeraient quoi qu'il arrive.

C'était une famille.

C'était ce que voulait Thorne.

Pour lui ainsi que pour Samantha.

Pour eux tous.

— Peut-être un peu, répondit la jeune femme dont la voix trahissait le désir de le taquiner sans le blesser.

C'était une distinction subtile, mais ils arrivaient à ne jamais franchir la limite.

Descendant la dernière marche, Christina vint les rejoindre. Son regard volait de droite à gauche comme si elle cherchait quelqu'un.

— Où sont-ils tous ? demanda-t-elle avant de regarder sa grand-mère.

Thorne se tourna et aperçut le sourire légèrement malicieux de la comtesse douairière.

— Le temps est si beau, dit-elle en réponse à la question de sa petite-fille, que je leur ai suggéré d'aller se promener à Hyde Park.

Christina plissa le front.

— Ils sont partis sans moi ?

— Ils ont peut-être pensé, commença la comtesse, que vous aviez la migraine et aviez besoin de vous reposer.

Comprenant les paroles de la douairière avec une clarté parfaite, Thorne parvint à peine à contenir un rire.

— D'où tiendraient-ils cette impression ? demanda Christina en les regardant successivement.

— De moi, répondit la vieille dame avec un ricanement avant de braquer ses yeux pâles vers Thorne. Voulez-vous bien m'aider à sortir sur la terrasse ? Je crois que j'aimerais rester assise au soleil encore un moment.

Reconnaissant de l'interférence de la vieille femme, Thorne lui adressa une courbette formelle.

— Bien entendu.

Il lui tendit le bras et elle le prit, s'appuyant sur lui alors qu'ils se dirigeaient vers les portes de la terrasse.

— Venez-vous, ma chère ? appela la douairière par-dessus son épaule.

Un moment plus tard, Thorne entendit les pas de Christina qui les rattrapaient.

Une fois que la comtesse fut confortablement installée dans un des fauteuils de la terrasse, elle les chassa d'un geste de la main.

— À présent, partez et laissez cette vieille femme en paix.

Elle inspira profondément et, tout à son plaisir, ferma momentanément les paupières.

— Quel temps magnifique ! Si j'en avais la force, rien ne me ferait plus plaisir qu'une promenade dans les jardins.

Elle ouvrit un œil pour regarder Thorne. Son visage affichait une expression parfaitement entendue et insistante.

— Je suis bien d'accord, dit Thorne qui se tourna et offrit son bras à Christina. Voulez-vous bien vous joindre à moi ?

Leurs regards se croisèrent et il vit sans l'ombre d'un doute qu'elle aussi comprenait ce qui venait de se produire. Toutefois, elle accepta sa proposition et ils descendirent les quelques marches qui menaient aux pelouses, ne prenant pas le sentier de gravier, mais trouvant plutôt leur propre chemin.

— Ma grand-mère aime bien se mêler de tout, dit Christina avec un petit rire alors qu'ils pénétraient plus avant dans le jardin.

Les arbres projetaient des ombres accueillantes et le léger gargouillis d'une fontaine voisine répondait aux pépiements des oiseaux au-dessus de leurs têtes.

— On ne peut jamais être entièrement certain de ce qu'elle va faire ensuite ou de ce qu'elle a déjà pu faire.

Thorne éclata de rire.

— Mais elle a de bonnes intentions.

Christina hocha la tête.

— Oui, c'est vrai, et elle a une façon de... voir la vérité, pourrait-on dire.

Elle tourna la tête pour le regarder et ses yeux bleus trouvèrent les siens.

— Je ne suis pas certaine que mes sœurs – ou même ma cousine – seraient mariées aujourd'hui si elle ne s'en était pas mêlée. Elle a le don de voir quand deux personnes vont bien ensemble.

Une question s'attarda dans le regard de la jeune femme, mais elle se retint de la poser.

— Alors, commença doucement Thorne dont le regard se tourna

vers une haie élevée qui se dressait devant eux, vos frères et sœurs sont à Hyde Park ?

— Apparemment.

Il accéléra le pas, l'entraînant à sa suite.

— Et vos parents ?

Son allure plus rapide fit froncer les sourcils de Christina.

— Je n'en suis pas certaine. Ils les ont peut-être rejoints. Ou bien ils sont partis rendre visite à quelqu'un. Pourquoi ?

Jetant un dernier regard vers la terrasse par-dessus son épaule, Thorne l'encouragea à tourner à l'angle de la haie.

— Je doute que votre aïeule nous suive dans le jardin.

Christina pouffa.

— Et vous auriez raison. Pourquoi ? Pourquoi êtes-vous… ?

Dès que la haie les protégea des regards curieux, Thorne se tourna abruptement vers Christina et elle faillit lui tomber dans les bras, car elle avait continué d'avancer à grands pas pour rester à sa hauteur.

Il glissa les bras autour d'elle et put sentir son souffle contre ses lèvres comme si la distance qui les séparait s'était évaporée en quelques secondes. Elle écarquilla les yeux et il la sentit se pencher en arrière, momentanément dépassée par la proximité soudaine entre eux.

— Que faites-vous… ?

Elle s'interrompit et il lut dans ses yeux qu'elle avait compris.

Aimant la voir désarçonnée, Thorne lui adressa un grand sourire. Clairement, elle ne s'y était pas attendue, mais il lisait la tentation dans ses yeux.

— Une objection ? murmura-t-il en l'attirant plus près, la serrant plus fort, voulant lui faire comprendre ce qu'il voulait et l'envie désespérée qu'il ressentait.

Elle cessa de respirer et pendant quelques secondes, elle ne répondit pas. Elle ouvrit de grands yeux bouleversés puis elle déglutit et un unique petit mot s'échappa de ses lèvres.

— Aucune.

Thorne ressentit une sensation primitive de triomphe quand elle ne le repoussa pas, particulièrement alors que – comme elle le lui avait avoué l'autre jour – elle avait déjà refusé le baiser d'un gentleman.

Écartant cette pensée à la hâte, Thorne baissa la tête vers elle, impatient de sentir la caresse de ses lèvres. Elle ferma les paupières et il sourit une seconde avant de conquérir sa bouche.

Il n'avait jamais rien désiré davantage et il ne s'imaginait pas que cela puisse changer.

CHAPITRE 22

LE BAISER D'UN VAURIEN

Au moment où les lèvres de Thorne touchèrent les siennes, Christina sut qu'elle commettait une erreur monumentale. Elle savait qu'elle n'aurait pas dû lui permettre de l'embrasser parce qu'à présent, elle savait. Maintenant, elle savait à quel point c'était fantastique !

C'était enivrant !

Presque… magique !

Fâcheusement magique !

Après tout, n'avait-elle pas accepté de l'épouser afin de protéger son amie ? De quoi protégeait-elle Sarah exactement ? De baisers volés qui lui couperaient le souffle ? De devoir se fondre dans l'étreinte de Thorne et de sentir le monde autour d'eux s'évanouir ?

Elle sentit une vague de culpabilité s'abattre sur elle alors qu'elle luttait contre ces sensations fantastiques et excitantes dont elle n'avait jamais soupçonné l'existence. Oui, elle s'était imaginé qu'un baiser serait… agréable, peut-être.

Mais pas ainsi !

Jamais ainsi !

En vérité, elle ne possédait pas les mots pour y faire justice, pour expliquer ce que cela lui faisait ressentir, ce qu'*il* lui faisait ressentir.

Ses bras la serraient contre lui, l'empêchant de s'écarter... Chose impensable pour elle, de toute façon. Il l'embrassait avec une totale possessivité. Elle sentait qu'il voulait l'embrasser autant qu'elle-même voulait qu'il le fasse. La passion bouillonnait dans ses veines et une curiosité inédite s'éveilla dans le bas de son corps.

En même temps, Christina commença à avoir le vertige. Ses membres s'affaiblissaient alors qu'elle s'enfonçait plus profondément dans l'étreinte de Thorne. Elle sentit le revers de sa main caresser les contours de sa joue puis il la déplaça à l'arrière de sa tête, l'attirant vers lui pour approfondir leur baiser.

Tous les hommes embrassent-ils ainsi ? se demanda-t-elle dans un coin de son esprit. *Les gentlemen aussi ?* Ou bien ce baiser entrait-il dans la catégorie des choses innommables qu'elle avait entendu de vieilles matrones mentionner ?

Si c'était le cas, Christina ne comprenait pas leurs objections envers les roturiers. À sa grande honte, elle devait admettre qu'à présent qu'elle savait ce qu'il pouvait lui faire ressentir, elle aurait du mal à garder ses distances.

Il lui mordilla la lèvre inférieure et Christina hoqueta avant de lever les mains pour les placer sur ses épaules. Elle avait besoin de quelque chose à quoi se raccrocher de peur que ses genoux ne cèdent, ce qu'ils menaçaient à présent de faire à n'importe quel moment.

Comment allait-elle pouvoir regarder Sarah en face ?

C'était une pensée sur laquelle Christina ne voulait pas s'attarder, particulièrement pas ici et maintenant. Elle essaya de la bannir. Elle essaya de garder son attention braquée sur l'homme qui la tenait dans ses bras.

Son fiancé.

Son futur époux.

Parce qu'elle l'avait dérobé à Sarah, n'est-ce pas ? Malgré l'envie qu'avait Christina de croire que ce n'était pas le cas, qu'elle avait agi ainsi afin de protéger son amie, la vérité était indéniable.

Comment allait-elle pouvoir regarder Sarah en face ?

Serrant les poings, Christina se contorsionna dans l'étreinte de Thorne. Son cœur martelait comme s'il était à deux doigts de s'arrêter. Incapable de le regarder, le cœur et l'esprit totalement confus, elle tituba en arrière.

— Quelque chose ne va pas ? demanda Thorne qui haletait aussi rapidement qu'elle.

Elle l'entendit se déplacer vers elle puis elle sentit sa main sur son bras, l'encourageant à se tourner pour le regarder.

— Ce n'est rien, répliqua-t-elle en s'éloignant de quelques pas, faisant de son mieux pour retrouver un certain contrôle.

Si seulement son pouls voulait bien arrêter de battre avec une telle force !

Il lui emboîta le pas avec un petit rire.

— Ne me dites pas que vous avez vu vos inquiétudes confirmées !

Il lui saisit à nouveau le bras et cette fois, il la fit se retourner et chercha à accrocher son regard.

— Vous ne pouvez pas me dire que ce n'était pas...

Les yeux toujours assombris par la passion, il prit une inspiration haletante.

— ... magique, murmura Christina malgré elle.

Submergée par les émotions, bonnes et mauvaises, elle sentit les larmes commencer à lui monter aux yeux. Que ne donnerait-elle pas pour pouvoir accepter ce mariage, cet homme ? Et se permettre de se laisser emporter par cette vague ?

Thorne la prit à nouveau dans ses bras en arborant un grand sourire.

— En effet, parfaitement magique.

Christina leva les yeux vers lui et secoua la tête.

— Non, cela ne peut pas... Je ne peux pas.

Elle repoussa les bras de Thorne et fit un pas en arrière.

— Je n'étais pas censée ressentir cela.

Il fronça les sourcils.

— Vous êtes contrariée parce que notre baiser était magique ? demanda-t-il en secouant la tête. Vous ne vouliez pas que ce soit agréable ? Pourquoi ?

Christina sentit sa tête continuer de dodeliner de droite à gauche tandis qu'elle arpentait la longueur de la haie. Ses pensées et ses émotions étaient désespérément chaotiques.

— Je suis quelqu'un d'absolument méprisable. Comment ai-je pu faire cela ? Comment… ?

Il referma la main sur son bras et l'attira vers lui.

— De quoi parlez-vous ?

Son regard exprimait une certaine colère et Christina se demanda si sa réaction lui avait fait du mal. Était-ce possible ?

— Pourquoi êtes-vous aussi déterminée à me détester ? À ignorer ce qu'il se passe entre nous ?

Il secoua à nouveau la tête.

— Les femmes ne sont-elles pas censées avoir des sentiments pour leurs époux ? Est-ce de mauvais goût au sein de la haute société ? demanda-t-il avec une note de mépris dans la voix.

Christina respirait toujours rapidement quand son regard fut attiré par celui de Thorne. Elle ne pouvait ni détourner le regard, ni répondre. Une partie d'elle l'encourageait à rendre parfaitement clair le fait que leur union ne serait rien de plus qu'un mariage de convenance. N'avait-ce pas été l'intention de Thorne depuis le début ?

Elle le savait. Toutefois, la façon dont il la regardait présentement ne trahissait pas la moindre raison. Son regard la brûlait, demandant une réponse, exigeant la vérité. Voyait-il dans ses yeux à quel point il l'avait affectée ?

Fermant les yeux, Christina espérait simplement que ce n'était pas le cas.

— Je crois qu'il vaudrait mieux que vous partiez, murmura-t-elle en faisant un pas en arrière.

Elle fut surprise tout autant que déçue de sentir les mains de Thorne s'écarter et la lâcher.

Au plus profond d'elle, la partie traîtresse de son cœur avait espéré qu'il ne la laisserait pas faire, qu'il insisterait pour qu'elle lui réponde.

Elle cligna des paupières, pointa le menton et le regarda, priant pour que ses émotions ne soient pas inscrites partout sur son visage.

— Vous devriez partir.

Il soutint son regard et elle vit qu'il pinçait fort les lèvres.

— Est-ce ce que vous voulez ?

Christina déglutit.

— Oui.

Il avait l'air réticent, chose dont se réjouit cette petite partie traîtresse du cœur de Christina. Que devait-elle faire ? Elle ne se serait jamais attendue à avoir des sentiments pour lui. Pas ainsi ! C'était une complication qu'elle n'avait pas entrevue. Qu'allait-elle faire ?

En silence, ils retournèrent vers la maison, la tension qui pesait entre eux formant un contraste marqué avec les plaisanteries joviales qu'ils avaient échangées à l'aller. Christina pouvait sentir des vagues de colère émaner de lui. Elle les sentait frôler sa peau. Du coin de l'œil, elle vit la tension de ses épaules et ne put s'empêcher de penser qu'il exerçait une retenue immense. Il semblait clair – même pour elle qui le connaissait si peu – que sa seule envie était de la prendre à parti. Pourtant, il ne le faisait pas. Il respectait ses désirs à elle, son état émotionnel. Était-il vraiment capable de voir ce qu'elle ressentait ?

Étrangement, sa réaction la frustrait encore plus. Elle voulait qu'il soit le méchant. Elle avait besoin qu'il soit le méchant ! S'il était le méchant, elle-même serait l'héroïne qui secourait la dame en détresse. Mais s'il n'était pas le méchant ? Que cela faisait-il d'elle, alors ?

La méchante, susurra une voix dans sa tête.

Christina faillit faire un bond, car elle savait que c'était vrai.

Aussi choquant que cela puisse être, Christina devait admettre que Mr Thorne Sharpe – gentleman ou non – était un homme bon et décent, et qu'il aurait certainement fait un mari bon et décent pour Sarah.

C'est-à-dire, si Christina ne s'en était pas mêlée.

Acceptant son chapeau des mains d'un valet, Thorne se dirigea vers la porte, puis se retourna pour la regarder. C'est là qu'elle vit qu'effectivement, elle lui avait fait du mal. Oh, elle était en train de tout gâcher !

— Je vais partir, alors, dit-il calmement, mais avec une pointe de tension. Je vais partir, poursuivit-il en se rapprochant d'un pas et en baissant lentement la tête vers la sienne. Pour le moment.

Christina sentit un frisson danser le long de son dos. Ses mots représentaient-ils une menace ou bien une promesse ? Dans les deux cas, elle ne pouvait pas dénier que quelque chose en elle se réjouissait de voir que sa réaction ne l'avait pas fait fuir.

Il reviendrait.

Il restait son fiancé.

Il lui appartenait toujours.

Christina déglutit. Elle fit de son mieux pour soutenir son regard et ne pas lui faire voir à quel point ces quelques mots l'avaient perturbée, lui avaient serré le cœur.

— Très bien.

Le valet s'apprêta à ouvrir la porte quand Thorne se tourna vers elle pour lui jeter un dernier regard par-dessus son épaule. Malheureusement, au moment où il voulut sortir, il s'arrêta net lorsque quelqu'un apparut sur le porche, le visage pâle et les yeux écarquillés.

C'était Sarah.

CHAPITRE 23

LA VÉRITÉ DU CŒUR

C'était la première fois que Christina faisait l'expérience d'un moment si maladroit et douloureux. Apparemment, Thorne aussi. Il adressa à Sarah un salut poli ainsi qu'une petite révérence puis il prit rapidement congé, certainement soulagé d'échapper au moment qui attendait Christina.

Sarah aussi semblait au bord de l'évanouissement. Elle ouvrait de grands yeux et ses joues étaient pâles. Elle garda les yeux braqués sur Christina comme si elle n'osait pas regarder Thorne. Elle ne l'avait jamais fait, après tout. Chaque fois que Christina avait vu Sarah en compagnie de Thorne ou près de lui, son amie avait toujours fait l'effort d'éviter de le regarder dans les yeux. Elle avait toujours eu l'air d'avoir peur de lui, le malaise qu'elle ressentait en sa présence clairement visible sur son visage. N'était-ce pas ce qui avait poussé Christina à interférer ?

Oui, initialement, elle s'était inquiétée pour son amie. C'était sa motivation première, non ? Elle n'avait pas voulu chiper le fiancé de Sarah parce qu'elle le désirait pour elle. C'était simplement arrivé avec le temps.

Quand la porte se referma enfin sur Thorne, Christina glissa un bras sous celui de Sarah et l'emmena vers le salon. Elle ne put s'empêcher de se demander pourquoi son amie était venue, car après le soir où Christina et Thorne avaient été découverts dans la bibliothèque, les parents de Sarah avaient été bien trop furieux contre les Whickerton pour permettre à leur fille de lui rendre visite. Les amies avaient échangé une lettre ou deux à l'occasion, mais il n'y avait pas eu d'autre contact. Que faisait Sarah ici ?

— Tout va bien ? lui demanda Christina alors qu'elles s'asseyaient.

Elle offrit du thé à Sarah, priant pour que ses mains ne tremblent pas.

Son amie poussa un profond soupir et se tordit les mains sur les genoux avant de lever les yeux pour soutenir le regard de Christina.

— Je m'excuse de n'être pas venue vous voir plus tôt. Mes parents sont toujours furieux.

Sa voix exprimait de la confusion et du regret, et sur son visage, Christina vit la même expression déchirée qu'elle affichait aussi certainement.

— Ne vous inquiétez pas, assura Christina à son amie en s'efforçant de lui adresser un sourire réconfortant. Je comprends et je ne le retiendrais jamais contre vous. Vos parents ont d'extrêmement bonnes raisons de réagir comme ils le font. Je suis désolée pour ce qui s'est passé.

Sarah plissa le front.

— Je ne vous ai jamais entendue parler de mes parents avec une telle compréhension. Vous étiez toujours furieuse de la façon dont ils m'utilisaient pour résoudre leurs propres problèmes.

Elle dévisagea Christina comme si elle observait quelqu'un qu'elle n'avait encore jamais vu.

— Qu'est-ce qui a changé ?

Christina sentit ses mains commencer à trembler et elle les joignit rapidement sur ses genoux.

— Je ne sais pas ce que vous voulez dire, répondit-elle rapidement en se tournant vers la fenêtre afin que Sarah ne puisse pas lire dans ses yeux. C'est peut-être simplement que la menace d'un mariage entre vous et… Mr Sharpe n'est plus une ombre menaçante à l'horizon. Vous êtes en sécurité à présent.

Dans sa bouche, ces mots avaient le goût de la cendre.

Les traits de Sarah se radoucirent et elle afficha un sourire profondément affectueux.

— Vous êtes vraiment la meilleure des amies, s'exclama-t-elle avec un soupir de soulagement. Au moment où j'ai appris ce qui s'est passé, je n'ai pas pu m'empêcher de me sentir…

Elle s'interrompit et inclina la tête avant de lever les yeux vers Christina.

— Je suis quelqu'un de complètement méprisable, n'est-ce pas ?

Elle déglutit puis pointa un menton déterminé.

— Je suis venue ici aujourd'hui pour vous dire que je ne peux pas vous permettre de sacrifier votre bonheur pour le mien.

Christina se glaça.

— Que voulez-vous dire ?

— Je ne peux pas vous laisser l'épouser, lâcha Sarah dont les traits étaient tendus par la réticence, même si elle affirmait le contraire. Je ne peux pas vous laisser gâcher votre vie pour moi. J'y ai longuement réfléchi et j'ai enfin accepté le fait que si j'épouse Mr Sharpe, ce sera mieux pour tout le monde.

Pas pour moi, songea Christina qui chercha désespérément un argument – quel qu'il soit – qui convaincrait Sarah de permettre aux choses de se poursuivre comme prévu. Ou bien était-ce l'opportunité pour Christina de se retirer ? Était-ce le moment où elle devrait avouer à Sarah qu'elle avait découvert que Mr Sharpe était un homme bon ? Le moment était-il venu de lui dire de ne pas avoir peur, mais plutôt de se réjouir ?

L'occasion était-elle venue de le laisser filer ?

— Cela apaiserait sûrement mes parents, poursuivit Sarah à voix basse. Ils sont furieux contre moi parce que…

— Furieux contre vous ? Pourquoi seraient-ils furieux contre *vous* ? Vous n'avez rien fait !

Le regard de Sarah descendit vers ses mains jointes.

— Je… je n'ai pas réussi à m'attirer ses affections.

Christina serra les dents de peur d'exprimer son indignation concernant le dernier raté de lord et lady Hartmore en tant que parents.

— Vous n'avez rien à vous reprocher, Sarah, dit Christina en posant doucement la main sur celle de son amie. Je vous en prie, ne vous torturez pas. Vous êtes pleine de bonté et de gentillesse. N'importe quel homme aurait de la chance de vous avoir pour épouse.

Un petit sourire apparut sur le visage de Sarah.

— C'est gentil de me dire cela, mais nous savons toutes les deux que ce n'est pas vrai. Sans quoi, je serais déjà mariée, n'est-ce pas ?

Christina secoua la tête avec véhémence.

— Je ne peux pas vous laisser dire cela. Ce que je pense, c'est que l'intérêt de votre père pour le jeu et le besoin de votre mère de refaire l'ameublement de votre domaine familial trois fois par an ont fait fuir la majeure partie des prétendants intéressants. Cela n'a rien à voir avec vous. Vous devez me croire, Sarah. Ce sont vos parents le problème, pas vous.

Sarah lui serra la main d'un geste reconnaissant.

— Quoi qu'il en soit, je ne peux pas vous laisser l'épouser. Je veux vous voir heureuse. J'ai envie que vous trouviez l'amour, comme Louisa et Leonora l'ont fait.

Les larmes montèrent aux yeux de Christina tandis qu'un grand sourire s'emparait du visage de Sarah.

— Après tout, les Whickerton se marient par amour. Tout le monde le sait.

Christina poussa un profond soupir et les paroles gentilles de son amie lui serrèrent douloureusement le cœur. Elle ne savait pas si elle les méritait. Cependant, elle savait aussi que si elle abandonnait Thorne, elle le regretterait pour le reste de sa vie.

— Et vous ? Ne rêvez-vous pas aussi de trouver l'amour ?

Sarah haussa les épaules et détourna à nouveau le regard.

— Tout le monde n'a pas la chance de trouver l'amour. J'ai déjà connu bien trop de saisons sans avoir vraiment donné mon cœur à quelqu'un.

Elle leva les yeux et ravala ses larmes.

— Ce n'est peut-être pas fait pour moi.

Christina referma les mains sur celles de Sarah, plus pour son propre bien que pour son amie.

— Souhaitez-vous réellement épouser Mr Sharpe ?

Sarah lui répondit par un sourire courageux.

— Dans la vie, on ne fait pas toujours ce que l'on veut.

— En sa présence, je vous vois vous crisper, énonça Christina en plissant le front. Pourquoi ? Comment pouvez-vous envisager d'épouser quelqu'un qui vous met manifestement aussi mal à l'aise ? S'est-il passé quelque chose entre vous ? Vous a-t-il fait quelque chose qui… ?

Christina sentit sa gorge se nouer alors qu'elle songeait à quelque chose qu'elle n'osait pas croire. Pourtant, parfois, le monde avait le don de vous choquer au-delà de tout ce qu'on pouvait imaginer. S'était-elle véritablement trompée sur Thorne ? À propos du genre d'homme qu'il était ?

— Quoi ?

Sarah écarquilla les yeux avant de secouer prestement la tête.

— Non ! Il ne s'est jamais rien passé. Nous avons à peine échangé deux mots.

Christina fut surprise par l'intensité de son propre soupir de soulagement.

— Alors pourquoi ?

Sarah baissa la tête.

— Je n'en suis pas certaine. J'ai entendu… des rumeurs.

Elle leva les yeux vers Christina.

— Vous aussi, vous avez parlé rudement de lui, des hommes de son espèce. Je ne peux m'empêcher de penser que…

Visiblement incapable d'aller au bout de cette pensée, elle s'interrompit.

— Il me rend nerveuse. Je ne sais pas pourquoi, mais je ne peux pas m'en empêcher.

Christina ferma les yeux, se souvenant aussi trop bien de ses propres appréhensions. Elle se souvenait de la façon dont Thorne avait ri quand elle lui avait parlé de choses innommables que les hommes roturiers exigeaient de leurs femmes. Leur baiser n'avait-il pas compté au nombre de ces choses innommables ? Si c'était le cas, Christina était forcée de croire que le monde en général se trompait du tout au tout sur les roturiers.

Ou peut-être simplement à propos de Thorne.

Pressant doucement la main de Sarah, Christina sourit à son amie.

— Je crains de m'être gravement méprise quant au caractère de Mr Sharpe, dit-elle honnêtement, incapable de mentir à son amie, de *continuer* à mentir à son amie.

Sarah fronça les sourcils.

— Que voulez-vous dire ?

Redoutant toutes les paroles qu'elle s'apprêtait à prononcer, mais également consciente que cela devait être dit, Christina se lança.

— Je veux dire qu'au cours des deux dernières semaines, j'ai eu l'occasion de passer du temps en compagnie de Mr Sharpe, et j'ai réalisé que… c'est un homme incroyablement bon.

Sa voix se brisa sur ce dernier mot et elle déglutit difficilement, faisant de son mieux pour rester forte.

Les yeux écarquillés, Sarah scruta le visage de Christina.

— Le pensez-vous vraiment ?

Christina hocha la tête.

— Nous avons discuté de… beaucoup de choses. Il m'a parlé de son passé, de sa motivation pour descendre à Londres. Il semble vraiment impliqué auprès de ceux dont il est responsable. C'est une de ces personnes qui cherchent à faire du monde un endroit meilleur. Il a de l'ambition, mais pas pour lui-même. Il est gentil, bienveillant et dévoué. Il sait comment rire de lui-même. Il ne garde pas rancune et il traite les autres avec respect, peu importe les sottises qu'ils ont pu dire.

Un sourire mélancolique s'empara de son visage quand elle songea aux nombreux souvenirs merveilleux qu'elle avait acquis récemment en compagnie de Thorne.

La main de Sarah se serra sur la sienne et quand Christina revint au moment présent, elle vit que son amie la regardait fixement.

— Vous avez des sentiments pour lui, souffla Sarah d'un air

choqué. Est-ce possible ? Avez-vous vraiment fini par avoir des sentiments pour lui ?

— Non !

Ce mot avait jailli involontairement des lèvres de Christina, non parce qu'elle avait eu l'intention de cacher la vérité à son amie, mais parce qu'elle n'était pas encore prête à se l'avouer.

Sarah plissa les paupières et son visage exprima une légère réprimande.

— Peut-être, marmonna Christina dans sa barbe, incapable de soutenir le regard de son amie. Un peu.

— Regardez-moi, lui intima Sarah d'une voix étonnamment ferme. Christina, voulez-vous bien me regarder ?

Celle-ci leva la tête.

— Je suis vraiment désolée. Je n'aurais jamais dû m'en mêler. C'est un homme bon et je suis certaine qu'il fera un bon mari pour vous. Je suis sûre que vous serez heureuse avec lui.

Son cœur battit douloureusement pendant qu'elle parlait et elle ne se rappelait pas s'être déjà sentie aussi mal.

Le visage de Sarah prit un air émerveillé alors qu'elle secouait lentement la tête de droite à gauche, les yeux toujours écarquillés par le choc... ou plutôt la surprise.

— Si vous le désirez, murmura Sarah avec un sourire dans la voix, alors épousez-le.

Certaine d'avoir mal entendue, Christina dévisagea son amie.

— Mais je ne peux pas ! C'est vous qui deviez l'épouser et je n'aurais pas dû m'en mêler. Qui sait pour qui vos parents vont se décider, maintenant ? Sarah, vous courez toujours le risque d'être mariée de force à quelqu'un, n'importe quel homme riche, si vous n'épousez pas Mr Sharpe tout de suite, dit-elle en implorant son amie du regard. C'est un homme bon. Vous serez en sécurité avec lui.

— Et vous ?

— Mes parents ne me contraindraient jamais à un mariage non désiré. Vous le savez. Je serai en sécurité. Pour toujours.

Sarah hocha la tête.

— En sécurité, oui. Mais est-ce suffisant ? Qu'adviendra-t-il de nous si j'épouse l'homme pour qui vous avez des sentiments ?

Lentement, elle commença à secouer la tête.

— Non, je suis seulement venue ici aujourd'hui pour vous empêcher d'abandonner votre bonheur pour moi. Mais, dit-elle en agrippant plus fort les mains de Christina, si l'épouser vous rend heureuse, alors je veux que vous le fassiez.

Le cœur de Christina battit sauvagement dans sa poitrine. L'espoir la fit sourire, l'encourageant à accepter la proposition de son amie. Cependant, la culpabilité, la peur et l'inquiétude pour le futur de Sarah planaient toujours, la forçant à soutenir le contraire.

— Je ne serai pas heureuse tant que vous serez misérable.

— Nous ne savons pas ce que l'avenir nous réserve. Je vais peut-être trouver l'amour, après tout. Mais pas tout de suite. Pas avec Mr Sharpe.

Les yeux de Sarah exprimaient une profonde mélancolie et Christina comprenait parfaitement qu'elle ne souhaitait pas épouser un homme qui pourrait bien ne jamais l'aimer.

— Vous a-t-il parlé d'amour ?

Christina secoua la tête. Elle sentit sa bouffée d'espoir se dissiper lentement.

— Non. Mais…

Ne lui avait-il pas dit qu'elle lui plaisait ? Et ne l'avait-il pas dit d'une façon qui avait fait danser son cœur de joie ?

Peut-être qu'un jour…

— Je ne souhaite pas prendre cette décision pour vous, énonça clairement Sarah avec dans le regard une détermination renouvelée que Christina y avait rarement vue. C'est à vous et à vous seule de la prendre. Toutefois, je vous enjoins d'y réfléchir. N'abandonnez pas quelque chose qui pourrait signifier votre bonheur. Pensez-y et dites-moi ce que vous déciderez.

Serrant une dernière fois les mains de Christina d'un geste encourageant, Sarah se redressa.

— Je dois rentrer à la maison avant que mes parents se rendent compte de mon absence.

Elle s'éloigna puis s'arrêta à la porte avec un dernier regard en arrière.

— Demandez-vous ce que vous voulez et n'ayez pas peur de le saisir à deux mains.

Puis la porte se referma derrière Sarah, laissant Christina seule avec ses pensées, si nombreuses et à présent plus contradictoires que jamais. Qu'allait-elle faire ?

Malgré l'insistance de Sarah, Christina ne pouvait pas négliger l'avenir de son amie. Certes, elle n'était pas responsable d'elle, toutefois, elles étaient amies depuis l'enfance. Comme Sarah l'avait dit, aucune d'elles ne trouverait le bonheur si l'autre était malheureuse. Qu'allait-elle faire ?

En vérité, Christina ne savait pas si elle finirait par aimer Thorne un jour. Elle commençait bel et bien à avoir des sentiments pour lui, mais que cela signifiait-il ? L'apprécierait-elle encore dans un an ? Ou bien le temps ne ferait-il que révéler leur incompatibilité ? Comment pouvait-elle en être certaine ?

Elle poussa un profond soupir en se calant davantage dans son fauteuil. Elle s'avachit, sa tête roula en arrière et elle ferma les yeux.

Que diable allait-elle faire ?

CHAPITRE 24

FÂCHEUSEMENT MAGIQUE

Le jour était enfin venu. C'était la veille de son mariage et Thorne se retrouva assis à la grande table de la salle à manger des Whickerton, flanqué des deux côtés par des membres de sa famille, sa fiancée quelque peu maussade assise en face de lui.

Depuis leur baiser de la semaine précédente, quelque chose avait changé entre eux. Thorne ne pouvait pas mettre le doigt dessus, mais depuis, chaque fois qu'ils s'étaient revus, elle avait réagi étrangement à sa présence. Parfois, elle avait paru presque hésitante ou même contrariée par sa visite. D'autres fois, il aurait pu jurer qu'elle avait eu hâte de le voir. Malheureusement, depuis, ils n'avaient plus eu l'occasion de se retrouver seuls, aussi Thorne ne cessait de s'interroger sur ce qui s'était passé.

Leur baiser en était-il vraiment responsable ?

— Trois petites-filles mariées dans l'année, rit la comtesse douairière à l'autre bout de la longue table. Et si on pariait ?

Son regard parcourut la table et quelque chose de malicieux pétilla dans ses yeux pâles qui vinrent se poser sur ses petits-enfants encore célibataires.

— L'année est à moitié écoulée. Il reste peut-être assez de temps pour trouver des prétendants au reste d'entre vous.

Harriet, la benjamine des Whickerton, éclata de rire et secoua la tête.

— Vous êtes vraiment adorable, Grannie, mais vous n'avez pas besoin de jouer les entremetteuses avec moi, dit-elle en baissant les yeux vers ses genoux. J'ai d'autres projets.

Puis elle leva les mains et posa un crapaud sur la table.

Comme les autres, Thorne regarda le spectacle sans bouger, totalement pris au dépourvu par le comportement déroutant de la jeune fille.

— Harriet ! la gronda Juliet qui s'empourpra et jeta un bref regard à Thorne. J'avais espéré que tu afficherais de meilleures manières en présence d'un invité.

Harriet émit un petit rire.

— Mais ce n'est pas un invité, n'est-ce pas ? demanda-t-elle avec un sourire. Christina et lui sont quasiment mariés, ce qui fait de lui notre frère.

Elle jeta un regard vers ses deux autres beaux-frères, lord Barrington et lord Pemberton, chacun assis près de son épouse.

— Je crois qu'il est temps qu'il voie notre véritable visage.

Alors que lord et lady Whickerton échangeaient un regard entendu, la comtesse douairière s'esclaffa.

— Parfaitement vrai, ma chère ! Il ne devrait pas y avoir de secrets au sein d'une famille. N'êtes-vous pas d'accord, Mr Sharpe ?

Ses yeux pétillèrent d'espièglerie et Thorne sentit un léger frisson dévaler son dos alors qu'il songeait à Samantha.

— Tout à fait, répondit-il avant de couler un regard vers Christina, interpelé par son attitude effacée.

Généralement, elle n'avait pas la langue dans sa poche, mais ces derniers temps, elle n'avait jamais l'air de savoir quoi dire.

Thorne se demanda s'il aurait dû lui parler de Samantha. Il l'avait envisagé. Seulement, il avait craint que cela ne lui donne une raison de changer d'avis, chose qu'il ne voulait pas lui fournir. Il se demandait tout de même ce qui se passerait si Christina ne voulait pas accueillir la petite fille dans leur vie à deux. Il aurait peut-être été plus sage de se séparer au lieu de les forcer à se fréquenter contre la volonté de Christina.

Il aurait peut-être dû lui donner le choix.

Toutefois, il ne pouvait dénier qu'il la désirait, mais était-ce réciproque ? Était-ce ce que leur baiser lui avait appris ? Qu'elle ne le désirait pas ? Cela dit, ce jour-là, elle avait trouvé leur baiser magique, n'est-ce pas ? Il avait l'impression qu'elle avait été interloquée et pourtant étrangement mécontente d'avoir trouvé la passion dans son étreinte. Pourquoi cela l'aurait-il contrariée ? Craignait-elle vraiment ce qu'il pourrait exiger d'autre en tant que son époux ? Il devrait peut-être aborder le sujet.

Même si Christina demeura effacée durant le reste de la soirée, Thorne observa avec ravissement le reste de la famille faire la conversation avec aisance. Des éclats de rire résonnèrent dans la pièce à d'innombrables reprises. Il vit des yeux brillants et des lèvres roses alors qu'on faisait circuler la nourriture et qu'on partageait des histoires. Tous parlaient sans retenue, Harriet en particulier. Son crapaud retourna dans sa chambre à l'étage seulement lorsqu'il se retrouva dans la corbeille à pain, tirant un cri à Juliet.

C'était une soirée fantastique, qui ne ressemblait en rien à celles qu'il vivait chez lui avec Samantha. Thorne adorait cette petite, bien sûr, mais sans autres occupants, la maison était silencieuse. Que ressentirait Samantha si elle vivait dans une grande famille comme celle des Whickerton ?

Thorne ne put s'empêcher de sourire, car il savait qu'elle adorerait cela. Ses petits yeux s'illumineraient et elle pousserait des cris de joie.

Quand la soirée toucha enfin à son terme, Christina le raccompagna jusque dans le vestibule. D'abord, certains membres de sa fratrie ainsi que ses deux nouveaux beaux-frères eurent l'intention de les suivre. Toutefois, quelques mots de la douairière les retinrent.

Involontairement, Thorne sourit à nouveau, surpris d'avoir trouvé une alliée en la personne de la vieille dame et appréciant la chose plus qu'il l'aurait cru.

Le soleil qui déclinait lentement brillait à travers les hautes fenêtres, projetant une lueur chaleureuse dans le vestibule. Aucun valet ne se trouvait dans les parages et Thorne se demanda si c'était également dû à la comtesse douairière qui voulait leur offrir un moment d'intimité, à Christina et à lui.

— Bonsoir, murmura sa fiancée en se tournant vers lui avec un sourire légèrement crispé.

Jetant un autre regard par-dessus son épaule, Thorne s'assura qu'ils soient bel et bien seuls. Puis il s'avança vers elle, scrutant le visage de la jeune femme.

— Avez-vous menti ?

Elle leva la tête et plissa le front.

— Pourquoi ? Que voulez-vous dire ?

Les mains de Christina parurent trembler puis elle serra les poings et les fourra derrière son dos comme pour chercher à les lui dissimuler.

Thorne fronça les sourcils, essayant de comprendre ce qui lui échappait.

— L'autre jour, quand je vous ai embrassée, vous avez eu l'air d'apprécier.

Christina poussa un soupir tremblant.

— N'était-ce pas le cas ?

Au lieu de lui répondre, Christina baissa la tête d'un geste étrangement soumis auquel il ne se serait jamais attendu de sa part. Il ne pouvait pas dire que cela lui plaisait. Au contraire, il en était troublé.

— Pourquoi agissez-vous aussi étrangement ? s'enquit Thorne en plaçant une main sur le bras de la jeune femme.

Celle-ci leva les yeux vers lui et il fut soulagé de ne pas y déceler de la peur. Ils trahissaient plutôt un déchirement du cœur. Mais pourquoi ?

— Qui êtes-vous pour me dire que je me comporte étrangement ? répliqua-t-elle avec une note de colère dans la voix. Vous me connaissez à peine. Nous avons discuté une ou deux fois, pas plus. Nous sommes quasiment des inconnus. Alors comment pouvez-vous… ?

L'interrompant, Thorne l'attira à lui. Elle écarquilla les yeux et leva les mains vers son torse. Toutefois, il ne la lâcha pas et la regarda dans les yeux avec insistance, la défiant de continuer à le contredire.

— Ne me mentez pas ! murmura-t-il, sentant son souffle contre ses lèvres. Vous n'êtes pas timide, timorée ou craintive. Vous n'êtes aucune de ces choses-là. Vous êtes audacieuse, intrépide et… impertinente, sourit-il.

Visiblement, cela lui déplut et elle le fusilla du regard.

— M'accusez-vous de… ?

— Je ne vous accuse de rien, répondit Thorne qui avait parfaitement conscience du fait qu'elle n'essayait pas de se libérer de son emprise. Cela me plaît.

Il baissa encore la tête jusqu'à ce que leurs fronts se frôlent.

— Vous me plaisez ; celle que vous êtes vraiment, dit-il en scrutant son visage. Je ne vous ai pas reconnue, ces derniers jours. Dites-moi ce qui s'est passé. Qu'est-ce qui a changé ?

Christina déglutit. Une fois de plus, son regard déchiré descendit vers les lèvres de Thorne. Il vit le souvenir de leur baiser lui revenir à l'esprit et aussi qu'elle se reprochait d'y songer.

— Il ne s'est rien passé, dit-elle en repoussant son torse. Voulez-vous bien me lâcher ? C'est vraiment déplacé.

Thorne poussa un petit rire sans l'écouter et l'étreignit plus fort.

— Souhaitez-vous toujours m'épouser ? demanda-t-il, ne sachant pas s'il était sage de poser cette question.

Et si elle disait non ?

Elle écarquilla les yeux et s'arrêta de lutter tout en levant les yeux vers lui.

— Pourquoi me demandez-vous une chose pareille ?

— Je le fais, c'est tout.

Son regard se durcit.

— Auriez-vous trouvé une épouse plus avantageuse ? Quelqu'un qui sied mieux à vos objectifs ? demanda-t-elle d'un ton amer.

Thorne ne put s'empêcher de trouver sa réaction amusante, car elle était parlante. S'il ne se trompait pas, elle était jalouse, n'est-ce pas ? Du moins un petit peu.

— Souhaitez-vous toujours m'épouser ? redemanda-t-il en la serrant fort dans ses bras.

— Dites-moi, lança-t-elle au lieu de répondre à sa question, y aurait-il quelqu'un que vous préféreriez épouser ? Une autre famille dont les connexions sont supérieures aux nôtres ? Espérez-vous me voir tout annuler ?

Thorne voyait qu'elle essayait de paraître rationnelle comme s'ils étaient simplement en train de discuter d'un contrat d'affaires. Toutefois, les émotions tourbillonnaient dans ses yeux et il vit que ce n'était pas son esprit qui l'interrogeait, mais son cœur.

Le savoir le rendait heureux.

— Souhaitez-vous toujours m'épouser ? répéta-t-il, son bras droit se resserrant sur son dos.

— Pourquoi ne me répondez-vous pas ? hoqueta Christina en inspirant bruyamment.

Thorne ricana.

— Pourquoi *vous*, vous ne *me* répondez pas ?

Il glissa la main gauche dans les cheveux de Christina, la positionnant à l'arrière de sa tête.

— Souhaitez-vous toujours m'épouser ?

— Lâchez-moi !

— Répondez-moi !

La colère enflammait les yeux de Christina. La colère... et autre chose.

— Je vous ai dit de me lâcher !

Thorne secoua lentement la tête.

— Répondez-moi d'abord.

— Vous êtes vraiment un homme irritant ! dit-elle en levant les yeux au ciel.

— Souhaitez-vous toujours m'ép... ?

— Oui !

La réponse brusque les prit tous les deux au dépourvu, car ce n'était pas simplement une affirmation rationnelle, mais plutôt une réaction profondément émotionnelle.

Thorne n'hésita pas à offrir sa propre réponse. La serrant encore plus fort contre lui, il baissa la tête et l'embrassa.

Il l'embrassa comme il avait voulu le faire ce jour-là, dans les jardins. Il l'embrassa comme il le désirait, comme *elle* le désirait aussi, puisque passé leur moment de surprise initiale, Christina s'abandonna dans ses bras comme elle l'avait fait l'autre jour. Qu'elle le veuille ou non, il y avait quelque chose entre eux. Elle ressentait quelque chose pour lui. C'était vrai, même si cela ne lui plaisait pas.

Elle leva les mains pour les enrouler autour de son cou puis elle se rapprocha, lui rendant son baiser avec une audace qui coupa le souffle de Thorne. Toutefois, il s'en délecta et permit à ses propres mains de voyager sur le corps de la jeune femme d'une façon que n'importe qui aurait trouvée déplacée.

Cela dit, Christina ne protesta pas.

Ce n'est que lorsque la sourde cacophonie des voix en provenance du salon parut se rapprocher que Thorne se rappela qu'en effet, ils n'étaient *pas* tout seuls. Un grondement désapprobateur monta dans sa gorge alors qu'il se forçait à interrompre leur baiser, reposant la jeune femme sur ses pieds avant de faire un pas en arrière.

Elle le regarda, les joues écarlates et un sentiment de confusion tournoyant dans ses yeux bleus. Cela dit, il savait qu'elle avait apprécié leur étreinte autant que lui.

— Bien, fut tout ce qu'il dit avant d'incliner rapidement la tête vers elle.

Puis il prit congé de peur de céder à l'envie de la reprendre dans ses bras.

S'arrêtant dans l'encadrement de la porte, il se tourna pour la regarder.

— À demain, *chère épouse*.

Un léger tremblement dansa le long du dos de Christina qui inspira profondément et se força à pointer le menton.

— Vous n'auriez pas dû m'embrasser.

Thorne haussa les épaules.

— Peut-être pas, mais je n'arrive pas à me forcer à le regretter. C'était magique, n'est-ce pas ?

Il haussa les sourcils d'un air taquin.

Secouant légèrement la tête, Christina ne parvint pas à réprimer un sourire.

— Fâcheusement, oui.

Avec un petit rire, Thorne leva son chapeau et s'en alla, ses pieds l'entraînant au bas des marches qui menaient au trottoir comme s'il flottait à dix centimètres au-dessus du sol. Il se sentait différent.

Mieux.

Plus léger.

Était-ce ça, le bonheur ?

CHAPITRE 25

UNE JOURNÉE DE MARIAGE

Le jour de son mariage, Thorne bondit du lit aux aurores. Il palpitait dans ses membres une impatience qu'il ne se rappelait pas avoir ressentie depuis son enfance. Quoi que leur apporte cette journée, c'était le premier jour du reste de sa vie.

Une vie qu'il avait toujours désirée, sans oser en rêver.

Soudain, lord Hartmore apparut sur le seuil au moment où Thorne s'apprêtait à partir.

L'autre homme semblait pressé. Ses yeux étaient écarquillés et sa respiration était plus rapide que ce à quoi Thorne se serait attendu. Toutefois, il affichait un air de triomphe imminent et il sourit à la seconde où il le vit.

— Ah, vous n'êtes pas encore parti. Comme c'est merveilleux !

Bien entendu, Thorne n'y voyait rien de merveilleux.

— Je n'ai malheureusement pas le temps, répondit-il en contournant l'homme d'un pas pressé pour descendre les marches vers la calèche qui l'attendait. Vous ne le savez peut-être pas, mais c'est aujourd'hui que je me marie.

Un ricanement sombre quitta les lèvres de lord Hartmore.

— Croyez-moi, j'en ai parfaitement conscience. Si cela ne tenait qu'à moi, je vous aurais contacté bien plus tôt. Malheureusement, je n'ai reçu l'information requise que ce matin, dit-il avec un sourire intéressé.

Thorne sentit un frisson lui serpenter le long du dos.

— Quelle information ? demanda-t-il.

Un pli lui barrant le front, il se demanda ce que lord Hartmore mijotait. Après tout, cet homme affichait une assurance écœurante. Cela ne présageait rien de bon.

— Pouvons-nous entrer pour parler ? demanda l'autre homme en désignant la porte. Vous risquez de ne pas apprécier que d'autres entendent ce que j'ai à dire.

Il haussa les sourcils d'un air entendu.

Thorne inspira lentement et endossa un masque d'indifférence, refusant de montrer à quel point les paroles de l'autre homme l'avaient ébranlé. Cet homme avait-il creusé dans son passé ? Sa vie ?

— Si vous insistez, dit enfin Thorne avec une expression agacée qu'il eut du mal à maintenir, mais dépêchez-vous.

Ils s'avancèrent à l'intérieur et Thorne fit signe aux valets de partir avant de se tourner vers lord Hartmore.

— Alors, qu'y a-t-il ?

Le sourire de l'autre homme s'élargit.

— Je suis venu pour exiger que vous épousiez ma fille comme promis, Monsieur.

Ses yeux pétillaient d'une joie véritable qui prit Thorne au dépourvu.

— J'ai conscience que cela causera un sacré scandale. Toutefois, un homme de votre espèce n'a pas à s'inquiéter de questions aussi triviales.

— Crachez le morceau ! lança Thorne avec un soupir de contrariété, ce qui fit tiquer lord Hartmore qui le regarda en plissant des yeux légèrement confus. Clairement, vous pensez posséder une information accablante et vous êtes ici pour me faire chanter, n'est-ce pas ?

Pendant un moment, lord Hartmore sembla pris au dépourvu, son assurance émoussée. Toutefois, il parut se rappeler qu'après tout, l'accusation de Thorne était vraie et qu'il sortirait victorieux de cette situation.

— Eh bien ? insista Thorne. Comme vous le savez, je n'ai pas toute la journée.

Lord Hartmore se raidit.

— Comme vous voulez, concéda-t-il avec un air de jouissance profonde. J'ai appris récemment que vous, Monsieur, êtes le père d'une fille illégitime. Une enfant qui vit dans votre foyer et porte votre nom.

Le sourire de l'homme s'élargit, car il s'attendait clairement à ce que Thorne s'écroule, peut-être même implore sa pitié, ou du moins cède à son chantage.

Ce n'était bien sûr pas l'intention de Thorne. S'il ne pouvait pas dénier que la pensée que lord Hartmore révèle l'existence de Samantha aux Whickerton – particulièrement ce jour-là – était profondément troublante, il savait qu'il devait s'empêcher de montrer la moindre émotion. Il avait connu bien trop de confrontations pour révéler sa main aussi facilement.

— Oui, et... ? demanda-t-il d'une voix nonchalante en accentuant son air agacé.

Lord Hartmore marqua un temps d'arrêt. Il plissa à nouveau des yeux confus.

— Si vous n'annulez pas ce mariage pour honorer la promesse que vous avez faite à ma fille, je serai forcé de révéler son existence à lord Whickerton. Je ne pense pas qu'il permettrait à sa fille d'épouser un homme au caractère aussi douteux que le vôtre.

— Vous feriez cela ? le railla Thorne.

L'homme plissa les lèvres.

— Qu'allez-vous faire ? cracha-t-il.

Son pseudo-triomphe était bien moins glorieux que ce à quoi il s'était attendu et Thorne poussa un soupir impatient.

— Croyez-vous donc que les Whickerton ne sont pas déjà au courant pour elle ? demanda-t-il avec autant d'assurance qu'il parvint à invoquer. Après tout, la haute société ne les appelle pas *ces Whickerton dévoyés* sans raison. Croyez-moi, je ne me suis pas inquiété une seule seconde avant de les informer de l'existence de ma fille et j'ai eu raison de le faire. Ils ont été ravis d'apprendre son existence, et si ma chère fille n'avait pas attrapé froid, elle serait ici pour participer à notre fête.

Il soutint le regard de l'autre homme en faisant un pas en avant.

— D'ailleurs, ma nouvelle épouse et moi-même nous rendrons à Pinewood Manor demain afin que Samantha puisse rencontrer sa nouvelle mère.

Il s'autorisa à afficher lentement un sourire.

— Mais je vous en prie, Milord, si vous ressentez le besoin de vous embarrasser, vous êtes libre de m'accompagner à mon mariage. D'ailleurs, puis-je vous proposer de faire le trajet dans ma calèche ?

Conservant un air des plus indifférents, Thorne retint son souffle, priant pour que lord Hartmore soit encore plus stupide qu'il ne le pensait.

À son grand soulagement, le Destin lui sourit ce jour-là.

Et plutôt deux fois qu'une.

En quelques secondes, le visage de lord Hartmore commença à devenir écarlate et il serra les poings contre lui. La fureur brûlait dans ses yeux et pourtant, Thorne pouvait y lire la honte la plus totale. Il ouvrit et referma la bouche à plusieurs reprises comme s'il souhaitait exprimer sa colère avant de se raviser.

Quelques instants plus tard, il tourna les talons et s'en alla, ses pas faisant naître des échos sur les marches du perron qui menaient au trottoir.

Poussant un profond soupir, Thorne espérait avoir réussi à tromper lord Hartmore et priait pour que ce dernier ne soit pas présentement en train de se précipiter chez les Whickerton. Il ne pensait pas que la famille rejetterait Samantha, mais ce n'était pas le meilleur moment pour le découvrir.

Il aurait vraiment dû dire quelque chose plus tôt ! C'était trop tard, à présent. Il ne lui restait plus qu'à faire comme prévu et espérer que Christina lui pardonnerait.

Si seulement il pouvait en être certain !

Son épouse ayant souhaité organiser les festivités dans la maison familiale, Thorne franchit bientôt le seuil des Whickerton au lieu d'attendre l'arrivée de Christina dans sa propre demeure de location. Heureusement, lord Hartmore brillait par son absence.

Ce matin-là, la maison des Whickerton ressemblait à une ruche. Des servantes et des valets couraient dans tous les sens, portant des objets de çà et de là. Il y avait des fleurs partout. Tous les rideaux étaient tirés pour laisser pénétrer le soleil de cette matinée d'été. C'était une belle demeure et plus que cela : c'était un foyer. Thorne remarqua des portraits de chacun des enfants ainsi que de leurs parents et grands-parents accrochés au mur de l'escalier ou le long du couloir qui menait à l'étude de lord Whickerton.

Oui, cela le rendait nostalgique, car il réalisait ce qu'il avait perdu, la joie qu'il n'avait pas connue durant son enfance, cette même joie qu'il voulait à présent pour l'enfance de Samantha. Thorne espérait simplement que tout se déroulerait comme prévu. Il n'avait jamais aimé duper son prochain, mais vu les tendances colériques de Christina, il avait hésité à lui révéler plus tôt sa propre situation familiale.

Peut-être l'avait-il mal jugée. Toutefois, il n'avait pas osé s'y risquer et à présent, il n'avait qu'à croiser les doigts et espérer que tout se passerait bien, que ses projets ne s'effondreraient pas autour de lui.

— Vous avez l'air heureux, Monsieur, fit remarquer la comtesse douairière dans son dos avec un petit rire dans la voix.

S'autorisant un sourire, Thorne se tourna vers elle.

— Je suppose que oui. Cela vous surprend-il ?

Ses yeux pâles restaient observateurs, mais elle aussi souriait.

— Pas du tout. Nous savons tous les deux que c'est l'issue que j'avais espérée.

Il haussa les sourcils.

— Vous avez espéré mon bonheur ? dit-il avec un petit rire. J'aurais plutôt pensé que vous vouliez le sien.

Lui adressant un regard indulgent, la douairière s'approcha cahin-caha en s'appuyant lourdement sur sa canne.

— Mes espoirs étaient peut-être tournés vers vous deux. N'est-ce pas cela qu'un mariage est censé être ? Une union de deux êtres ?

Elle scruta son visage d'un œil agile, mais tout à coup, elle se figea et plissa les paupières comme si elle avait vu quelque chose qui l'avait surprise.

— Qu'y a-t-il ?

— Pardon ? déglutit Thorne.

Se rapprochant en claudiquant, la douairière plissa encore plus les yeux.

— Vous êtes inquiet, fit-elle remarquer comme si elle lisait en lui à livre ouvert. Un pli vous barre le front. Il s'est approfondi. Est-ce l'enfant ? demanda-t-elle en soutenant son regard.

Manquant tomber à la renverse, Thorne la regarda sans comprendre.

— Vous… vous êtes au courant pour… ?

Lord Hartmore était-il ici après tout ?

La douairière émit un petit rire et lui tapota doucement le bras d'une façon réconfortante.

— Ne vous inquiétez pas. Tout ira bien. Je le garantis.

Ne sachant pas quoi dire, Thorne la dévisagea.

— Tous les autres sont-ils au courant ?

Ne songeant qu'à Christina, il tourna les yeux vers le vestibule. Avait-elle déjà annulé leur mariage ?

— Pas si vous n'en avez informé personne, répondit la comtesse douairière en lui tapotant à nouveau le bras d'un geste rassurant.

— Comment l'avez-vous appris ? demanda Thorne qui commençait à croire que la comtesse douairière ne tenait pas ses informations de lord Hartmore.

Non, elle était apparemment au courant depuis un moment.

— J'ai mes secrets, lui répondit la douairière en souriant.

Thorne poussa un profond soupir.

— Elle va être furieuse, n'est-ce pas ?

Quelque part, c'était un soulagement de dire les choses, d'avoir quelqu'un qui l'écouterait sans le juger.

L'aïeule de Christina lui adressa un grand sourire.

— Bien entendu ! Au début, du moins.

Elle songeait certainement à sa chère petite-fille, car elle sourit d'un air bienveillant.

— Elle est têtue et déterminée, mais également gentille et charitable. Elle sera furieuse, oui, mais au final, elle aimera la petite, parce qu'elle ne sera tout bonnement pas capable de s'en empêcher. Je crois que vous connaissez cette sensation.

Thorne hocha la tête tout en se demandant ce que la douairière savait exactement de son passé et de Samantha.

— Merci.

Lui parler lui avait bel et bien retiré un poids des épaules. Tout comme le fait de savoir que lord Hartmore n'était pas dans les parages !

— C'est à cela que sert la famille, n'est-ce pas ?

Thorne hocha la tête et lui sourit.

— C'est ce que j'ai entendu dire. Je suis content de voir que pour une fois, les commères avaient raison.

La comtesse douairière rit doucement.

— Je suppose que cela arrive à l'occasion. À présent, allez parler à votre fiancée, ordonna-t-elle en désignant le couloir. J'imagine qu'elle est tout aussi nerveuse que vous.

Thorne fronça les sourcils.

— Qui a dit que j'étais nerveux ?

Le regardant en secouant la tête, la douairière braqua à nouveau sa canne vers le couloir et s'éloigna sans cesser de ricaner.

En effet, quand Christina descendit enfin l'escalier pour le retrouver dans le hall d'entrée, Thorne vit qu'elle avait autant les nerfs à vif que lui. C'était une journée importante et ils en savaient toujours très peu l'un sur l'autre, chacun ayant sans doute peur de voir ses espoirs déçus.

— Vous êtes magnifique, lui murmura Thorne qui lui offrit son bras lorsqu'elle atteignit la dernière marche.

Il soutint son regard pendant une seconde de plus avant de le laisser courir sur la robe bleu clair de la jeune femme. Elle brillait comme un ciel estival dégagé, assortie à ses yeux d'un bleu profond et à l'éclat doré de ses cheveux bouclés.

Elle lui rendit faiblement son sourire.

— Merci.

Elle posa une main tremblante sur son bras.

Heureusement, la cérémonie fut courte. Elle avait lieu dans une église voisine et Thorne fut soulagé d'avoir décidé de passer en premier chez les Whickerton.

La douairière avait raison. Il voyait que Christina était aussi nerveuse que lui. Ils étaient assis l'un à côté de l'autre dans la calèche, la douairière posée sur la banquette d'en face. Peu de mots furent échangés à l'aller ou au retour. Cela dit, Thorne sentait la présence de Christina. Il entendait sa respiration, prenait note des regards qu'elle lui lançait à la dérobée, décelait le léger tremblement de ses mains alors qu'elle s'efforçait de conserver son sang-froid.

C'étaient ces quelques moments partagés qui lui donnèrent de la force avant qu'ils ne doivent retourner chez les Whickerton où ils furent reçus par une petite foule. La main de Christina toujours sur son bras, ils acceptèrent volontiers les félicitations et les vœux de bonheur. La plupart des invités souriaient, mais il décelait l'appréhension et le doute, ainsi que la confusion et la désapprobation, sur le visage de certains autres.

La bonne société avait fini par surnommer la famille de sa nouvelle épouse *ces Whickerton dévoyés*, car dernièrement, ils s'étaient retrouvés auréolés de rumeurs de scandale. Les deux aînées de Christina, Louisa et Leonora, avaient causé une certaine agitation avant de trouver leur bonheur. Puis, bien sûr, la nouvelle de la façon dont Thorne et Christina s'étaient retrouvés fiancés s'était propagée au sein de la haute société, causant encore plus de murmures. Oui, quelques matrones très convenables et amères pouvaient snober une invitation si les Whickerton étaient présents. D'autres avaient coupé les ponts, montrant ouvertement leur désapprobation envers la vie mouvementée de la famille. Pourtant, la plupart semblaient bien trop curieux pour se refuser l'expérience personnelle de socialiser avec les Whickerton.

Heureusement, lord Hartmore faisait exception.

Thorne ne put s'empêcher de rire en voyant la bêtise avec laquelle tout le monde se comportait. Ces règles insensées qui gouvernaient la vie de tout un chacun n'avaient absolument aucun sens. Pas le moindre ! Aucun sens naturel, du moins.

Pour lui, c'était complètement ridicule.

Le petit-déjeuner du mariage fut un événement plutôt intime, car lord et lady Whickerton n'avaient invité que la famille et leurs amis les plus proches. Thorne lui-même ne possédait que quelques connaissances à Londres et s'était donc abstenu d'ajouter à la liste d'invités. Il ne connaissait personne en ville qu'il aurait aimé voir à son mariage.

Bien entendu, tous les membres de la famille de sa nouvelle épouse étaient présents. Thorne n'aurait pas voulu qu'il en aille autrement. Après tout, il espérait toujours qu'un jour, ils le percevraient aussi comme un membre de leur famille.

Toutefois, il vit qu'ils le regardaient encore avec circonspection. Alors que Harriet, la plus jeune, souriait et riait ouvertement, la nouvelle lady Pemberton en particulier avait un air désapprobateur. Elle plissait les paupières à chaque fois qu'elle le regardait et considérait également Christina avec une profonde inquiétude. Elle avait l'air vraiment inquiète pour sa sœur.

Thorne ne pouvait pas dénier que cette pensée le troublait. Il avait espéré que la famille de sa femme saurait que malgré ses origines modestes, il était devenu un homme respectable. Bien entendu, il possédait de nombreux défauts. Toutefois, il s'était toujours considéré comme quelqu'un qui s'efforçait de faire ce qui était juste.

Peut-être qu'après tout, il s'était montré égoïste envers Christina. Sa famille le percevait-elle ?

De l'autre côté de la pièce, Thorne regarda sa nouvelle épouse parler à ses deux sœurs mariées. Elles échangeaient des murmures d'un air inquiet. Il vit que Christina levait les yeux vers lui de temps à autre avant de se retourner pour converser avec Louisa et Leonora. Il ne pouvait s'empêcher de se demander de quoi elles parlaient et il avait hâte que la journée se termine enfin pour qu'ils puissent se retrouver seuls et parler ouvertement.

Quelque chose contrariait sa nouvelle épouse. Une pensée la tarabustait. Il devait savoir ce que c'était, sans quoi il savait qu'il ne trouverait pas le sommeil ce soir-là.

— Bienvenue dans la famille.

Troy, le frère de Christina, s'avança vers lui. Ses paroles contredisaient l'expression de son visage. Ses yeux étaient observateurs, un peu comme ceux de sa grand-mère. Toutefois, il ne souriait pas. C'était plutôt un froncement de sourcils. Il y avait quelque chose d'appréhensif et même de légèrement menaçant dans la façon dont il regardait Thorne.

Ignorant la légère hostilité qui émanait de son nouveau beau-frère, il lui adressa un sourire plaisant.

— Merci. J'apprécie vraiment ce que votre famille a fait et j'espère qu'à l'avenir, nous serons tous proches. Je sais que cela compterait beaucoup pour elle, dit-il en coulant un regard vers Christina.

Son nouveau beau-frère suivit son regard puis se retourna vers lui.

— Effectivement.

Quelque chose dans son expression s'adoucit. C'était subtil, mais tout de même perceptible.

Toutefois, quelques instants plus tard, il pinça les lèvres et serra les dents en faisant un pas vers Thorne, braquant sur lui un regard noir quelque peu menaçant.

— Ma sœur peut paraître forte et même audacieuse, dit-il très lentement d'une voix si basse que Thorne dut tendre l'oreille pour l'entendre. Pourtant, elle a un côté profondément vulnérable. Un côté dont elle-même n'a pas conscience, car elle n'a pas encore vu les facettes les plus laides du monde.

Thorne acquiesça. Les paroles de son nouveau beau-frère faisaient écho à ses propres pensées.

— Je voudrais vous faire bien comprendre que si vous ne la traitez pas avec un respect absolu, poursuivit le frère de Christina d'une voix qui se transforma en un grondement bas et menaçant, je vous arracherai les membres un à un. C'est compris ?

Thorne en aurait pris ombrage s'il n'avait pas décelé sous cette hostilité et ces accusations un instinct de protection féroce et une inquiétude profonde.

— Vous avez ma parole, jura-t-il solennellement, que je donnerais ma vie pour assurer son bonheur.

Pendant un long moment, les deux hommes se contemplèrent sans bouger, chacun essayant de discerner le caractère de l'autre. Puis le frère de Christina hocha lentement la tête.

— C'est bien. Je suis ravi de l'entendre.

Thorne savait qu'on le mettrait à l'épreuve, mais cela ne lui faisait rien. Toutefois, il ne pouvait s'empêcher de remarquer que si sa femme était entourée par une grande famille qui la défendait et la protégeait, *lui-même* n'avait personne.

Personne à part Samantha.

Si seulement elle avait pu être présente aujourd'hui !

CHAPITRE 26

LA CONSIDÉRATION D'UN MARI

Christina ne savait pas si elle voulait que le petit-déjeuner du mariage se termine rapidement ou bien qu'il dure aussi longtemps qu'il était humainement possible. Elle continua de couler des regards en direction de son nouveau mari, ne sachant pas ce que sa présence lui faisait ressentir. Elle sentait son ventre palpiter chaque fois qu'il lui souriait quand il la surprenait à l'observer à la dérobée. Cela dit, une autre partie d'elle, centrée quelque part près de son cœur, était lourde, accablée et l'empêchait d'entamer ce mariage avec des espoirs et des attentes.

Sarah n'était pas venue.

Au fond, Christina n'était pas surprise. Bien entendu que Sarah n'était pas venue ! Ses parents ne l'y auraient pas autorisée. Toutefois, Christina aurait souhaité pouvoir parler à son amie. Elle avait repoussé ce moment au cours des deux semaines précédentes et à présent, il était trop tard.

Sarah lui avait simplement demandé de lui dire si elle voulait épouser Thorne ou non, mais Christina n'avait pas exprimé ses intentions, dans un sens comme dans l'autre. Elle avait gardé le silence, sachant qu'il était bête de ne rien faire et de s'attendre à ce que tout s'arrange. C'était pourtant ce qu'elle avait fait et à présent, elle était mariée.

Mariée !

Fallait-il se réjouir ou s'en attrister ? Étrangement, les deux sentiments étaient applicables.

— Tout va bien ? demanda tendrement sa mère qui écarta une mèche de son front pour la caler derrière son oreille. Ses yeux bleus débordaient d'une inquiétude qu'elle réprimait visiblement afin de ne pas préoccuper Christina davantage. Vous avez l'air…

Elle s'interrompit, car son propos était clair. Comment aurait-il pu en être autrement ?

Ne sachant pas quoi dire, Christina soupira. Après tout, elle n'avait rien confié à sa mère. Une partie d'elle en avait désespérément envie alors qu'une autre craignait que celle-ci ne lui dise immanquablement que, oui, elle avait été égoïste, elle avait trahi son amie.

Sarah était simplement trop polie pour le lui dire. Bien entendu, cela ne signifiait pas qu'elle ne l'avait pas ressenti, qu'elle ne l'avait pas pensé. Était-ce pour cela qu'en un tel jour, elle n'avait pas trouvé le moyen de s'échapper de chez ses parents ?

— Je vais bien, répondit Christina à sa mère en se forçant à sourire un peu.

Toutefois, la lueur dans les yeux de sa mère lui révélait qu'elle ne dupait personne.

Sa mère s'éclaircit la gorge et son regard se détourna momentanément de celui de sa fille.

— Y a-t-il quelque chose… que vous souhaitiez savoir ? Si vous voulez me dire quoi que ce soit…

Comme avant, Christina put lire l'appréhension sur le visage de sa mère.

— Ce n'est pas nécessaire, répondit-elle, cherchant à apaiser les nerfs de sa famille. J'ai parlé à Louisa et à Leonora, et je n'ai guère de craintes.

Elle inspira profondément en lisant le doute dans les yeux de sa mère.

— C'est juste pour Sarah que je m'inquiète.

— Comment cela ? dit sa mère en plissant le front. Je pensais que vous faisiez ceci… l'épouser… pour vous assurer qu'elle n'ait pas à le faire.

Par-dessus son épaule, elle regarda le nouvel époux de Christina.

— Me dites-vous que ce n'est pas la raison pour laquelle vous avez accepté de l'épouser ?

Christina ferma les yeux. Écartelée par des émotions contraires, elle ne savait pas quoi faire.

— C'est ce que j'ai cru au début, admit-elle enfin avant de regarder à nouveau sa mère en face. À présent, je n'en suis pas certaine.

Un sourire plein d'espoir illumina le visage de sa mère.

— Avez-vous fini par avoir des sentiments pour lui ? Est-ce possible ?

Christina baissa la tête.

— Ce n'est pas seulement possible. C'est hautement probable.

À sa surprise, sa mère l'étreignit en poussant un sanglot de soulagement.

— Oh, je suis extrêmement contente pour vous, mon enfant. Vous ne savez pas à quel point je me suis inquiétée pour votre bonheur.

Christina étreignit sa mère et se détendit un peu.

La libérant, sa mère fit un pas en arrière, mais ne lui lâcha pas les mains.

— Alors pourquoi vous inquiétez-vous ? Si vous avez des sentiments pour lui, vous serez certainement heureuse.

Ses yeux bleus scrutèrent le visage de Christina. Ils exprimaient son incompréhension.

— C'est un homme bon.

Le pli qui barrait le front de sa mère s'approfondit.

— Est-ce un problème ?

— Il aurait aussi fait un bon mari pour Sarah.

Christina secoua la tête alors qu'une autre vague de culpabilité s'abattait sur elle.

— À présent, elle court à nouveau le risque d'être mariée de force… à n'importe qui. Quoi qu'il lui arrive, ce sera ma faute !

Des larmes lui brûlèrent les yeux et elle les chassa rapidement d'un clignement de paupières.

Sa mère ouvrit de grands yeux puis elle serra à nouveau sa fille contre elle pour l'apaiser.

— Oh, ma chère Chris, ne pensez pas une chose pareille. Vous...

Christina s'écarta d'elle.

— Mais c'est la vérité ! Je sais que c'est vrai.

Elle secoua la tête et fit un pas en arrière, incapable de discuter plus avant de la question, consciente que si elle le faisait, elle se briserait en mille morceaux. Christina ne s'était jamais sentie aussi impuissante et pourtant aussi égoïste tout à la fois.

— Il est temps pour nous de partir, à présent, dit Christina à sa mère avant de jeter un regard à son mari à travers la pièce.

Il lui rendit un regard qui lui fit penser qu'il savait ce qu'elle ressentait.

— Il est temps de partir, répéta-t-elle.

Soudain, Christina sentit qu'elle ne pourrait pas tolérer les regards inquisiteurs de sa famille une seconde de plus. Ils la connaissaient trop bien. D'ailleurs, elle n'aurait jamais pensé que posséder une famille aimante puisse avoir le moindre inconvénient – une famille qui s'intéressait à sa vie ; une famille qui voyait ce qu'elle ressentait –, mais présentement, c'était le cas.

Elle avait besoin de s'éclipser.

— Je suppose qu'il est temps pour nous de partir, ma chère, prononça soudain la voix de son mari derrière son épaule.

Elle sentit ses doigts lui toucher le coude, exigeant qu'elle se tourne pour le regarder.

Christina hocha la tête. Elle se demanda s'il n'aurait pas deviné ce dont elle avait besoin. Levant les yeux vers lui, elle vit qu'il la scrutait avec inquiétude.

Inquiétude et... confusion.

Il ignorait ce qui lui avait donné envie de s'enfuir et pourtant, il avait répondu à son impulsion sans la moindre hésitation. Cela ne fit qu'accroître son attirance pour lui, ce qui était tout autant une bénédiction qu'une malédiction. Se sentirait-elle éternellement déchirée à son propos ?

Sa famille avait beau hésiter à la laisser partir, Christina insista. Des au revoir furent échangés et des félicitations répétées avant que les nouveaux mariés ne franchissent le seuil, descendent sur le trottoir et se dirigent vers l'endroit où la calèche attendait… pour les ramener à la maison.

À la maison.

Avant de monter dans le véhicule, Christina se tourna et regarda la maison qu'elle avait considérée comme la sienne durant toute sa vie. Serait-ce étrange de vivre ailleurs à présent ? Finirait-elle par considérer une autre demeure comme son foyer ? Pour le moment, elle ne parvenait pas à se le représenter.

— C'est étrange, n'est-ce pas ? dit Thorne à côté d'elle.

Il avait quelque chose d'entendu dans la voix comme s'il la comprenait parfaitement.

— Certains endroits ne comptent pas et d'autres nous dérobent notre cœur.

Le regard de Leonora passa de son ancienne maison à son nouveau mari.

— Avez-vous déjà quitté un endroit que vous considériez comme chez vous ?

Il garda le silence pendant un moment puis secoua lentement la tête.

— Pas comme vous êtes en train de le faire.

Il soutint son regard pendant un moment supplémentaire avant de lui tendre la main.

Christina la prit et l'autorisa à l'aider à grimper dans la calèche, étrangement soulagée de ne pas devoir affronter seule ce nouveau chapitre de sa vie. Sauf que… Thorne restait quasiment un inconnu pour elle, n'est-ce pas ? Alors pourquoi sa simple présence paraissait-elle calmer sa nervosité et rassurer son cœur ?

C'était la fin de l'après-midi quand la calèche descendit la rue qui menait à la maison de location de son époux. Christina ne pouvait s'empêcher de se demander s'ils resteraient en ville plus longtemps.

Jusque-là, elle n'avait pas interrogé Thorne sur ses intentions. Dans combien de temps insisterait-il pour retourner à Manchester ? De combien de temps aurait-il besoin afin de mettre de l'ordre dans ses affaires londoniennes ?

— À quoi songez-vous ? lui demanda-t-il, brisant le silence qui pesait sur la calèche.

Il s'assit en face d'elle, l'observant avec un mélange d'appréhension et de curiosité. Ressentait-il la même chose ?

Christina poussa un soupir et se cala contre le dossier de son siège pour le regarder.

— Je n'en suis pas sûre. J'ai tant de choses à l'esprit que j'ai du mal à me concentrer sur une seule.

Son mari hocha la tête.

— Je connais cette sensation.

— Vraiment ?

Christina le considéra avec un froncement de sourcils, se demandant combien de facettes de son mari il lui restait à découvrir.

— Est-ce si étrange ? demanda-t-il avec un petit rire. La vie est faite de tant de choses qu'il serait arrogant de s'attendre à ce qu'elles s'alignent bien correctement et ne déboulent pas toutes en même temps.

Christina sentit qu'elle lui souriait.

— Et que faites-vous quand la vie vous assaille de tous les côtés ?

— Je fais de mon mieux pour ne pas me laisser déborder, répondit-il en haussant les épaules.

— Et vous y parvenez ?

Il refit le même geste.

— Parfois.

Puis il la transperça du regard comme s'il avait deviné qu'elle avait une autre question.

— Et que faites-vous quand la vie vous joue un mauvais tour ? Alors quoi ?

Christina n'en avait encore jamais fait l'expérience. Certes, cette nuit-là, tant d'années auparavant, quand sa tante était venue à Whickerton Grove, sa vie avait été... secouée. Pourtant, cela ne l'avait pas terrassée, pas comme les événements menaçaient de le faire à présent.

Thorne soutint son regard puis se pencha en avant et posa les coudes sur les genoux.

— Je me relève. Que peut-on faire d'autre ? Bien entendu, je suppose qu'on pourrait rester à terre et attendre la mort.

Il afficha lentement un sourire.

— Toutefois, j'ai toujours trouvé que ce n'était pas un moyen très efficace pour affronter la vie.

Souriant toujours, Christina le regarda d'un air pensif, s'interrogeant sur l'homme qu'elle avait épousé.

— Et maintenant ? Quels sont vos projets ? Quand allez-vous… ?

Elle déglutit.

— Quand allons-nous retourner à Manchester ?

Son mari ouvrit la bouche pour répondre, mais c'est le moment que choisit la calèche pour s'arrêter.

— Nous sommes arrivés, Monsieur, s'exclama le cocher depuis son banc.

Christina poussa un profond soupir et suivit son mari à l'extérieur, acceptant son bras alors qu'elle levait la tête vers sa nouvelle demeure, quoique temporaire.

Cela ressemblait à une maison comme tant d'autres. Finirait-elle par la percevoir autrement ?

— Et si nous entrions ? demanda Thorne qui la regarda à nouveau dans les yeux avec son air habituel, légèrement déroutant.

Christina hocha la tête et lui permit de l'escorter à l'intérieur. Il la présenta rapidement à son personnel avant de l'accompagner à l'étage. Christina fut quelque peu surprise, car elle s'était attendue à être guidée jusqu'à sa chambre par une bonne ou peut-être même la gouvernante. La désarçonnant encore davantage, son mari la suivit dans ses appartements puis referma la porte.

— Que faites-vous ? demanda-t-elle, incapable de se retenir de faire un pas en arrière. Les époux sont censés…

Elle s'interrompit quand elle sentit ses joues s'embraser.

Thorne lui adressa un sourire entendu.

— Que sont-ils censés faire ? demanda-t-il d'un ton taquin tout en s'approchant lentement d'elle.

Christina carra les épaules, faisant de son mieux pour ignorer la chaleur palpitante qui remonta lentement le long de son cou.

— Les maris sont censés donner à leur épouse du temps pour… se préparer.

Oh, non ! Sa voix avait-elle réellement tremblé sur le dernier mot ?

Le sourire de ce maudit homme s'élargit encore plus.

— Se préparer à quoi ?

— Comme si vous ne le saviez pas ! souffla Christina, ses mains remontant se poser sur ses hanches. Ne me taquinez pas ! C'est malpoli, discourtois et…

Il s'arrêta à moins d'un mètre d'elle.

— Je pense qu'on a déjà établi que je ne suis pas un gentleman.

Il haussa des sourcils défiants et baissa les yeux vers elle.

— Vous n'avez pas besoin d'avoir peur. Oui, je vous taquine, mais c'est tout.

L'humour disparut de ses traits et fut remplacé par quelque chose de très sincère, quelque chose qui dissipa immédiatement les palpitations nerveuses dans le ventre de Christina.

— Alors pourquoi êtes-vous entré ? demanda-t-elle en le regardant avec attention.

Elle voulait lui faire confiance. Elle voulait un mariage comme celui de ses parents, de ses sœurs. Elle avait cependant déjà vu des femmes attendre leur mariage avec impatience et changer de point de vue après. Parfois, cela poussait Christina à s'interroger sur l'honnêteté des hommes pendant leur cour et sur le nombre de femmes qui se retrouvaient mariées à un inconnu qui ne ressemblait pas à celui qu'elles croyaient avoir épousé.

— Vous semblez affolée, répondit simplement Thorne. J'attendais d'avoir un moment pour vous parler, pour vous poser la question. Qu'est-ce qui vous turlupine ? Quelque chose vous inquiète-t-il ?

Il observa à nouveau son visage en soutenant son regard.

Christina savait qu'elle ne pouvait pas lui dire la vérité, car alors, il saurait. Il saurait que bêtement, elle avait fini par avoir des sentiments pour lui, alors que leur mariage n'était qu'un contrat d'affaires. Certes, il l'appréciait. Il la trouvait peut-être amusante et attirante, mais avait-il des sentiments pour elle ? Les mêmes que ceux qu'elle commençait à ressentir pour lui ?

Christina en doutait.

— Je me demandais dans combien de temps je devrai dire au revoir à ma famille, dit-elle avec une boule dans la gorge. Quand avez-vous l'intention de rentrer à Manchester ?

Il lui adressa lentement un sourire plein d'enthousiasme.

— Je n'ai aucune intention de retourner à Manchester.

Pendant quelques secondes, Christina crut l'avoir mal entendu. Pourtant, il continuait à sourire et la regardait, dans l'expectative.

— Ah non ?

Il secoua la tête et lui prit les mains. Sa peau était chaude contre la sienne et elle inspira lentement alors que cet étrange frisson dévalait à nouveau son épine dorsale.

— Je sais à quel point vous êtes proche de votre famille, expliqua Thorne qui lui tenait toujours les mains. Je n'ai aucune envie de vous séparer d'eux. Pendant la saison, je suppose qu'on pourra rester à Londres. J'ai quelqu'un pour superviser l'usine de coton à Manchester.

— Et à la fin de la saison ? demanda Christina qui sentit son pouls s'accélérer, car ce moment arriverait dans seulement quelques semaines.

Il resserra les mains sur les siennes et son sourire parut s'élargir.

— J'ai acheté un domaine à moins d'une journée à cheval de Whickerton Grove. J'espère qu'il vous plaira.

Braqués sur elle, ses yeux étaient écarquillés, pleins du même enthousiasme qu'avant, attendant, espérant.

Christina leva les yeux vers lui, perdant momentanément ses mots le temps d'absorber ceux de son mari dans son esprit et son cœur.

— Vous avez fait cela ? Pour moi ?

Profondément touchée et bouleversée par sa prévenance, elle sentit les larmes lui monter aux yeux.

— Pourquoi ?

Ces mots lui échappèrent malgré elle. Elle avait l'habitude de remettre en doute tout ce qui lui arrivait de positif dans sa vie.

Il afficha un rictus moqueur tandis que ses yeux se plissaient légèrement.

— Me dites-vous que cela vous déplaît ?

Christina poussa un petit rire ; elle ne parvint pas à s'en empêcher.

— Non. Je suis surprise, c'est tout.

— Pensiez-vous que je n'étais pas prévenant ?

Christina essaya de lui retirer ses mains, mais il ne voulait pas la lâcher.

— Je sais que vous pouvez être prévenant, admit-elle librement. Toutefois, il est rare que les maris soient *aussi* prévenants.

Thorne se pencha plus près, lui saisit les mains plus fermement et l'attira vers lui.

— Les maris ? demanda-t-il dans un murmure rauque. Ou bien les gentlemen ?

Christina sentit sa respiration s'accélérer au fil de son approche.

— Voulez-vous insinuer qu'il y a des avantages à ne pas être un gentleman ?

Il lui sourit.

— Je suis content que vous ayez compris si facilement ce que je voulais dire. Cela est de bon augure pour nous.

Ses mains lâchèrent enfin les siennes, mais seulement pour remonter le long de ses bras avant de se poser sur son dos, la serrant encore plus fort contre lui.

Christina leva les yeux vers son époux. Elle se sentait soudain audacieuse et... oui, intrépide. N'avait-il pas déjà utilisé ce mot pour la décrire ?

— Désirez-vous un mariage heureux, *Monsieur* ?

Il baissa la tête vers elle.

— Absolument, murmura-t-il.

Elle sentit son souffle sur ses lèvres, une bouffée de chaleur, et encore une fois, ses genoux tremblèrent comme s'ils n'étaient plus capables de la soutenir.

— Avez-vous l'intention de prendre des libertés, Monsieur ? le taquina-t-elle en s'émerveillant de la facilité avec laquelle ces mots quittèrent ses lèvres.

Son mari poussa un petit rire alors que son regard s'égarait vers la bouche de son épouse, si fâcheusement proche de la sienne.

— Seraient-ce vraiment des libertés puisque nous sommes mariés ?

Christina avait envie qu'il l'embrasse. Pourtant, elle ne put se retenir.

— Pensez-vous donc que votre femme doit se soumettre aux désirs de son mari, quoi qu'elle ressente ?

Il leva les yeux au ciel d'une façon légèrement exaspérée et poussa un petit rire.

— Êtes-vous déterminée à déformer mes paroles pour le reste de notre mariage ?

Christina lui adressa un grand sourire.

— Je dois admettre que c'est une suggestion tentante.

Il lui rendit son sourire puis redevint sérieux. Il garda les yeux braqués sur elle tandis qu'une fois de plus, sa main gauche se glissa dans ses cheveux comme il l'avait fait la veille.

— Je ne prendrai jamais rien sans consentement.

La sincérité brillait dans ses yeux et Christina eut envie de l'entendre à nouveau.

— Jamais ?

— Jamais, jura-t-il en la serrant contre lui. Vous avez ma parole.

Il colla son front contre celui de Christina qui sentit son souffle sur ses lèvres.

— Faites-moi confiance, Chris. Je ne vous ferai jamais de mal. Jamais. Je ne suis pas celui que vous pensez.

Christina savait qu'il disait vrai. Elle avait bel et bien dérobé un mari fantastique à Sarah. Cette pensée fut comme un coup de poignard en plein cœur et la souffrance soudaine que cela lui provoqua faillit lui tirer un grognement. Elle se sentait attirée vers cet endroit sombre qu'elle avait visité si souvent au cours des quelques jours précédents.

Toutefois, avant qu'elle ne puisse succomber à cet appel, quelque chose de furieux rugit au plus profond d'elle. *Non !* La culpabilité, la honte et le regret n'avaient pas leur place ici ! Pas ce soir !

Sans réfléchir, Christina se hissa sur la pointe des pieds et réclama son premier baiser en tant qu'épouse.

Sans surprise, son mari n'eut besoin d'aucune persuasion. Il répondit à son baiser avec la même passion bouillonnante qu'elle. Elle sentit une des mains de Thorne derrière sa nuque alors que l'autre demeurait sur ses reins. Le cœur de son époux martelait aussi vite que le sien, un battement léger mais puissant contre sa cage thoracique.

Thorne mordilla sa lèvre inférieure puis il approfondit leur baiser alors que ses mains glissaient le long de son dos. Elle sentit un léger tiraillement, puis un autre, avant de réaliser enfin qu'il lui défaisait ses lacets.

Christina avait beau déborder d'une curiosité qui lui intimait de le laisser faire, quelque part dans un coin de son esprit, elle se remémora la conversation qu'elle avait eue avec ses sœurs à ce sujet deux semaines auparavant.

Selon la loi, Mr Sharpe aura tous les droits de consommer votre mariage pendant votre nuit de noces.

Il ne va pas me forcer.

Comment le sais-tu ? Vous ne faites pas un mariage d'amour et seul un mari qui aime sa femme est capable de la traiter avec la considération nécessaire.

— Attendez, murmura Christina en s'écartant.

Elle le regarda en respirant fort puis secoua lentement la tête.

— Je ne peux pas.

Il fronça légèrement les sourcils et elle discerna dans son regard une certaine déception.

— Vous ne pouvez pas ? demanda-t-il alors que ses mains la ramenaient vers lui. Vous en êtes certaine ?

Il baissa davantage la tête pour déposer un bref baiser sur ses lèvres.

Une fois encore, Christina s'écarta. Un doute s'attardait. Elle voulait lui accorder sa confiance, mais la vérité était qu'il ne l'avait pas encore méritée... et elle avait besoin que ce soit le cas.

Elle exigeait que ce soit le cas.

Elle ne se sentirait jamais entièrement à l'aise avec lui, en sécurité, si elle n'avait pas la *certitude* qu'il respecterait ses désirs même s'ils étaient contraires aux siens.

— Pas ce soir, lui dit-elle en repoussant ses bras. Je ne peux pas.

Thorne inspira profondément.

— Êtes-vous certaine de n'être pas curieuse de faire directement l'expérience de ces *choses innommables* dont vous avez entendu parler ? sourit-il.

— Je *suis* curieuse, admit Christina qui retenait sa respiration, mais pas ce soir. C'est trop... trop tôt.

Pendant un moment, il se contenta de la regarder et elle n'était pas certaine de ce qu'il avait à l'esprit. Puis il soupira et lui sourit.

— Comme vous voulez, *ma chère*.

Christina sentit son corps tout entier se détendre alors que son mari faisait un pas en arrière. Il affichait toujours un sourire fâcheusement attendrissant. Il était capable de se comporter en gentleman s'il le souhaitait !

Toutefois, comme pour lui donner tort, il lui adressa un clin d'œil et demanda :

— Voulez-vous que je vous aide à vous délacer ? Je suppose que je pourrais vous donner un coup de main.

Avec un grand sourire, il leva les mains comme pour lui montrer qu'il ne présentait pas la moindre menace.

— C'est une simple proposition. Rien de plus.

Malgré elle, Christina lui rendit son sourire.

— Vous êtes vraiment un homme irritant.

— On me l'a déjà dit, rit-il. Très, très souvent.

Ne détournant pas les yeux d'elle, Thorne se rapprocha lentement de la porte qui séparait leurs chambres.

— Je dois pourtant dire, *mon épouse*, que cela n'a pas vraiment l'air de vous déranger.

Christina serra les dents pour se retenir de rire.

— Ah oui ? Pensez-vous honnêtement me connaître aussi bien ?

Son mari ouvrit la porte et s'arrêta sur le seuil.

— J'en apprends tous les jours à vos côtés. J'ai hâte de voir ce que demain nous apportera. Bonne nuit, Chris.

Encore une fois, il lui adressa un sourire exaspérant.

Décidant qu'il valait mieux l'ignorer, Christina voulut se détourner, mais elle s'arrêta quand elle vit qu'il la regardait toujours par-dessus son épaule.

— Puis-je vous demander une chose ? s'enquit-il avec un sourire prononcé. Ai-je réussi votre test ?

Christina eut envie de le gifler !

— Vous êtes vraiment l'homme le plus irritant que j'ai jamais rencontré !

— Vous ne cessez de me le répéter, rit-il.

— Parce que c'est la vérité. D'ailleurs, vous devenez de plus en plus irritant de jour en jour.

— Et cela vous plaît, répondit Thorne en souriant.

— Je déteste cela ! insista Christina.

Se surprenant à nouveau à poser les mains sur les hanches, elle fit de son mieux pour fusiller du regard son mari si impertinent.

— Continuez d'essayer de vous en convaincre, ricana-t-il avant de refermer la porte derrière lui.

Christina resta debout sans bouger, regardant la porte fermée et se demandant comment diable elle avait fini par se retrouver ici. En quelques semaines, sa vie avait changé de façon drastique et même si elle n'avait cessé de songer à tout ce que cela impliquait, une partie d'elle restait toujours incrédule.

Elle était mariée !

Elle était mariée à Mr Thorne Sharpe !

Elle était mariée à un homme… qu'elle commençait à aimer. Aussi irritant qu'il puisse être, il lui faisait également ressentir…

Existait-il un mot capable de décrire, véritablement et précisément, cette sensation de détachement magique ? Le sentiment qu'elle n'était pas entièrement là ? Qu'elle flottait et dérivait ? Comme sur un nuage ?

Inspirant profondément, elle se laissa tomber sur le tabouret devant sa nouvelle coiffeuse, le regard toujours braqué sur la porte par laquelle il venait de sortir. Oui, il avait honoré ses souhaits même s'ils avaient été contraires aux siens. C'était une sensation rassurante. Elle n'avait peut-être pas tort de lui faire confiance et de le croire quand il affirmait qu'il était sincère dans ses propos.

Seul un mari qui aime sa femme est capable de la traiter avec la considération nécessaire.

Encore une fois, les paroles de sa sœur résonnèrent dans son esprit et malgré tous ses efforts, Christina ne put retenir un sourire terriblement épris. Était-ce possible ? Lui avait-il témoigné de la considération parce qu'au moins une partie de lui avait fini par l'apprécier ? N'était-ce pas simplement une transaction commerciale pour lui, mais peut-être quelque chose de plus ?

Christina savait qu'*elle* voulait que cela devienne plus.

Mais seuls les jours à venir le diraient.

Elle espérait de tout son cœur qu'ils seraient heureux.

CHAPITRE 27

DES ADIEUX TUMULTUEUX

Au moment où Thorne se réveilla le lendemain matin, son regard se déplaça immédiatement vers la porte qui reliait sa propre chambre à celle de sa femme. Il avait besoin de la voir et avait traversé la moitié de la pièce, sa main levée pour toquer, avant de se retenir. Il devrait peut-être lui accorder plus de temps seule afin qu'elle puisse s'installer. Il doutait qu'elle apprécierait qu'il déboule dans ses appartements tôt dans la matinée avant qu'elle n'ait eu l'occasion de s'habiller.

Il devait pourtant admettre que cette perspective était alléchante !

Cela dit, afin de donner tort à sa femme, Thorne se retint d'agir sur une impulsion et il s'habilla pour descendre prendre le petit-déjeuner. Toujours en proie à un certain malaise, il se prit à faire les cent pas dans le parloir du petit-déjeuner jusqu'à ce que la porte s'ouvre et que Christina entre.

— Bonjour, Chris, la salua-t-il, tirant une joie pure de cette façon simple de communiquer entre eux.

Peu importe ce qu'elle pensait honnêtement de lui, la beauté de leur union tenait au fait qu'ils étaient capables de se parler.

— Avez-vous bien dormi ?

Il ne put s'empêcher de lui adresser un clin d'œil, conscient que cela la contrarierait.

Enfin, non parce qu'elle serait vraiment contrariée, mais simplement parce qu'elle semblait *vouloir* être contrariée par lui.

Et il n'avait aucune intention de la décevoir.

— Oh, j'ai très bien dormi, répondit-elle en s'asseyant en face de lui. Vous ne vous asseyez pas en bout de table ?

Elle braqua alors le regard vers le siège vide qui aurait dû être le sien.

Tirant sa propre chaise, Thorne secoua la tête.

— J'ai décidé que non. J'ai pensé que ce serait plus agréable si on s'asseyait… plus près l'un de l'autre.

Il lui adressa un clin d'œil avant d'ajouter :

— Et je me suis dit que m'asseoir ici vous découragerait de choisir votre siège à l'autre bout de la table. Apparemment, mes prédictions étaient correctes.

Acceptant une tasse de thé, elle le dévisagea avec curiosité.

— Cela signifie-t-il qu'à présent, je vais devoir être sur mes gardes ? Vais-je être manipulée par mon propre mari ?

Il fit semblant de plisser le front.

— *Manipulée* est un mot si laid ! Je préfère voir ceci comme la preuve que je vous connais simplement mieux que vous voulez bien l'admettre.

Au lieu de répondre, Christina sirota son thé avec un regard calculateur comme si elle ajustait l'impression qu'elle avait de lui.

— Avez-vous quelque chose de prévu pour aujourd'hui ?

Thorne déglutit. Il espérait que la journée ne se terminerait pas par un désastre.

— Euh… oui.

Il prit sa propre tasse, savourant le liquide chaud qui roula sur sa langue.

— Comme je vous l'ai dit hier soir, j'ai acheté un nouveau domaine et j'aimerais beaucoup que vous le voyiez.

Christina marqua un temps d'arrêt.

— Vous voulez vous y rendre aujourd'hui ?

Elle plissa légèrement le front et il vit qu'elle le soupçonnait de cacher quelque chose.

Elle ne se trompait pas...

Thorne hocha la tête.

— Cela ne vous fait rien ? Bien entendu, si vous voulez, nous pourrons passer chez vos parents, dire au revoir à tout le monde et les inviter à nous rendre visite dès qu'ils le pourront.

Alors que les traits de Christina s'étaient tendus à la pensée de dire au revoir à sa famille, un petit sourire taquina les coins de sa bouche quand il parla de les inviter dans leur nouvelle maison.

— Cela ne vous ferait rien ?

Manifestement, il n'avait peut-être pas fini de passer son test.

— C'est votre famille et j'espère qu'un jour, ils me considéreront aussi comme un membre à part entière. Notre maison leur sera toujours ouverte.

Le petit sourire de Christina grandissait lentement alors qu'elle le regardait toujours, ses yeux bleus commençant à pétiller d'une façon qui lui réchauffait le cœur.

— Peut-être n'êtes-vous pas aussi mauvais que ce que j'avais cru, après tout, lui dit-elle avec un regard taquin.

— Je vais le prendre comme un compliment, lui dit Thorne, reconnaissant du sens plus profond de ces quelques mots simples.

Sa femme hocha la tête.

— Vous devriez. Oui, vraiment.

Alors que le personnel s'affairait à boucler leurs bagages dans la matinée, Thorne escorta sa nouvelle épouse jusqu'à sa résidence familiale. Ils avaient envoyé des messages au couple Barrington ainsi qu'aux Pemberton, leur demandant de les y retrouver aussi.

Aussi, toute la famille était-elle présente à leur arrivée.

Thorne avait profondément conscience du regard prudent que ses deux sœurs mariées braquèrent dans sa direction, leurs yeux s'attardant sur le visage de Christina avant de se poser sur lui. Il lut dans leurs yeux des interrogations qui trahissaient leur inquiétude et il espérait que Christina les rassurerait une fois qu'ils auraient l'occasion de se parler.

Lord Whickerton et son fils étaient tout aussi curieux de voir comment Christina avait vécu ces quelques dernières heures en tant que femme mariée. Ils furent moins directs dans leur approche, mais le frère de Christina lui adressa à nouveau une mise en garde plus gentiment tournée.

Mais une mise en garde quand même…

Conscient que leur hostilité à son égard et leur suspicion provenaient d'un amour profond pour Christina, Thorne n'était pas véritablement offensé. Ce qu'il avait vu était de la loyauté et de la dévotion, des traits de caractère rares dans ce monde et ainsi, encore plus précieux. Il le savait parce qu'il n'arrivait pas à se souvenir que quelqu'un l'ait jamais soutenu comme la famille de Christina le faisait pour elle.

— Avant que tu ne partes, dit Harriet à Christina avec des yeux légèrement voilés de larmes, j'ai quelque chose à te donner. J'espère que ça va te faire sourire et que ça t'aidera à te souvenir de moi.

Elle se glissa rapidement hors du salon et dans le couloir avant de réapparaître un instant plus tard. Dans la main, elle tenait une cage qui contenait un perroquet aux plumes légèrement ébouriffées.

— Oh, tu n'es pas sérieuse ! s'exclama Christina à la seconde où ses yeux tombèrent sur l'oiseau. Tu plaisantes !

Levant les mains comme pour se défendre, elle recula.

Les sourcils froncés, Thorne regarda successivement Harriet et le perroquet.

— Vous n'aimez pas les oiseaux ? s'enquit-il prudemment, décelant un sens profond derrière ce cadeau plutôt inattendu.

Christina le regarda.

— Je n'aime pas *cet* oiseau-là !

— Pourquoi ?

Complètement incrédule, elle en resta bouche bée, comme si la raison devait être évidente. Il voyait qu'elle cherchait les mots pour s'expliquer, sans en trouver un seul qui aurait fait justice à ses objections.

— Son nom est Messire Arthur, expliqua Harriet en s'avançant dans la pièce, tendant la cage à Christina.

Elle braqua le regard sur Thorne quand elle se rendit compte que son aînée n'allait pas accepter son cadeau.

— C'est un ami très loyal et attentif, et il te fera sourire quand tu en auras le plus besoin.

Avec un autre regard à Christina, elle se tourna vers Thorne et lui tendit la cage.

— Je vous en prie, prenez-le. Je sais que vous vous en occuperez bien jusqu'à ce que je vienne vous rendre visite.

Sans adresser un regard supplémentaire à son épouse furieuse, Thorne prit enfin la cage tout en se demandant si elle le retiendrait contre lui.

— Je vous remercie pour votre... gentillesse, Lady Harriet.

Il regarda le perroquet ébouriffé. Ses plumes rouge rubis brillaient et ses grands yeux observaient tous ceux qui s'amassaient autour de lui.

— Messire Arthur, marmonna Thorne d'un ton incrédule. Quel nom... approprié.

— Oui, c'est ce que je me suis dit aussi, répondit Harriet en battant des mains.

Thorne s'apprêtait à répondre quand soudain, le perroquet s'étira et tourna la tête.

— *Joli oiseau. Joli oiseau.*

Il faillit laisser tomber la cage.

— Il parle ?

— Oui, répondit Harriet qui hocha la tête avec enthousiasme. Il est très intelligent.

Regardant la famille de sa femme, Thorne décela une hilarité contenue sur quasiment tous les visages. Apparemment, l'oiseau et la dévotion que lui vouait lady Harriet étaient un sujet considérablement débattu. Si la jeune femme semblait véritablement l'adorer, sa famille considérait apparemment l'oiseau comme une nuisance ou du moins, une source d'amusement bienvenue.

Thorne se tourna vers sa belle-sœur.

— Merci, Lady Harriet, pour ce cadeau aussi extraordinaire. Je vois qu'il compte beaucoup pour vous et je vous jure qu'on s'occupera bien de lui.

De nouvelles larmes envahirent les yeux de Harriet qui déglutit fort.

— Merci, sanglota-t-elle. Merci beaucoup.

Se tournant pour regarder sa femme, Thorne vit que Christina venait enfin de comprendre la signification du cadeau de sa cadette. Si Christina n'aimait pas l'oiseau, lady Harriet lui cédait visiblement un ami cher, exprimant ainsi clairement tout ce que sa sœur représentait pour elle et à quel point celle-ci allait lui manquer.

Les joues maculées de larmes, les deux sœurs s'étreignirent.

— Tu sais que je ne supporte pas cet oiseau, murmura Christina qui s'écarta pour essuyer les larmes du visage de sa petite sœur. Toutefois, je suis contente que tu ne m'aies pas offert le crapaud.

Lady Harriet éclata de rire, imitée par tout le monde. Comme s'il ne souhaitait pas être exclu, le perroquet releva brusquement la tête.

— *Le crapaud. Le crapaud*, piailla Messire Arthur avec une expression sérieuse sur son visage emplumé.

Thorne sourit.

— Je crois qu'il me plaît.

Malheureusement, cette affirmation lui valut un regard quelque peu incrédule de la part de son épouse.

Après une demi-heure supplémentaire d'étreintes larmoyantes et de vœux de bonheur sincères, Thorne escorta enfin sa femme jusqu'à la calèche. À la grande consternation de cette dernière, il installa le perroquet à côté de lui puis ils se tournèrent tous les deux pour adresser de grands signes aux Whickerton alors que le véhicule s'élançait dans la rue.

Après le premier virage, Christina se cala enfin contre la banquette et tourna le regard vers leur compagnon de route.

— Je n'arrive pas à croire qu'elle m'ait fait prendre l'oiseau.

Thorne ricana.

— Elle avait visiblement de bonnes intentions. Il est évident qu'elle adore Messire Arthur.

Sa femme leva les yeux au ciel.

— Êtes-vous forcé de l'appeler ainsi ?

Thorne haussa les épaules.

— C'est son nom. Qu'avez-vous contre ?

— C'est un nom si ridicule pour un volatile !

— Alors comment voulez-vous l'appeler ?

Thorne et l'oiseau se dévisageaient avec un intérêt mutuel.

— Quel nom donner à un perroquet ?

— Je ne sais pas, dit Christina qui leva les mains au ciel. Biscuit ? Apparemment, la seule chose qu'avale ce maudit animal, ce sont des biscuits aux amandes.

Elle se pencha en avant sur son siège et brandit l'index d'un air sérieux.

— Mais attention : s'ils sont juste un peu trop brunis, il refuse d'y toucher !

Levant encore une fois les mains au ciel, elle se cala à nouveau contre le dossier de la banquette.

Messire Arthur tourna la tête d'un côté puis de l'autre et observa Christina en plissant curieusement le front.

— *Biscuit !* piailla-t-il. *Biscuit !*

Thorne éclata de rire.

— Vous avez peut-être raison. Nous devrions peut-être lui donner un autre nom. Pensez-vous que cela dérangera votre sœur ? demanda-t-il en coulant un regard à sa femme.

— Vous voulez vraiment l'appeler Biscuit ? Je plaisantais.

Thorne haussa les épaules.

— Je ne peux m'empêcher de penser que ce nom lui plaît. Il se sent peut-être incompris.

— C'est un oiseau ! Il ne peut pas se sentir inc...

— *Biscuit ! Biscuit !*

— Voilà la réponse ! rit Thorne. Je crois qu'il aime bien *Biscuit*.

Christina s'affaissa contre le dossier de la banquette.

— Très bien. Si vous insistez.

Elle lui adressa un regard entendu.

— Vous êtes responsable de lui. Je ne nourrirai pas cette chose.

Croisant les jambes aux chevilles, Thorne la dévisagea avec curiosité.

— Pourquoi vous déplaît-il autant ?

— Vous ne l'aimeriez pas non plus si vous aviez dû vivre avec lui ces dernières semaines.

Poussant un soupir légèrement épuisé, elle ferma brièvement les yeux.

— Bien sûr, Harriet ne le gardait pas toute la journée en cage. Après tout, un oiseau a besoin d'étendre ses ailes. Mais pour des raisons qui me restent inconnues, ce maudit oiseau se retrouvait constamment dans ma chambre.

Elle se rassit et le regarda, légèrement bouche bée. Encore une fois, elle ne savait pas quoi dire alors qu'elle se remémorait certainement le chaos que Biscuit avait fait régner dans ses appartements.

— Il met des plumes partout ! Honnêtement, ce satané oiseau devrait être chauve. Comment fait-il pour en avoir encore ? Il a réduit en lambeaux ma plus jolie robe puis il a détruit mes…

Elle s'interrompit abruptement puis serra les dents et détourna les yeux comme si elle s'était apprêtée à dire quelque chose qu'elle ne voulait pas qu'il sache.

Thorne fronça les sourcils.

— Qu'a-t-il détruit ?

— Rien, soupira Christina en secouant la tête. Ce n'était rien.

Elle lui adressa un sourire forcé puis se tourna pour regarder par la fenêtre.

Thorne avait envie de l'interroger, de la pousser à fournir de plus amples informations, mais il n'en fit rien. Il voyait à la façon dont elle s'était détournée qu'elle ne lui dirait plus rien. Clairement, ce qui s'était passé l'avait profondément contrariée. Pourtant, Thorne ne s'imaginait pas ce que l'oiseau avait pu détruire pour cimenter à ce point l'opinion que Christina avait de lui.

Elle avait dû beaucoup y tenir.

Mais qu'était-ce donc ?

CHAPITRE 28

PINEWOOD MANOR

Ils ne s'adressèrent guère la parole pour le reste de la journée. Déterminée à ignorer non seulement l'oiseau, mais également son mari, Christina continua de regarder par la fenêtre alors que la calèche poursuivait sa route. Elle n'était pas vraiment en colère contre lui, mais ses questions l'avaient éprouvée. Elle ne pouvait s'empêcher de songer à Tante Francine et à ce que cette dernière avait dû abandonner afin de poursuivre sa passion.

Christina savait qu'elle ne pourrait jamais faire une telle chose, aussi avait-elle décidé voilà longtemps de s'adonner à sa passion en secret. Bien entendu, ses sœurs savaient qu'elle adorait écrire des histoires. Pourtant, son mari ne comprendrait pas, n'est-ce pas ?

À la nuit tombée, ils s'arrêtèrent dans une auberge et Christina fut soulagée de voir que Thorne leur avait loué deux chambres. Malheureusement, il ne déposa pas la cage de ce maudit oiseau dans sa propre chambre, mais dans celle de Christina.

— Que voulez-vous que j'en fasse ? demanda-t-elle en tapant du pied d'un geste contrarié.

Elle savait parfaitement que sa réaction était excessive, mais en ce qui concernait cet oiseau, elle ne pouvait pas s'en empêcher. Pourquoi diable Harriet avait-elle insisté pour qu'elle le prenne ? Sa petite sœur faisait-elle de son mieux pour détruire son mariage avant qu'il n'ait véritablement commencé ?

Offrant un biscuit à l'oiseau, Thorne lui adressa alors un sourire.

— Je ne sais pas, dit-il en haussant les épaules. Parlez-lui, peut-être.

Il s'approcha pour la scruter du regard.

— Ou bien parlez-moi.

Christina évita son regard, craignant qu'il n'en devine trop.

— À quel propos ? Il n'y a rien à dire. Je n'ai jamais aimé les animaux de ma sœur et elle le sait.

Il la prit par les épaules, de façon à la fois chaleureuse et taquine.

— Quelque chose vous pèse, murmura-t-il en scrutant à nouveau ses prunelles. Je le vois. Dites-le-moi et je vous écouterai.

Christina secoua la tête et essaya de sortir de son étreinte, mais il conservait les mains sur ses épaules afin de la tenir en place.

— Vous pouvez me faire confiance, murmura son mari.

Cette fois, elle le regarda.

— Je peux ?

Il plissa légèrement les paupières comme si cette question le prenait par surprise.

— Oui, vous pouvez. Si quelque chose vous dérange, faites-m'en part. N'est-ce pas à cela que sert la famille ? À voir la vôtre, je sais que c'est vrai. Vous aussi.

Christina ne pouvait pas dénier que ses paroles lui plaisaient. Elle voulait lui faire confiance et elle se doutait qu'une partie d'elle le faisait déjà. Simplement, c'était un secret qu'elle avait gardé pendant longtemps, un secret qu'elle n'avait jamais eu l'intention de révéler à qui que ce soit hors de son cercle familial. Il était pesant et elle craignait qu'il ne l'écrase sous son poids.

— Je suis fatiguée, dit-elle enfin avec un sourire. J'ai envie d'aller me coucher.

Elle regrettait d'avoir été incapable de répondre à sa question. Il avait eu l'air si honnête et pourtant, par le passé, Tante Francine avait probablement aussi cru la même chose de son mari.

Elle avait alors découvert qu'elle s'était gravement trompée.

Il retira les mains de ses épaules. Toutefois, quand elle se détourna, il lui prit la main pour la rapprocher davantage de lui. Puis il passa les bras autour de sa taille, lui rappelant la veille au soir.

— Que faites-vous ? demanda Christina en s'efforçant de ne pas succomber à l'attirance *inattendue* à laquelle elle commençait lentement à *s'attendre* chaque fois qu'il s'approchait d'elle.

Son mari baissa légèrement la tête pour la regarder dans les yeux.

— Ne faites pas semblant de ne pas le savoir.

Il lui prit le menton et lui fit lever la tête.

— Puis-je vous embrasser ?

Christina savait quelle réponse elle désirait lui fournir, mais elle se demandait si c'était sage. La journée lui avait apporté de nombreux défis émotionnels. Elle se sentait au bord des larmes chaque fois qu'elle songeait aux adieux avec sa famille. Il serait peut-être plus sage de...

— *Vous embrasser ! Vous embrasser !* piailla soudain le maudit volatile.

Pendant une seconde, ils se tendirent comme si on avait tiré un coup de feu tout près d'eux, puis son mari se mit à rire.

— Je dois dire que cet oiseau me plaît. Il a l'air d'être particulièrement intuitif.

Christina lui donna une claque sur le bras.

— Oh, vous dites simplement cela parce que vous avez envie de m'embrasser.

— J'avoue, répondit Thorne sans la moindre hésitation.

Il lui adressa un regard pénétrant et passa un bras autour d'elle pour la serrer davantage contre lui.

— Oh, très bien, soupira Christina. Mais seulement un baiser. Rien de plus.

Il ricana et abaissa lentement sa tête vers la sienne.

— Ne faites pas semblant de ne pas en avoir autant envie que moi.

— Non, insista Christina d'une voix qui résonnait d'hypocrisie même à ses propres oreilles.

— Si.

— Non.

— Si, vous...

— Oh, allez-vous m'embrasser, oui ou non ? lâcha-t-elle en levant les mains pour le tirer vers elle.

— J'en serais ravi, murmura Thorne contre ses lèvres.

— *M'embrasser ! M'embrasser !* piailla à nouveau l'oiseau.

Ils éclatèrent tous les deux de rire.

— Apparemment, cet oiseau ne répète que les choses les plus importantes dans la vie, fit remarquer Thorne en jetant un bref regard à l'animal en question. Tu es gentil, Biscuit.

— Nous n'allons quand même pas l'appeler Bisc… ?

La question de Christina fut interrompue quand la bouche de son époux se plaqua sur la sienne.

Instantanément, tout le reste disparut. Toute la tristesse de ses adieux à sa famille ; toute son irritation contre l'oiseau ; toute l'incertitude qui subsistait dans son cœur.

Elle sentit ses genoux se liquéfier et se laissa aller dans les bras de son mari, lui permettant de l'embrasser comme il le désirait. Comme la veille. Comme elle espérait qu'il le ferait durant toutes leurs journées à venir.

Levant la tête, Thorne baissa les yeux vers elle avant de lui donner un autre petit baiser.

— J'aime vous embrasser, murmura-t-il avant de baisser à nouveau la tête.

— *Un baiser ! Un baiser !* piailla Biscuit. *Rien de plus ! Rien de plus !*

S'immobilisant, Thorne ferma les yeux avant qu'un sourire ne s'empare lentement de son visage, lui donnant un air incrédule.

Christina éclata de rire. Oui, elle n'aurait pas été opposée à un autre baiser. Loin de là. Toutefois, elle aimait encore plus lire le désir dans les yeux de son mari.

— Je ne l'aurais pas mieux formulé, fit-elle remarquer en faisant de son mieux pour conserver une expression sérieuse.

Toutefois, elle fut incapable de réprimer son propre sourire.

Thorne leva les yeux et fusilla l'oiseau du regard.

— Et après tout ce que j'ai fait pour vous, voilà que vous me donnez un coup de couteau dans le dos ?

Il secoua la tête et braqua à nouveau le regard vers elle.

— Et vous ? Appréciez-vous soudain cet oiseau ?

Tout sourire, Christina haussa les épaules.

— Que puis-je dire ? Je suppose qu'il n'est pas aussi terrible que je l'avais cru.

Thorne se pinça le menton.

— Je me rappelle que vous m'avez dit quelque chose de similaire il n'y a pas très longtemps.

Christina haussa les épaules.

— Je pèse tous mes propos.

Elle leva les yeux vers lui, soutenant son regard, le mettant au défi de…

De quoi ?

Elle n'en était pas certaine.

Avec un long soupir, Thorne la lâcha lentement. Il fit un pas en arrière et regarda à nouveau l'animal.

— Je vais vous laisser, alors, dit-il avec un sourire. Jusqu'à demain.

Alors que la porte se refermait derrière lui, Christina ne put s'empêcher de ressentir un pincement de regret. Elle avait voulu qu'il reste, mais aussi qu'il s'en aille. Il avait respecté son souhait, mais en vérité, elle aurait bien voulu un autre baiser. Cela dit, c'était mieux ainsi.

Dans le doute, un gentleman se comporterait toujours de façon honorable, n'est-ce pas ?

Christina marqua un temps d'arrêt, se souvenant des innombrables fois où elle avait dit à son mari qu'il n'était absolument *pas* un gentleman. Quand avait-elle commencé à le percevoir de la sorte ? Elle ne pouvait pas dénier qu'il possédait toutes les qualités les plus admirables chez un gentleman. Certes, ses origines étaient modestes, mais le respect et la considération qu'il témoignait aux autres auraient pu tromper n'importe qui.

Même elle.

Christina sourit parce qu'elle en était reconnaissante et cette nuit-là, elle dormit mieux qu'elle l'avait envisagé.

Le lendemain matin, leur voyage se poursuivit dans une meilleure atmosphère. Quelque part, cette aisance entre elle et son époux était revenue et même les cris de Biscuit n'avaient pas réussi à la déranger autant qu'avant. D'ailleurs, l'oiseau paraissait prendre son parti, répétant des mots et des phrases qui portaient plus préjudice à son époux qu'à elle.

Toutefois, quand la calèche s'arrêta enfin dans l'allée de Pinewood Manor, Christina ne put s'empêcher de penser que l'expression du visage de son mari trahissait une certaine appréhension. Il avait eu l'air si impatient de lui montrer la maison qu'il leur avait achetée ! À présent, pourtant, un nuage sombre semblait peser sur lui.

— Tout va bien ? demanda Christina tandis qu'il lui offrait son bras pour l'aider à descendre de la calèche. Vous semblez… éperdu.

Thorne inspira profondément puis croisa son regard.

— En vérité, il y a quelque chose dont j'ai besoin de vous entretenir. Je n'arrive tout simplement pas à trouver les mots ou le bon moment pour le faire.

Christina sentit quelque chose se contracter en elle, comme un nœud passé autour de son cou qui lui ôtait sa capacité à respirer. Était-ce ce à quoi elle s'était attendue ? Ce qu'elle avait craint de découvrir à propos de son mari ? En dépit de tous ses actes et ses propos, il y avait donc une partie de lui dont elle aurait dû se méfier ?

— Alors dites-le-moi tout de suite, le pria Christina, consciente que c'était toujours mieux que d'être laissée dans le noir.

Déglutissant, il hocha la tête puis se tourna vers elle et lui prit les mains.

— Je vous avais dit que je n'avais pas de famille. C'est vrai d'une certaine façon. Toutefois…

— D'une certaine façon ? l'interrompit Christina qui sentit le nœud se resserrer autour de son cou. Comment cela peut-il être vrai d'une certaine façon ?

Elle lui retira ses mains.

Quand elle battit en retraite, le visage de Thorne se décomposa, mais elle vit sa détermination à lui dire la vérité briller plus fort que jamais dans ses yeux.

— Il y a quelqu'un qui…

— Père ! Vous êtes revenu ! s'écria une voix enfantine enjouée qui rappela à Christina celle de Harriet, de nombreuses années dans le passé.

Choquée par le mot qu'elle venait d'entendre, Christina se tourna lentement vers l'entrée de la maison et vit une petite fille d'environ cinq ans descendre les marches et courir dans leur direction. Ses boucles blondes rebondissaient et ses yeux verts brillaient aussi fort que ceux de son père.

Regardant toujours la petite fille avec de grands yeux, Christina tituba en arrière jusqu'à ce que son dos se retrouve plaqué contre le côté de la calèche.

— Père ! C'est elle ? demanda la fillette en coulant un regard en coin à Christina avant de se jeter dans les bras de Thorne.

Celui-ci l'étreignit fort et la souleva dans les airs, lui faisant faire un tour complet avant de la reposer à terre.

— Sam, je veux vous présenter quelqu'un, dit Thorne à la fillette, une de ses petites mains toujours dans les siennes.

Puis il se redressa et tourna vers Christina un visage tendu. Malgré la joie et la facilité avec laquelle il conversait avec l'enfant, son appréhension était toujours manifeste. Que craignait-il qu'elle fasse ? Qu'elle retourne auprès de sa famille ? Qu'elle refuse d'accepter l'enfant ?

Toutes ces pensées coururent dans la tête de Christina et elle ne sut pas laquelle lui brisa le plus le cœur. Elle avait osé lui faire confiance – en dépit du bon sens, en dépit des rumeurs et des murmures qu'elle avait entendus – et à présent, elle se retrouvait le bec dans l'eau.

— Sam, dit son mari en escortant l'enfant vers elle, voici mon épouse, Christina.

Il baissa les yeux et sourit à la fillette avant de regarder à nouveau la jeune femme.

— Chris, voici ma… fille, Samantha.

— Ne m'appelez pas ainsi ! siffla Christina, ayant besoin de trouver une raison de s'en prendre à lui sans se confronter au véritable problème qui se dressait à présent entre eux. Après tout, l'enfant n'était pas responsable des mensonges de son père et elle ne dirait rien qui pourrait blesser la petite fille.

— Bienvenue à la maison, dit Samantha avec un sourire radieux qui serra encore plus douloureusement le cœur de Christina.

Serrant les dents, la jeune femme essaya de sourire à l'enfant, mais elle savait que l'expression de son visage n'était probablement qu'une grimace grotesque.

— Merci, parvint-elle seulement à dire avant de braquer à nouveau les yeux sur son mari, lui décochant un regard accusateur qu'il méritait totalement.

S'agenouillant près de l'enfant, Thorne lui prit les mains et la tourna vers lui.

— Sam, Christina a besoin d'un moment pour pouvoir se sentir à la maison. Le voyage a été long. Nous vous avons amené un ami.

Il se releva puis sortit la cage de la calèche.

— Voici Biscuit.

La fillette poussa des cris de joie et faillit se jeter sur la cage.

— Oh, Père ! Comme il est beau ! Peut-on vraiment le garder ?

Thorne hocha la tête et fit signe à une femme aux allures de gouvernante qui se tenait sur les marches et que Christina n'avait pas encore remarquée.

— Mrs Huxley, voulez-vous bien escorter Samantha à l'intérieur ?

La femme corpulente s'avança et, avec un regard quelque peu appréhensif, retira la cage des mains de son maître. Puis elle tendit l'autre main à l'enfant et toutes deux rentrèrent.

Dès qu'elles eurent disparu, Thorne se tourna vers sa femme.

— Christina, je dois vous expliquer.

— Effectivement !

CHAPITRE 29

UNE CONFESSION TARDIVE

Thorne aurait pu se donner des gifles. Bien entendu qu'elle était en colère ! En colère et blessée. N'importe qui l'aurait été. Certes, il avait su que cela arriverait, mais il avait gardé le silence. Il avait été lâche de ne rien lui avoir dit avant. Il avait commis une erreur, une grossière erreur.

Toutefois, on ne pouvait plus rien y faire à présent.

— Allons à l'intérieur, si vous le voulez bien.

Il s'avança vers elle en prenant garde de ne pas trop s'approcher.

— Je vous dirai alors tout ce que vous souhaitez savoir. Promis.

Le doute persistait dans les yeux bleus de Christina. Pendant un moment, ils s'attardèrent sur son visage comme si elle le voyait pour la première fois. Puis elle opina sèchement avant de le contourner, ignorant le bras qu'il lui tendait et se dirigeant d'elle-même dans la maison.

Se précipitant pour la rattraper, Thorne la guida dans le salon puis referma la porte. Il avait conscience qu'elle le tenait à distance et il fut surpris de voir que cela le dérangeait autant.

Oui, il aurait dû lui en parler. Il en avait largement eu l'occasion et pourtant, il ne l'avait pas fait. Au début, il avait eu peur que malgré ses belles paroles, elle ne change d'avis et refuse de l'épouser. Puis, la nuit précédente ainsi que ce matin-là, Thorne n'avait pu s'empêcher de penser que s'il le lui révélait, elle risquait de ne pas quitter Londres avec lui et de retourner auprès de sa famille qui lui offrirait sans doute l'asile.

Même pour le fuir.

Lui, son propre mari.

Bien entendu, ils auraient eu tous les droits de le faire. C'était lui qui était en tort dans cette histoire, n'est-ce pas ?

Se passant une main dans les cheveux, Thorne essaya de trouver les mots qui avaient besoin d'être dits. Il la regarda dans les yeux et vit qu'elle l'observait en plissant les paupières.

— Je vois bien que vous êtes en colère contre moi et vous avez tous les droits de l'être. Mais…

— Où est sa mère ? lui lança Christina qui regarda vers la porte comme si elle s'attendait vraiment à ce qu'une autre femme entre à n'importe quel moment. Est-elle ici ? Dans cette maison ?

Elle plissa davantage les paupières alors que sa mâchoire paraissait se décrocher encore d'un cran.

— Est-ce votre épouse ?

Elle eut l'air frappée par ses propres paroles et tituba en arrière, ouvrant de grands yeux choqués.

En toute honnêteté, Thorne ne s'était pas attendu à ces questions-là.

— Je n'ai pas de femme, lança-t-il bêtement avant de secouer la tête. Je veux dire, bien sûr que si, ce que je voulais dire, c'est que…

Il s'interrompit et inspira lentement, s'efforçant de calmer les battements sauvages de son cœur.

Pointant le menton, il fit un pas vers elle, n'osant pas en faire un autre, et il croisa son regard, l'exhortant à le croire.

— Vous êtes ma femme, dit-il doucement et lentement. Vous êtes la seule femme que j'ai jamais eue et que j'ai jamais voulu avoir. Il n'y a jamais eu personne d'autre. Je vous en donne ma parole.

Christina resta silencieuse et garda ses grands yeux bleus braqués sur son visage. Toutefois, il crut voir ses traits se radoucir légèrement comme si ses paroles lui avaient apporté du soulagement... ne serait-ce que dans une moindre mesure.

— Alors... c'est une bâtarde ?

Elle réprima un mouvement de recul en prononçant ce dernier mot et il vit qu'elle était contrariée de l'avoir fait.

— Où est sa mère ? Qui est-elle ?

Thorne poussa un profond soupir.

— En toute honnêteté, je n'en suis pas sûr. Je ne l'ai jamais rencontrée.

— Vous ne l'avez jamais rencontrée ? Mais comment... ?

Confuse, elle plissa les paupières et secoua la tête.

— Voulez-vous bien m'expliquer ceci de façon compréhensible ?

Sa voix s'était faite acérée et elle décroisa les bras afin de poser les mains sur ses hanches.

Thorne faillit sourire, car il aimait son air défiant. Il s'avança vers un des fauteuils et lui fit signe de s'asseoir dans l'autre.

— Je vous en prie.

Christina refusa d'un geste de la main.

— Non, je ne peux pas m'asseoir maintenant. Je suis bien trop...

Elle s'interrompit, tourna les talons et arpenta la pièce. Puis elle fit à nouveau volte-face et croisa son regard.

— Expliquez-vous.

Thorne hocha la tête.

— Même si Samantha m'appelle Père, commença-t-il en coulant un bref regard vers la porte pour s'assurer qu'elle était vraiment fermée, je ne suis pas son géniteur.

Il poussa un profond soupir en se souvenant du premier jour où il avait vu Samantha.

— C'était en plein cœur de l'hiver. La neige couvrait le sol et un froid glacial s'attardait dans l'air quand soudain on a toqué à ma porte. Je m'apprêtais à me retirer et je traversais le vestibule quand je l'ai entendu. Je suis allé ouvrir.

Il cligna des paupières et se tourna vers sa femme.

— Et elle était là, enveloppée dans une fine couverture, déposée sur le pas de ma porte.

Christina poussa un soupir tremblant et braqua sur lui un regard profondément attendri. Il reconnut ce sentiment. C'était celui qui lui revenait chaque fois qu'il se souvenait de ce premier instant avec Samantha.

— Sa mère l'a laissée devant votre porte ? murmura-t-elle avec l'incompréhension la plus totale dans la voix.

Thorne hocha la tête.

— Il y avait un mot calé sous la couverture. Ce n'étaient que quelques mots, quelques mots mal épelés et à peine lisibles.

Soutenant le regard de Christina, il fit un pas vers elle et cette fois, elle ne battit pas en retraite.

— La vie est difficile pour ceux qui ne sont pas nés privilégiés. Je fais de mon mieux pour être un employeur juste et verser à mes travailleurs un salaire qui leur permet de vivre et pas seulement d'exister au jour le jour.

Il ferma brièvement les paupières, assailli par les souvenirs des innombrables atrocités auxquelles il avait assisté.

— Mais je peux uniquement le faire à mon échelle et beaucoup ne se préoccupent simplement pas de cela. Bien trop de gens meurent tous les jours à cause de quelque chose qu'on aurait pu facilement éviter. Les parents se tuent à la tâche et les enfants vivent dans la pauvreté. Ils n'ont jamais connu autre chose. C'est un monde triste, dit-il en serrant les dents douloureusement, qui ne manque jamais de me mettre en colère.

Thorne fut reconnaissant des larmes qui envahirent les yeux de Christina. Il aimait le fait qu'en cet instant douloureux, alors qu'elle se sentait elle-même trahie, elle ressentait toujours de la compassion pour les autres. Son cœur en était encore capable.

— C'est pour cela que vous êtes venu à Londres.

— C'est vrai, confirma Thorne qui se souvint du moment où il avait enfin réalisé que ses propres efforts en solitaire ne suffiraient pas. J'ai essayé de retrouver la mère de Samantha, poursuivit-il en nouant ses bras derrière son dos, mais je n'y suis jamais parvenu. Je ne sais pas de qui il s'agissait. Je ne sais pas si elle est toujours vivante.

Un petit sourire lui monta aux lèvres alors qu'une étincelle de joie lui réchauffait le cœur.

— Je n'ai jamais... eu l'intention de la garder, mais alors que je continuais à chercher sa mère, les jours se sont succédé et enfin...

Regardant sa femme, il haussa les épaules.

Ravalant ses larmes, Christina hocha la tête.

— Vous n'avez pas pu l'abandonner, acheva-t-elle à sa place. Elle était déjà devenue la vôtre.

— Oui, c'est vrai, dit Thorne en inspirant profondément. Alors, je lui ai donné mon nom et...

Il marqua un temps d'arrêt.

— Je lui ai donné mon nom et pourtant, la première fois qu'elle m'a appelé Père, je...

Il secoua la tête et la regarda.

— J'ai peut-être été bête de ne pas l'avoir vu venir. Pourquoi ne m'aurait-elle pas appelé *Père* ? Toutefois, je ne m'y étais pas attendu. J'aurais dû. Ce ne sont pas ceux qui nous donnent naissance qu'on chérit, n'est-ce pas ? Ce sont ceux qui se dressent à nos côtés tous les jours à travers toutes les épreuves de la vie.

Il se frotta les yeux avec la main puis se pinça l'arête du nez.

— Honnêtement, je n'ai jamais parlé d'elle à personne. Pas ainsi.

Les émotions défilèrent dans les yeux de Christina. Toutefois, elle resta où elle était, l'expression de son visage empêchant Thorne de s'approcher.

— Pourquoi ne m'avez-vous rien dit ?

L'accusation soupçonneuse dans sa voix lui fit l'effet d'un coup de poing dans le ventre.

— Je ne sais pas. Je...

— Si, vous le savez !

Quelque chose de féroce embrasa les prunelles de la jeune femme alors qu'elle s'approchait d'un pas, l'épinglant du regard.

— Vous le savez. Soyez honnête et admettez-le.

Thorne serra les dents et fit jouer sa mâchoire d'avant en arrière tout en l'observant.

— J'avais peur, dit-il enfin.

Toutes les fibres de son être se révoltèrent contre cet aveu. Dans ce monde, la faiblesse était exploitée. C'était la première leçon qu'il avait jamais apprise et elle vivait toujours en lui.

— Je craignais que vous ne changiez d'avis et refusiez de m'épouser.

Elle pinça les lèvres avant de hocher la tête.

— Je n'en doute pas. Vous êtes venu à Londres pour trouver des connexions, apporter du changement et améliorer la vie de ceux dont vous vous sentez responsable.

Elle se détourna et alla regarder par la fenêtre.

— C'est une noble ambition et tout à votre honneur. Je sais que je vous ai mal jugé, mais vous auriez dû me le dire.

Même s'il ne voyait que l'arrière de sa tête, Thorne comprenait que son manque de confiance l'avait blessée.

— Je suis désolé. Vous avez raison. J'aurais dû vous le dire. J'en avais envie, mais je ne pouvais tout simplement pas courir ce risque.

Il n'osait même pas imaginer sa vie sans l'avoir à ses côtés. Quelques semaines seulement s'étaient écoulées depuis qu'il avait posé les yeux sur elle pour la première fois. Pourtant, elle faisait déjà partie intégrante de sa vie et… la simple pensée qu'elle ne soit plus là lui provoquait une douleur paralysante dans tout le corps.

Thorne ferma les yeux. Quand avait-il fini par avoir de tels sentiments pour elle ? Comment ne l'avait-il pas remarqué ? Bien entendu, il avait eu conscience de son charme. Il y avait quelque chose en elle qui l'attirait. Quelque chose qui le poussait à rechercher sa présence. Quelque chose qui faisait qu'il lui était difficile de rester éloigné.

Dès la première fois, il avait su qu'il la désirait *elle* et nulle autre. Ce choix avait été facile. En vérité, cela n'avait pas été un choix. Il l'avait vue et il avait su. Seule la profondeur de sa dépendance envers elle, envers sa présence dans sa vie, restait choquante.

— Je souhaite rester un peu seule, murmura Christina en gardant les yeux braqués sur la fenêtre. Je vous en prie.

Toutes les fibres de son être lui disaient de rester. Pourtant, un gentleman obéirait, n'est-ce pas ? Ce serait la chose à faire.

— Très bien.

Il eut un mouvement de recul et se déplaça vers la porte, puis il s'arrêta et la regarda.

— Je vais passer voir Samantha. Sentez-vous libre d'aller où vous le voulez. C'est votre maison autant que la mienne.

Il plaça sa main sur la poignée de la porte.

— Je suis désolé pour les circonstances de votre arrivée. J'aurais dû vous parler avant. Je vous présente mes plus sincères excuses et je vous promets de faire mieux à l'avenir.

Thorne attendit pendant encore un moment ou deux. Il espérait qu'elle se retournerait pour le regarder, qu'elle dirait quelque chose, n'importe quoi.

Mais elle n'en fit rien.

Lui tournant le dos, Christina resta debout près de la fenêtre, les yeux braqués vers les jardins au-dehors ou peut-être quelque chose au-delà.

Thorne ouvrit enfin la porte et partit. Il espérait que son silence ne les avait pas tous condamnés.

CHAPITRE 30

UNE NOUVELLE VIE

Face à la fenêtre, Christina sentit ses larmes fourbes couler lentement le long de ses joues. Elle serra les dents pour empêcher les sanglots qui montaient dans sa gorge de se déverser. Elle sentait toujours la présence de son mari qui se tenait près de la porte et la regardait, dans l'expectative.

Qu'attendait-il ? Elle ne le savait pas et s'en fichait. Elle avait simplement envie qu'il s'en aille.

Quand elle entendit enfin la porte se refermer derrière lui, elle perdit tout son sang-froid. Ses membres se mirent à trembler et elle se laissa tomber à genoux alors que des flots de larmes se déversaient sur ses joues. Christina ne savait pas pourquoi sa crise était aussi sévère. Cela n'avait aucun sens ! Ils ne se connaissaient que depuis quelques semaines, pas plus. Elle n'avait certainement pas fini par avoir assez de sentiments pour lui pour que son cœur se retrouve dans une telle détresse à cause d'un mensonge.

Seulement, ce n'était pas le mensonge qui lui faisait mal, n'est-ce pas ?

D'un geste colérique, Christina essuya ses joues et força ses larmes à cesser de couler. Malheureusement, elles refusèrent de l'écouter.

Aussi resta-t-elle assise à terre, derrière le fauteuil, pour pleurer.

Je craignais que vous ne changiez d'avis et refusiez de m'épouser. J'aurais dû vous le dire. J'en avais envie, mais je ne pouvais tout simplement pas courir ce risque.

Ses mots résonnèrent à l'esprit de Christina malgré tous ses efforts pour les faire taire. Oui, il était venu à Londres pour une raison. Elle ne pouvait pas le lui reprocher, car il s'était avéré que c'était un homme bon. Il aimait son prochain et était prêt à faire tous les efforts nécessaires pour qu'ils soient protégés et traités justement. C'était une noble ambition et oui, elle l'avait mal jugé.

Pourtant, cette réalisation allait main dans la main avec une autre. Elle s'était menti. Bien entendu, elle n'avait pas eu l'intention de le faire. Elle avait essayé de rester sur ses gardes, de traiter cette union en tant que contrat formel et rien de plus. Après tout, la plupart des mariages étaient de convenance. Un contrat qui était bénéfique aux deux parties impliquées. Malheureusement, quelque part en route, Christina s'était autorisée à avoir des sentiments pour lui et même à croire qu'il en avait peut-être pour elle.

Oui, ils étaient bien assortis. Leurs personnalités concordaient, leur garantissant une union agréable. Il la trouvait clairement attirante et aimait autant qu'elle leurs conversations taquines. Mais était-ce tout ?

Pour elle, c'était plus profond.

À sa grande honte, c'était bien plus profond.

Pour lui, apparemment non. C'était clair, à présent. Il y a quelques instants seulement, il avait carrément dit qu'il n'avait pas voulu risquer de se voir refuser sa main, risquer de perdre les connexions de son père.

Ce n'était pas elle qu'il voulait. Après tout, il y avait quelques semaines à peine, il avait été décidé à épouser Sarah. Peu lui importait qui il allait prendre pour femme tant que celle-ci allait de pair avec une introduction à la société londonienne.

Peut-être…

Christina se glaça quand elle entendit le son de la porte qui s'ouvrait lentement. Sa gorge se serra et elle leva rapidement la main afin d'essuyer ses larmes. Elle ne pouvait cependant rien faire à propos de ses joues rougies. Il suffisait de la regarder pour voir qu'elle avait pleuré. Mais qui était-là ? Un serviteur ? Son mari lui aurait déjà certainement dit quelque chose.

Serrant fort les paupières, Christina imagina l'humiliation d'être découverte par une servante dans son état actuel, assise par terre, dissimulée derrière un fauteuil, le visage maculé de larmes et les yeux rouges.

— Maman ?

Il y eut un silence.

— Chris… Christina ?

Celle-ci faillit sursauter en entendant la voix de Samantha. Pourtant, c'était le mot qu'elle avait murmuré qui lui avait coupé le souffle. Cette enfant ne s'adressait quand même pas à elle ? Mais qui d'autre était là ?

Des pas légers se rapprochèrent et quand Christina tourna la tête et leva les yeux, ils se posèrent sur un petit visage plein d'espoir qui lui brisa à nouveau le cœur.

Les yeux verts de Samantha rappelaient à Christina ceux de Thorne. Elle avait beau savoir que la fillette n'était pas vraiment sa fille, le destin avait cru bon de renforcer leurs liens avec cette ressemblance.

Son sourire délicat débordait de mélancolie. Elle baissait les yeux vers Christina, attendant qu'elle… dise quelque chose ?

Qu'allait-elle dire ? À une enfant qu'elle ne connaissait pas ? Une enfant qui venait de l'appeler *Maman* ? Une enfant qui avait terriblement besoin d'une mère ?

Oui, elle était la femme de Thorne et l'enfant était sa fille de toutes les façons qui comptent. Mais cela signifiait-il qu'à présent, Christina était sa mère ?

Elle ferma les yeux et serra fort les paupières. C'était tout simplement trop. Trop de choses avaient changé en une seule journée. Trop de choses auxquelles elle n'avait pas eu le temps de se préparer. Trop…

Un léger poids s'abattit sur son épaule et Christina ouvrit brusquement les paupières.

Samantha était agenouillée à côté d'elle et l'observait en ouvrant de grands yeux.

— Vous avez l'air triste, fit remarquer la fillette avec une telle innocence enfantine dans les yeux que cela réveilla en Christina le souvenir de jours lointains.

Elle déglutit et essaya à nouveau d'essuyer ses larmes.

— Je... je me sens dépassée, dit-elle à l'enfant avec sincérité, présentement incapable de fournir un mensonge crédible.

Elle n'en avait pas envie non plus. Trop de mensonges avaient déjà été prononcés.

— Qu'est-ce que cela veut dire ?

Christina poussa un profond soupir. Non, elle n'était vraiment pas prête à devenir la mère d'une fillette de cinq ans. Pourtant, elle n'avait apparemment pas le choix.

— Cela veut dire que... que je ne sais pas ce que je ressens. Il s'est passé beaucoup de choses que je n'arrive pas à comprendre.

Elle secoua la tête et un petit ricanement faillit quitter ses lèvres.

— Je suis désolée. Je crains que cela n'ait pas rendu les choses plus claires, n'est-ce pas ?

S'asseyant près de Christina, Samantha croisa les jambes sous ses jupes.

— Que s'est-il passé ? Quelque chose de mal ?

Christina joignit les mains sur ses genoux.

— J'ai dû dire au revoir à ma famille, confia-t-elle à Samantha après un bref temps d'arrêt.

Ceci, du moins, était vrai, car le simple fait de penser à ses parents et à sa fratrie menaçait toujours de lui faire monter les larmes aux yeux.

Samantha hocha la tête d'un air entendu.

— Je suis toujours triste quand Papa voyage sans moi. Il me manque. Votre famille viendra-t-elle nous rendre visite ?

— Je crois que cela leur plairait, répondit Christina qui se demandait pourtant si elle souhaitait qu'ils viennent.

Ils la connaissaient trop bien et comprendraient instantanément ce qui arrivait. Si Grannie Edie avait la réputation de se mêler des affaires de tout le monde, les parents et la fratrie de Christina ne valaient pas mieux. Ils trouveraient tous des raisons de s'impliquer, pensant qu'il était de leur responsabilité de la voir heureuse en ménage.

Christina ne savait pas si elle était déjà prête à tolérer une visite. D'abord, elle avait besoin de comprendre ce qu'elle ressentait à propos de... tout ceci.

Le petit visage de Samantha s'illumina.

— J'aimerais les rencontrer. Avez-vous des frères et sœurs ?

Christina hocha la tête, soulagée qu'on lui ait posé une question aussi simple.

— J'ai un frère et quatre sœurs.

Impressionnée, la fillette écarquilla les yeux.

— C'est beaucoup. Je n'en ai pas, mais j'ai toujours voulu avoir une sœur ou même un frère. Peut-être que maintenant que vous êtes là, ce sera possible.

Un tel espoir résonna dans sa voix que Christina oublia momentanément d'être choquée par ses paroles. Elle essayait toujours de récupérer sa maîtrise d'elle-même et de trouver quelque chose à dire quand une ombre s'abattit sur eux. En levant les yeux, elle vit son mari qui se tenait là. L'étincelle taquine qui pétillait dans son regard énonçait clairement que lui aussi avait entendu le souhait sincère de Samantha.

Christina aurait voulu disparaître sous terre.

— Vous voici, s'exclama-t-il avec une surprise feinte en souriant à sa fille. Je pensais que vous vous occupiez de Biscuit. Êtes-vous déjà lasse de lui ?

Se redressant maladroitement, Samantha secoua la tête.

— Non, bien sûr que non. Je l'aime, mais j'étais curieuse, poursuivit-elle en regardant Christina. Je ne pouvais pas attendre.

Ses petites dents s'enfoncèrent dans sa lèvre inférieure alors qu'elle dévisageait la jeune femme d'une façon qui la fit se sentir encore plus mal que ce n'était déjà le cas.

Elle se sentait comme une impostrice parce que si Samantha la considérait clairement comme sa nouvelle mère, Christina était bien loin de ressentir la même chose.

— Je comprends, répondit Thorne en passant tendrement la main sur la tête de la fillette. Je crois qu'il aurait bien besoin d'un goûter. Voulez-vous bien aller le nourrir ? J'ai confié à Mrs Huxley quelques biscuits qu'il aime bien.

Le visage de Samantha s'illumina et elle s'éclipsa sans attendre.

Détournant les yeux de sa fille, Thorne se tourna vers Christina puis tendit la main pour l'aider à se redresser.

Avec tout ce qui s'était passé, la jeune femme avait complètement oublié qu'elle était encore assise par terre. Une rougeur profonde envahit son cou avant d'atteindre ses joues, et même si elle accepta la main de son mari, elle prit soin de ne pas le regarder.

— Tout va bien ? demanda-t-il.

Elle sentit qu'il essayait de croiser son regard.

Christina déglutit, pointa le menton et le regarda, faisant de son mieux pour contenir un mouvement de recul, pour ne pas se laisser affecter par la façon dont il la scrutait.

— Bien, vu les circonstances.

Il hocha la tête.

— Puis-je vous montrer votre chambre ?

— J'apprécierais cela, répondit Christina en hésitant cependant quand il lui offrit son bras.

Elle leva les yeux vers lui, sans toutefois savoir ce qu'elle cherchait.

Thorne soupira. Son regard émeraude était plein de regret.

— J'aimerais que tout redevienne comme avant.

Il soutint son regard et Christina vit qu'il ne s'en irait pas. Pas avant d'avoir obtenu une réponse.

Enfin, Christina acquiesça.

— Ce serait peut-être mieux, admit-elle avant d'accepter son bras.

Après tout, quel choix avait-elle ? Ils étaient mariés. Ce n'était pas une chose sur laquelle ils pouvaient revenir. Sa mère l'avait prévenue de choisir prudemment et Christina pensait l'avoir fait. À présent, elle n'en était plus aussi certaine.

Aucun regret n'y changerait jamais quoi que ce soit et elle ferait bien d'en tirer le meilleur parti possible. Peut-être que si elle protégeait prudemment son cœur, elle pourrait même trouver un peu de joie dans cette nouvelle vie.

CHAPITRE 31

UNE DYNAMIQUE FAMILIALE

Maladroite était l'adjectif parfait pour décrire la situation dans laquelle ils s'étaient soudainement retrouvés.

En toute honnêteté, Thorne ne s'y était pas attendu. Il admettait qu'il ne s'était pas projeté aussi loin. Il avait toujours redouté ce que Christina ferait s'il lui parlait de Samantha avant leur mariage. Toutefois, comme un imbécile, il n'avait pas songé une seule fois aux risques encourus par son mariage si elle le découvrait après coup. Se sentait-elle prisonnière ? Avait-elle des regrets ?

L'expression tendue du visage de Christina ces quelques derniers jours le lui confirmait. Thorne savait que certaines femmes étaient incapables d'accepter l'enfant d'une autre dans leur maison. C'était la raison pour laquelle il avait gardé le silence pendant si longtemps.

Puisque Christina avait à peine adressé la parole à Samantha, gardant les yeux baissés et distants, sa propre relation avec Sam formait un contraste encore plus marqué. Samantha ayant toujours eu la parlotte, elle papotait sans cesse joyeusement comme elle le faisait d'ordinaire. Tous les deux conversaient facilement, ce qui marquait presque Christina comme une intruse, comme si elle n'avait pas sa place parmi eux.

Le ressentait-elle aussi ?

Thorne ne savait pas quoi y faire. Au début, il avait essayé d'inclure Christina dans leurs conversations. Toutefois, elle n'avait répondu que par monosyllabes. Clairement, elle ne souhaitait pas participer.

Heureusement, Samantha ne paraissait pas le remarquer ou peut-être était-elle déterminée à se faire aimer de sa nouvelle mère. Bien entendu, Thorne avait remarqué les regards que coulait sa fille en direction de son épouse. Il savait à quel point Samantha avait envie d'une mère. Elle n'avait jamais rechigné à partager avec lui ses espoirs et ses rêves.

Ainsi, il ne fut pas surpris de voir Samantha prendre Christina par la main un matin pour l'entraîner vers les écuries.

— Venez. J'ai envie de vous montrer le poney que Père m'a acheté. Il est gentil et foufou, et il me chatouille quand il mange des carottes dans ma main.

Elle pouffa, faisant complètement fi de la réticence de Christina.

— Son nom est Messire Arthur.

Suivant Samantha dans le couloir, Christina en resta bouche bée.

— Messire Arthur ? Vraiment ?

Samantha la regarda en clignant des paupières.

— Cela vous déplaît-il ? Père me racontait souvent des histoires et je voulais toujours être le roi Arthur qui retire l'épée de la pierre.

Christina laissa échapper un rire et Thorne ne put s'empêcher de penser qu'un peu de la tension s'était soudain évanouie.

— Oui, moi aussi, j'ai toujours aimé les histoires. Toutefois, j'ai été surprise parce qu'avant, Biscuit aussi s'appelait Messire Arthur. Ma sœur lui avait donné ce nom.

Samantha éclata de rire.

— Vraiment ? Et comment a-t-il fini par s'appeler Biscuit ?

Thorne poussa un soupir plein d'espoir alors que toutes les deux sortaient de la pièce et refermaient la porte qui étouffa leurs voix. Peut-être que tout allait bien se passer, songea-t-il.

Peut-être.

Au cours des jours suivants, Thorne les vit souvent ensemble, dans les écuries ou bien en promenade dans les jardins. Même si Christina n'était pas encore redevenue elle-même, il décelait en elle de petits changements. Il savait que c'était dû à Samantha, aussi se tint-il à l'écart, leur donnant du temps et de l'espace, espérant que peut-être, s'il n'intervenait pas, tout finirait par bien se passer.

Quinze jours après leur arrivée à Pinewood Manor, Thorne s'approcha de la chambre de sa femme, un soir après le souper. Il avait besoin de lui parler seul à seule, mais Samantha ne l'avait pas quittée de la journée.

Il toqua et après un moment de silence, il se demanda si elle allait l'inviter à entrer. Enfin, il entendit des pas s'approcher de l'autre côté de la porte. Quand elle l'ouvrit, elle avait les paupières légèrement fermées et le regardait avec un visage un peu confus.

— Que voulez-vous ?

— Je voudrais vous parler de quelque chose. Puis-je entrer ?

Il jeta un regard dans le couloir par-dessus son épaule.

— Je ne souhaite pas qu'on nous entende.

Même si Samantha était déjà au lit, on ne pouvait jamais être entièrement certain de l'endroit où se trouvait la fillette.

C'était toutefois quelque chose que Thorne avait toujours aimé chez elle.

Christina hésita, puis elle fit un pas de côté et le laissa entrer.

— Y a-t-il autre chose que vous auriez dû me dire plus tôt ?

Thorne serra les dents, conscient qu'il méritait sa méfiance.

— Ce n'est pas cela.

Il referma la porte derrière lui puis se tourna vers elle.

— Je souhaitais simplement vous informer que je dois me rendre à Londres pendant plusieurs jours. Quelques lords importants ont accepté de me rencontrer et j'ai besoin de saisir cette occasion pour leur parler des changements que j'ai envie de voir.

Elle garda un visage neutre, mais hocha la tête.

— Je vois.

Thorne détestait la voir aussi passive. Elle n'était pas comme cela en temps normal et il avait envie de la secouer pour la sortir de sa transe.

— Aimeriez-vous m'accompagner ?

Encore une fois, elle ne répondit pas tout de suite, mais le regarda comme si la question qu'il lui avait posée méritait qu'elle y réfléchisse avec attention.

— Je crois que cela vaudrait mieux pour tout le monde si je restais ici, dit-elle sans plus d'explications.

Thorne hocha la tête.

— Très bien.

Cette fois, il hésita, dans l'expectative, sans savoir pourquoi. Toutefois, il ne souhaitait pas partir. Cela faisait des journées entières qu'ils n'avaient pas passé un seul moment ensemble et elle lui manquait.

— Bonsoir, alors, dit-il enfin, voyant qu'elle ne souhaitait pas qu'il s'attarde.

— Bonsoir, répondit-elle avant de refermer la porte derrière lui au moment où il sortit dans le couloir.

Thorne baissa la tête. Il aurait aimé savoir quoi faire, comment récupérer ce qu'ils avaient trouvé autrefois. S'était-il simplement imaginé cette aisance entre eux ? Trouvait-elle vraiment impossible de dépasser son mensonge ? Ce n'était peut-être pas un mensonge *stricto sensu*, mais tout de même une omission.

À présent, il la regrettait.

Profondément.

CHAPITRE 32

À TRAVERS LES YEUX D'UNE ENFANT

Au moment où la porte se referma derrière son mari, Christina poussa un profond soupir avant de poser la tête contre le bois poli. Elle avait intérieurement souhaité qu'il reste. Pourtant, ce simple désir l'avait effrayée. Elle devait protéger son cœur.

Il valait peut-être mieux qu'ils passent le moins de temps possible ensemble. C'était ce que faisaient de nombreux époux, n'est-ce pas ? C'était peut-être la meilleure façon de mener un mariage seulement basé sur des intérêts communs.

Si elle devait l'accompagner à Londres, ils passeraient des heures ensemble dans la calèche.

Ensemble.

Samantha lui avait dit que Thorne l'emmenait rarement avec lui quand il voyageait. Christina doutait que cette fois serait différente. Elle aurait peut-être dû exiger qu'ils y aillent tous les deux avec la fillette. Toutefois, Christina n'avait pas envie de revoir sa famille pour l'instant. Ses nerfs étaient encore trop à vif et ils n'auraient aucun mal à déceler l'étendue de sa contrariété. Non, il valait mieux attendre encore un peu, laisser plus de temps s'écouler.

Dans quelques semaines, elle se sentirait peut-être assez forte pour leur faire face.

Peut-être.

Quelques jours plus tard, Christina se retrouva dans le hall d'entrée de Pinewood Manor pour dire au revoir à son mari. Elle se disait de rester forte, de ne pas montrer qu'elle avait très envie qu'il reste. Pourtant, ses mains tremblaient et elle sentit des larmes lui brûler les yeux. Quelle faible petite idiote elle était !

— Vous allez vraiment me manquer, Papa ! marmonna Samantha en étreignant fort son père. Reviendrez-vous vite ?

La reposant doucement, Thorne lui sourit.

— Bien entendu, Sam. Vous savez que je ne supporte pas de rester loin de vous pendant très longtemps.

La fillette pouffa gaiement et étreignit à nouveau son père.

— Vous allez nous manquer à toutes les deux.

À ces mots, Thorne leva les yeux vers Christina, lui posant en silence une question à laquelle elle n'osa pas donner de réponse, craignant pourtant qu'il la lise sur son visage. Aussi baissa-t-elle les yeux pour faire un pas en arrière, voulant endurcir son expression de peur qu'il ne lise dans son regard à quel point son départ l'affectait.

— Allez-vous courir à l'étage et me dire au revoir de la fenêtre ? demanda Thorne à sa fille qui hocha la tête avec enthousiasme avant de filer en haut des marches de toute la rapidité de ses petites jambes.

Se redressant, Thorne se tourna vers Christina, la lueur dans son regard aussi troublante qu'au jour de leur rencontre. Il était trop perspicace, aussi détourna-t-elle prudemment les yeux.

— Allez-vous changer d'avis ? demanda-t-il en s'approchant, cherchant à accrocher son regard. Ne voulez-vous pas m'accompagner ?

Christina déglutit.

— Je ne pense pas que ce soit une bonne idée.

Se reprochant d'être une telle mauviette, elle leva enfin le regard pour soutenir le sien.

— Je crois qu'un peu de temps séparés nous fera du bien.

Christina ne pouvait pas dénier que le regarder dans les yeux lui donnait envie de changer d'avis après tout. Ils contenaient quelque chose qui la poussait à regagner son étreinte.

Mais elle ne le fit pas.

Elle resta forte.

Elle devait l'être.

Thorne hocha la tête.

— Très bien. Au revoir.

Quand il se détourna, elle vit ses dents se serrer comme s'il ravalait des mots qu'il avait désespérément envie de dire. Il descendit quelques marches avant de s'arrêter.

Il se tint là pendant une seconde ou deux, sans bouger, sans se tourner pour la regarder.

Christina fronça les sourcils, se demandant ce qui lui arrivait. Avait-il oublié quelque chose ? S'apprêtait-il à lui dire autre chose ? Le ferait-il ?

Il se retourna soudain et ce qu'elle lut dans ses yeux lui coupa le souffle. Il la rejoignit à grands pas, le regard déterminé et les dents serrées. C'est alors qu'il tendit les bras vers elle. Ses mains chaudes et possessives l'attirèrent vers lui pour l'étreindre. Puis il posa ses lèvres sur les siennes et elle oublia tout.

Comme toujours.

Il l'embrassa avec ardeur comme s'il essayait de dire quelque chose. Il garda un bras autour de sa taille et leva l'autre pour venir poser une main sur sa joue, lui faisant doucement incliner la tête pour pouvoir approfondir le baiser.

Christina n'avait pas la force de lui résister et elle n'en avait pas envie. Des émotions traîtresses se réveillèrent dans son cœur, la poussant à se rapprocher, à lui rendre son baiser.

Puis elle le fit ! Un grognement bas monta dans la gorge de Thorne alors qu'il la repoussait contre l'encadrement de la porte, sa bouche ne quittant pas la sienne alors qu'ils s'accrochaient l'un à l'autre.

— Papa ! appela Samantha depuis l'étage supérieur. Allez-vous partir bientôt ?

À contrecœur, il s'écarta. Il respirait aussi rapidement qu'elle et ses yeux brûlaient de passion.

— J'y vais dans une minute, cria-t-il à sa fille.

Christina n'eut même pas le temps de se reprendre qu'il se rapprocha et la transperça impitoyablement du regard.

— À mon retour, murmura-t-il, lui faisant sentir son souffle sur ses lèvres, nous devrons parler de… tout ceci. De nous.

Il déglutit fort.

— Je n'ai aucune intention de rester loin de vous pendant le reste de notre mariage.

Malgré elle, Christina sourit.

— Est-ce une menace ? Ou bien une promesse ?

Soutenant son regard, Thorne lui rendit son sourire. Son visage exprima un certain soulagement qui détendit ses muscles, le faisant paraître plus jeune et jovial. Toutefois, il la regardait avec des yeux qui brillaient d'une passion encore non exprimée, et il se pencha pour lui murmurer à l'oreille :

— Si vous ne m'arrêtez pas, si vous ne vous exprimez pas clairement, à la seconde où je rentrerai de Londres, vous serez de retour dans mes bras.

Il s'écarta et la regarda à nouveau dans les yeux.

— Je vous le promets.

Un frisson taquin dansa le long du dos de Christina tandis qu'elle soutenait le regard de son époux. Elle désirait encore moins qu'il s'en aille. Elle voulait qu'il l'embrasse à nouveau. Elle voulait…

Il devait y aller !

Ses pensées étaient loin d'être claires et elle devrait vraiment réfléchir à la promesse qu'il venait de lui faire avant de l'accepter dans un moment de faiblesse.

— Faites bon voyage, lui dit-elle d'une voix qui était loin d'être ferme. J'attendrai votre retour.

Pendant un long moment, ils se contentèrent de se regarder, leurs souffles se mêlant alors que la tentation les encourageait à céder au désir qu'ils lisaient mutuellement dans leur regard.

Ici.

Là.

— Père !

Tous les deux sursautèrent. La voix de Samantha avait rompu le sortilège et Christina sentit ses joues s'empourprer. Encore une fois, la présence de Thorne lui avait fait oublier tout ce qui l'entourait. Ils étaient loin d'être seuls. Des servants s'attardaient dans les couloirs environnants. Sa fille était à l'étage. Elle ne pouvait pas les voir, mais pouvait les entendre.

Ce n'était ni le lieu ni l'heure.

— J'y vais ! lança Thorne à l'intention de sa fille.

Il se tourna ensuite vers Christina et lui prit doucement la main, un sourire taquin aux lèvres.

— On se reverra à mon retour, murmura-t-il de façon presque séductrice avant de déposer un léger baiser sur le revers de sa main.

— À votre retour, dit Christina en écho à ses mots, se sentant soudain privée de quelque chose quand il lui lâcha la main.

Il lui adressa un dernier sourire espiègle puis franchit hâtivement la porte avant de descendre les marches. À l'extérieur de la calèche, il s'arrêta et se tourna pour lever les yeux vers la fenêtre où Samantha lui adressait certainement des adieux frénétiques. Il lui rendit son salut puis grimpa dans la calèche qui se mit immédiatement en mouvement et s'engagea dans l'allée.

Christina savait que c'était bête, mais elle demeura dans l'encadrement de la porte jusqu'à ce que la calèche disparaisse entièrement à l'horizon.

— Il va me manquer, lui parvint la petite voix triste de Samantha. Il me manque toujours.

Christina baissa les yeux vers la petite fille et lui sourit.

— Je crois qu'il me manquera aussi, marmonna-t-elle sans savoir si c'était sage.

Sage ou non, c'était pourtant la vérité.

Au cours des jours suivants, Christina se prit à faire exactement deux choses : elle passait du temps avec Samantha dans les jardins ou les écuries, ou encore chevauchait dans la prairie avec Messire Arthur et une belle jument que Samantha avait nommée Lady Marion, ou alors elle restait perdue dans ses pensées, songeant au dernier moment qu'elle avait passé avec son mari, se souvenant de ce qu'il lui avait dit ainsi que de la façon dont il l'avait regardée et passant ses options en revue.

Oui, elle savait que ce serait idiot de lui garder rancune pour son omission. Chaque fois qu'elle y pensait, elle ressentait toujours de la déception. Pourtant, elle était capable de lui pardonner ses actes. En réalité, c'était l'implication de ce mensonge qui la blessait le plus.

La pensée qu'elle signifie si peu pour lui au-delà de ses propres ambitions.

Pourtant, plus elle y réfléchissait, plus elle commençait à se dire que s'il ne l'aimait peut-être pas, il y avait quand même quelque chose entre eux. Elle le ressentait chaque fois qu'il entrait dans une pièce, chaque fois qu'il s'approchait, chaque fois… qu'il l'embrassait.

En l'absence d'amour, elle pouvait peut-être se contenter de la passion. N'était-ce pas ce à quoi il avait fait référence lors de son départ ? Ce qu'il avait voulu dire en l'informant qu'elle se retrouverait dans ses bras dès son retour ? L'embrasserait-il à nouveau ? Allait-il… ?

Chaque fois que Christina songeait au fait de consommer leur mariage, elle ne pouvait s'empêcher de rougir. Pourtant, elle ne pouvait pas dire qu'elle était apprehensive. *Curieuse* était peut-être le mot approprié. *Tentée*, aussi. Pourtant, elle aurait voulu mieux le connaître afin de se sentir assez à l'aise pour partager quelque chose d'aussi intime.

— Il commence à pleuvoir ! s'écria Samantha par-dessus le vent hurlant alors qu'elles retournaient aux écuries.

La journée avait commencé d'une façon si prometteuse ! Le ciel bleu ne présentait pas le moindre nuage. Les rayons du soleil avaient semblé presque dorés, leur chaleur plaisante et apaisante, leur luminosité reflétée dans la douce lueur des champs et de la prairie.

Mais à présent, de gros nuages s'amassaient, promettant de lourdes pluies qui s'abattraient tant sur la contrée que sur elles. La brise légère s'était changée en un vent hurlant qui plaquaient les cheveux de Christina contre son visage, lui faisant plisser les yeux alors qu'elles rentraient à la maison. Par-dessus son épaule, Samantha jeta un regard inquiet vers l'horizon sombre. Son visage était légèrement crispé. Pourtant, elle garda le dos droit et entraîna son poney en bas de la petite pente.

— Nous sommes presque arrivées ! cria Christina à la fillette à travers les bourrasques en faisant de son mieux pour lui sourire.

Même si elle ne se sentait pas encore comme sa mère, elle avait fini par avoir des sentiments pour l'enfant. En fait, c'était impossible de ne pas aimer Samantha.

Les yeux vert clair de la fillette avaient une façon de faire fondre son cœur, en dépit de toutes ses résistances. Samantha parlait toujours avec tant de joie et de confiance, et la façon dont elle se tournait souvent vers Christina était si naturelle, sa petite main se tendant vers elle, que Christina était incapable de ne pas lui offrir son cœur.

Ensemble, elles s'arrêtèrent devant les écuries et descendirent de leurs selles. Des grooms déboulèrent pour récupérer les rênes et s'occuper des bêtes, et Christina prit la main de Samantha.

— On ferait mieux de se dépêcher, sans quoi on va se faire mouiller ! cria-t-elle à l'enfant au moment où elle sentit une grosse goutte s'écraser sur sa joue.

Pas plus de deux secondes plus tard, la pluie commença à tomber dru et en peu de temps, toutes les deux étaient trempées jusqu'aux os. Samantha poussa un cri et voulut s'enfuir vers la maison, mais Christina la retint avec un éclat de rire en se mettant à danser sous la pluie, exhortant la fillette à l'imiter.

Samantha hésita et écarquilla les yeux en regardant Christina. Puis elle abandonna toute hésitation et se joignit à elle. Ses petits pieds bottés firent des éclaboussures dans les flaques qui grandissaient rapidement et elles tournèrent toutes les deux en rond, tendant les bras et levant le visage vers le ciel, fermant les paupières alors que la pluie s'abattait sur elles.

Christina ne se souvenait pas de la dernière fois où elle avait ressenti pareille chose. C'était un sentiment qu'elle n'avait pas connu depuis longtemps. Un sentiment d'aisance totale, de liberté et d'apesanteur. C'était un sentiment qu'elle puisait dans sa propre enfance, quand la vie était simple et belle, dénuée de nuages sombres à l'horizon.

À présent, tout était compliqué. Chaque pas qu'elle faisait devait être pesé et réfléchi, et elle ne pouvait jamais être entièrement certaine de sa destination. Un pas de travers, et puis ?

Mais ici, maintenant, en cet instant, Christina n'y pensait plus. Elle regarda la petite fille qui la flanquait et ensemble, elles dansèrent sous la pluie, riant alors qu'elles effectuaient des cercles, de plus en plus rapidement jusqu'à ce que...

Elles perdirent l'équilibre et s'écroulèrent dans une grosse flaque dont la boue recouvrit leurs tenues d'équitation.

— Mrs Huxley va être folle ! s'écria Samantha à travers la pluie alors qu'elle continuait de rire. Elle va encore secouer la tête comme elle le fait d'ordinaire !

Se redressant maladroitement, Christina tendit la main à Samantha et aida la petite fille à sortir de la flaque.

— Ne vous inquiétez pas, Sam. Je lui parlerai.

Elle regarda autour d'elle le sol détrempé et la pluie qui s'abattait toujours.

— C'était amusant, n'est-ce pas ? Et cela vaut bien un regard sévère de votre gouvernante, n'est-ce pas ?

Sam hocha la tête avec enthousiasme puis elles filèrent ensemble vers la maison dans laquelle elles se glissèrent par une porte dérobée. Elles retirèrent leurs bottes crottées, mais ne purent empêcher leurs vêtements d'équitation de dégouliner partout. Des servantes firent leur apparition afin d'essuyer rapidement l'eau qui formait à nouveau des flaques, et elles avaient monté la moitié des marches quand Mrs Huxley les croisa.

Sans surprise, la femme corpulente en resta bouche bée alors qu'elle les contemplait, d'abord choquée puis avec un air de désapprobation absolue.

— Que s'est-il passé ? On dirait que vous...

Christina échangea un regard avec Samantha avant de se tourner vers la gouvernante de la fillette.

— Aucune raison de vous inquiéter, Mrs Huxley. Je suppose que nous nous sommes un peu mouillées. Voulez-vous bien vous assurer que Miss Samantha prenne un bain avant le souper ?

Elle baissa les yeux vers sa propre tenue d'équitation puis se tourna pour observer celle de Samantha.

— Il est peut-être inutile d'essayer de les récupérer. Une occasion parfaite d'en acheter de nouvelles, n'êtes-vous pas d'accord ?

Souriant jusqu'aux oreilles, Samantha hocha la tête.

— Allons-nous aller à Londres ? Pour voir Père ?

Christina se glaça, mais elle réussit à maintenir un sourire sur son visage.

— Un jour, mais pour le moment, vous devez aller vous réchauffer. On se reverra au souper.

Elle regarda Samantha qui remonta vers ses appartements en compagnie de sa gouvernante.

Songeant à nouveau à son mari, Christina marina dans son propre bain avant de s'habiller pour le dîner. Son esprit et son cœur étaient toujours troublés quand elle descendit à la salle à manger. Elle fit de son mieux pour converser avec Samantha, mais trouva que ses pensées erraient de temps à autre.

Quand elle se laissa enfin tomber sur son lit ce soir-là, Christina était épuisée. Ses membres étaient faibles malgré le bain apaisant. Pourtant, elle ne pouvait pas dénier qu'elle avait vraiment apprécié sa journée avec Samantha. Elle avait ri comme elle ne l'avait pas fait depuis longtemps, et le souvenir de leur petite danse sous la pluie la fit sourire.

— Peut-être que tout se passera bien après tout, murmura-t-elle dans l'obscurité avant que ses pensées ne reviennent à son mari et au moment qui avait précédé leur séparation.

Elle repensa surtout à leur baiser et s'endormit en sentant presque les bras de Thorne s'enrouler autour d'elle.

Le tonnerre gronda à l'horizon quand elle se réveilla en sursaut. Sa chambre était toujours sombre, sans la moindre lueur de l'aube à travers les fenêtres. Toutefois, elle ressentit un frisson qui lui provoqua la chair de poule.

Quelqu'un se trouvait dans sa chambre !

— Christina ? murmura une petite voix faible.

Une voix emplie de peur. Une voix qui était incontestablement celle de Samantha.

Se rasseyant, Christina balaya la pièce du regard, n'apercevant que des ombres immenses à la faible lumière de la lune argentée qui brillait par les fenêtres. Christina ne tirait jamais les rideaux, car elle avait toujours aimé les petites lueurs qui existaient même au sein de la nuit la plus sombre.

— Sam, c'est vous ? Où êtes-vous ?

Une petite ombre se détacha des ténèbres près de la porte et elle entendit des petits pas alors que la fillette s'avançait lentement vers son lit. Son visage pâle se détachait dans la pénombre et elle ouvrait de grands yeux tout en tournant la tête de droite à gauche comme si elle craignait une attaque soudaine.

Christina sortit rapidement du lit et se précipita vers la petite fille pour la prendre dans ses bras.

— Que faites-vous ici ? Mrs Huxley est-elle souffrante ?

Les petites mains et les pieds de Samantha étaient glacés, et Christina la prit rapidement dans ses bras pour la porter jusqu'au lit.

— Non, répondit Samantha en se blottissant sous la couverture à côté de Christina. Elle dort dans sa chambre.

— Alors que faites-vous ici ? demanda Christina en frottant les membres de la fillette pour la réchauffer.

Se lovant plus profondément dans son étreinte, Samantha murmura :

— Ce n'est pas elle que je voulais. C'est vous.

Ces petits mots murmurés avec tant d'affection sincère et de confiance innocente réchauffèrent le cœur de Christina comme rien d'autre. Cela lui rappelait sa propre famille, l'amour qu'ils avaient toujours partagé, la sécurité qu'elle avait toujours ressentie avec eux, consciente qu'il y avait des gens dans sa vie qui resteraient toujours à ses côtés.

— Vous pouvez toujours venir me trouver, marmonna Christina avant de déposer un léger baiser sur la tête de la fillette. Nous sommes une famille à présent, et je serai toujours là pour vous. Promis !

— Vous, moi et Papa ?

Christina inspira profondément.

— Oui. Nous tous.

C'était peut-être possible. Il leur suffirait peut-être simplement d'y croire.

Peut-être.

— J'ai fait un cauchemar, murmura Samantha près de l'oreille de Christina. Et je n'aime pas le tonnerre. Ou les ombres. Ça me fait toujours penser qu'il y a quelqu'un dans ma chambre.

— Je ressentais la même chose, moi aussi, lui confia Christina qui étreignit plus fort l'enfant. Quand on était plus jeunes, je me glissais souvent dans la chambre de ma sœur et on se blottissait l'une contre l'autre dans le lit. On se racontait des histoires pour essayer de se distraire et ne plus avoir peur.

— Quelles histoires ?

Se rendant compte qu'elle avait parlé sans réfléchir, Christina marqua un temps d'arrêt.

— Oh, ce n'est pas important. On inventait juste des choses qui… nous rendaient heureuses, afin de chasser la peur.

Créer des histoires de toutes pièces l'avait toujours rendue heureuse. Inventer des mondes, des gens et des créatures. Parler de héros et de méchants, d'actions extraordinaires et d'aventures audacieuses.

— Pouvez-vous me raconter une de ces histoires ? demanda Samantha avec une note d'espoir dans la voix alors qu'elle se calait sur le coude pour regarder Christina. Alors, je n'aurai peut-être plus peur.

Pendant une seconde, Christina fut tentée de refuser. C'était une partie de sa vie qu'elle avait bannie dans l'oubli voilà longtemps. Seulement, le regard implorant de la fillette le lui interdit.

— Très bien. Si vous insistez.

Samantha sourit.

— Oui.

Se calant à nouveau sur le matelas, Christina leva les yeux au plafond. Samantha dans les bras, elle laissa ses pensées vagabonder.

— Avez-vous déjà vu des lucioles danser dans le crépuscule ?

Christina sentit Samantha hocher la tête.

— Oui. Loin, près des bois et du lac.

— Savez-vous que les lucioles n'en sont pas toutes ? sourit Christina.

Elle sentit Samantha plisser le front contre son épaule.

— Alors que sont-elles ?

Un bonheur profond s'infiltra dans le cœur de la jeune femme, quelque chose de chaleureux, de satisfaisant et d'une beauté pénétrante. Elle ferma les yeux et inspira profondément avant de souffler deux simples mots dans l'obscurité :

— Des fées.

Dans ses bras, Samantha s'immobilisa et Christina sentit un frisson d'excitation parcourir le corps de la petite fille. Un sentiment d'anticipation s'attardait dans l'air et sans la regarder, elle sut que Samantha avait besoin d'en savoir plus.

— Elles vivent dans leur propre monde, dans les forêts, dans des arbres creux et des terriers. Elles vivent partout, invisibles et en sécurité, loin des gens, car la règle la plus importante, la première qu'apprennent toutes les fées, c'est de ne jamais révéler leur présence aux humains.

— Pourquoi pas ? murmura Samantha qui referma les doigts de la main gauche sur la manche de Christina. J'aimerais voir une fée. À quoi ressemblent-elles ?

— Elles sont petites, toutes petites, murmura Christina dans l'obscurité alors que des souvenirs de sa propre enfance refaisaient surface, une enfance emplie d'histoires et d'aventure. Leurs ailes sont transparentes, mais elles brillent aussi fort que le soleil. Les journées d'été ensoleillées, elles restent bien cachées, mais dans le noir, leur lumière vive attire les autres. C'est pourquoi elles vivent souvent là où résident les lucioles, pour se cacher et se dissimuler aux regards curieux.

— Personne ne les a jamais vues ? Personne ?

Christina se sentit esquisser un merveilleux sourire.

— Eh bien, il était une fois une petite fille…

CHAPITRE 33

UN RETOUR PROMIS

Thorne quitta Londres au moment exact où sa dernière réunion avec lord Huntington prit fin. Cela faisait plus d'une semaine qu'il avait quitté Pinewood Manor et sa famille, et il avait hâte de rentrer chez lui.

Ignorant s'il avait accompli quelque chose d'important, Thorne continua de se repasser en boucle les nombreuses conversations qu'il avait eues durant son séjour à Londres. Lord Whickerton l'avait beaucoup aidé en incitant les autres à l'écouter. Malheureusement, même son nouveau beau-père était incapable de faire des miracles. La plupart des lords avaient d'autres choses à l'esprit que les règles de sécurité au travail et les besoins médicaux des petites gens, adultes ou enfants. Peu de gens avaient posé les yeux sur une victime d'incendie ou un amputé. Ils ne se représentaient pas la vie que vivaient les autres au quotidien.

Pour Thorne, c'était terriblement frustrant. Voir les visages ennuyés de ces hommes et savoir qu'ils avaient dépensé des fortunes pour des choses frivoles alors que d'autres n'avaient pas assez d'argent pour nourrir leurs familles ! C'était un monde injuste et Thorne sentait toujours sa colère gronder chaque fois qu'il dressait le poing afin de se battre pour ceux qui n'avaient pas voix au chapitre.

Il y avait des jours où songer à autre chose qu'à leur détresse résonnait comme une trahison. Comment pouvait-il rire et profiter de la vie alors que d'autres souffraient autant ? Comment osait-il ?

Toutefois, que pouvait-il y faire ? Il ne pouvait pas changer le monde tout seul. Il avait besoin que d'autres se joignent à lui. Certes, beaucoup avaient refusé de l'écouter, mais certains l'avaient fait. Peut-être qu'avec du temps et de l'acharnement, il parviendrait à décrocher leur soutien et qu'enfin, une vague de changement se produirait.

C'était son grand espoir, car il ne savait pas quoi faire d'autre.

Toutefois, ce combat le vidait, car il lui semblait souvent perdu d'avance. Il lui épuisait l'esprit, le cœur et même le corps, et parfois, il voulait tout oublier et vivre dans une bulle d'oubli.

C'était dans ces moments-là que le désir de retourner auprès de sa famille le tiraillait le plus, à tel point qu'il pouvait à peine y résister. Aussi, quand Thorne quitta la demeure de lord Huntington cette nuit-là, il ne regagna même pas la sienne. Il enfourcha son hongre et l'entraîna sur la route qui menait hors de Londres, vers la campagne.

Vers Pinewood Manor.

Vers la maison.

Et sa famille.

Thorne chevaucha jusqu'à ce qu'il fasse trop noir pour y voir. Il était près de minuit quand il parvint à une auberge, reconnaissant de ne pas avoir à passer la nuit sur la route. Gravissant d'un pas lourd les marches qui menaient à sa chambre, il s'allongea sur le lit et ferma les yeux. Malgré l'épuisement qui le tiraillait, son esprit revenait au moment où il avait fait ses adieux à sa femme.

Cela s'était produit tant de fois au cours de la semaine précédente ! Il avait revécu ce moment à d'innombrables reprises.

Ce baiser.

La lueur dans les prunelles de Christina.

Ces mots qui... lui avaient donné de l'espoir.

Avant son départ, une distance glaciale s'était dressée entre eux. Il l'avait ressentie tous les jours sans savoir quoi y faire. Plus d'une fois, il avait été à deux doigts de la prendre à partie. Pourtant, il ne l'avait pas fait.

Il s'était senti coupable, conscient que Christina avait de bonnes raisons de ne pas lui faire confiance, de le punir pour ce qu'il avait fait, même. Il lui avait menti et l'avait manipulée pour qu'elle accepte de l'épouser.

Il n'aurait pas dû le faire.

Thorne se remémora aussi les derniers mots qu'*il* lui avait adressés. *Si vous ne m'arrêtez pas, si vous ne vous exprimez pas clairement, à la seconde où je rentrerai de Londres, vous serez de retour dans mes bras.*

Le ferait-elle ? C'était une question qui l'avait quasiment torturé durant toute la semaine précédente. L'arrêterait-elle ? Lui dirait-elle de la laisser tranquille ?

Ou s'en abstiendrait-elle ?

L'épuisement ferma enfin les paupières de Thorne. Toutefois, peu avant que l'aube ne commence à poindre à l'horizon, il se releva et descendit aux écuries afin de poursuivre son voyage.

Heureusement, à cheval, il avait pu voyager plus vite qu'ils ne l'avaient fait par calèche le jour de leur arrivée. Ainsi, Thorne entraperçut Pinewood Manor pas plus de trois heures après que le soleil eut commencé à se lever à l'est. Il était encore tôt dans la journée et il se demanda si sa femme était déjà réveillée. Était-elle déjà descendue dans la salle du petit-déjeuner ? Ou bien était-elle toujours endormie dans sa chambre ?

L'enthousiasme bouillonnait dans ses veines et il espérait de tout son être qu'elle ne l'éconduirait pas. Thorne ne savait pas ce qu'il ferait dans ce cas, mais il craignait de ne pas y survivre.

Reconnaissant envers le garçon d'écurie qui l'avait rejoint au trot dès qu'il avait mis pied à terre, Thorne gravit rapidement les marches de la porte d'entrée et pénétra dans le vestibule. Reuben apparut de nulle part et lui adressa une révérence respectueuse.

— Ravi de vous revoir, Monsieur.

Thorne salua le vieil homme du menton.

— Bonjour. Ma femme est-elle déjà debout ?

— Je ne pense pas, Monsieur.

Sans un mot ou un regard de plus à son majordome, Thorne gravit quatre à quatre les marches qui menaient au deuxième étage. Une partie de lui se sentait bête, l'encourageait à ralentir, à rester prudent. Seulement, il était incapable d'obéir.

Il descendit le couloir à grandes enjambées, le regard braqué sur la porte de la chambre de son épouse. Devait-il frapper ? Serait-elle furieuse s'il déboulait de force ?

Un petit ricanement franchit ses lèvres parce qu'il savait que oui. Toutefois, il avait souvent l'impression qu'elle *aimait* être furieuse contre lui. Lui aussi ne pouvait pas dénier qu'il aimait son caractère, sa franchise, la façon dont elle lui résistait. C'était presque comme un jeu entre eu, un jeu qui s'était souvent conclu par un baiser.

Aujourd'hui aussi ?

Thorne hésita devant sa porte, mais pas pendant plus d'une seconde. Il était décidé à risquer sa colère. Il préférerait qu'elle le gronde plutôt que de lui dénier l'entrée. Alors, il ouvrit la porte sans un bruit pour s'avancer à l'intérieur.

Aucun son ne lui parvint, mais les rideaux n'étaient plus tirés. Les avait-elle laissés ouverts pendant la nuit ? Ou bien s'était-elle levée sans que Reuben s'en rende compte ?

Fermant la porte, Thorne se tourna vers le lit. Il se sentait comme un intrus, mais il ne pouvait pas s'en empêcher. Son regard remonta le long des couvertures. Il s'imagina son corps tentateur au-dessous, quand ses yeux se posèrent sur une petite main d'enfant.

Thorne cligna des paupières en s'arrêtant net.

— Sam ? marmonna-t-il en regardant sa femme et sa fille, blotties dans les bras l'une de l'autre, les yeux fermés et dormant paisiblement.

Il avait toujours su que Christina finirait par succomber à l'esprit audacieux de Samantha et à son rire innocent, mais il n'aurait jamais imaginé *ceci*. Quelque chose devait s'être passé pendant son absence et il était curieux d'apprendre quoi.

Il aimerait bien que la situation se débloque aussi pour Christina et lui. S'il lui posait la question, Samantha lui révèlerait peut-être son secret.

Pendant un long moment, Thorne resta au pied du lit, les yeux attirés par elles. Il ne les avait jamais vues aussi paisibles, pas même

Samantha. Avec le bras de Christina passé autour d'elle, la petite paraissait respirer plus facilement.

Un grand bâillement déforma soudain le visage de la fillette qui se retourna dans les bras de Christina, s'étirant alors que le sommeil la quittait lentement. Christina aussi commençait à remuer comme si elle sentait que la fillette allait se réveiller.

Au moment où Samantha le vit près du lit, elle écarquilla les yeux avant de se jeter soudain en avant.

— Papa !

Se redressant d'un bond, elle franchit le matelas sur la pointe des pieds avant de se jeter dans ses bras.

— Vous êtes de retour !

Thorne la serra fort, toujours émerveillé par la sensation qui le balayait quand ces petits bras s'enroulaient autour de son cou. Il n'y avait rien de comparable.

Rien.

Par-dessus l'épaule de sa fille, Thorne vit sa femme cligner des paupières et se redresser sur les coudes. Le sommeil s'attardait sur ses traits et elle se passa une main sur les yeux avant de le regarder.

— Bonjour, la salua Thorne avec un sourire quand il la vit rougir légèrement.

Elle prit une inspiration tremblante puis tendit lentement le bras pour remonter les couvertures presque jusque sous son menton.

Le sourire de Thorne s'approfondit jusqu'à ce que sa femme, abandonnant enfin toute tentative de se cacher de lui, se place en position assise et soutienne son regard avec une lueur inflexible dans les prunelles.

— Vous voilà de retour, énonça-t-elle.

Ce n'était pas une simple observation qui résonnait dans sa voix. Cela sonnait presque comme un défi.

Thorne hocha la tête, se demandant si elle se souvenait des dernières paroles qu'il lui avait adressées. *Sa promesse.*

— Oui, répondit-il, se demandant si elle voyait ce souvenir sur son visage.

Reposant Samantha sur le lit, Thorne regarda sa fille.

— Que faites-vous ici ? Je dois dire que je suis surpris.

Samantha jeta un regard amical à Christina par-dessus son épaule, ainsi qu'un sourire qui parlait de souvenirs partagés et de secrets murmurés.

— J'ai fait un cauchemar, dit Samantha en se tournant pour le regarder, les yeux encore un peu craintifs. J'avais peur, alors je suis venue ici.

Puis tout à coup, son visage s'illumina comme Thorne l'avait rarement vu.

— Christina m'a raconté une histoire sur les fées. C'était si beau ! Savez-vous qu'il y a des fées partout autour de nous ? Elles font semblant d'être des lucioles pour rester en sécurité.

— Je n'en avais aucune idée, répondit Thorne en lui rendant son sourire. Vous pourrez peut-être m'en dire plus après le petit-déjeuner. Vous devez avoir faim.

C'était vrai : il souhaitait en savoir plus sur ce qui s'était passé entre sa femme et sa fille en son absence. Cela dit, pour le moment, c'était une autre question qu'il avait à l'esprit.

Derrière eux, Christina se glissait hors du lit et enfilait une robe de chambre. Ses mains délicates en nouèrent rapidement la ceinture puis elle fit le tour du lit avant de poser ses yeux bleu clair sur Samantha.

— Vous devriez peut-être aller trouver Mrs Huxley et vous habiller. J'admets que moi aussi, je meurs de faim.

Sautant du lit, Samantha lui adressa un sourire rayonnant.

— Allez-vous me raconter d'autres histoires ? Sur les fées ?

Tout sourire, Christina plaça une main pleine de tendresse sur la joue de la petite fille.

— Bien entendu. Tout ce que vous voulez. Maintenant, allez vous habiller.

Ses boucles rebondissant de haut en bas, Samantha quitta la pièce en fredonnant une douce mélodie alors qu'elle continuait à descendre le couloir.

Dans le sillage de sa fille, Thorne se dirigea vers la porte... et la referma. Puis il se retourna vers sa femme qui l'observait attentivement.

— Que faites-vous dans ma chambre ?

Brièvement, elle détourna les yeux vers la porte avant de les reposer sur lui.

— Vous n'avez pas toqué, n'est-ce pas ?

— Comment le savez-vous ? sourit-il. Vous étiez endormie.

Se rappelant de ne pas précipiter les choses, Thorne s'approcha lentement d'elle.

Christina eut l'impression que son souffle restait coincé dans sa gorge. Toutefois, elle ne le quitta pas du regard.

— Est-ce ainsi qu'un gentleman se comporte ? En pénétrant dans la chambre d'une lady sans y être invité ?

Thorne ricana et fit un autre pas vers elle.

— Vous attendiez-vous à autre chose ? N'est-ce pas vous qui m'avez dit à répétition que je ne suis *pas* un gentleman ?

Elle afficha une ébauche de sourire et fit un pas en arrière. Heureusement, il n'y avait rien de timide ou même de craintif chez elle. Elle ne battait pas en retraite par inquiétude, mais… pour l'attirer plus près ?

— Gentleman ou non, vous n'avez aucun droit de vous trouver dans ma chambre.

Elle continua de battre en retraite jusqu'à ce que son dos se retrouve plaqué contre la colonne droite au pied de son lit.

Soutenant son regard, Thorne ignora ses paroles.

— Ah oui ?

Il la vit lever davantage le menton à chaque pas qu'il faisait, ses yeux bleus ne le quittant pas.

— Aimeriez-vous que je parte ? demanda-t-il en dépit du bon sens, conscient qu'il se briserait en mille morceaux si elle lui ordonnait de s'en aller.

Pendant un instant, Christina garda le silence. Pourtant, elle le regardait s'approcher avec quelque chose de plus que de l'intérêt.

— J'aimerais savoir ce que vous faites dans ma chambre, dit-elle enfin quand ils se retrouvèrent à trente centimètres l'un de l'autre.

— Pourquoi êtes-vous ici ?

Thorne ne pouvait s'empêcher de penser qu'elle savait exactement pourquoi il était là. Elle le savait, mais elle voulait qu'il le dise. Alors il le fit.

— Je suis là pour tenir ma promesse, murmura-t-il avant d'abaisser la tête vers elle.

Sa respiration s'accéléra et elle leva les yeux vers lui, les lèvres légèrement entrouvertes.

— Alors, vous êtes un homme de parole ?

— Toujours, murmura-t-il en se rapprochant, levant les mains pour les poser sur sa taille.

Il sentit un tremblement la parcourir alors que ses mains continuaient de glisser sur son dos, la prenant dans ses bras.

Le temps parut s'arrêter autour d'eux, les yeux dans les yeux, la distance qui les séparait diminuant progressivement alors qu'ils se rapprochaient comme deux aimants incapables de maintenir l'espace entre eux.

— Vous êtes parti longtemps, murmura Christina contre ses lèvres.

Elle respirait rapidement tout en posant les mains sur ses bras.

— Trop longtemps, murmura Thorne qui se délectait de la proximité entre eux.

C'était à la fois une torture et un véritable bonheur.

— Je vous ai manqué ?

Elle pinça les lèvres et il put voir quelque chose de particulièrement tentant pétiller dans ses yeux bleus. Ils brillaient d'une façon particulièrement attrayante et il se demanda si elle en avait conscience.

— Peut-être, répondit-elle avec un murmure en levant légèrement la tête.

Thorne afficha un large sourire avant de baisser le regard vers ses lèvres.

— Voulez-vous que je vous embrasse ?

— Un gentleman ne demanderait pas une chose pareille, le gronda-t-elle d'un ton taquin tout en se mordant la lèvre inférieure d'un geste profondément séducteur, mais bizarrement innocent.

Thorne poussa un ricanement profond.

— Je commence à penser qu'en dépit de toutes vos belles paroles, ce n'est pas un gentleman que vous voulez.

Il marqua un temps d'arrêt puis baissa rapidement la tête, venant frôler ses lèvres par un doux baiser.

— N'est-ce pas le cas ? Admettez-le. Vous commencez à aimer le fait que je ne suis pas un gentleman.

Il déglutit.

— Ce que vous commencez à aimer, c'est...

Il la contempla, la gorge serrée. Il sentit son propre cœur marteler dans sa poitrine et, étonnamment, il fut incapable d'achever ce qu'il avait commencé à dire.

Elle inspira et expira profondément.

— Vous ? demanda Christina.

Mais ce n'était pas vraiment une question. Elle referma les doigts sur ses bras comme si elle souhaitait l'attirer plus près de lui.

Thorne la laissa faire avec plaisir.

— Est-ce le cas ? murmura-t-il en lui effleurant à nouveau les lèvres d'un baiser.

— Jamais, répondit-elle avec un sourire avant de se hisser sur la pointe des pieds pour l'embrasser.

Thorne sentit un grondement bas remonter dans sa gorge.

— Jamais ? demanda-t-il avant de lui donner un autre baiser.

Elle leva les mains et il sentit le bout de ses doigts frôler son cou avant de s'enfoncer sous son col, resserrant leur prise sur lui.

— Peut-être.

— Peut-être ? la taquina-t-il en souriant contre ses lèvres.

— Peut-être un peu.

Thorne plaqua sa bouche sur la sienne et l'embrassa sans retenue. Puis il leva la tête et la regarda.

— Un peu ?

Elle respirait rapidement tout en essayant de le tirer vers elle.

— Ou un peu plus.

Elle se mordilla à nouveau la lèvre inférieure.

— Arrêtez de me taquiner, lui ordonna-t-elle avant de l'embrasser comme il avait espéré qu'elle le ferait.

S'abandonnant à leur baiser, Thorne se délecta d'elle. Sa peau était chaude et douce, même à travers les couches protectrices de tissu qui la protégeaient de ses mains inquisitrices. Toutefois, le nœud à l'avant de son peignoir ne survécut pas longtemps et il glissa les mains à l'intérieur.

Christina hoqueta en sentant un autre frisson courir le long de son dos. Pourtant, elle ne s'écarta pas et n'exigea pas qu'il s'arrête ou se comporte comme le gentleman qu'il n'était pas.

Et qu'il n'avait aucune intention d'être.

Au fil des caresses et des baisers, Christina gagnait en audace, sa passion reflétant celle de Thorne comme celui-ci n'aurait jamais pu l'espérer. Il s'apprêtait à la soulever afin de poursuivre sur le lit quand la voix de Samantha résonna dans le couloir.

— Venez-vous ?

Instantanément, ils s'écartèrent d'un bond. Ils respiraient tous les deux forts et se contemplaient, choqués. Une rougeur seyante colorait le visage de Christina qui détourna rapidement le regard, un sourire charmant, mais également embarrassé, dansant aux coins de ses lèvres.

Brièvement, Thorne ferma les yeux et rit doucement.

— Je l'aime profondément, mais cette petite a un timing affreux.

Levant la main pour refermer son peignoir, Christina sourit, les joues écarlates.

Un moment plus tard, la porte s'ouvrit à la volée et Samantha déboula, vêtue d'une robe bleu pâle et sa chevelure sauvage rassemblée en une tresse dans son dos. Elle leva les yeux vers Christina et plissa le front.

— Vous n'êtes toujours pas habillée !

Son regard était confus.

— Qu'est-ce que vous avez fait pendant tout ce temps ?

Thorne dut serrer les dents pour se retenir d'éclater de rire, car les regards inquisiteurs que lui jetait Samantha firent s'empourprer Christina.

— Vous sentez-vous bien ? demanda Samantha en plissant les yeux tout en regardant Christina. Vous avez l'air toute rouge.

Fermant les yeux, Christina inspira profondément, prenant garde à ne pas croiser son regard. Puis elle s'agenouilla pour parler à Samantha.

— Je vais bien, très chère. Et si vous descendiez au rez-de-chaussée ? Je vous promets de faire vite. D'accord ?

Fronçant toujours les sourcils, Samantha hocha la tête.

— Très bien.

— Et emmenez votre père avec vous, ajouta Christina avec un temps de retard avant que Samantha ne puisse trottiner hors de la pièce. Je n'ai pas besoin de lui ici.

Thorne se tourna pour regarder sa femme et vit qu'elle haussait les sourcils d'un air taquin. Sa rougeur s'estompait et une fois de plus, elle se dressa fièrement, soutenant son regard sans le moindre embarras.

— Ah oui ? demanda-t-il avec un sourire.

Christina hocha la tête. Ses yeux pétillaient de malice. Puis elle fit un pas en arrière pour le laisser passer, prenant garde à ne pas lui permettre de trop s'approcher.

— D'ailleurs, votre présence est terriblement distrayante. Si vous restez, je crois que je ne descendrai jamais, et j'admets avoir... très faim.

— Venez, Papa, s'exclama Samantha en le prenant par la main, l'entraînant à l'écart de Christina, vers la porte. J'ai très faim aussi. Elle s'habillera plus rapidement si vous n'êtes pas là.

À contrecœur, Thorne suivit sa fille.

— Et moi qui pensais que les dames ne pouvaient pas se lacer toutes seules...

L'expression du visage de Christina lui hurla qu'elle n'était pas trop innocente pour comprendre de quoi il parlait. Ses joues redevinrent écarlates et elle détourna rapidement le regard.

— Je vais appeler ma bonne, lui assura-t-elle quand elle se fut reprise. Ne vous en faites pas pour moi, Monsieur.

Thorne lui jeta un dernier regard plein de désir avant de refermer la porte derrière sa fille et lui. Toutefois, l'image de Christina, ses yeux bleus assombris par la passion et la ceinture de son peignoir défaite, lui trottait toujours dans la tête.

Ils savaient tous les deux ce qui se serait passé – ce qui aurait peut-être pu se passer – sans l'intrusion de Samantha.
— Je suis contente que vous soyez rentré.
Étirant son petit cou, Samantha lui adressa un large sourire.
— Moi aussi, répondit Thorne en souriant en retour.

CHAPITRE 34

DES HISTOIRES CACHÉES

Un panier de pique-nique au bras, Christina descendit la petite pente vers la prairie. Le soleil brillait fort et elle dut plisser les paupières pour repérer le père et la fille à l'orée de la forêt. La brise légère emportait leurs voix jusqu'à ses oreilles, mais elles n'étaient guère plus qu'un écho distant. Elle ne distinguait pas les mots. Tout ce qu'elle savait, c'était qu'ils parlaient de joie et de bonheur.

Traversant les hautes herbes, Christina s'émerveilla des changements drastiques de sa vie au cours des quelques semaines précédentes. Il n'y avait pas si longtemps, elle n'avait même pas su que Thorne et Samantha existaient. À l'époque, elle ne connaissait que son nom et l'avait reconnu à travers une salle de bal. Et maintenant ?

Maintenant, il était son mari.

Elle sentit un sourire jouer sur ses lèvres, pourtant toujours accompagné d'un sentiment de culpabilité et de honte. Oui, Thorne était devenu son mari, mais il n'aurait peut-être pas dû l'être. Il aurait peut-être dû devenir le mari de Sarah. Christina se représentait aisément sa très chère amie ici, dans la prairie, emportant un panier de pique-nique pour sa nouvelle famille. Une telle existence aurait rendu

Sarah heureuse, n'est-ce pas ? Ici, elle aurait été en sécurité, aimée et chérie, loin de ses parents égoïstes.

Elle aurait été heureuse ici.

— Regardez comme je suis haut ! appela Samantha, perchée dans un arbre.

Une main accrochée autour d'une branche épaisse, elle agitait frénétiquement l'autre, un grand sourire de triomphe sur son petit visage.

Christina lui rendit son salut.

— Faites attention. Ne tombez pas.

Elle se rapprocha de quelques pas, puis s'arrêta et regarda Thorne diriger les mouvements de Samantha. Il s'exprimait calmement avec une voix qui débordait de conviction, comme s'il savait avec une certitude absolue qu'il n'allait rien arriver de mal et que Samantha trouverait le moyen de redescendre saine et sauve.

Bien entendu, il ne pouvait pas *savoir*. Toutefois, c'était la réassurance dans sa voix qui paraissait rendre le monde plus sûr.

Du moins pour Samantha.

Machinalement, Christina se prit à contempler Thorne. Si par le passé, elle avait refusé d'admettre qu'il avait un sourire attirant et des yeux terriblement tentants, elle ne pouvait plus le faire. À présent, elle le voyait pour ce qu'il était. Il n'était pas un gentleman, mais un homme gentil et aimant. Un homme qui montrait du respect à ceux qui le méritaient. Un homme qui était fort et qui se battait non seulement pour lui-même, mais également pour les autres. Il n'était pas du genre à fermer les yeux et à ignorer les appels de détresse qui résonnaient autour de lui.

D'accord, il n'était pas un gentleman, mais il *était* un homme incroyablement bon.

Au cours des quelques derniers jours depuis son retour de Londres, Christina avait été trop consciente de sa présence. Dès qu'il entrait dans une pièce, toute son attention se braquait sur lui. C'était comme si le reste du monde était plongé dans les ombres alors qu'il se tenait dans la lumière.

— À présent, sautez ! lui ordonna Thorne en prenant les petites mains de Samantha dans les siennes.

Elle s'accroupit sur la branche basse et sans le quitter du regard, elle se propulsa à terre. Il ne lâcha pas ses mains avant qu'elle ait atterri.

— Vous avez vu ? Christina, vous m'avez vue sauter ? s'exclama Samantha qui vint la rejoindre en courant, le visage plein de joie et de fierté.

Tirée hors de ses pensées, Christina s'éclaircit la gorge avant de rendre son sourire à la petite fille.

— Oui, j'ai vu. C'était effrayant. Tout va bien ?

Elle posa le panier de pique-nique pour en sortir la couverture.

— Et si on s'installait là-bas ? demanda Thorne en s'approchant à grands pas. Sous l'arbre, à l'ombre ?

Il la regarda dans les yeux et Christina sentit son cœur s'arrêter de battre. Elle baissa rapidement les yeux et s'occupa du panier.

— Très bien.

Elle allongea le pas afin de placer de la distance entre eux. Pourtant, du coin de l'œil, elle vit qu'il était confus.

Bien entendu, il remarquait son comportement étrange. Elle se comportait comme une imbécile, comme une mauviette. Elle avait choisi cette vie et maintenant, elle avait des regrets. Elle ne regrettait pas son choix, plutôt le fait qu'il lui avait coûté quelqu'un qu'elle aimait profondément.

Oh, si seulement elle pouvait être heureuse ici ! Si seulement elle pouvait s'abandonner à cette vie ! Comment se sentirait-elle si elle s'autorisait à vivre véritablement ici, à Pinewood Manor ? À être pleinement la femme de Thorne ?

Son mari s'approcha et lui retira la couverture des mains.

— Tout va bien ? demanda-t-il en essayant à nouveau de la regarder dans les yeux. Vous n'avez pas l'air… d'être vous-même.

Christina leva rapidement les yeux vers lui et sourit.

— Je vais parfaitement bien.

Puis elle se détourna et s'agenouilla près du panier. Du coin de l'œil, elle vit qu'il dépliait la couverture. Samantha l'aida à arranger les coins. Puis elle leur tendit la nourriture à tous les deux pour qu'ils la disposent au centre. Elle gardait les mains occupées et les yeux détournés. Toutefois, tout fut vite prêt, et le père et la fille s'installèrent sur la couverture avant d'étirer les jambes.

— Vous n'allez pas vous asseoir avec nous ? demanda Samantha en prenant une pâtisserie fourrée à la marmelade. Vous n'avez pas faim ?

Samantha lui sourit puis se posa près de la fillette, s'efforçant de garder ses distances avec son mari.

— Je suppose que je n'ai pas aussi faim que vous. Toutefois, ce n'est pas moi qui ai grimpé au sommet de l'arbre, n'est-ce pas ?

Une fois encore, Samantha rayonna de joie avant d'attaquer comme un lion affamé la pâtisserie qu'elle tenait à la main.

— Voulez-vous bien nous raconter une histoire ? demanda-t-elle, la bouche pleine. Qu'est-il arrivé à la petite fille après qu'elle s'est enfuie de la maison ?

Christina se tendit et ses yeux se tournèrent involontairement vers son mari.

— Peut-être plus tard.

Elle n'aurait su dire précisément pourquoi elle avait hésité. Toutefois, elle n'avait jamais raconté ses histoires à personne. Seule sa famille était au courant… et maintenant Samantha.

— Moi aussi, j'aimerais entendre votre histoire, dit Thorne dont le regard s'attarda sur son visage.

Elle voyait qu'il percevait son malaise et qu'il se demandait pourquoi.

Cependant, Christina hésitait. Désapprouverait-il ? Ou bien ne protesterait-il pas tant que ses aspirations ne dépassaient jamais ce qui était jugé approprié pour une femme ? Ou peut-être était-ce la solution qu'elle avait recherchée ?

Peut-être que s'il apprenait son rêve d'enfant de devenir écrivaine, si elle lui faisait croire qu'elle avait toujours l'intention de s'y adonner, il se montrerait indigne d'elle. Il lui dirait certainement d'oublier ces aspirations et de se concentrer plutôt sur son ménage et sa famille.

Comme le mari de Tante Francine.

Peut-être alors ne se sentirait-elle plus coupable d'avoir dérobé un bon mari à son amie. Peut-être qu'alors, son cœur se détournerait de lui et elle se sentirait libre de ressentir ce qu'elle voudrait.

Christina poussa un profond soupir.

— Très bien.

Elle essaya de rassembler ses pensées, car cela faisait un long moment qu'elle n'avait pas parlé de ses histoires à qui que ce soit.

Samantha était différente. C'était une enfant et ses yeux lumineux lui faisaient tout percevoir d'une façon différente. Les adultes n'étaient pas ainsi. Ils étaient critiques et prompts au jugement. Leurs paroles savaient trancher en plein cœur.

Les yeux braqués sur la petite fille, Christina entama son histoire.

— Il faisait déjà sombre quand Anna quitta la maison. Elle ne savait pas où aller, mais permit simplement à ses pieds de l'entraîner en avant. Cette nuit-là, un vent glacial soufflait, tirant sur ses cheveux et ses jupes alors qu'elle titubait dans les herbes hautes. Les yeux pleins de larmes, elle voyait à peine à deux pas devant elle. Même sans les larmes qui roulaient sur ses joues, elle aurait eu du mal à distinguer quoi que ce soit autour d'elle. Des ombres sombres s'étiraient et la faible lumière qui touchait le monde cette nuit-là ne lui permettrait pas de trouver sa route.

Assise complètement immobile, Samantha la regardait, ayant tout oublié du morceau de pâtisserie qu'elle avait dans la bouche.

— Qu'est-ce qu…? essaya-t-elle de demander, la bouche pleine.

Puis elle s'interrompit, mâcha à plusieurs reprises et déglutit.

— Qu'est-il arrivé ensuite ? S'est-elle perdue ?

Samantha sourit à la petite fille.

— C'est ce qu'elle craignait. Elle laissa ses yeux errer sur le paysage, ne discernant que des ombres et des ténèbres. Elle savait qu'elle ne pouvait pas retourner chez elle, aussi continua-t-elle même si elle ne savait pas où elle allait.

Samantha se rapprocha, les yeux écarquillés, écrasant la pâtisserie entre ses mains et répandant de la marmelade sur ses doigts et la couverture.

— Elle a continué à marcher, poursuivit Christina en gardant les yeux sur la petite fille. Ses jambes ont commencé à se faire lourdes, mais elle a continué. Au bout d'un long moment, elle vit enfin quelque chose à l'horizon.

Samantha inspira profondément et plaqua joyeusement les mains ensemble.

— Des fées !

La pâtisserie était à présent complètement détruite et elle collait non seulement aux mains de Samantha, mais également à sa robe et à différents endroits de la couverture.

Thorne ricana puis se redressa.

— Vous feriez mieux de vous débarbouiller avant que Mrs Huxley ne vous voie.

Il tendit la main vers un pichet d'eau et encouragea Samantha à quitter la couverture et à lui tendre les mains. Puis il les nettoya jusqu'à ce que l'enfant se retrouve à nouveau raisonnablement propre.

— Vous avez toujours faim ?

Regardant ses mains vides, Samantha hocha la tête.

— Alors je suppose que nous devrions manger avant que Christina poursuive son histoire, suggéra Thorne avec un sourire, car nous ne possédons pas des réserves illimitées de nourriture et si, par enthousiasme, vous continuez à en écraser entre vos mains, nous nous retrouverons certainement à court.

Samantha hocha la tête, lui obéit et se rassit sur la couverture avant de prendre une pâtisserie. Thorne aussi revint s'asseoir avec elles sauf que cette fois, il s'installa bien plus près de Christina. Elle sentit son regard courir ici et là, puis elle se tourna vers lui.

— Quelque chose ne va pas ? demanda-t-elle, incapable de garder un ton posé.

Thorne fronça les sourcils.

— Je m'apprêtais à vous demander la même chose, répliqua-t-il en coulant un regard en coin à Samantha qui ne semblait rien remarquer, trop occupée à engloutir une autre bouchée. J'ai l'air de vous contrarier. Qu'ai-je fait ? demanda-t-il en se rapprochant.

Christina ouvrit la bouche, mais rien n'en sortit, car en vérité, il n'avait rien fait. C'était bien là le problème, n'est-ce pas ?

— J'ai fini, s'exclama Samantha avant de se redresser pour aller s'asseoir sur les genoux de son père. Voulez-vous bien continuer l'histoire, maintenant ?

Reconnaissante de l'interruption de la petite fille, Christina hocha la tête. Elle garda le regard braqué sur les grands yeux verts de Samantha et fit de son mieux pour ignorer l'homme qui continuait de la scruter tel un faucon.

L'après-midi se déroula rapidement et de façon plaisante, malgré la tension qui subsistait dans le corps de Christina. Elle ne cessait de jeter des regards en coin à son époux, ne parvenant pas à deviner ce qu'il pensait. Elle ne lisait pas de la désapprobation sur son visage, mais plutôt de la confusion et le désir de comprendre.

Elle savait parfaitement ce qu'il ressentait, car c'était aussi ce qu'elle voulait. Ses propres actions et ses pensées ne l'avaient encore jamais autant déboussolée. Elle ne s'était encore jamais sentie autant en décalage avec le monde et elle-même.

Quand il fut temps de rentrer, Christina marmonna une excuse, les priant de ramener le panier de pique-nique à la cuisinière tout seuls. Puis, avant qu'ils ne puissent protester ou lui demander des détails, elle s'éclipsa rapidement.

Une sensation d'épuisement s'attardait dans ses membres, car maintenir cette façade était éreintant. Oui, elle faisait semblant. Elle faisait semblant d'être en colère contre son mari. Elle faisait semblant de prendre du bon temps. Elle faisait semblant de ne *pas* prendre du bon temps. Elle faisait semblant de...

Christina ne savait plus. Elle titubait presque à l'aveuglette, ce qui lui rappelait la fillette de son histoire qui avançait sans y voir, sachant simplement qu'elle devait s'enfuir.

Elle se glissa à l'intérieur par une porte dérobée et réussit à retrouver le chemin du salon. Là, elle se laissa tomber sur un fauteuil, épuisée. Elle inspira profondément à plusieurs reprises avant de se redresser une fois de plus pour commencer à arpenter la pièce, incapable de rester en place, son esprit débordant de pensées.

— Que suis-je censée faire ? murmura-t-elle, tiraillée dans des directions opposées.

Même si Christina n'avait pas écrit à Sarah à l'avance pour l'informer de sa décision d'épouser Thorne, elle avait réussi à trouver le courage de lui écrire après coup. Quelques semaines auparavant, Christina avait enfin rédigé une lettre détaillant tout ce qui s'était passé et s'excusant platement d'avoir privé Sarah d'un mari correct. Elle ne savait pas à quoi elle s'attendait ni ce qu'elle espérait ; Sarah n'avait pas encore répondu.

Jusque-là, elle n'avait pas reçu la moindre lettre de son amie.

Aucune.

— Que vais-je faire ? marmonna-t-elle à nouveau.

Sans la bénédiction de Sarah, un nuage sombre pèserait pour toujours sur son mariage, sur chaque moment. En dépit des paroles de Sarah, Christina ne pouvait s'empêcher de penser que son amie avait peut-être le cœur brisé après tout. Avant, elle n'avait pas su quel homme fantastique était Thorne… Pas avant que Christina le lui révèle. Était-il possible que Sarah ne souhaite pas leur offrir sa bénédiction ? Était-ce pour cela qu'elle n'avait pas encore répondu ?

Si seulement Christina n'avait jamais… fini par apprécier son époux ! Si seulement !

— Pourquoi ne peut-il pas être celui que je pensais ? Pourquoi ne peut-il pas être une fripouille, un vaurien et un homme réprouvé ? Pourquoi ?

Elle secoua la tête.

— Cela simplifierait tout, dit-elle alors qu'un grognement frustré remontait dans sa gorge. Pourquoi est-ce qu'il me plaît ?

— *Il me plaît ! Il me plaît !* piailla Biscuit dans le coin.

Christina sursauta et fit volte-face pour regarder l'oiseau.

— Que fais-tu ici ? demanda-t-elle sottement, se maudissant de n'avoir pas remarqué plus tôt la présence de l'oiseau.

— *Sam ! Sam !* répondit Biscuit comme s'il lui expliquait comment il s'était retrouvé là.

Avec un profond soupir, Christina se détourna et se dirigea vers la fenêtre, posant la tête contre la vitre froide.

— Qu'est-ce que je vais faire ?

— Vous pourriez me dire ce qu'il se passe ? dit Thorne depuis la porte.

Christina fit volte-face.

Sans bouger, il la regarda un moment avant de refermer la porte. Puis il vint vers elle.

— Que s'est-il passé ? demanda-t-il en scrutant son visage comme s'il espérait y lire la réponse à sa question. Pourquoi vous êtes-vous enfuie ?

Reculant jusqu'à ce que la fenêtre mette un terme à sa retraite, Christina secoua la tête. Elle n'arrivait pas à penser clairement. Ses nerfs étaient trop à vif. Elle avait besoin qu'il parte.

— Ce n'est rien, lança-t-elle en levant la main pour l'arrêter quand il continua à s'approcher d'elle. Partez. Je souhaite être seule.

Thorne secoua lentement la tête.

— Parlez-moi, Chris. Vous êtes perturbée depuis des jours, des semaines, même. Pensez-vous honnêtement que cela va se dissiper si vous l'ignorez ?

Christina se mordilla la lèvre inférieure, tentée de tout lui avouer, mais également déterminée à le tenir à bonne distance.

— *Il me plaît ! Il me plaît !* piailla Biscuit.

Christina se glaça, sentant ses yeux s'écarquiller alors qu'elle regardait son mari, les mots de l'oiseau – ses propres mots ! – résonnant à ses oreilles.

Thorne s'immobilisa et ses yeux se posèrent sur l'animal avant de revenir attentivement sur elle. Elle vit soudain qu'il comprenait. Un sourire taquinant ses lèvres, il fit un autre pas vers elle.

— C'est de cela qu'il s'agit ? demanda-t-il. Vous craignez de m'apprécier ?

Incapable de dire quoi que ce soit, Christina continua de le regarder.

— Pourquoi ?

CHAPITRE 35

UN CŒUR DÉCHIRÉ

— Pourquoi avez-vous peur de m'apprécier ? demanda Thorne en contemplant son épouse.

Pâle et l'air profondément malheureuse, celle-ci se tenait près de la fenêtre, les yeux écarquillés, lui rappelant un animal pris au piège, effrayé et cherchant désespérément un moyen de s'échapper.

Il l'observait depuis plusieurs jours. Il avait vu le déchirement dans son regard, mais il n'en comprenait pas la raison. À certains moments, elle se ravissait de sa présence alors qu'à d'autres, la lumière dans ses yeux s'éteignait à son approche. Il avait l'impression qu'elle était incapable de décider si elle désirait ou non sa présence. Se pourrait-il qu'elle ait des sentiments pour lui après tout, mais qu'elle se dise que c'était mal de sa part ?

Frustré par son silence, Thorne se rapprocha d'elle et posa les mains sur ses épaules. Il baissa la tête pour la regarder en face.

— Chris, je vous en prie ! Dites-moi ce qui vous arrive.

Il inspira lentement afin de garder son calme.

— Je vois bien… que vous m'appréciez.

Elle cligna des paupières et leva les yeux afin de soutenir son regard.

— Je sens bien que vous m'appréciez. Pourquoi cela vous dérange-t-il autant ?

Elle lui répondit par un regard angoissé avant de refermer les paupières et de se pencher pour poser le front contre sa poitrine.

— Vous êtes un homme bien, marmonna-t-elle avec un profond soupir.

Continuant de la tenir par les épaules, Thorne se demanda si elle le repousserait s'il la prenait dans ses bras.

— Est-ce mal ? demanda-t-il avec un petit ricanement afin de détendre l'atmosphère.

Le front toujours posé contre sa poitrine, elle hocha la tête.

— Oui, c'est mal. Terriblement mal.

Essayant de ne pas rire, Thorne baissa les yeux vers le sommet de son crâne.

— Très bien, dit-il prudemment.

Il aurait aimé savoir ce qui la tracassait.

— Voudriez-vous bien m'expliquer votre raisonnement ? Car je dois admettre que je ne comprends pas. Au début, vous me critiquiez parce que je ne suis pas un gentleman. Honnêtement, je pensais que vous seriez contente de découvrir que je suis un homme correct, tout du moins.

Elle continuait à lui dissimuler son visage.

— Je lui ai dérobé sa seule perspective de bonheur, marmonna-t-elle dans les plis du veston de son époux avec une note de colère et de regret dans la voix.

Pourtant, elle semblait plus épuisée qu'autre chose.

— À qui avez-vous dérobé ses perspectives de bonheur ? demanda Thorne, confus. De quoi parlez-vous ?

Un petit grognement remonta dans la gorge de la jeune femme qui s'écarta soudain de lui avant de lever le menton, les yeux mouillés.

— De Sarah !

— Miss… Miss Mortensen ?

Christina leva les mains au ciel.

— Oui, qui d'autre !

Pendant un long moment, Thorne la scruta, essayant de déchiffrer les nombreuses émotions subtiles qui dansaient sur son visage. Ses yeux recelaient davantage que de la colère et du regret. Il y avait également de la chaleur et de l'espoir. Pourtant, cet espoir brillait comme la lueur tamisée d'un fanal qui peinait à fendre l'obscurité.

Se mordant la lèvre inférieure, Christina ferma brièvement les yeux. Quand elle les rouvrit, elle semblait plus calme.

— Je vous ai mal jugé, dit-elle enfin d'une voix débordante de regrets. Je pensais que vous étiez un homme complètement différent. Je pensais… je pensais que je vous lui feriez du mal, que vous la rendriez malheureuse. Je pensais qu'elle ne serait pas en sécurité avec vous.

Thorne fronça les sourcils. Il ne comprenait toujours pas précisément ce qui la contrariait. Après tout, s'il avait vraiment épousé Miss Mortensen, ils n'auraient jamais été heureux ensemble. Cette idée était ridicule !

— Je n'aurais jamais dû m'en mêler, s'exclama Christina avec un sanglot.

Elle le regarda, les yeux soudain remplis de larmes, secouant lentement la tête de droite à gauche.

— Si je ne vous avais pas mal jugé, si je ne l'avais pas crue en danger, je ne m'en serais jamais mêlée. C'est la pire erreur que j'ai jamais commise.

Thorne se crispa en l'entendant.

— Vous… vous regrettez de m'avoir épousé ?

Christina hocha énergiquement la tête.

— Oui !

Des larmes inondaient ses joues.

— Vous auriez pu être *son* mari ; elle aurait été en sécurité avec vous. Elle aurait pu être heureuse après tout ce que ses parents lui ont fait. Elle mérite d'être heureuse.

Fermant les paupières, Christina essuya les larmes qui coulaient sur ses joues.

— Je croyais que je l'aidais, mais non ! Je n'ai fait qu'aggraver la situation.

Thorne sentit que ses muscles se détendaient alors qu'il commençait enfin à comprendre ce qui bouleversait si profondément son épouse. D'abord, il avait cru voir ses peurs confirmées : elle n'avait jamais voulu l'épouser, elle regrettait de l'avoir fait. Mais ce n'était pas exactement cela...

Thorne lui prit les mains.

— Chris, regardez-moi.

Ravalant ses dernières larmes, Christina leva la tête.

— Je n'ai pas envie de vous apprécier, murmura-t-elle en le regardant, une note d'accusation dans la voix. Pourquoi ne pouviez-vous pas être un homme horrible ?

Sentant son cœur s'alléger, Thorne poussa un petit rire.

— Je suis profondément désolé de vous décevoir, ma chère.

Il l'étreignit plus fort, souhaitant la réconforter, mais également la tenir contre lui. Les yeux de Christina contenaient une telle tristesse que cela lui brisa le cœur.

— Je vous apprécie aussi, murmura-t-il avec un sourire taquin.

Poussant un profond soupir, Christina essaya de sortir de son étreinte.

— C'est encore pire.

Toutefois, une étincelle de quelque chose de chaud et de séduisant avait pétillé dans ses yeux, comme si ces mots lui avaient plu.

— Comment cela ? s'enquit Thorne, confus.

Christina haussa les épaules.

— Je ne sais pas, mais c'est la vérité.

Encore une fois, elle essaya de quitter son étreinte, mais il ne voulut pas la lâcher.

— Allez-vous arrêter d'essayer de vous enfuir ? demanda Thorne en resserrant les bras autour d'elle.

— Lâchez-moi, tout simplement ! lança-t-elle en plaquant ses paumes sur son torse pour essayer de le repousser.

En vain.

— Pas avant que vous n'ayez écouté ce que j'ai à dire.

Elle se débattit inutilement pendant encore quelques minutes puis leva enfin la tête et céda.

— Très bien. Qu'avez-vous à dire ?

Thorne inspira profondément, espérant que ce qu'il voulait lui communiquer ne les séparerait pas encore davantage. Il pensait qu'une femme ordinaire apprécierait les mots qu'il s'apprêtait à prononcer, mais Christina était loin d'être une femme ordinaire.

— Je n'aurais jamais épousé votre amie.

Elle leva les yeux vers lui et se figea.

— Mais vous… ?

Elle cligna des paupières.

— Pourquoi dites-vous une chose pareille ? Vous parliez à son père. Vous m'avez fait comprendre que vous aviez l'intention de l'épouser !

— C'est vrai, acquiesça Thorne. Je pensais que c'était une union mutuellement avantageuse qui satisferait tout le monde.

Il se souvenait très bien de ses concepts naïfs sur le mariage et tout ce que cela pouvait impliquer. Il avait été bien bête de croire qu'un mariage ne pouvait être davantage qu'une simple entente commerciale.

— Je voyais parfaitement qu'elle ne souhaitait pas m'épouser. J'ai vu son visage pâlir et ses mains trembler. Je ne suis pas un ogre. Je n'aurais jamais épousé une femme que je terrifie.

Il secoua lentement la tête afin d'appuyer ses propos.

Christina plissa le front. Elle eut l'impression de sentir son cœur battre plus vite.

— Mais vous avez dit…

Elle l'observa de plus près en plissant les paupières.

— Vous m'avez tendu la perche. Vous m'avez tenu ces propos parce que vous saviez qu'ils me contrarieraient. Vous vouliez me contrarier ! C'était un jeu, n'est-ce pas ?

Encore une fois, elle tenta de le repousser et encore une fois, Thorne ne la lâcha pas.

— Oui, c'était un jeu, lui dit-il en baissant la tête d'un autre centimètre afin de plonger dans son regard, auquel j'ai aimé jouer avec vous. Pouvez-vous vraiment me regarder en face et me dire que ce n'était pas réciproque ?

Christina pinça les lèvres, mais la colère dans ses yeux parut s'apaiser... du moins un peu.

— Le jour du mariage de ma sœur, commença-t-elle en scrutant son visage, vous ne m'avez pas surprise dans la bibliothèque par accident, n'est-ce pas ?

Thorne secoua la tête et se demanda pourquoi elle lui reposait la question.

— Non.

— Pourquoi ? Pourquoi m'avez-vous compromise ?

Serrant les dents, Thorne la plaqua contre lui. Puis sa main gauche remonta, parcourut la nuque de la jeune femme et se glissa dans ses cheveux pour saisir l'arrière de sa tête.

— Parce que je vous voulais, murmura-t-il avec passion en baissant la tête si bas que leurs nez se frôlaient. À la seconde où je vous ai vue, j'ai su que c'était vous que je voulais. Je savais aussi que vous n'accepteriez jamais de m'épouser, pas avec la façon dont vous me regardiez et la rudesse de vos propos à mon égard.

Il pinça les lèvres, se remémorant le choix qu'il avait fait au cours des semaines précédentes.

— Oui, je vous ai forcé la main et je sais que je n'aurais pas dû.

Il secoua la tête en soutenant le regard surpris de son épouse.

— Cela dit, je ne regrette pas mes actes.

Trop choquée pour dire quoi que ce soit, Christina leva les yeux vers lui. Elle respirait rapidement et il sentit son souffle taquiner ses lèvres, le tentant, le défiant de s'approcher. Toutefois, au moment où il baissa la tête, elle se crispa et essaya de s'écarter.

— Vous me désiriez, murmura-t-elle d'une voix essoufflée en ouvrant des yeux aussi ronds qu'avant, parce que mon père...

Un coup résonna soudain à la porte et Thorne réalisa avec un temps de retard que des voix résonnaient dans le vestibule.

À contrecœur, il lâcha sa femme et fit un pas en arrière.

— Entrez.

Reuben apparut et s'inclina rapidement.

— Pardonnez-moi, Monsieur. Vous avez de la visite.

Soutenant toujours le regard de sa femme, Thorne demanda :

— Qui est-ce ?

— La comtesse douairière de Whickerton, ainsi que lady Juliet et lady Harriet.

Clignant des paupières, Christina regarda successivement la porte et son mari.

— Elles sont ici ? demanda-t-elle avec une surprise véritable.

— Dois-je les faire entrer ? répondit Reuben en hochant la tête.

Avant que quiconque puisse répondre, des pas se rapprochèrent et la voix de la douairière résonna, claire et sonore.

— Oh, je ne vais pas prendre racine en attendant la réponse à une simple question !

Elle déboula dans la pièce et adressa un sourire gentil à un Reuben déboussolé. Puis, en dépit de sa canne sur laquelle elle s'appuyait lourdement, elle se précipita vers Christina.

— Ma chère, c'est bon de vous revoir. Vous êtes resplendissante.

Thorne la vit pourtant plisser les yeux en observant sa petite-fille avant de se tourner vers lui.

— Bienvenue à Pinewood Manor, Madame, la salua-t-il avant de se tourner vers ses deux petites-filles qui entraient dans la pièce à sa suite. Nous sommes ravis que vous ayez décidé de nous rendre visite.

La douairière ricana.

— C'est gentil de votre part.

Elle regarda les yeux toujours rougis de Christina ainsi que la pulsation qui battait dans son cou avant de soutenir à nouveau le regard de Thorne.

— J'ai l'impression que nous avons interrompu un moment important, dit-elle en haussant des sourcils interrogateurs.

Thorne déglutit. Il ne savait pas quoi dire. Il se tourna pour regarder sa femme qui s'avançait vers sa grand-mère pour l'étreindre.

— Je suis si heureuse de vous voir, Grannie. Cela faisait trop longtemps.

Serrant sa petite-fille contre elle, la douairière lui tapota le dos.

— Absolument, ma chère.

Elle s'écarta et scruta le visage de sa petite-fille, un sourire bienveillant aux lèvres.

— Allons, j'ai entendu dire qu'il se trouve dans cette maison une enfant qui serait mon arrière-petite-fille. J'insiste pour la rencontrer sur-le-champ.

Le sourire de la douairière se fit radieux, se muant en quelque chose que Thorne savait qu'il n'oublierait jamais, pas plus que les paroles qu'elle venait de prononcer.

Au fond de lui, il avait toujours espéré les entendre.

CHAPITRE 36

MARI ET FEMME

Malgré la situation précaire entre elle et son époux, Christina était soulagée de voir sa grand-mère. Il en allait toujours ainsi avec les grands-parents et les parents, n'est-ce pas ? Ils possédaient le don de rassurer et de réconforter par leur simple présence, offrant toujours une parole gentille et un doux sourire. Rien n'était résolu, mais le monde semblait plus lumineux.

Jetant un dernier regard à son époux, Christina étreignit ses sœurs puis les emmena toutes dans le jardin où Samantha cueillait des fleurs. La fillette les dévisagea en ouvrant de grands yeux puis elle se rapprocha lentement. Son regard passa de Grannie Edie à Juliet puis Harriet.

— Avons-nous des visiteurs ? demanda-t-elle en allant vers Christina pour lui prendre la main.

La jeune femme lui sourit, mais avant qu'elle ne puisse répondre, sa grand-mère s'avança.

— Non, ma chérie, nous ne sommes pas des visiteurs. Nous sommes de la famille.

Elle parcourut Samantha du regard et Christina vit quelque chose de profondément affectueux illuminer les yeux de son aïeule.

— Je suis la grand-mère de Christina, le saviez-vous ?

Samantha écarquilla les yeux et secoua la tête. Elle serra plus fort les fleurs qu'elle tenait à la main.

Grannie Edie poussa un petit rire.

— Je suis une vieille dame, mais l'avantage est que les vieilles dames ont la chance de devenir grands-mères.

Son sourire s'illumina alors qu'elle s'efforçait de se pencher vers Samantha.

— Et maintenant, j'aimerais aussi devenir une arrière-grand-mère. La vôtre. Cela vous conviendrait-il ?

Plus Grannie Edie parlait, plus les petits yeux de Samantha s'écarquillaient.

— Vous souhaitez être mon arrière-grand-mère ? demanda-t-elle avec tant d'espoir et d'envie dans la voix que Christina sentit les larmes lui brûler les yeux pour la deuxième fois de la journée.

Grannie Edie hocha la tête.

— Bien entendu. Si vous êtes d'accord, nous deviendrons arrière-grand-mère et arrière-petite-fille. Ne serait-ce pas merveilleux ?

Elle battit des mains et faillit en laisser tomber sa canne.

— D'ailleurs, je suis quasiment certaine que je n'ai jamais entendu quelque chose d'aussi fantastique. Pas vous ?

Un sourire enchanté s'empara du visage de Samantha qui hocha la tête.

— Vous seriez mon arrière-grand-mère ? Pour toute la vie ?

— Pour toute la vie. C'est promis.

Le sourire de Samantha s'élargit tant que Christina craignit que les joues de la petite fille ne lui fassent mal.

— Puis-je vous appeler Arrière-grand-maman ?

Grannie Edie plissa légèrement le front.

— Bien entendu. Toutefois, c'est un peu long, vous ne trouvez pas ? Si vous le souhaitez, appelez-moi simplement Grannie Edie, dit-elle en levant les yeux vers ses petites-filles, puisque Christina et vos deux nouvelles tantes le font également.

Samantha s'immobilisa.

— Deux nouvelles tantes ?

Christina soupira tout en regardant Samantha rencontrer sa

nouvelle famille. Elles étaient toutes heureuses de la voir et en peu de temps, des étreintes et des fleurs furent échangées. Très vite, Harriet fit pouffer Samantha et la pourchassa sur la pelouse, faisant semblant d'être un loup ou un lion qui voulait la dévorer.

Grannie Edie rit doucement en les regardant.

— Qui aurait cru que vous seriez la première de mes petites-filles à devenir mère ? dit-elle en tapotant doucement la main de Christina.

— Je ne suis pas certaine de me sentir vraiment mère.

Grannie Edie lui serra le bras.

— Ne vous inquiétez pas. Cela viendra. Avec le temps.

Elle regarda Samantha qui poussa des cris de joie lorsque Harriet la rattrapa.

— Vous êtes déjà très douée. L'enfant vous adore et se sent en sécurité avec vous. C'est tout ce qui compte.

Juliet poussa un profond soupir. Elle regarda Samantha d'un air mélancolique.

— Elle est vraiment inestimable.

Christina coula un regard à sa sœur aînée. Elle s'était demandé plus d'une fois pourquoi Juliet n'était pas mariée. Apparemment, sa sœur aînée se satisfaisait d'être la dame de compagnie de sa grand-mère. Pourtant, par moments, elle semblait nostalgique. Son visage se faisait mélancolique quand elle voyait des mères avec leurs enfants ou des femmes avec leurs époux.

Les jours suivants se déroulèrent dans la bonne humeur et rappelèrent à Christina sa propre enfance. La maison débordait de rires et de joie alors que Samantha filait d'une pièce à l'autre, trouvant toujours en Harriet ou Juliet une camarade de jeu… ou même Grannie Edie qui n'était jamais trop fatiguée pour jouer à la dînette ou lui lire une histoire. Samantha s'épanouissait sous toutes leurs attentions. Elle était réellement faite pour avoir une grande famille. Christina s'imaginait sa joie quand le reste de sa famille arriverait.

Selon Grannie Edie, ses parents avaient voulu passer par Whickerton Grove avant de leur rendre visite. Bien entendu, lord Whickerton avait besoin de s'occuper de son domaine et pour être honnête, Christina était soulagée qu'ils n'aient pas débarqué tous en même temps. La présence de Grannie Edie et de ses deux sœurs était une bonne façon d'aborder les choses en douceur.

Le seul nuage sombre à l'horizon était son époux.

Leur conversation dans le salon pesait constamment sur l'esprit de la jeune femme. Dès qu'elle le voyait, même de loin, elle avait l'impression que son cœur s'arrêtait de battre dans sa poitrine et même lui avait l'air de vaciller quand il posait les yeux sur elle. Pourtant, Christina hésitait à poursuivre leur conversation, car même si Thorne lui avait révélé avec passion qu'il la désirait, elle craignait de s'autoriser à croire qu'il la voulait pour autre chose que les connexions de son père.

En effet, il semblait impatient de recevoir des nouvelles de Londres et était toujours déçu quand la journée s'achevait sans qu'il ait reçu de message. Il lui avait parlé de ses conversations avec un certain nombre de lords à qui son père l'avait présenté. Il lui avait dit qu'il espérait qu'ils le soutiendraient.

Sauf que, le jour où un message parvint à Pinewood Manor, il déplut à son mari.

Christina n'était pas présente quand il ouvrit le courrier ; toutefois, elle remarqua son absence pendant le reste de la journée. Généralement, il n'était pas loin, toujours dans les parages, et il jouait avec Samantha ou bien discutait avec sa grand-mère et ses sœurs, la cherchant souvent du regard comme s'il attendait qu'elle lui fasse signe de s'approcher.

Ce jour-là, toutefois, il semblait s'être volatilisé et ne réapparut qu'à l'heure du souper. Malgré ses tentatives pour se montrer joyeux et attentif, Christina vit qu'il était d'humeur maussade. Elle ne l'avait jamais vu aussi découragé. Elle avait envie de savoir ce qui s'était passé, mais ne savait pas comment l'aborder.

Trop de choses restaient non dites.

Incertaines.

Grannie Edie pensait toutefois le contraire.

— Vous devriez lui parler, mon enfant, lui dit-elle après que Samantha leur eut souhaité bonne nuit et se fut rendue à l'étage avec Mrs Hurley. Il a besoin de vous.

Jetant un regard prudent aux deux sœurs de l'autre côté du salon, Christina approcha la tête de celle de sa grand-mère et murmura :

— Savez-vous quelles nouvelles il a reçues ?

Grannie Edie secoua la tête.

— Pas précisément. Toutefois, il est évident qu'il aurait grand besoin d'une épaule sur laquelle s'appuyer. Et vous êtes sa femme, n'est-ce pas ? dit la vieille dame en haussant des sourcils défiants.

Christina ne savait pas quoi dire. Strictement parlant, elle était sa femme. Pourtant, leur relation était profondément différente de celle que leurs parents partageaient, celle qu'elle avait observée durant toute sa vie.

— Nous n'avons qu'un mariage de convenance. Il ne va pas...

Grannie Edie poussa un petit rire, s'efforçant de ne pas faire trop de bruit afin d'éviter d'attirer l'attention de ses sœurs.

— N'avez-vous pas remarqué, ma chère, que cet homme vous adore ? Cela fait plusieurs jours qu'il rôde près de vous dès qu'il en a l'occasion, à se demander comment vous aborder. Il n'attend qu'un signe de votre part pour poursuivre ce que vous aviez visiblement commencé le jour de notre arrivée.

Elle poussa un soupir plein de regret.

— Je suis profondément désolée de vous avoir interrompus, ma chère. Si j'avais su, je me serais montrée plus patiente.

Christina regarda sa grand-mère. Elle sentit son cœur s'arrêter pendant une seconde avant de faire un bond étrange.

— Il a dit que... Je croyais... Je ne suis pas certaine de...

Grannie Edie plaça une main rassurante sur son bras.

— Ne vous faites pas de mouron, ma chère. Je sais que vous êtes confuse, mais lui aussi. Et présentement, il a besoin de vous.

Christina ferma les paupières et ricana d'un air moqueur.

— Je ne le pense pas. Il est si... autonome. Tout ce qu'il fait, tout ce qu'il a déjà accompli... Il est responsable de tant de gens et il a fait de son mieux pour...

Encore une fois, elle secoua la tête.

— Non, il n'a pas besoin de moi. Il se débrouille très bien tout seul.

La main de Grannie Edie se resserra sur son bras.

— Devrais-je vous confier un secret ? murmura-t-elle avec une lueur taquine dans les yeux. Les maris sont aussi forts que leurs épouses croient qu'ils le sont. Mais ne le lui répétez pas ! rit-elle doucement. Les hommes sont étonnamment fragiles. Ils cherchent toujours à être forts, ignorant complètement qu'être vulnérable a parfois ses avantages.

Christina ne put s'empêcher de sourire.

— Est-ce vrai ?

Grannie Edie hocha la tête.

— Selon moi, c'est vrai. Toutefois, sentez-vous libre de vous faire votre propre opinion. Allez le trouver. Ce jour est l'un des plus sombres de sa vie. Il a peur de s'être battu en vain pour tout ce en quoi il croit.

Étrangement, Christina n'avait jamais perçu son mari comme quelqu'un qui craignait quoi que ce soit. Ce devait pourtant être vrai. Tout le monde avait peur de quelque chose, n'est-ce pas ?

— Très bien, dit-elle à sa grand-mère en lui donnant une étreinte reconnaissante. Je vous raconterai tout plus tard.

Grannie Edie poussa un petit rire.

— Oh, pas besoin. Je n'aurai qu'à vous regarder pour tout savoir.

Christina secoua la tête d'un air effaré.

— Comment faites-vous ? Vous avez toujours l'air d'être au courant de tout.

Sa grand-mère haussa les épaules avec un petit sourire.

— C'est un secret de vieille femme que je ne vais pas vous révéler tout de suite. Maintenant, filez !

Se glissant hors de la pièce, Christina traversa le vestibule et se dirigea vers l'étude de son mari. Toutefois, quand elle toqua puis ouvrit la porte, elle la découvrit vide. Où était-il ?

Se précipitant de pièce en pièce, Christina les trouva toutes désertes. L'anxiété qui lui saisit le cœur s'accrut au fil des minutes. Était-il parti ? Il s'était peut-être rendu à Londres pour... faire quelque chose...

Finalement, elle se rendit à l'étage, jeta un œil dans la chambre de Samantha et vit que la petite fille dormait paisiblement. Refermant doucement la porte derrière elle, elle se retira vers sa propre chambre, soudain fatiguée et pourtant tendue… ainsi qu'inquiète.

En ouvrant la porte de ses appartements, Christina s'immobilisa en apercevant son mari qui se tenait près de la fenêtre. Il lui tournait le dos. Il ne bougea pas quand elle entra et ne se tourna pas pour la regarder. Il se contenta de rester debout, les mains dans le dos, observant par la fenêtre le paysage qui s'assombrissait progressivement.

— Je vous cherchais, dit Christina dans le silence de la pièce avant de refermer la porte derrière elle. Êtes-vous ici depuis tout ce temps ?

Ses épaules se soulevèrent quand il poussa un profond soupir.

— Avez-vous besoin de quelque chose ? demanda-t-il d'une voix fatiguée.

Pourtant, c'était la note de défaite qu'elle contenait qui inquiéta le plus Christina.

— Non. Je m'inquiétais pour vous.

Lentement, elle s'approcha de lui, se demandant pourquoi il refusait de la regarder.

— Qu'est-il arrivé ?

Thorne baissa la tête et Christina se rappela qu'elle aussi, quelques jours auparavant, avait posé le front contre la vitre froide du salon. À présent, les rôles semblaient inversés.

Inspirant profondément, elle fit un dernier pas, leva la main droite et lentement – avec une certaine hésitation –, elle la plaça sur le dos de Thorne, entre ses omoplates.

— Dites-moi ce qui s'est passé.

Elle le sentit inspirer profondément avant de se tourner pour la regarder. Ses yeux étaient des lacs sombres, obscurs et bien gardés.

— Pourquoi me posez-vous la question ?

Christina s'humecta les lèvres, essayant de décoder la note de colère qu'elle percevait dans sa voix. Lui était-elle destinée ?

— Parce que j'ai envie de savoir. Parce que… vous êtes mon mari et je suis…

Avant que Christina comprenne ce qui arrivait, elle se retrouva dans ses bras. Il l'écrasa quasiment contre lui. La bouche de Thorne conquit la sienne, interrompant le hoquet de surprise qui lui échappa.

Comme une feuille emportée par une bourrasque, Christina fut balayée par la force du désir qu'il ressentait pour elle. Malgré la passion qui bouillonnait certainement dans les veines de Thorne, Christina savait que c'était quelque chose d'entièrement différent qui le propulsait vers elle. Son cœur lui faisait mal – elle en était certaine – et la façon dont il s'accrochait à elle trahissait le fait qu'il avait besoin de réconfort.

Il l'embrassa férocement, lui coupant le souffle et rendant ses jambes inutiles. Et Christina le laissa faire parce qu'elle ne pouvait tout simplement pas le lui refuser.

Elle n'avait par ailleurs aucune envie de le repousser.

Ce n'est que lorsque ses baisers s'adoucirent qu'elle s'écarta et le regarda.

— Que s'est-il passé ? lui redemanda-t-elle. Quelle nouvelle avez-vous reçue ?

Thorne déglutit, baissa la tête et colla leurs fronts ensemble.

— Ce n'est rien, murmura-t-il.

Ses paroles faisaient écho à ce qu'elle avait dit l'autre jour dans le salon.

— Ce n'est pas rien, insista-t-elle en posant une main sur sa joue pour l'encourager à la regarder. Je vois votre douleur. Laissez-moi la partager avec vous.

Son mari leva la tête et la regarda en plissant légèrement les yeux.

— Pourquoi en auriez-vous envie ? Je pensais que vous regrettiez de m'avoir épousé.

Sa voix était amère et Christina réalisa enfin à quel point ses paroles l'avaient blessé.

Elle détourna le regard.

— Pour le bien de Sarah, oui. Jamais pour le mien, avoua-t-elle en le regardant en face.

Il lui serra les mains plus fort alors que son regard gagnait en intensité. Il ne la quittait pas des yeux comme s'il jaugeait ses paroles, craignant de s'autoriser à y croire.

— Dites-moi ce qui s'est passé, murmura à nouveau Christina tout en levant les mains pour enserrer son visage. Je vous en prie.

Thorne soupira puis hocha la tête.

— J'ai reçu des nouvelles de lord Huntington.

Il déglutit puis serra les dents comme pour prononcer des mots qui lui faisaient du mal physiquement.

— Il a discuté de ma proposition avec ses pairs et ils ont décidé d'y réfléchir davantage avant de s'engager.

Un muscle se contracta dans sa joue.

— Puisque la saison touche à sa fin, il propose de nous revoir l'année prochaine afin de discuter de cette question plus en détail. Cette question ! souffla-t-il d'un ton méprisant.

Il secoua la tête en serrant légèrement les dents.

Christina fronça les sourcils. Elle ne voyait pas ce qui lui échappait, car clairement, il avait l'air mécontent... et c'était un euphémisme.

— Ce ne sont pas de bonnes nouvelles ?

Il croisa son regard. Ses yeux contenaient une lueur acérée et cinglante.

— C'est une façon polie de me refuser leur soutien !

Christina devait admettre que les lords et les ladies avaient souvent tendance à parler sans réfléchir, cherchant à mettre à l'aise tous ceux qui étaient en leur présence sans songer à ce que leurs mots signifiaient pour les autres. Était-il possible que lord Huntington n'ait aucune intention de soutenir la proposition de Thorne ? Christina savait que ce n'était pas improbable. Toutefois, elle ne pouvait pas permettre à son mari de s'enfoncer plus profondément dans ce sentiment de défaite.

— Il pense peut-être ce qu'il a dit.

— Bien sûr que non, gronda-t-il.

Elle sentit ses bras qui l'étreignaient se crisper.

Christina pointa le menton puis attrapa celui de son mari et lui donna une brève secousse.

— Alors vous devez le convaincre. M'entendez-vous ? Vous devez tous les convaincre.

Pendant un moment qui sembla interminable, son mari se plongea dans son regard. Il avait dans les prunelles quelque chose de contemplatif.

— Et si je n'y arrive pas ? dit-il enfin en baissant la tête. Alors quoi ?

Il déglutit fort et croisa à nouveau son regard. Une profonde tristesse luisait dans les profondeurs vertes de ses yeux.

— Vous n'avez pas vu ce que j'ai vu. Je regarde Sam et je crois voir d'autres enfants comme elle, qui travaillent tous les jours, leurs visages maculés de crasse, leurs petits dos brisés.

Des larmes brillaient dans ses yeux.

— Ce n'est pas juste. La vie ne devrait pas être ainsi. Pas pour eux, particulièrement pas pour eux.

La vision de Christina se flouta alors que ses mots s'infiltraient doucement dans son cœur, le contractant douloureusement. Elle se représentait des enfants comme Samantha dont les yeux ne brillaient plus. Leur sourire s'était évanoui depuis longtemps. Son mari avait raison. Ce n'était pas ainsi que les choses étaient censées être.

Devant la lueur de défaite dans ses yeux, Christina se surprit à tendre la main vers lui. Comme si elle l'avait fait des milliers de fois, ses bras s'enroulèrent autour de ses épaules et l'attirèrent contre elle. Elle le serra fort, fit courir ses mains sur son dos et posa sa tête contre la sienne.

Il réagit instantanément. Le cœur de Thorne battit vite contre le sien et son souffle courut sur son cou. Il l'étreignit plus fort et pendant un très long moment, ils restèrent sans bouger dans les bras l'un de l'autre, cherchant à se donner du réconfort alors qu'ils réfléchissaient à ce qui se passerait si des gens comme son père et ses beaux-frères refusaient réellement d'apporter leur soutien à sa cause.

Cette pensée était dévastatrice, même pour Christina, alors que ce n'était pas elle qui avait passé sa vie entière à défendre ces idées. Elle avait récemment appris quelque chose qu'elle aurait dû réaliser il y a longtemps et elle ressentait à présent un profond sentiment de responsabilité grandir dans sa poitrine. Elle devait faire quelque chose. Plus que tout, elle *voulait* faire quelque chose.

— Je vous aiderai, murmura-t-elle machinalement, consciente que c'était la chose à faire.

Ensemble, peut-être réussiraient-ils à mobiliser le soutien nécessaire.

Thorne se recula pour la regarder. Un léger pli barrait son front.

— Pourquoi ? Parce que vous êtes ma femme ?

La désapprobation dans sa voix informa Christina qu'il craignait qu'elle n'agisse ainsi que par devoir.

Rien ne pourrait être plus éloigné de la vérité.

Elle soutint son regard et referma les doigts sur sa chemise pour l'attirer contre elle.

— Oui, énonça-t-elle d'une voix qui ne permettait ni doute ni incertitude, parce que je suis votre femme et que je crois en vous.

Son époux prit une inspiration tremblante et Christina vit que personne ne lui avait jamais dit une telle chose. Personne n'avait jamais cru en lui. Il s'était toujours battu seul sans quiconque vers qui se tourner ou sur qui s'appuyer.

Les paroles de Grannie Edie résonnèrent dans sa tête. *Les maris sont aussi forts que leurs épouses croient qu'ils le sont.*

Christina savait que cela ne concernait pas seulement les maris ou les hommes en général. C'était vrai pour tout le monde, n'est-ce pas ? Elle-même, que serait-elle devenue sans le soutien aimant et inébranlable de sa famille ? Comment se serait-elle débrouillée toute seule ?

La vérité était que, malgré tout ce qu'on lui avait dénié, son mari était devenu un homme que n'importe qui serait fier de connaître et d'avoir pour époux, père, frère ou fils.

Soutenant son regard, Christina tira brusquement sur sa chemise. Elle avait besoin qu'il entende tous les mots qu'elle s'apprêtait à dire, les entende et les croie.

— Oui, je crois en vous.

Son cœur enflait davantage à chaque mot qu'elle prononçait et elle ne pouvait pas dénier le petit choc qu'elle-même ressentait en sachant qu'ils étaient sincères, en entendant la véritable conviction dans sa voix. Avant ce moment précis, elle ne savait pas que c'était ce qu'elle ressentait.

— Vous êtes vraiment un homme bon et je suis convaincue que ce que vous êtes décidé à faire arrivera. Je vous connais. Vous n'arrêterez pas. Vous n'abandonnerez pas. Vous les convaincrez. Vous verrez les changements que vous souhaitez voir. Je le sais.

Elle sourit.

— Je crois en vous. Vraiment.

Parcourue d'un léger tremblement, elle inspira profondément.

— Et… j'ai des sentiments pour vous. J'ai essayé de me retenir, mais c'est la vérité. J'ai vraiment, vraiment beaucoup de sentiments pour vous.

Même si sa déception persistait, ce sentiment de défaite n'était plus l'émotion dominante sur le visage de Thorne. Les coins de sa bouche tressaillirent quand il la regarda. Il chercha à accrocher son regard, à le déchiffrer.

— Vous avez des sentiments pour moi ? murmura-t-il.

Il afficha son sourire taquin habituel, comme elle avait su qu'il le ferait.

Pendant un bref moment, Christina ressentit le besoin de se cacher, de dénier ce qu'elle avait dit, mais elle s'y refusa.

— Oui, acquiesça-t-elle. Oui.

Il leva les mains pour lui toucher le visage.

— J'ai des sentiments pour vous aussi, murmura-t-il en traçant du bout des doigts la ligne de son menton.

Puis sa main enserra son cou et il la serra plus fort contre lui, leurs lèvres n'étant plus séparées que d'un millimètre.

— Depuis le moment où je vous ai vue.

Christina sentit un frisson des plus plaisants danser le long de son dos.

— Peut-être que moi aussi, murmura-t-elle en sentant son souffle sur ses lèvres. Je n'étais pas censée ressentir cela. Vous ne m'étiez pas destiné et pourtant, dernièrement, je ne peux pas m'empêcher de me demander si je n'ai pas agi comme je l'ai fait parce que…

Elle leva les yeux vers lui, dépassée par tout ce qui s'était passé au cours des quelques dernières semaines, par la façon dont il l'étreignait comme s'il était résolu à ne jamais la laisser partir.

La respiration de Thorne s'accéléra et son regard se fit très impatient.

— Parce que… ?

Christina s'humecta les lèvres et décida qu'elle ne se cacherait plus. Plus jamais.

— Parce que je vous voulais pour moi.

Un sourire incrédule s'empara soudain des traits de Thorne.

— Vous ne le saviez absolument pas, n'est-ce pas ?

Christina leva les yeux et secoua lentement la tête.

— Non. Cela me semble si évident à présent.

Elle cligna des paupières.

— Comment ai-je pu manquer une chose pareille ?

Avec un petit rire, Thorne baissa la tête et leurs bouches s'effleurèrent.

— Peut-être que si vous l'aviez réalisé, murmura-t-il en déposant un baiser sur ses lèvres, vous vous seriez contrainte à battre en retraite par respect pour votre amie. Si vous l'aviez réalisé, nous ne serions sans doute pas ici.

Songer à Sarah lui provoquait toujours un pincement de culpabilité, mais Christina l'écarta résolument, car en ce moment plus qu'avant, elle voulait ressentir autre chose.

— Pourtant, nous sommes ici, murmura-t-elle en levant les yeux vers son mari tout en levant les mains pour les joindre sur sa nuque. Maintenant. Ensemble.

Le regard de Thorne s'assombrit et elle perçut un changement dans son humeur à la façon dont ses mains se resserrèrent sur son dos. Alors, il baissa la tête pour l'embrasser, lentement, mais intensément, et quand leurs yeux se croisèrent à nouveau, elle vit qu'une question s'y attardait.

Enfonçant les dents dans sa lèvre inférieure, Christina soutint son regard pendant un autre instant. Elle se sentait nerveuse, avec une étrange palpitation dans son bas-ventre ; toutefois, en même temps, elle ne s'était jamais sentie aussi audacieuse.

— À propos de ces choses innommables… murmura-t-elle avec un sourire taquin, ignorant comment continuer.

Cela dit, elle ne détourna pas le regard et Thorne poussa un petit rire.

— Doit-on les appeler ainsi ?

— Vous devez admettre que les gens n'en parlent pas beaucoup, fit remarquer Christina qui avait parfaitement conscience de la façon dont son mari la regardait.

— C'est bien plus amusant d'en faire l'expérience que de simplement en parler, murmura-t-il en souriant avant de capturer ses lèvres comme pour faire valoir son argument.

Le souffle court, Christina lui rendit son sourire.

— Est-ce une promesse ?

Il afficha un sourire coquin qui fit faire des sauts périlleux à son ventre d'une manière particulièrement tentante.

— Tout à fait.

— Je vous ferai respecter votre promesse, murmura-t-elle contre ses lèvres avant que les mots deviennent inutiles.

Respirer aussi était devenu secondaire alors qu'ils s'accrochaient l'un à l'autre, les lèvres de Thorne dévorant les siennes tandis que ses doigts agiles commençaient à défaire les lacets de la robe de sa femme.

Christina ne s'était jamais attendue à ce que cette journée se termine de la sorte, au fait qu'elle trouverait son mari en train de l'attendre dans sa chambre et qu'elle se retrouverait dans ses bras peu après.

— Pourquoi êtes-vous venu dans ma chambre ce soir ? murmura-t-elle dans un souffle.

Il leva la tête et plongea dans son regard.

— Parce que j'avais besoin de vous.

Il l'embrassa à nouveau puis la mordilla de sa joue à son oreille.

— Parce que j'avais envie de vous.

Les sensations insolites que les caresses de son mari suscitaient tirèrent un petit hoquet à Christina.

— Je m'en réjouis, hoqueta-t-elle en faisant courir ses mains dans ses cheveux. Si vous n'étiez pas venu à moi, dit-elle en se reculant pour soutenir son regard, je serais venue à vous.

Christina ne savait pas si cela était vrai une heure auparavant. Toutefois, c'était maintenant le cas et c'était tout ce qui comptait.

Avec une profonde mélancolie dans le regard, il se pencha afin de déposer un baiser très tendre sur ses lèvres, un de ceux qui en disaient plus qu'un millier de mots aurait réussi à le faire.

— Je crois que je suis en train de tomber amoureuse de vous, murmura Christina qui se débarrassa de toute la prudence qui lui restait pour s'abandonner à son mari.

Après tout, elle lui faisait confiance. Elle ne savait pas comment c'était arrivé, mais elle s'en réjouissait.

CHAPITRE 37

LES CHOSES DU PASSÉ

Ouvrant un œil, Thorne regarda ce qui se trouvait sous les draps de l'autre côté du lit. Au moment où ses yeux tombèrent sur son épouse endormie, un large sourire lui fendit le visage, car ce qu'il avait pris pour un rêve n'en était pas un, après tout.

Thorne n'avait encore jamais été aussi content de s'éveiller à la réalité. La réalité n'avait jamais semblé meilleure qu'un rêve.

Par la fenêtre, il vit que l'obscurité pesait toujours sur le monde. À l'horizon, on distinguait à peine la lisière de la forêt. Pour une raison quelconque, sa femme n'aimait pas fermer les rideaux la nuit. Thorne se demanda pourquoi.

S'appuyant sur un coude, il baissa les yeux vers elle, sa chevelure blonde en bataille presque rutilante contre la blancheur de son oreiller. Sous ses paupières fermées, Thorne savait que ses yeux étaient du bleu le plus profond qu'il avait jamais vu.

— Vous m'observez ?

Il ricana quand elle ouvrit lentement les paupières pour le regarder avec un sourire taquin.

— Depuis combien de temps êtes-vous éveillée ? demanda-t-il en tendant une main pour replacer une boucle soyeuse derrière son oreille.

Roulant sur elle-même pour le regarder, Christina haussa les épaules.

— Depuis un moment.

Elle remonta la couverture un peu plus haut pour se couvrir et une légère rougeur lui monta aux joues. Cela dit, ses yeux ne contenaient ni inconfort ni regret, et Thorne en était heureux.

— Vous allez bien ? demanda-t-il en faisant courir le bout de ses doigts sur ses bras avant de prendre sa main dans la sienne pour la serrer fort. Pas de regrets ?

Il essaya de lui poser la question d'un ton détaché, pourtant, il voyait qu'elle le comprenait parfaitement.

Ses yeux étaient chaleureux et réconfortants, et Thorne relâcha lentement son souffle. Les lèvres de Christina prirent pourtant un pli légèrement taquin.

— Peut-être un seul, dit-elle sans parvenir à réprimer un sourire.

— Oserais-je vous demander quoi ? demanda Thorne en éclatant de rire.

— Ce n'est pas ce que vous pensez, répondit-elle en secouant la tête.

Thorne fronça les sourcils.

— À quoi suis-je en train de penser selon vous ?

Tout sourire, Christina secoua à nouveau la tête.

— Ce que je voulais dire, commença-t-elle alors que son sourire s'effaçait lentement pour laisser place à une expression profondément bienveillante, c'est que je regrette d'avoir gâché autant de temps. Je regrette… de n'avoir pas su dès le début qui nous pourrions être ensemble.

Thorne opina, porta les mains de son épouse à ses lèvres et y déposa un léger baiser.

— Moi aussi. Toutefois, je me réjouis qu'on ait été capables de saisir cette chance. Puis-je vous demander quelque chose ? ajouta-t-il en la scrutant avec attention. Une question qui me taraboste depuis un moment.

Elle plissa légèrement les yeux en prenant note de l'expression très sérieuse de son époux.

— Demandez-moi ce que vous voulez.

Thorne déglutit, espérant qu'elle ne s'écarterait pas de lui.

— C'est à propos de vos histoires.

Instantanément, la main de la jeune femme se crispa dans la sienne et il put sentir un vieil instinct monter en elle, l'instinct de reprendre sa main et d'élever une barrière entre eux.

— Que voulez-vous dire ? demanda Christina dont le regard se détourna de lui avant de revenir un moment plus tard comme si elle avait eu besoin d'un instant pour se rappeler de ne pas se cacher.

Lui serrant doucement la main, Thorne chercha à attirer son regard.

— Vous les partagez avec Samantha, pourtant, je ne peux m'empêcher de penser que vous ne souhaitez pas que je les entende. Est-ce vrai ?

Il haussa des sourcils interrogateurs.

— Le jour où nous avons pique-niqué à l'orée du bois, vous n'avez pas eu l'air de vouloir en parler quand Samantha vous a posé la question. J'ai l'impression que chaque fois que je suis là, vous ne voulez pas les évoquer. Pourquoi ?

Avec un soupir, Christina se rallongea puis tourna les yeux vers le plafond en inspirant profondément.

— J'ai juré de ne jamais en parler, lui dit-elle sans le regarder. Du moins pas à mon mari.

Thorne fronça les sourcils, soulagé qu'elle ne lui retire pas sa main.

— Pourquoi ?

Pendant un moment, elle tourna la tête pour le regarder avant de soupirer et de lever à nouveau les yeux au plafond.

— Ma tante était une artiste… non, c'est une artiste ! Cela dit, on ne lui a pas permis d'en devenir une. On complimente souvent les femmes pour leurs talents. Toutefois, personne ne veut ou ne s'attend à ce qu'elles deviennent célèbres, se démarquent où réussissent par elles-mêmes, indépendamment de leurs maris.

Thorne l'écouta en silence. L'expression déchirée qu'il avait déjà entraperçue sillonnait à présent son visage.

— Le mari de ma tante n'était pas différent. Même s'ils avaient des sentiments l'un pour l'autre – du moins, je le pensais –, il a fini par lui demander d'abandonner ses activités afin de s'occuper de leur maison et de leur famille. Il n'avait pas compris son besoin d'avoir quelque chose à elle, de suivre sa passion, ce besoin de s'exprimer.

Fermant les yeux, elle inspira profondément.

— Alors, elle a été forcée de faire un choix.

Elle tourna la tête et quand elle le regarda, c'était pour le scruter de ses yeux bleus écarquillés.

— Elle l'a quitté et s'est rendue en France. Elle a tout abandonné : sa maison, son mari, sa famille tout entière, parce qu'elle savait qu'elle ne pouvait pas trahir celle qu'elle était vraiment.

Une larme perla à son œil droit.

— Je savais que je ne pourrais jamais abandonner mes histoires ; mais je savais également que je ne voudrais jamais avoir à prendre une telle décision.

Elle afficha un sourire fragile.

— Je ne m'imagine pas vivre sans ma famille. Je ne pourrais jamais les quitter. Je me demande souvent si elle a un jour regretté sa décision, si elle a retrouvé l'amour. Son mari est toujours furieux contre elle. Il est prisonnier de leur mariage, sans épouse et sans héritier pour son titre.

Incapable d'imaginer ce genre de vie, elle soupira.

— Je me demande parfois s'il ne serait pas allé la retrouver s'il n'y avait pas eu la guerre ! Je crois qu'il sait qu'elle est en France.

Elle ferma les yeux et inspira profondément.

— Je me demande souvent si elle est heureuse, vraiment heureuse. Ses lettres ne mentionnent que son art ou bien nous demandent de nos nouvelles.

Elle leva les yeux vers Thorne.

— Mais peut-elle vraiment être heureuse sans sa famille ? Sans enfants ? Était-ce le bon choix pour elle ?

Thorne se rapprocha, prit Christina dans ses bras et déposa un doux baiser sur sa tempe. Il lui caressa la joue, séchant tendrement une larme qui s'était échappée.

— Chris, regardez-moi.

Après un moment d'hésitation, elle leva enfin les yeux vers lui.

— Je comprends la décision de votre tante, lui dit-il en lui prenant délicatement le visage avant de faire courir son pouce sur le bout de son menton. Nous avons tous besoin d'être qui nous sommes, homme ou femme. Ceux qui nous aiment comprendront et ne se dresseront jamais en travers de notre chemin.

Il s'interrompit pour lui laisser le temps de digérer ses paroles.

Christina le regarda avec surprise.

— Que dites-vous ? N'objecteriez-vous pas si... j'écrivais mes histoires et cherchais même à les faire publier ? Ne seriez-vous pas contrarié ?

Ses yeux bleus exprimaient de l'incompréhension, non à cause de l'opinion qu'elle avait de lui, mais à cause d'une présupposition à laquelle elle croyait depuis longtemps.

— Je serais contrarié si vous ne le faisiez pas, lui dit sincèrement Thorne. C'est une partie de vous et je ne voudrais pas que vous soyez quelqu'un que vous n'êtes pas. C'est vous que je voulais épouser, pas une sorte de version abstraite de votre personne.

Pendant très, très longtemps, elle le regarda comme si elle attendait quelque chose qui viendrait démentir ses propos.

— Le pensez-vous vraiment ?

Elle tendit une main pour la poser sur sa joue.

— Cela ne vous dérangerait pas ? Vous ne le retiendriez pas contre moi ?

— N'hésitez donc pas tant à exiger de moi ce que vous m'avez vous-même accordé librement et sans retenue ! N'est-ce pas vous qui avez dit que vous croyez en moi ? Qui m'avez promis votre aide et votre soutien ? Qui avez affirmé que je devais continuer à me battre parce que je finirais par réussir ?

Il plissa le front d'un air faussement dubitatif et lui sourit.

— Je ne me rappelle pas qui a dit ces choses fantastiques. N'était-ce pas vous ?

— Vous êtes si puéril, parfois, dit-elle avec un petit rire.

— Je vais le prendre pour un compliment, répondit-il avec un éclat de rire. Après tout, rien ni personne n'est plus précieux que nos enfants.

Christina sourit et secoua la tête.

— Vous n'êtes vraiment pas un gentleman, murmura-t-elle en levant les mains pour l'attirer vers elle. Vous êtes bien mieux que cela.

— Et vous êtes une femme exceptionnelle, murmura-t-il en frôlant ses lèvres tandis que son cœur se réchauffait à ses propos. Je l'ai toujours pensé. Depuis le premier instant.

Il lui sourit joyeusement.

— Et je ne me suis jamais trompé. Pas une seule fois.

Levant les yeux au ciel, Christina éclata de rire, un son interrompu quand il conquit à nouveau ses lèvres.

Thorne n'avait jamais osé rêver d'une telle vie. Une femme qu'il aimait et une fille qu'il adorait… Avant, il s'était contenté d'être le père de Samantha, mais à présent, il avait l'impression que tout se mettait en place.

Thorne se ravissait de voir Samantha avec Christina ainsi qu'avec ses nouvelles tantes et son arrière-grand-mère. Elles adoraient toutes l'enfant et il voyait que sa fille était faite pour faire partie d'une grande famille. Il ne l'avait jamais vue aussi épanouie. Son exubérance et sa joie ne connaissaient aucune limite.

Quand le reste des Whickerton arriva deux semaines plus tard, Samantha était folle de joie. Timide au début, s'accrochant à lui ou à Christina, elle les observa, dissimulée derrière ses parents, ses yeux effarés passant en revue lord et lady Whickerton ainsi que le reste de leurs enfants et leurs partenaires respectifs.

Toutefois, chacun fit un effort pour faire sortir la petite fille de sa coquille, remporter sa confiance et conquérir son cœur. Avant la fin du premier jour, un observateur extérieur n'aurait jamais deviné que Samantha n'avait pas grandi parmi eux depuis le tout début.

— Elle est adorable ! s'exclama lady Whickerton qui étreignit fort Christina. Tu as beaucoup de chance.

Christina échangea un regard avec Thorne avant de sourire à sa mère.

— Je sais. Je suis déjà très attachée à elle. C'est…

Son visage s'assombrit légèrement.

Thorne vit lady Whickerton serrer la main de sa fille.

— Qu'y a-t-il ?

Une fois de plus, les yeux de Christina se posèrent sur lui et il y lut de la retenue, de la réticence à l'idée de dire ce qu'elle avait sur le cœur, de crainte de lui faire du mal.

Lui adressant un sourire, Thorne voulait lui faire savoir qu'au-delà de tout le reste, il était important pour eux d'être honnêtes l'un avec l'autre.

Ses yeux se remplirent de soulagement puis elle se retourna vers sa mère.

— Je ne peux m'empêcher de me demander si ce que je ressens pour elle est différent de ce que je ressentirais pour un enfant à qui j'aurais moi-même donné la vie. C'est une pensée dont je ne suis pas parvenue à me débarrasser, dernièrement.

Elle leva les yeux vers Thorne qui la vit légèrement rougir.

Lady Whickerton sourit à sa fille.

— Oh, ma chérie, ne vous inquiétez pas. Le cœur d'une mère ne fait pas la distinction.

Elle leva les yeux vers son mari.

— Et celui d'un père non plus.

Lord Whickerton vint rejoindre sa femme et plaça une main au bas de son dos.

— Votre mère a raison, ma chère. Le sang ne compte pas. L'amour vient d'autre chose. C'est *être* un parent qui compte le plus.

Ses parents se sourirent d'une façon qui fit s'interroger Thorne. Il se demanda pourquoi la lueur dans leurs yeux suggérait qu'ils parlaient d'expérience. Avaient-ils déjà aimé un enfant qui n'était pas le leur ?

— Thorne, l'interpela lord Whickerton en se tournant vers lui. À moins que vous ne préfériez que je ne m'adresse pas à vous de façon aussi familière ?

Il sourit et Thorne répondit par un petit rire.

— Pas du tout, Milord.

— Alors, appelez-moi Charles, vous voulez bien ?

Il abattit une main sur l'épaule de Thorne et ils descendirent quelques marches, quittant la terrasse pour aller dans les jardins.

— J'ai reparlé à lord Huntington.

Thorne s'arrêta net et se tourna pour regarder son beau-père.

— Nous avons convenu d'un autre entretien, dans un mois, à Whickerton Grove, expliqua son beau-père avec un sourire bienveillant. Des invitations à tous les gens intéressés par votre cause ont été expédiées. J'ai déjà reçu quelques confirmations. Cela vous convient-il ?

Poussant un profond soupir, Thorne hocha la tête.

— Oui, bien sûr.

Il ressentit un profond soulagement doublé de l'envie soudaine d'étreindre son beau-père. Cela dit, le temps n'était pas encore venu. Malgré tout, il s'imaginait que peut-être, dans quelques années, Christina et Samantha ne seraient pas les seules qu'il aimerait et considérerait comme sa famille.

— Merci. Merci beaucoup pour toute votre aide et votre soutien.

Encore une fois, Charles lui saisit l'épaule et la serra chaleureusement.

— Merci d'avoir porté cette question à mon attention. Vous êtes un homme bon, Thorne, ajouta-t-il avec un profond soupir, et je suis content de voir ma fille aussi heureuse.

— Elle est fantastique, dit Thorne à son beau-père, conscient qu'il le pensait vraiment. J'ai beaucoup de chance qu'elle ait accepté de m'épouser.

Charles éclata de rire.

— Je crois que *quelqu'un* vous a souri.

Thorne fronça les sourcils alors qu'un soupçon s'infiltrait dans son esprit.

— De qui parlez-vous ?

Son beau-père haussa les sourcils d'un air moqueur.

— De ma mère, bien sûr.

— Elle vous l'a dit ? Elle vous a dit qu'elle était venue me voir ?

Charles hocha la tête.

— Je dois admettre que je n'étais pas très content quand je l'ai appris. Toutefois, elle a toujours eu l'habitude de... se mêler des affaires des autres. Heureusement pour elle, ses talents d'entremetteuse ne lui ont jamais fait défaut. Du moins, pas à ce que je sache.

— Je ne l'ai pas encore remerciée, dit Thorne avec un éclat de rire.

— Christina est-elle au courant ?

Thorne secoua la tête, conscient que ce secret était le seul qui demeurait entre eux.

— Votre mère m'a fait promettre de ne rien dire, du moins pas avant qu'elle ne décide de me libérer de ma promesse.

Charles secoua la tête et poussa un profond soupir.

— Je lui parlerai.

— Merci. Je dois admettre que je m'en veux de cacher une telle chose à Christina. J'espère qu'elle ne le retiendra pas contre moi.

Charles poussa un petit rire.

— Sentez-vous libre de faire porter le chapeau à ma mère. Après tout, c'est elle qui est à l'origine de tout ceci. Comme d'ordinaire.

Il éclata de rire et donna une bourrade à son beau-fils.

— Venez, marchons un peu pour discuter de la réunion à venir.

Thorne hocha la tête, impatient de retourner auprès de son épouse afin de remettre les choses au clair entre eux.

Pour de bon.

CHAPITRE 38

LE RETOUR D'UNE MÈRE

Assis à son bureau, Thorne détourna le regard de ses documents. Son visage était attiré par la fenêtre d'où il voyait Harriet, sa nouvelle belle-sœur, galoper à nouveau à l'horizon.

Toute seule, qui plus est.

Un sourire aux lèvres, Thorne poussa un petit rire. À présent, il avait parfaitement conscience que les Whickerton faisaient les choses à leur manière. La plupart des parents de la haute société, supposait-il, auraient protesté à l'idée que leur fille chevauche sans le moindre chaperon. Toutefois, lord et lady Whickerton – Charles et Beatrice ! – croyaient profondément qu'aussi bien leur fils que leurs filles avaient le droit de faire leurs propres choix.

Ainsi que de commettre leurs propres erreurs.

Thorne se promit qu'il offrirait à Samantha les mêmes droits, les mêmes libertés, les mêmes choix. Après tout, qu'aurait-il ressenti s'il avait été forcé de passer toute sa vie dirigé par les autres, à dépendre des caprices d'autres personnes ?

Non, c'était inimaginable.

On toqua à la porte de son étude et Reuben pénétra dans la pièce.

— Je vous demande pardon, Monsieur. Vous avez… une visiteuse.

Le vieil homme pinça les lèvres d'un air désapprobateur.
— Elle insiste pour vous parler.
Thorne fronça les sourcils.
— Elle ? A-t-elle donné un nom ?
— Une certaine Mrs Miller.

Les lèvres de Reuben se pincèrent encore davantage et Thorne vit que l'homme s'exprimait avec une grande réticence.

Sans détourner le regard de son majordome, il se redressa et fit le tour de son bureau, essayant de comprendre ce qui avait provoqué une telle désapprobation.

— Je ne crois pas avoir déjà entendu ce nom-là.

Reuben déglutit fort.

— Mrs Miller affirme être... la mère de Miss Samantha.

Bouche bée, Thorne dévisagea son majordome.

— Pardon ?

Reuben s'éclaircit la gorge.

— Mrs Miller insiste pour vous parler de sa... fille.

Tout à coup, l'horloge située près de l'étagère à sa droite sembla toquer avec une force qu'elle ne possédait pas auparavant. Chaque seconde s'écoulait avec une lenteur douloureuse alors que Thorne continuait de dévisager Reuben. Il sentit tous les muscles de son corps se contracter, chaque respiration accompagnée par un sentiment d'appréhension quasi douloureux. Pourquoi maintenant ?

Depuis qu'il avait trouvé Samantha sur le pas de sa porte, Thorne s'était interrogé sur la mère de l'enfant. Il avait passé des mois à essayer de la retrouver. Pourtant, il avait fini par jeter l'éponge, certain que cela n'arriverait pas. Samantha avait fini par devenir sa fille, la sienne et celle de personne d'autre.

Maintenant, après des années passées à vivre seulement tous les deux, ils avaient trouvé leur propre famille. Christina était devenue son épouse et lentement, pas à pas, elle devenait la mère de Samantha.

Thorne aimait les voir ensemble. Il aimait la façon dont Samantha se tournait vers Christina, blottie contre elle ou lui prenant la main, le regard irradiant de confiance et d'amour, comme lorsqu'elle le regardait *lui*. Les récits de Christina les avaient rapprochées. Le soir, elles se blottissaient souvent l'une contre l'autre, la tête de Samantha reposant sur l'épaule de Christina alors que celle-ci poursuivait son conte sur les fées qui vivaient dans les forêts.

Le rayonnement du visage de sa fille ne manquait jamais d'interpeler Thorne dès qu'elles s'asseyaient ensemble et que sa petite fille écoutait, écoutait avec beaucoup d'attention, tout en s'imaginant des choses. Il le voyait dans les yeux de Samantha : les paroles de Christina l'entraînaient hors du quotidien, lui permettant de rêver de la plus merveilleuse des façons.

Durant ces instants, Samantha semblait très heureuse et en paix, et Thorne ne pouvait s'empêcher de craindre que la réapparition soudaine de sa mère ne perturbe la vie de sa fille.

— Dois-je la chasser, Monsieur ? demanda Reuben avec un regard dur.

Thorne s'éclaircit la gorge et se força à se concentrer sur le présent.

— Non. Je vous en prie. Faites-la entrer.

— Comme vous voulez, répondit Reuben du même ton désapprobateur alors qu'il se retirait.

Thorne écouta l'écho de ses pas s'estomper. Il retint son souffle alors que le silence s'étirait à nouveau d'un moment à l'autre. Puis il entendit des pas qui se rapprochaient. Pas seulement ceux d'une personne, mais de deux.

Il ne savait pas à quoi il s'était attendu. Toutefois, quand Mrs Miller entra dans son étude, il ne put s'empêcher de l'observer. Il scruta son visage blafard à la recherche de similitudes entre elle et sa précieuse fille.

Ses cheveux blond pâle étaient rassemblés en un chignon sévère, donnant à son visage anguleux un air encore plus saillant. Il voyait qu'elle était mince, frêle, même. Sa peau présentait une pâleur inquiétante et elle paraissait avoir bien besoin d'un bon repas… ou même de plusieurs. Sa robe en lin avait l'air passée et avait été lavée si souvent qu'elle avait perdu sa couleur. L'ourlet s'effilochait et il apercevait des trous le long de la couture de ses manches.

— Mr Sharpe, lui dit Mrs Miller d'une voix faible.

Elle ouvrit de grands yeux bleus et tenta une courbette.

— Je vous suis reconnaissante d'avoir accepté de me voir.

Thorne fit signe à Reuben de les laisser seuls avant de se tourner vers la jeune femme.

— Mrs Miller, je présume.

Il observa son visage, essayant de déterminer ce qui l'amenait ici après tout ce temps.

— Que puis-je faire pour vous ?

Se tordant les mains, la femme croisa son regard avec hésitation.

— Ma fille va-t-elle bien ?

Elle baissa le regard vers ses mains avant de relever les yeux vers lui.

Cette question crispa Thorne qui n'aima pas entendre une autre personne parler de Samantha comme de sa fille.

— Elle va bien.

Le visage de Mrs Miller se radoucit et elle poussa un profond soupir.

— Merci. Merci de vous être occupé d'elle durant toutes ces années. Je vous en suis très reconnaissante.

Un millier de questions assaillirent Thorne ainsi que des milliers de pensées sur lesquelles il n'osa pas s'attarder.

— Pourquoi l'avez-vous laissée devant ma porte ? demanda-t-il d'une voix qui était loin d'être amicale. Comment avez-vous pu l'y déposer et vous en aller ?

Les yeux braqués sur elle, il s'approcha d'un pas.

— Je vous ai cherchée pendant des mois.

Il secoua la tête en repensant à l'incrédulité qu'il avait ressentie durant les premiers mois.

— Comment avez-vous pu l'abandonner ainsi ?

Des larmes inondèrent les yeux de Mrs Miller et elle se tordit les mains d'une façon qui fit blanchir ses tendons, encore davantage à cause de sa maigreur.

— Je n'ai pas trouvé d'autre moyen, sanglota-t-elle alors que sa fine silhouette tremblait presque violemment. Je ne le voulais pas, mais c'était le mieux que je pouvais faire pour elle.

Thorne ferma les yeux et inspira profondément, cherchant à apaiser le trouble de son propre cœur. Jusqu'à ce moment, il n'avait pas eu conscience d'être en colère contre elle.

— Pourquoi ?

Elle ouvrit la bouche, mais rien n'en sortit. Au lieu de cela, elle parut soudain vaciller et son visage pâlit tant que Thorne bondit vers elle et la saisit par le coude.

— Vous devriez peut-être vous asseoir, dit-il en l'entraînant vers un des fauteuils placés sous la fenêtre.

Puis il se tourna pour lui verser un verre de brandy.

— Tenez, buvez ceci.

Respirant rapidement, Mrs Miller accepta la boisson et en avala une petite gorgée. Elle toussa quand le liquide lui brûla la gorge.

Thorne s'assit dans le fauteuil à côté d'elle et recommença à scruter son visage.

Pendant un long moment, Mrs Miller regarda le verre qu'elle tenait à la main. Puis elle se cala contre le dossier de son siège et leva le menton.

— Quand elle est née, mon mari venait de mourir dans un accident à la mine, dit-elle d'une voix fluette étranglée de larmes. Et je… j'ai un fils. Il s'appelle Owen et il a sept ans. Il…

Une fois de plus, elle baissa les yeux vers son verre.

— Sa santé est mauvaise. Depuis sa naissance. Ses jambes… Il… il ne peut pas marcher.

Elle leva les yeux vers Thorne et de grosses larmes roulèrent sur ses joues.

— Il a besoin de moi. Il a besoin de moi d'une façon qui…

Elle secoua la tête, les traits marqués par la fatigue.

— Je ne savais pas quoi faire.

Thorne poussa un profond soupir alors que les paroles de cette femme s'infiltraient dans son cœur. Ne faisait-elle pas partie de ceux qu'il cherchait à protéger ? En la regardant à nouveau, Thorne sut que c'était vrai. Il essaya de mettre ses propres émotions de côté et de conserver un regard neutre. Oui, la vie de cette femme était difficile. Même avant la mort de son mari, Thorne doutait que la famille ait eu les moyens de vivre. Alors, toute seule, Mrs Miller avait été incapable de subvenir à ses besoins et à ceux de ses enfants. Lui laisser sa fille avait été un choix raisonnable, celui de protéger l'enfant qu'elle avait déjà ainsi que celui qu'elle venait de mettre au monde.

Un choix impossible, mais qui en restait un.

— Je suis profondément désolé pour votre deuil ainsi que pour vos problèmes, dit gentiment Thorne qui était toujours tiraillé.

Il avait l'impression d'être deux personnes différentes : le père qui voulait protéger sa famille et l'homme qui avait passé des années à se battre contre le calvaire de ceux qui n'avaient pas voix au chapitre.

— Puis-je vous demander ce qui vous amène ici aujourd'hui ?

Mrs Miller déglutit puis leva la main pour sécher ses larmes.

— Je suis venue la voir et…

Elle détourna le regard et se mordit la lèvre inférieure.

— Je suis venue demander votre aide.

La tête baissée, elle l'observait presque craintivement.

— Mon fils… Il…

Thorne se redressa et s'écarta de quelques pas avant de faire à nouveau volte-face.

— Que me demandez-vous ? s'enquit-il, incapable de bannir un étrange sentiment d'inquiétude ou peut-être d'appréhension.

Il ne pouvait pas se l'expliquer, mais ne pouvait pas non plus s'en débarrasser.

Inspirant profondément, Mrs Miller quitta le fauteuil. L'air chancelant, elle tendit les mains pour garder l'équilibre et Thorne se demanda à quand remontait son dernier repas. Puis elle le fixa à nouveau dans les yeux et vint le rejoindre.

— Je vous demande votre aide, dit-elle doucement en se forçant à sourire.

Puis elle leva les mains et plaça ses paumes sur sa poitrine en levant son visage vers le sien.

— Bien entendu, je serais plus qu'heureuse de vous repayer de vos efforts.

Un frisson glacial remonta le long de l'échine de Thorne qui baissa les yeux vers son visage. Son ventre ne cessait de se tordre et il lui saisit les poignets afin de retirer ses mains de lui.

— Mrs Miller, je dois insister…

Le bruit de quelqu'un qui s'éclaircissait la gorge attira son attention vers la porte et Thorne se retrouva confronté à son épouse. Elle plissait les paupières et serrait les dents tout en les fusillant du regard.

— Comment osez-vous ?

CHAPITRE 39

MRS MILLER

De toute sa vie, Christina n'avait jamais rien ressenti de tel. Elle n'avait jamais été aussi troublée, furieuse, déçue, aussi...

Même la nuit où Tante Francine s'était réfugiée à Whickerton Grove ne pouvait se mesurer à ce qu'elle venait de ressentir en voyant une autre femme dans les bras de son époux. Leur proximité, la façon dont elle le dévorait du regard et les mains de Thorne qui la serrait contre lui.

— Christina !

Repoussant la femme, Thorne se hâta vers son épouse.

— Je peux tout expliquer.

Christina se recroquevilla quand il tendit la main vers elle.

— Ah oui ? le défia-t-elle en fusillant du regard l'autre femme tout en se demandant qui elle était.

Comment avait-elle pu se tromper à ce point ?

Son mari poussa un profond soupir et elle vit qu'il luttait pour rester calme.

— Oui, je peux.

Sa voix dure était dénuée de toute culpabilité. Il se dirigea vers la porte et lui fit signe de le suivre.

— Mrs Miller, je reviens vers vous dans un moment. Venez avec moi, dit-il à son épouse.

Christina serra les dents, prête à le lui refuser. Toutefois, avant qu'elle ne puisse le faire, il enroula la main autour de son bras et l'entraîna à sa suite, refermant la porte derrière eux.

Dans le couloir, Christina essaya d'enfoncer les talons dans le sol, mais son mari l'entraîna à sa suite jusqu'à ce qu'ils fussent parvenus à bonne distance de son étude. Puis il se tourna vers elle.

— Je vois bien ce que vous pensez et je vous assure que vous vous trompez.

Christina éclata de rire. C'était un son presque hystérique et elle se reprochait amèrement de se laisser aller à une telle crise.

— Ah oui ? Comment peut-il exister une explication raisonnable à sa présence entre vos bras ?

Elle secoua la tête et recula.

Ne la lâchant pas d'une semelle, Thorne la tira vers lui, son regard d'une intensité qu'elle n'avait encore jamais vue.

— Elle n'était pas dans mes bras, siffla-t-il contre ses lèvres. Elle...

Il ferma brièvement les yeux.

— Quoi ? demanda Christina.

Son mari souffla lentement puis la regarda avec une étrange mortification dans les prunelles.

— À la vérité, elle... elle s'est offerte à moi.

Christina se sentit malade. Elle essaya de se libérer de l'emprise de son mari, mais il ne voulut pas la lâcher.

— Pourquoi ? Pourquoi ferait-elle une chose pareille ? Qui est-elle ?

Le regard de Thorne s'adoucit et une note de tristesse entra dans sa voix.

— Elle dit qu'elle est... la mère de Samantha.

Christina se figea comme si elle s'était brusquement changée en un bloc de glace. Les paroles de son mari résonnèrent à ses oreilles sans qu'elle parvienne à les déchiffrer.

— Sa mère ? hoqueta-t-elle. Comment cela est-il possible ?

Thorne secoua la tête.

— Je n'en suis pas certain. Elle dit qu'elle l'a laissée devant ma porte par nécessité. Son mari est mort et elle devait s'occuper d'un autre enfant malade.

— Pourquoi est-elle ici aujourd'hui ? Après tout ce temps ?

Sentant son pouls palpiter dans son cou, Christina fut reconnaissante de la façon dont les mains de son mari s'accrochaient à elle. Cela ne faisait que quelques semaines qu'elle avait rencontré Samantha, mais Christina ne pouvait s'empêcher de se sentir terrifiée à la pensée qu'une autre femme usurpe soudain sa place dans la vie de la petite fille. Oui, elle avait eu du mal à digérer l'idée de devenir la mère de Samantha, mais au fond d'elle, elle réalisa à cet instant qu'elle *voulait* le devenir. En dépit de ses incertitudes passées, elle voulait être la mère de Samantha.

Et maintenant ?

— Alors pourquoi... s'est-elle offerte à vous ? demanda Christina avec hargne, déchirée entre la compassion pour la situation de cette femme et une profonde jalousie qui lui brûlait les veines.

Cette femme était-elle venue pour lui prendre non seulement sa fille, mais également son mari ?

À la grande irritation de la jeune femme, son époux lui adressa un sourire satisfait des plus exaspérants.

— Êtes-vous jalouse ? murmura-t-il en la rapprochant de lui.

Christina posa les mains sur ses épaules et essaya de le repousser, en vain !

— Ne vous flattez pas. J'ai tous les droits d'être contrariée que...

— Bien entendu, vous avez tous les droits de l'être. D'ailleurs, je ne peux pas dénier que je suis content que vous le soyez. Vous...

— Vous êtes *mon* mari ! s'exclama Christina sans savoir pourquoi.

Après tout, sa réaction ne ferait qu'alimenter la joie que ressentait Thorne face à sa réaction.

Il sourit.

— Et vous êtes *ma* femme.

L'instant d'après, il baissa la tête et l'embrassa, exprimant sans ambiguïté qu'elle n'était pas la seule à être possessive.

Pendant un long moment, ils s'accrochèrent l'un à l'autre, enchaînant des baisers féroces avant que leurs cœurs ne se calment lentement.

— Qu'allez-vous lui dire ? demanda Christina, le mettant au défi de lui fournir la bonne réponse.

Thorne poussa un petit rire.

— Vous êtes vraiment adorable quand vous êtes jalouse, Chris. Cela vous sied.

Christina lui donna une tape sur le bras.

— Soyez sérieux !

Après avoir respiré profondément, son visage devint sérieux.

— Bien entendu, je n'accepterai pas… son offre. Je ne sais pas ce que vous avez cru voir, mais la seule raison pour laquelle je lui ai agrippé les bras était pour retirer ses mains de ma personne. C'est tout.

Il la regarda dans les yeux, ayant besoin de savoir qu'elle le croyait.

Poussant un soupir, Christina hocha la tête.

— Très bien.

Un long soupir franchit ses lèvres et elle fut surprise par le soulagement qu'elle ressentit devant la certitude que son mari ne désirait personne d'autre qu'elle.

Thorne lui rendit un sourire chaleureux et il leva la main pour lui caresser tendrement le visage.

— Vous me croyez ?

— Je vous crois, murmura-t-elle pour toute réponse avant de l'attraper par les revers de sa redingote pour le plaquer contre elle. Assurez-vous que je ne le regrette pas.

— Jamais.

Christina poussa un profond soupir.

— Et maintenant ? murmura-t-elle en jetant un regard par-dessus son épaule vers l'étude de son époux. Êtes-vous certain qu'il s'agit de la mère de Samantha ?

Thorne fronça les sourcils et Christina vit que la possibilité d'une imposture ne lui avait pas traversé l'esprit.

— Je n'y avais pas pensé. Elle semblait si… si sincère dans ses émotions.

Il s'éclaircit la gorge.

— Vous avez peut-être raison. Pour le bien de Samantha et pour le nôtre, je devrais à tout le moins demander à quelqu'un d'enquêter sur son histoire, pour confirmer qu'elle dit vrai.

— Je crois que c'est plus sage, en convint Christina avant de plisser légèrement le front. Vous avez entendu ?

Son mari s'immobilisa.

— C'est la voix de Samantha, n'est-ce pas ?

Christina tendit l'oreille pour mieux entendre.

— Pas seulement. Cela provient du vestibule.

Se glissant hors de l'étreinte de son époux, Christina se hâta de descendre le couloir, se rapprochant des voix alors que les pas de son mari résonnaient sur les lattes du parquet derrière elle. Y avait-il un autre enfant dans la maison ?

En pénétrant dans le vestibule, Christina s'arrêta net quand ses yeux tombèrent sur Samantha en compagnie d'un petit garçon assis dans un fauteuil près de l'entrée. Deux valets se tenaient près de là, leurs yeux ne quittant pas l'enfant comme s'ils avaient reçu l'ordre de garder un œil sur lui.

— Qui est ce garçon ? demanda Christina en se tournant pour regarder son mari.

— Je crois qu'il s'agit du fils de Mrs Miller, répondit Thorne d'un air appréhensif. Elle a dit qu'il s'appelait Owen.

Ensemble, ils demeurèrent aux abords du vestibule et scrutèrent les deux enfants. Étaient-ils vraiment frère et sœur ?

Christina ne voyait aucune ressemblance particulière. Toutefois, on aurait pu dire la même chose pour elle, Leonora et Harriet. En dépit de leurs différences considérables, elles étaient sœurs.

— Pourquoi restez-vous assis là ? s'enquit Samantha qui dévisageait le garçon avec curiosité.

Owen pinça les lèvres puis plissa le front d'un air désapprobateur.

— Je ne peux pas marcher, lança-t-il d'une voix dure.

— Pourquoi pas ? s'enquit Samantha sans se laisser décourager.

— Parce que je ne peux pas.

— Ce n'est pas une bonne réponse, répondit Samantha en regardant ses jambes.

Elles étaient fines et tordues.

— Vous avez déjà essayé ?

Owen croisa les bras sur sa poitrine et une lueur de haine envahit son regard. Christina suspectait que l'enfant devait avoir subi des taquineries et des moqueries tout au long de sa vie à cause de son handicap.

— Voulez-vous vous joindre à moi pour prendre le thé ? demanda Samantha avec un grand sourire. Je peux amener le thé ici. Vous n'aurez pas à vous redresser.

L'enfant pinça les lèvres comme s'il avait envie de dire quelque chose mais qu'il savait que ce ne serait pas judicieux. Cela dit, son visage exprimait encore du désarroi et Christina savait que s'il était réellement le frère de Samantha, ils ne pouvaient tout simplement pas les chasser.

Elle se tourna pour regarder son mari.

— Nous devons déterminer s'ils sont vraiment ceux qu'ils affirment être.

Thorne hocha la tête et détourna les yeux des deux enfants pour la regarder.

— Je suis d'accord. Je vais engager quelqu'un pour confirmer son histoire. En attendant…

Il n'acheva pas sa phrase et une question brilla dans son regard.

Christina poussa un soupir.

— Ils peuvent rester, mais à une seule condition. Jusqu'à ce qu'on soit certains de leur identité, ce seront simplement nos invités. Si elle n'est pas d'accord, il faudra qu'elle s'en aille.

Son mari opina.

— Je lui parlerai.

Il soutint son regard pendant un long moment puis se détourna et retourna à son étude.

Pendant un moment, Christina demeura immobile, observant la porte fermée par laquelle son époux avait disparu. Elle se demanda ce qui se déroulait à l'intérieur et une partie d'elle se crispa. Une partie d'elle voulait se précipiter à sa suite et s'assurer qu'il ne se passait rien d'indécent, qu'il lui restait fidèle. Seulement, une autre partie d'elle lui rappelait que ce n'était pas la peine, qu'elle pouvait lui faire confiance.

Christina sourit.

— Je peux, n'est-ce pas ? se murmura-t-elle. C'est un homme de parole.

Qui plus est, il avait des sentiments pour elle, n'est-ce pas ?

Il avait dit qu'il l'*appréciait* plus d'une fois. Il n'avait pas encore parlé d'amour, mais parfois, Christina avait vu ces mots dans ses yeux. Oui, elle pouvait lui faire confiance parce qu'elle comptait pour lui.

Parce qu'il ne désirait personne d'autre qu'elle.

Une sensation de chaleur s'installa dans le ventre de Christina, chassant les derniers frissons que l'arrivée de Mrs Miller avait provoqués chez elle.

— Maman, venez-vous prendre le thé aussi ? appela soudain Samantha de l'autre bout du vestibule.

Christina faillit sursauter. N'était-il pas étrange qu'au moment précis où la mère de Samantha était revenue pour elle, la petite fille ait choisi d'octroyer ce titre à Christina ? Était-ce une simple coïncidence ? Cela signifiait-il quelque chose ?

Quelle que soit la réponse, Christina ne put s'empêcher de sourire. Son cœur se réchauffa et dansa de joie, et elle sut que quoi qu'il arrive, à partir de maintenant, elle était et resterait toujours la mère de Samantha.

Peut-être pas la seule.

Mais en plongeant dans les yeux de Samantha, Christina sut que cela ne lui faisait rien. Elle voulait que sa fille – sa fille ! – ait tout. Qu'elle se sente aimée et chérie. Qu'elle déborde de joie et ne voie que la beauté dans le monde. C'étaient les pensées d'une mère, n'est-ce pas ?

— J'aimerais beaucoup, répondit Christina à sa fille avant de s'avancer pour accueillir leur nouvel invité. Vous devez être Owen ?

Le garçon lui adressa un regard noir. Elle ne pouvait pas s'empêcher de penser qu'au fond, il n'en avait pas vraiment l'intention. Il ne faisait que se protéger parce que l'existence qu'il avait connue jusque-là lui avait enseigné que c'était nécessaire.

— Sam, voulez-vous bien aller demander du lait et des biscuits à la cuisinière ? Après tout, nous avons un invité.

Le visage de Samantha s'illumina.

— Bien entendu.

En un instant, elle fila, toujours ravie de pouvoir s'infiltrer dans la cuisine. C'était un endroit qu'elle adorait, car Mrs Norris, leur cuisinière, chérissait la petite fille et bien souvent, elle lui glissait en douce une petite friandise.

— Laissez-moi vous aider à aller au salon, d'accord ? demanda Christina en souriant au garçon avant de faire signe à un valet. Voulez-vous bien le transporter à l'intérieur, s'il vous plaît ?

Le garçon pinça davantage les lèvres, mais il n'objecta pas quand le valet le souleva comme s'il ne pesait rien – ce qui, en y regardant bien, était probablement le cas – puis le plaça dans un fauteuil du salon, près de la cage de Biscuit. Sa maigreur était presque effrayante et une ou deux fois alors qu'ils patientaient, Christina crut entendre son petit ventre gargouiller.

Au moment où le lait et les biscuits arrivèrent, les yeux d'Owen s'écarquillèrent et il s'humecta les lèvres. Il n'était plus capable de conserver son masque d'indifférence.

— Je vous en prie, mangez-en autant que vous le voulez. Il y en a assez pour tout le monde, lui dit Christina en lui tendant une assiette remplie de biscuits.

— Du lait ?

La bouche pleine, le garçon hocha la tête. Il paraissait plus jeune à présent qu'il n'était plus sur ses gardes, distrait par les besoins de son corps. Il mangea goulument sans dire grand-chose, mais en tendant une oreille attentive quand Christina et Samantha commencèrent à converser avec les poupées de la fillette.

— *Biscuit ! Biscuit !* piailla Biscuit.

Il était vexé d'avoir été oublié.

Tout sourire, Samantha se hâta de le rejoindre pour lui donner un de ces biscuits aux amandes qu'il aimait tant.

— Tiens. Régale-toi !

— *Régale-toi ! Régale-toi !* piailla Biscuit avant de baisser la tête pour mordiller sa friandise.

Du coin de l'œil, Christina observait Owen avec attention. Elle se promit alors, à elle comme à lui, que quel que soit le résultat de l'enquête de Thorne, elle s'assurerait qu'il soit toujours bien nourri. C'était ce pour quoi son mari se battait, n'est-ce pas ? C'était le souvenir d'enfants comme Owen qui le tenait éveillé la nuit, n'est-ce pas ?

Bien entendu qu'il n'était pas juste que certains possèdent plus de choses qu'ils n'en auraient jamais besoin, tandis que d'autres n'avaient même pas assez de nourriture à se mettre sous la dent. C'était le monde dans lequel ils vivaient. Le monde dans lequel ils avaient vécu jusque-là.

Mais plus maintenant.

Thorne avait raison.

Il fallait que les choses changent.

CHAPITRE 40

DES DOUTES

Thorne ne pouvait pas dénier qu'il était étrange d'avoir Mrs Miller et son fils dans la maison. Bien que cette femme ait accepté immédiatement de ne pas révéler son identité à Samantha, Thorne ne pouvait s'empêcher de penser que quelque chose lui échappait, et il continuait à l'observer très attentivement.

Comme tout le monde.

Puisque les Whickerton se cachaient rarement des choses, Thorne et Christina n'avaient pas hésité à faire part au reste de la famille de ce qui s'était passé. Eux aussi semblaient tiraillés entre la compassion et la méfiance. C'était ainsi que tournait le monde, n'est-ce pas ? Bien entendu, il y avait toujours ceux qui méritaient du soutien et de la gentillesse, mais il était également vrai que des esprits manipulateurs se dissimulaient souvent derrière des yeux larmoyants et un sourire charmant.

Les seuls qui ne semblaient pas affectés par la tension ambiante étaient les enfants. Thorne était soulagé de voir que Samantha se réjouissait d'avoir de nouveaux visiteurs, particulièrement le garçon. Même si Owen était du genre taciturne et légèrement hostile, Samantha ne paraissait pas s'en préoccuper. Comme à l'ordinaire, elle était exubérante, partageant ses jouets et s'assurant toujours qu'Owen puisse participer à ses jeux même s'il ne pouvait pas marcher.

— Regardez-le, rit la comtesse douairière qui se tenait à côté de Thorne et de Christina à une extrémité de la terrasse.

Ils regardaient les enfants jouer à l'autre bout.

— Elle arrive à abattre ses murailles, n'est-ce pas ?

— Selon son habitude, sourit Thorne en adressant un sourire à sa femme.

Christina hocha la tête et regarda Samantha avec une lueur chaleureuse dans les prunelles.

— Oui, elle est douée pour cela.

— Des nouvelles ? s'enquit la comtesse douairière en regardant successivement sa petite-fille et son beau-fils. Son histoire est-elle confirmée ?

Elle braqua les yeux vers le banc sur le côté de la terrasse où Mrs Miller était assise et regardait son fils. Elle affichait un sourire tout aussi chaleureux. Cela dit, Thorne ne pouvait s'empêcher de penser que quelque chose couvait dans ses yeux. Était-ce simplement l'incertitude concernant sa situation ? Ou bien y avait-il autre chose ?

— Pas encore, répondit Thorne quand Reuben sortit sur la terrasse.

— Pardonnez-moi, Monsieur.

Il hésita pendant un moment avant que Thorne ne lui fasse signe de poursuivre.

— Je crains d'avoir été incapable de retrouver le coupe-papier en argent qui a disparu dans votre étude. Bien entendu, j'ordonnerai à tout le monde de le chercher.

Thorne hocha la tête et l'homme disparut.

— Un coupe-papier a disparu ? s'enquit la douairière en plissant les yeux.

Elle le regarda pendant un moment avant de braquer le regard vers Mrs Miller.

— Je le crains, répondit Christina à sa place. Nous ne voulons accuser personne, mais nous y avons pensé également, bien sûr. Après tout, elle est restée seule dans l'étude le jour de son arrivée à Pinewood Manor.

Thorne soupira.

— Je ne souhaite pas le croire, pourtant, une partie de moi la comprendrait.

Il se demanda ce qu'il ferait s'il se retrouvait incapable de nourrir Samantha. Jusqu'où serait-il prêt à aller pour la nourrir ?

La réponse était : jusqu'au bout du monde si nécessaire.

Au cours des deux jours suivants, Samantha continua de faire sortir Owen de sa coquille. L'expression pincée de son petit visage montrait clairement qu'il restait sur ses gardes, qu'il ne souhaitait pas être inclus dans ses jeux, ou du moins qu'il ne pensait pas qu'il soit sage de s'autoriser à y participer. Toutefois, de temps en temps, il ne pouvait s'empêcher de sourire et une lueur presque animée dansait dans ses yeux pâles. Christina y lisait une envie pour la vie que menait Samantha, une vie qu'il n'avait jamais connue et craignait de désirer.

— Elle ne parle jamais vraiment à Samantha, n'est-ce pas ? fit observer Harriet alors que son aînée et elle traversaient les hautes herbes au-delà des jardins de Pinewood Manor.

Son regard restait braqué sur la petite fille qui courait devant elles vers la forêt, Mrs Huxley, Mrs Miller et son fils sur ses talons.

— Je ne l'ai jamais vue le faire, répondit Christina en regardant successivement Mrs Miller et Samantha.

Bien entendu, la femme s'occupait avec diligence de son fils. Présentement, elle le poussait sur un fauteuil à roulettes qu'ils avaient façonné afin qu'Owen puisse quitter la maison sans être porté. L'expression pincée de son jeune visage paraissait s'amoindrir chaque fois qu'ils sortaient de la maison, quand le vent frôlait sa tête et que le soleil caressait sa peau.

Durant ces moments, ce petit garçon des plus sérieux ressemblait presque à un enfant normal.

— Ne trouves-tu pas cela étrange ? demanda Harry en fronçant légèrement les sourcils alors qu'elle observait avec attention la jeune femme frêle.

Christina haussa les épaules.

— Je ne saurais le dire. Je ne peux pas imaginer ce qu'elle doit ressentir après avoir abandonné son enfant et passé des années sans elle avant de finalement la revoir.

Elle poussa un profond soupir.

— Nous n'avons rien dit à Samantha. Je ne cesse de me demander si je devrais le faire… Mais si Mrs Miller ne nous disait pas toute la vérité ? S'il y avait un mensonge au cœur de son histoire ? Un mensonge qui ferait du mal à Samantha ?

Harriet afficha un grand sourire.

— Vous parlez vraiment comme une mère, commenta-t-elle en passant un bras autour des épaules de Christina et en lui donnant une brève étreinte. Vous essayez de la protéger. Il n'y a rien de mal là-dedans.

Son regard se déplaça à nouveau vers Mrs Miller.

— Les enquêteurs de votre mari n'ont pas encore découvert quoi que ce soit qui prouverait qu'elle ment ?

Christina secoua la tête.

— Franchement, ils n'ont rien trouvé du tout, rien qui prouverait que son histoire est vraie ou non.

Elle secoua la main.

— Je ne savais pas quoi en penser, mais je suppose que vous avez raison. Je pense que je me sentirais mieux si Mrs Miller essayait de renouer le contact avec Samantha. Je ne peux pas m'empêcher de penser qu'elle ne l'aime pas vraiment. Mais si c'est le cas, pourquoi est-elle ici ?

Harriet opina en signe d'accord.

— Apparemment, la seule chose qui l'intéresse, c'est son fils. N'a-t-elle pas dit qu'elle était venue demander de l'aide ?

Poussant un soupir, Christina hocha la tête. Des repas réguliers leur avaient fait le plus grand bien à tous les deux. Quoiqu'encore frêle, Mrs Miller semblait avoir repris des forces. Owen aussi. Était-ce vraiment la seule raison pour laquelle elle était venue ? Cela n'avait-il donc rien à voir avec Samantha ?

Christina ne savait pas ce qu'elle espérait. Seulement, ce n'était pas à elle de prendre une décision. Elle devait attendre de voir ce qui allait se produire.

CHAPITRE 41

DISSIMULÉS DANS LES HAUTES HERBES

Thorne descendit rapidement le couloir, traversa le salon et sortit sur la terrasse. Il tourna le regard vers sa femme qui était assise avec sa famille à l'extérieur, profitant de la chaleur du soleil estival. Il marqua un temps d'arrêt avant de l'aborder pour s'assurer que Mrs Miller n'était pas là pour les entendre. D'ailleurs, il ne la voyait nulle part, les enfants non plus, même pas dans les jardins en contrebas.

— Quelque chose ne va pas ? demanda Christina en faisant un pas vers lui. Vous avez l'air inquiet.

Derrière elle, le reste de sa famille arrêta aussitôt de converser pour le regarder aussi.

Thorne croisa le regard de sa femme.

— Où est Mrs Miller ?

Christina tourna le regard vers les jardins puis vers la prairie au-delà.

— Mrs Huxley et elle ont emmené les enfants se promener. Pourquoi ?

Thorne secoua la tête.

— Ce n'est rien. Vraiment.

Il leva les yeux qu'il posa brièvement sur son beau-père avant de se tourner vers sa femme.

— Jusqu'ici, mon détective a été en mesure de confirmer que l'époux de Mrs Miller est mort voilà plusieurs années dans un accident minier. Toutefois, Mr Miller ne serait pas mort il y a cinq ans, aux alentours de la naissance de Samantha, mais plutôt une année avant.

— Une année avant sa naissance ? demanda Leonora en plissant le front d'un air concentré alors qu'elle regardait successivement son mari et sa mère. Alors il ne peut pas être le père de Samantha ?

Grannie Edie secoua la tête.

— Non, ma chérie, il ne peut pas. A-t-elle dit que son époux était le père de Samantha ? demanda-t-elle à Thorne.

— Pas spécifiquement, répondit ce dernier qui fit de son mieux pour se souvenir précisément des paroles de Mrs Miller. Si je m'en souviens bien, elle a simplement dit qu'il était mort avant la naissance de Samantha et elle a précisé que la vie était devenue beaucoup plus difficile pour elle, particulièrement avec un enfant malade à charge.

— Quoi qu'il en soit, elle a menti, énonça Harriet avec véhémence tout en regardant successivement les membres de la famille. Elle n'a peut-être pas dit de façon explicite si Mr Miller était ou non le père de Samantha, toutefois, elle a dit qu'il était mort peu avant sa naissance. Donc, elle a menti.

Ses yeux croisèrent ceux de Thorne.

— Pourquoi ?

Juliet, l'aînée des sœurs Whickerton, prit la parole d'un ton hésitant, le regard un peu dans le vague.

— Peut-être craignait-elle qu'il la juge négativement s'il savait qu'elle avait donné naissance à un enfant illégitime.

Elle regarda successivement sa mère et son aïeule.

— C'est peut-être aussi simple que cela, n'est-ce pas ?

Louisa hocha la tête.

— Jules n'a pas tort. Certaines personnes jugent facilement et elle n'avait aucun moyen de savoir si vous lui accorderiez votre aide si vous l'aviez su, dit-elle en regardant Thorne.

Phineas, le mari de Louisa, s'éclaircit la gorge. Il arborait un air contemplatif.

— Pour être clair, cela compte-t-il pour qui que ce soit ici que Mr Miller soit le père de Samantha ou non ?

Tout le monde secoua la tête.

— Alors nous n'avons pas besoin d'en discuter davantage, en conclut Phineas. Ce que nous devons déterminer, ce sont les raisons de la présence en ces lieux de Mrs Miller et si elle est réellement la mère de la fillette.

— Je suis incapable de vous fournir une réponse concrète, soupira Thorne.

— Ne devrions-nous pas lui parler ? suggéra Drake, l'époux de Leonora, en haussant les sourcils.

Il ne parlait pas souvent, mais quand il s'exprimait, il pesait ses mots.

— Elle vit dans votre maison, continua-t-il en soutenant le regard de Thorne, où elle côtoie votre enfant, et pourtant, vous ne savez quasiment rien d'elle. Votre seule certitude est qu'elle vous a menti.

Thorne hocha la tête, imité par une bonne partie des autres.

— Il a raison, en convint Troy, l'unique fils des Whickerton, avec une expression tendue sur le visage. Loin de moi l'idée de la juger pour ce qu'elle a peut-être été contrainte de faire afin de survivre. Toutefois, nous devons nous assurer qu'elle ne représente pas une menace pour cette famille.

— C'est vrai, conclut Thorne, content d'avoir partagé les quelques informations qu'il avait reçues avec sa nouvelle famille.

C'était agréable de pouvoir discuter de ces questions auxquelles d'autres pouvaient apporter leur grain de sel, lui offrant leurs conseils ainsi que leur soutien.

— Je vais lui parler de ce pas, déclara-t-il.

Il s'en alla et descendit les marches qui menaient aux jardins.

— Je vous accompagne ! lui cria Christina en hâtant le pas pour le rattraper.

Un sourire chaleureux aux lèvres, elle glissa une main dans celle de Thorne.

— C'est ma fille aussi, n'est-ce pas ?

La peau de la jeune femme était chaude et réconfortante contre la sienne et Thorne serra sa main plus fort.

— Oui, et elle a de la chance de vous avoir.

Rapidement, il entraîna sa femme derrière un gros buisson et lui donna un léger baiser.

— Tout comme moi, ajouta-t-il.

Christina lui adressa un sourire qui fit flancher ses genoux.

— Vous feriez mieux de ne pas l'oublier.

Elle le tira en avant.

— Venez. Nous allons régler cette histoire tout de suite et ce soir, nous pourrons dormir sur nos deux oreilles.

La suivant à la hâte, Thorne poussa un petit rire.

— Dormir ?

Sa femme leva les yeux au ciel d'un air taquin.

— J'aurais peut-être dû écouter les nombreuses mises en garde que l'on m'a murmurées à propos de ces choses innommables qui résident dans l'esprit d'un époux tel que vous.

Thorne éclata de rire avant de la soulever pour la faire tournoyer rapidement sur elle-même.

— Oh, ne faites pas comme si vous n'y aviez pas songé aussi. Je vous connais très bien, *mon épouse*.

Alors qu'ils faisaient la course jusqu'au bout des jardins, Thorne ressentit à nouveau un moment d'incrédulité. La façon dont sa vie avait changé en si peu de temps l'émerveillait toujours. Il n'avait jamais été aussi heureux, aussi insouciant, et de temps en temps, il craignait que tout ceci ne soit qu'un rêve.

Dormait-il ? Une femme telle que Christina existait-elle vraiment ? L'avait-il rêvée ? Si quelqu'un le réveillait et qu'il ouvrait les yeux, serait-elle encore là ?

Elle se jeta alors dans ses bras et il sentit son cœur battre contre le sien. Elle conquit ses lèvres et il lui rendit son baiser avec une férocité désespérée. S'il rêvait, il n'avait pas envie de se réveiller.

— Vous représentez une terrible distraction, marmonna-t-il

contre les lèvres de sa femme avant de l'embrasser à nouveau. À ce rythme-là, nous ne les rejoindrons pas avant ce soir.

Christina ricana.

— Nous les croiserons peut-être à mi-chemin.

Elle s'écarta de lui puis lui prit la main et l'entraîna à sa suite, hors des jardins et dans la prairie.

Le regard de Thorne balaya la petite pente qui menait à l'orée de la forêt. Le soleil brillait toujours haut dans le ciel, pourtant, la lueur rouge foncé présageait la fin de la journée. Une brise légère soufflait et les hautes herbes vertes ondulaient doucement comme si elles dansaient. Il entendait le son des criquets, des oiseaux et…

Il s'immobilisa et tendit l'oreille pour écouter.

— Je ne les entends pas, marmonna-t-il alors que son regard balayait l'orée de la forêt.

— Qu'y a-t-il ?

Le visage inquiet de Christina apparut devant lui.

— Quelque chose ne va pas ?

— Je ne les entends pas, répéta Thorne d'une voix qui avait gagné en intensité afin qu'elle l'entende.

Il croisa son regard.

— Où sont-ils tous ?

Christina fit volte-face. Elle aussi parcourait du regard l'étendue de terrain autour d'eux.

— Ils sont peut-être allés dans la forêt.

— Tous ? Même Owen avec son fauteuil ?

Il lui prit la main et ensemble, ils descendirent à la hâte la petite pente, leurs yeux continuant de balayer le terrain.

Quelque chose de froid, quasiment glacé, commença à serpenter le long du dos de Thorne. Il ne pouvait pas se l'expliquer. Même s'il ne savait pas ce que c'était, cela avait le pouvoir de lui hérisser les poils de la nuque. Quelque chose clochait. Il s'était passé quelque chose. Sans pouvoir se l'expliquer, il en était convaincu.

Il le ressentait.

— Samantha ! appela Christina en serrant la main de Thorne avec une force qui trahissait son inquiétude grandissante. Mrs Huxley !

Seul le silence leur répondit.

Rien que le silence.

— Où peuvent-ils être ? s'exclama Christina en braquant les yeux sur lui avant de se remettre à scruter les environs.

Ils ralentirent le pas, traversant toujours les hautes herbes, quand Christina s'arrêta soudain.

— Là !

Elle tendit la main, le doigt braqué vers l'ouest, désignant un endroit près de la forêt.

Thorne plissa les yeux et quand les hautes herbes ondulèrent d'un côté, il crut entrevoir les roues noires du fauteuil roulant d'Owen.

Son fauteuil retourné...

Ensemble, ils se précipitèrent en avant, leurs cœurs explosant presque hors de leur poitrine.

— Owen ! entendit-il son épouse crier alors qu'ils avançaient.

En s'approchant, Thorne vit effectivement le fauteuil renversé sur le côté, la roue arrière tournant lentement dans le vent.

Christina se laissa tomber à genoux près du fauteuil et Thorne vit Owen étendu à terre, les yeux fermés, une ecchymose sur le front. Sa femme fit courir ses mains sur le visage du garçon avant de vérifier son pouls.

— Il est vivant, murmura-t-elle en respirant rapidement tout en ouvrant de grands yeux effrayés.

Elle le regarda puis tendit le cou.

— Où sont les autres ? Que s'est-il passé ici ?

Thorne se redressa et mit ses mains en visière pour protéger ses yeux du soleil et parcourir les environs du regard. Au début, il ne vit rien au-delà de l'océan sans fin de l'herbe qui ondulait. Puis son regard accrocha autre chose.

Il se précipita en avant, ses grandes enjambées l'entraînant plus près de la lisière de la forêt où il trouva Mrs Huxley allongée sur le dos, une plaie béante à la tête. Il essaya de la ranimer, mais elle resta inconsciente. Heureusement, son pouls battait fort.

Secouant la tête, Thorne se redressa à nouveau. Il ne s'imaginait pas ce qui avait pu se passer. Quelqu'un les avait-il attaqués ? Où étaient Samantha et Mrs Miller ? Se trouvaient-elles dans les parages ? Cachées dans l'herbe ?

— L'un de nous devrait aller chercher de l'aide, dit Christina en se rapprochant. Nous en aurons besoin pour les ramener à la maison.

Elle posa une main sur son bras.

— Où peut-elle se trouver ?

Elle ouvrait de grands yeux terrifiés.

Thorne secoua la tête.

— Je ne sais pas, mais nous la retrouverons.

Il baissa les yeux pour croiser le regard de son épouse.

— Retournez alerter votre famille.

Christina hocha la tête et marqua un temps d'arrêt.

— *Vous* devriez peut-être y aller. Je suppose que vous êtes plus rapide que moi.

Elle désigna ses jupes d'un regard, consciente qu'elles entraveraient ses mouvements.

Thorne secoua la tête.

— Celui qui a fait ceci rôde peut-être encore dans les parages. Je ne vais pas vous laisser seule ici. Allez-y.

Il lui serra la main et elle hocha la tête avant de filer vers la maison le plus rapidement possible.

— Samantha !

S'efforçant de rester calme, Thorne cria le nom de sa fille. Perdre la tête ne serait d'aucune utilité pour personne, particulièrement pas sa fille.

Restant alerte, il longea lentement la lisière de la forêt, essayant de repérer n'importe quel indice quant à ce qui s'était passé ou bien à l'endroit où Samantha et Mrs Miller pourraient se trouver. Avaient-elles été attaquées aussi ? Ou bien avaient-elles réussi à s'enfuir ?

Thorne marqua un temps d'arrêt et regarda par-dessus son épaule l'endroit où Owen était toujours étendu dans l'herbe. Il ne pouvait s'empêcher de penser que Mrs Miller n'aurait jamais abandonné son fils. En dépit de ses autres mensonges, il ne doutait pas qu'elle aimait profondément son enfant et donnerait tout pour qu'il soit en sécurité. Alors pourquoi s'était-elle évaporée ?

CHAPITRE 42

LE CŒUR D'UN PETIT GARÇON

Christina n'avait jamais ressenti une telle peur. Elle avait déjà été préoccupée, inquiète et même effrayée. Pourtant, rien n'était comparable à cette sensation de terreur qui lui nouait le ventre. Qui plus est, son cœur était douloureux. Songer à Samantha lui provoquait une douleur physique et des larmes ne cessaient d'envahir ses yeux. Toutefois, les larmes ne servaient à rien, aussi Christina les essuya-t-elle d'un geste déterminé.

Au moment où sa famille l'avait vue revenir, ils avaient deviné que quelque chose n'allait pas. Ils s'étaient précipités à sa rencontre, lui donnant à peine le temps de s'expliquer avant de poursuivre leur route vers la prairie où les attendait Thorne.

Son frère ramena Owen à l'intérieur, tandis que Phineas et Drake portèrent Mrs Huxley tour à tour. Ils cherchèrent tous d'autres indices, mais ne trouvèrent rien.

— Nous n'avons plus rien à faire ici, dit son père à Thorne en plaçant une main sur son épaule. Nous devrions retourner à la maison et attendre que Mrs Huxley reprenne connaissance. Elle pourra peut-être nous dire ce qui s'est passé.

Thorne serra douloureusement les dents, mais il hocha la tête.

Heureusement, Mrs Huxley commença à reprendre connaissance

au moment où Drake rentra dans le salon et la posa sur le canapé. Un léger gémissement sortit de ses lèvres et elle ferma les paupières.

Christina serra la main de son mari puis se précipita vers la gouvernante. Juliet plaça un linge en lin mouillé sur le front de la femme alors que Christina s'asseyait à côté d'elle pour lui prendre délicatement la main.

— Mrs Huxley ? Vous m'entendez ?

La femme prit une inspiration tremblante et essaya d'ouvrir les yeux.

— Que s'est-il passé ? murmura-t-elle faiblement en clignant férocement des paupières contre les rayons vifs du soleil qui se déversaient par les fenêtres. Où suis-je ?

Christina lui serra la main d'un geste rassurant.

— Vous êtes à Pinewood Manor, Mrs Huxley. Vous souvenez-vous de ce qu'il s'est passé ? Où est Samantha ?

Christina pouvait à peine contenir son anxiété, mais elle savait qu'il ne servirait à rien de trop insister.

Mrs Huxley cligna des paupières et leva les yeux vers elle. Pendant un moment, elle n'eut pas l'air de comprendre de quoi Christina parlait. Puis son visage pâlit.

— Un homme, hoqueta-t-elle alors que sa main se crispait sur celle de Christina. Il y avait un homme.

Thorne s'avança.

— Le connaissiez-vous ?

Mrs Huxley voulut secouer la tête, mais ce mouvement la fit grimacer.

— Non. Mais... mais Mrs Miller, si.

Une terreur froide serra le ventre de Christina et elle leva les yeux vers son mari, consciente qu'il ressentait la même chose. Elle le vit dans ses yeux. Il posa une main sur son épaule, pour la réconforter autant que pour la soutenir.

— Comment le savez-vous ? demanda Thorne doucement malgré son pouls qui battait violemment. A-t-elle dit son nom ?

— Non, gémit Mrs Huxley en fermant à nouveau les paupières.

— À quoi ressemblait-il ? s'enquit Thorne.

Christina sentit alors sa main se crisper sur son épaule.

Un silence mortel s'était abattu sur la pièce. Tous les regardaient en tendant l'oreille, craignant de prononcer le moindre mot.

— Grand, souffla faiblement Mrs Huxley. Une cicatrice sur son front. Des vêtements dépenaillés. Il… l'a… appelée… Ellen.

Mrs Huxley poussa alors un grand soupir avant de reperdre connaissance.

Pendant un moment, personne ne dit rien. Puis Drake fit un pas en avant.

— On doit parler au garçon. Il sait peut-être qui était cet homme.

Christina opina et se redressa.

— Il est toujours inconscient, marmonna-t-elle en regardant à l'autre bout de la pièce le petit enfant que son frère avait déposé sur l'autre canapé. On ne sait pas quand il va se réveiller, ou s'il reprendra connaissance à temps pour…

Elle s'interrompit quand son cœur se serra douloureusement.

Instantanément, les bras de son mari s'enroulèrent autour d'elle et il l'étreignit fort.

— Nous la retrouverons, murmura-t-il en serrant les dents d'un air déterminé. Nous la récupérerons.

C'est alors que son père s'avança.

— Troy, pouvez-vous porter Mrs Huxley à l'étage ? Juliet, occupez-vous d'elle, s'il vous plaît. J'ai déjà envoyé chercher un médecin.

Juliet et Troy acquiescèrent.

— Où peuvent-elles bien être ? Y a-t-il un endroit près d'ici où il aurait pu les emmener ? demanda-t-il à Thorne.

Silencieusement, Troy et Juliet se mirent en mouvement. Alors que Troy soulevait Mrs Huxley dans ses bras, Juliet lui ouvrait les portes. Puis ils disparurent.

Christina regarda son mari et le vit baisser le menton.

— Malheureusement, je ne connais pas les environs.

En effet, ils venaient à peine d'emménager à Pinewood Manor, espérant y trouver un foyer pour leur famille. C'était un endroit magnifique, mais ils n'avaient pas encore rencontré leurs voisins, ne s'étaient pas familiarisés avec la géographie du terrain.

Harriet se redressa d'un bond.

— Je sais à qui demander ! s'exclama-t-elle en se précipitant vers la porte, évitant au dernier moment Grannie Edie qui entrait à petits pas.

— Que peut-on faire d'autre ? marmonna Leonora en se rapprochant de Drake qui glissa un bras autour de ses épaules pour la serrer fort contre lui. Nous devons faire quelque chose.

— Malheureusement, nous ne pouvons qu'attendre, soupira Thorne d'un air tendu en jetant un regard impatient à Owen. Lorsque le garçon reviendra à lui, il nous en apprendra peut-être davantage.

Phineas fit un pas en avant.

— Ne devrions-nous pas fouiller les environs ?

— Oui, je crois que ce serait...

Louisa s'interrompit quand Grannie Edie frappa soudain le plancher de sa canne à plusieurs reprises.

Ils s'immobilisèrent tous et se tournèrent pour la regarder.

— Je me disais simplement que vous aimeriez savoir, commença-t-elle en levant sa canne pour la braquer vers le canapé où Owen était allongé, que le garçon est conscient.

Ils se retournèrent tous et virent qu'Owen était aussi immobile qu'avant. Pas un seul muscle ne tressautait.

— Comment le savez-vous ? s'enquit Louisa qui fit un pas en avant, plissant légèrement les yeux alors qu'elle observait le garçon. Il n'a pas bougé.

— Voulez-vous dire qu'il fait semblant d'être inconscient ? s'enquit Phineas en s'avançant pour regarder par-dessus l'épaule de sa femme.

Christina se figea en observant le petit garçon de l'autre côté de la pièce. Elle se souvint de l'expression dans son regard le jour où ils étaient arrivés. Il avait appris à se protéger, toujours craintif, toujours méfiant. Qui sait ce qui s'était passé aujourd'hui ? Craignait-il qu'on le lui reproche ? Que la faute ne retombe sur sa mère ?

— Voulez-vous bien me laisser seule avec lui un moment ? demanda-t-elle en regardant successivement son mari, sa fratrie et ses parents. Je veux lui parler.

Quoiqu'à contrecœur, ils acquiescèrent tous avant de prendre congé l'un après l'autre.

— On sera juste derrière la porte, dit Thorne suffisamment fort pour que le garçon l'entende.

Il pressa la main de sa femme et opina du menton pour l'encourager.

Quand la porte se referma enfin derrière eux, Christina s'approcha du canapé et se tira une chaise.

— Owen ? Voulez-vous bien me regarder ? Je vous promets que vous n'avez rien à craindre. Nous voulons seulement retrouver Samantha et votre mère.

Pendant un long moment, le garçon resta complètement immobile. Cependant, Christina crut voir un léger tremblement le parcourir.

— Je sais que vous devez avoir peur, murmura-t-elle en plaçant une main sur son épaule frêle. Connaissiez-vous cet homme ? Le croyez-vous capable de faire du mal à votre mère ?

Il serrait fort les paupières, mais une larme solitaire se fraya un passage et roula le long de son nez. Puis un léger sanglot s'échappa de ses lèvres.

Christina alla s'asseoir sur le canapé avec lui et tendit la main pour lui caresser la tête, prenant garde à ne pas trop s'approcher de son ecchymose.

— Je vous en prie, dites-nous ce que vous savez et je vous promets que nous ferons tout notre possible pour protéger votre mère.

L'enfant enfonça les dents dans sa lèvre inférieure puis ouvrit les paupières et la regarda.

— C'est promis ?

Christina hocha la tête.

— Promis. Vous avez ma parole. Quoi qu'il arrive, je ferai mon possible pour m'assurer qu'elle soit en sécurité.

Inspirant profondément, Owen se mit en position assise. Ce mouvement lui fit mal à la tête et il eut un mouvement de recul. Christina s'assit et rapprocha le bol d'eau avant d'y tremper un petit linge qu'elle plaça alors sur la tête du garçon.

Owen soupira quand le bout de tissu froid toucha son front.

— Son nom est Sullivan, dit-il doucement en levant la main pour empêcher le linge de glisser de son front.

— Comment votre mère le connaît-elle ? demanda doucement Christina, tiraillée entre l'envie d'obtenir la réponse nécessaire aussi rapidement que possible et celle de traiter ce garçon avec une gentillesse qu'il n'avait jamais connue, mais qu'il méritait. Ce n'est pas votre père, n'est-ce pas ?

— Non.

Une ombre passa sur son visage.

— Mon père est mort peu après ma naissance.

Un battement d'ailes attira soudain l'attention de Christina et quand elle se tourna, elle vit Biscuit voler à travers la pièce pour venir se poser sur le dossier du canapé.

Owen eut un sursaut de peur et il écarquilla de grands yeux en regardant l'oiseau installé si près de lui.

— Qu'est-ce que c'est ?

Christina lui adressa un sourire rassurant.

— C'est l'animal de compagnie de Samantha. Vous n'avez pas besoin de vous inquiéter. Il est gentil.

Elle déglutit et se retourna vers le garçon.

— Comment votre mère connaît-elle cet homme ? Pouvez-vous me dire... ?

— *Pas sa mère !* piailla Biscuit. *Pas sa mère !*

Christina regarda l'oiseau, se souvenant des nombreuses occasions où Biscuit avait déjà répété ces mots, des mots qu'il avait entendu quelqu'un prononcer. Lentement, elle tourna la tête vers Owen dont le regard lui révéla tout ce qu'elle avait besoin de savoir.

— Samantha n'est pas sa fille, n'est-ce pas ?

L'enfant baissa la tête.

— Elle n'avait pas l'intention de mentir, mais elle ne savait pas quoi faire.

Il déglutit et une autre larme roula le long de sa joue.

— Je suis en âge de l'aider, mais je ne peux rien faire. Je suis un fardeau pour elle. À cause de moi, elle a été forcée d'accepter l'aide de Mr Sullivan pour qu'on puisse survivre.

Il serra ses petits poings.

— Et il... il exige quelque chose en retour.

Christina serra les dents, regrettant d'être capable de s'imaginer ce que Mr Sullivan exigeait de la mère d'Owen. La tristesse du petit garçon lui brisait le cœur et elle comprenait que seul le désespoir avait conduit Mrs Miller à leur porte.

Si seulement ils avaient su la vérité !

— Que veut-il de Samantha ? demanda-t-elle en plaçant la main sur le poing serré du petit garçon. Savez-vous où il a pu les emmener ?

Owen haussa les épaules.

— Je ne sais pas. Ma mère est venue ici pour le fuir, mais il nous a suivis. L'autre jour, elle l'a vu au bord de la forêt, mais elle m'a prié de ne rien dire. Elle lui a parlé et lui a demandé de partir, mais il a refusé.

Des yeux timides croisèrent ceux de Christina.

— Il a dit qu'il avait une idée qui nous rendrait riches.

Christina se tendit, dégoûtée par les gens qui couraient ainsi après l'argent. Elle savait qu'autrefois, elle avait cru que son propre mari était ce genre d'homme. Elle n'aurait pas pu se tromper davantage !

Que pouvaient-ils faire à présent ?

— Elle l'a imploré de ne pas prendre Sam, poursuivit Owen dont les larmes coulaient à présent librement sur ses joues. Il a refusé d'écouter. Il voulait qu'elle vienne aussi, mais elle a refusé.

Christina vint s'asseoir à côté d'Owen et le prit doucement dans ses bras.

— Il a dit que si elle refusait, il la tuerait.

Christina parvint à peine à réprimer les jurons qu'elle avait sur le bout de la langue. La colère brûlait dans ses veines et elle serra le garçon plus fort, se forçant à rester calme.

— Merci de m'avoir tout raconté. Merci, Owen.

Elle espérait simplement que cela serait utile.

CHAPITRE 43

UNE AIDE INESPÉRÉE

Thorne s'était toujours considéré comme un homme patient. À présent, il savait que ce n'était pas le cas. Comme un lion en cage, il arpentait le vestibule, les poings serrés, l'esprit torturé. Ses pensées étaient constamment tournées vers Samantha. Il essayait de se la représenter, où elle était, ce qu'elle faisait… ce qu'on lui faisait.

— Croyez-vous que tout ceci fasse partie d'un plan élaboré ? demanda Troy à la cantonade. Aurait-elle planifié ceci depuis le début ?

Thorne arrêta d'arpenter la pièce.

— Je ne crois pas.

— Pourquoi ? s'enquit Louisa qui plissa les yeux avant de se coller contre son mari.

Thorne secoua la tête.

— Je ne pense pas qu'elle pourrait abandonner son fils. Cela n'a aucun sens. Quoi qu'elle fasse, c'est pour lui. Elle ne l'abandonnerait pas, acheva-t-il sur un autre hochement de tête.

Drake s'éclaircit la gorge.

— Si c'est le cas, nous patientons ici pour rien. Si Mrs Miller ne faisait pas partie du plan, alors je doute que son fils sache quelque chose d'important.

— Je suis d'accord, approuva Phineas. Nous devrions aller les chercher dehors.

— Les chercher où ? lança Leonora en regardant successivement les autres. Elles peuvent se trouver n'importe où. Nous ne savons pas dans quelle direction elles sont parties.

Encore une fois, le silence s'abattit sur la pièce. Tous les visages étaient tendus. Tous ressentaient le poids écrasant de cette immobilité forcée. Ils avaient besoin d'agir. Ils *voulaient* agir ; seulement, c'était impossible. Que pouvaient-ils faire ?

Une éternité parut s'écouler jusqu'à ce que la porte du salon s'ouvre enfin et que Christina en sorte. Son visage informa Thorne que ce qu'elle avait soutiré au garçon ne les aiderait pas à récupérer Samantha.

Toutefois, il fut soulagé d'entendre que Mrs Miller ne les avait pas trahis. Au moins, Samantha n'était pas seule avec cet homme, avec Mr Sullivan. Au moins, quelqu'un était avec elle.

— Cela veut-il dire qu'on devrait bientôt s'attendre à une demande de rançon ? s'enquit Troy en regardant successivement Thorne et son père. Si c'est de l'argent qu'il veut, il ne fera pas de mal à la fillette.

Ils hochèrent tous la tête, pourtant, Thorne voyait qu'ils avaient parfaitement conscience que parfois, les choses pouvaient mal tourner. Tous les plans pouvaient cafouiller. Parfois, quelqu'un en payait le prix.

Au son de chevaux qui s'approchaient, Thorne se tourna pour regarder par la fenêtre. Il s'immobilisa quand il vit Harriet tirer les rênes et sauter à bas de sa monture, suivie de près par un inconnu. Bien vêtu, l'homme avait le port de tête d'un lord.

Un moment plus tard, la porte s'ouvrit à la volée et Harriet se précipita à l'intérieur.

— Avez-vous du nouveau ? demanda-t-elle en les regardant successivement.

— Rien qui pourrait nous mener à Samantha, répondit son père qui fit un pas en avant.

Le pli qui barrait son front s'approfondit quand son regard quitta sa fille pour se poser sur l'homme qui entrait à sa suite.

— Puis-je vous demander où vous étiez ?

Il haussa les sourcils et regarda à nouveau leur visiteur.

Harriet adressa à son père un léger sourire.

— Je suis allée chercher quelqu'un qui peut nous aider.

Elle regarda son compagnon par-dessus son épaule et lui fit signe de s'avancer.

— Jack.

Thorne ne pouvait s'empêcher de penser que *Jack* – qui qu'il soit – représentait une compagnie bien étrange pour Harriet. Dans tout ce qu'elle faisait, elle était naturelle et sauvage, toujours prête à briser les conventions, un sourire facile aux lèvres et les joues rougies par les nombreuses aventures qui paraissaient continuellement croiser son chemin. *Jack*, d'un autre côté, semblait plutôt stoïque, sérieux et comme il faut, vu la façon dont il se tenait dans le vestibule, les épaules carrées et le menton pointé d'un geste presque hautain. Sur tous les plans, il ressemblait à un véritable aristocrate, quelqu'un qu'on ne saurait contraindre à se préoccuper de quoi que ce soit ou de quiconque hors de sa sphère personnelle.

Pourtant, il était là.

Les parents de Harriet braquèrent leur attention sur le nouveau venu et Thorne vit son père observer prudemment cet inconnu en leur sein.

— Puis-je vous demander votre nom, *Monsieur* ?

Une note de déplaisir colorait sa voix et Thorne s'imagina que lorsque tout ceci serait résolu – avec succès ! –, Harriet devrait répondre à de nombreuses questions de la part de ses parents.

Légèrement confus, leur visiteur fronça les sourcils. Toutefois, un soupçon de colère illumina ses prunelles l'espace d'une seconde alors qu'il regardait Harriet d'un air interrogateur et légèrement réprobateur. Puis il s'éclaircit la gorge et se concentra à nouveau sur lord Whickerton.

— Veuillez m'excuser. Je pensais que votre fille vous avait informé que nous nous connaissions.

Encore une fois, son regard sombre se tourna vers Harriet. Il contenait la même note de reproche qu'auparavant.

Ne se laissant pas perturber par le regard qu'il lui décochait, Harriet haussa les épaules et un sourire profondément taquin joua sur ses lèvres.

— Une jeune femme a le droit d'avoir ses secrets, répondit-elle seulement.

Mal à l'aise et oscillant d'un pied sur l'autre, leur visiteur décida d'ignorer le comportement inapproprié de sa *simple connaissance* et se présenta directement.

— Je suis Bradley Jackson, le duc de Clements. Ma demeure ancestrale est à une heure de cheval d'ici.

Thorne ne se rappelait pas avoir entendu parler du duc de Clements. Toutefois, les Whickerton paraissaient connaître ce nom et leurs visages se firent légèrement intrigués.

— Sans vouloir être impoli, commença Thorne alors que la peur qui s'infiltrait dans ses os commençait à se faire de plus en plus douloureuse au fil des secondes, il y a une situation des plus graves qui requiert notre attention.

Il se détourna de son beau-père pour regarder le duc de Clements.

— Avez-vous le moindre indice pour nous aider à localiser ma fille ?

— Je le crois, confirma le duc.

Thorne inspira profondément et il sentit la main de son épouse se contracter sur son bras.

— Comment donc ? demanda-t-il en s'avançant.

S'éclaircissant la gorge, le duc se tourna vers lui.

— Au cours des derniers jours, j'ai découvert à plusieurs reprises des traces de pas à travers la forêt qui sépare Pinewood Manor et Clements Park. À en juger par les dégâts que cet homme a infligés à la végétation, j'ai supposé qu'il s'agissait de quelqu'un qui n'avait pas l'habitude de parcourir la campagne.

Thorne échangea un bref regard avec sa femme qui ouvrait également de grands yeux.

— Savez-vous où il se trouve à présent ?

Le duc hocha la tête.

— S'il n'est pas encore parti, je devine que vous le trouverez dans une petite hutte délabrée pas très loin d'ici. Toutefois, je suppose qu'il s'en ira dans la matinée. Ce n'est pas un endroit où l'on peut s'attarder.

Thorne eut l'impression que son cœur allait exploser.

— Pouvez-vous nous y emmener ?

— Bien entendu, confirma le duc.

— Merci, dit Christina avec un geste du menton.

Puis elle se tourna vers sa famille.

— Vous joindrez-vous à nous ?

Tous les membres de sa famille acquiescèrent et s'avancèrent, le visage déterminé.

— Oh, non, protesta alors Phineas en plaçant une main sur le bras de Louisa pour l'arrêter. Vous n'irez nulle part.

Elle lui décocha un regard fulminant.

— Vous ne pouvez pas me dire quoi faire ! Pour qui vous prenez-vous ?

Phineas lui adressa un grand sourire.

— Au cas où vous l'auriez oublié, ma chère, je suis votre époux et je jure que je vais vous attacher au lit si vous tentez de nous suivre. Pas aujourd'hui. Pas dans votre condition.

Louisa fusilla son mari du regard alors que le reste de sa famille la regardait avec des yeux ronds.

— Votre condition ? marmonna sa mère en s'approchant lentement d'elle pour lui prendre les mains. Êtes-vous… ?

— Oui, je le suis, répondit Louisa en levant les yeux au ciel.

Puis elle braqua un regard accusateur vers son mari.

— Merci d'avoir gâché la surprise !

Ne se départant pas de son sourire, Phineas feignit une courbette formelle.

— Je vous en prie, Lulu.

Louisa poussa un soupir irrité puis agita les mains pour tous les chasser.

— Filez ! Tout de suite ! Vous pourrez tous me féliciter à votre retour. Allez chercher Sam.

Elle se tourna et saisit Phineas par les revers de sa redingote.

— Vous me le paierez plus tard, murmura-t-elle discrètement avec un sourire taquin.

— Oh, j'y compte bien, répondit Phineas qui déposa un petit baiser sur ses lèvres avant de se précipiter hors de la pièce avec les autres.

Touché par ce moment simple mais empreint d'émotion entre Louisa et Phineas, Thorne se tourna vers sa femme. Une fois que Christina eut échangé quelques mots avec Grannie Edie et Juliet, qui resteraient là avec lady Whickerton – Beatrice ! – afin de s'occuper de Mrs Huxley et d'Owen, elle s'apprêta à sortir aussi. Thorne tendit alors le bras pour la retenir. Alors qu'il l'attirait contre lui, elle l'interrogea du regard.

— Je vous aime, murmura-t-il alors, se demandant pourquoi il avait attendu aussi longtemps avant d'admettre ce qu'il ressentait pour elle. Vous le savez, n'est-ce pas ?

Christina afficha un large sourire.

— Je l'avais espéré, murmura-t-elle en levant les mains pour lui caresser le visage. Je crois que je vous aime aussi.

Thorne sentit son cœur commencer à chanter de joie et une seconde plus tard, il la serra fort contre lui.

— Allons retrouver notre fille, murmura-t-il à son oreille avant de se reculer et de déposer un petit baiser sur ses lèvres.

Avec des yeux aussi lumineux et bleus qu'un ciel d'été, Christina le regarda puis hocha la tête, l'air déterminée.

— Nous la retrouverons. Nous la retrouverons et tout redeviendra normal.

Thorne lui prit la main et ensemble, ils se précipitèrent à l'extérieur.

CHAPITRE 44

DANS LES BOIS

Le soleil commençait à se coucher alors qu'ils descendaient à toute allure le chemin qui menait à la forêt. Christina apercevait le duc en tête de cortège, suivi de près par son mari et son frère.

Le vent faisait voler ses cheveux dans toutes les directions et elle tourna la tête pour les replacer derrière ses oreilles. Son regard tomba sur Harriet et Leonora, penchées bas sur l'encolure de leurs montures alors qu'elles filaient à la suite des autres. Drake n'était pas loin de sa femme alors que Phineas et son père fermaient la marche.

Harriet lui sourit quand leurs regards se croisèrent et Christina aurait aimé pouvoir demander à sa sœur comment elle avait rencontré le duc. Ils étaient comme le jour et la nuit, mais Christina ne pouvait s'empêcher de penser que, quelque part, ils avaient fini par bien se connaître. Comment cela était-il arrivé ? Où l'avait-elle rencontré ?

Cela dit, la réponse semblait évidente. Après tout, Harriet n'était-elle pas sortie sans chaperon à plusieurs reprises ces dernières semaines ? Parfois, elle s'était absentée toute l'après-midi et était rentrée tard, épuisée, mais avec un grand sourire. Était-elle partie le retrouver chaque fois ?

Ce qui était étrange, c'était que le duc de Clements semblait... presque ennuyeusement convenable. Peu importe ce que Harriet disait ou faisait, il paraissait désapprouver. Quand Christina et ses sœurs avaient enfourché leurs montures aux côtés de leurs hommes, il les avait regardées avant de se tourner vers Harriet pour murmurer :

— Vos sœurs et vous allez vous joindre à nous ?

Harriet avait simplement éclaté de rire.

— Cela vous surprend-il, Jack ?

Christina avait remarqué que le duc se crispait chaque fois que Harriet l'appelait ainsi. Elle se doutait que ce n'était pas le surnom en lui-même qui lui déplaisait, mais plutôt la familiarité qu'il suggérait. Après tout, ce n'était pas approprié de sa part de l'appeler ainsi.

En atteignant la forêt, ils firent ralentir leurs montures, leur permettant de choisir leur propre chemin à travers le bosquet.

— C'est encore loin ? demanda Thorne au duc en tête de file.

— Le terrain est inégal, répondit celui-ci en jetant un regard calculateur sur les environs, mais c'est le chemin le plus court. Je pense que nous arriverons à la hutte au crépuscule.

Christina sentit ses mains se crisper sur les rênes.

— J'espère qu'elle va bien, marmonna-t-elle, n'osant pas songer à ce qu'ils feraient si ce n'était pas le cas.

Poussant son cheval vers celui de Christina, Harriet lui dit avec certitude :

— Elle va s'en sortir. Elle est coriace, débrouillarde, et elle sait qu'on va venir la chercher.

— Comment le saurait-elle ? lui sourit Christina.

Harriet fronça les sourcils.

— Le contraire est impossible. Nous sommes une famille. Bien entendu qu'on va venir à sa rescousse. C'est ce que font les familles.

Christina tendit la main à sa sœur et Harriet l'accepta avant de la serrer d'un geste rassurant.

— Merci pour ton aide, dit Christina à sa sœur. Je ne sais pas comment nous aurions pu la retrouver sans...

Sa voix mourut alors que son regard se dirigeait vers l'avant de leur petit groupe où le duc chevauchait à côté de Thorne.

Harriet poussa un petit rire.

— Eh bien, je soupçonne depuis longtemps que les moyens peu conventionnels ont leurs avantages.

Regardant sa sœur sans comprendre, Christina éclata de rire.

— Que cela signifie-t-il donc ?

Harriet répondit simplement d'un haussement d'épaules.

— Comment l'as-tu rencontré ? murmura Christina en rapprochant sa monture un peu plus près de celle de sa sœur qui répondit par un sourire énigmatique.

— Oh, c'est une longue histoire. Je te raconterai tout une fois qu'on aura ramené Sam à Pinewood Manor, saine et sauve.

— Je te le rappellerai.

Alors que le soleil se couchait à l'horizon, le chemin se fit de plus en plus traître. L'obscurité commençait à tomber et ils pouvaient à peine voir le bout de leur nez. Christina n'aurait su dire si la lune brillait au-dessus d'eux, car si la frondaison épaisse des arbres les protégeait, elle les tenait également dans les ténèbres.

Le duc s'arrêta et descendit de sa monture.

— À partir d'ici, on va continuer à pied.

Mais il n'avança pas. Au lieu de cela, il s'agenouilla et quelques instants plus tard, Christina vit des étincelles crépiter. Il alluma quatre torches et en tendit trois aux autres hommes : une à Thorne, une à Troy et une à Phineas.

À côté de Christina, Harriet poussa un petit rire.

— Bien entendu, il ne songerait pas à m'en donner une.

Lentement, ils poursuivirent leur avancée plus profondément dans la forêt. Christina craignait que dans le noir, ils ne dépassent la hutte sans la voir. Pourtant, alors qu'elle était à deux doigts de perdre espoir, elle repéra une faible lueur dans le lointain.

— Là ! s'exclama-t-elle en désignant un endroit entre les arbres. Il y a une lumière là-bas.

Tout le monde s'arrêta pour regarder.

— C'est la hutte ? entendit-elle Thorne demander d'une voix tendue, débordant de peur et d'envie d'aller retrouver Sam pour mettre enfin un terme heureux à cette journée horrible.

— Effectivement, confirma le duc qui fit un pas en avant vers eux alors qu'ils se rassemblaient tous en cercle. Nous devrions nous disperser pour nous en approcher sous tous les angles.

À la faible lumière des torches, son regard vint se poser sur Harriet avant de se déplacer vers Christina et Leonora.

— Je suggère que les dames restent en arrière avec les chevaux.

Toutes trois secouèrent instantanément la tête.

— Je ne vais pas rester en retrait, énonça Christina avec véhémence. C'est ma… fille. C'est ma fille.

Encore une fois, le regard du duc se posa sur Harriet et Christina ne put s'empêcher de penser que quelque chose d'intime passa entre eux. Puis il hocha la tête et fit signe aux autres de le suivre.

Comme le duc l'avait suggéré, ils se séparèrent en quatre groupes. Alors que Thorne et Christina s'approchaient de front, Drake, Phineas et Leonora tournèrent à droite. Lord Whickerton et Troy firent le tour tandis que le duc et Harriet prenaient à gauche. Ils se déplacèrent aussi silencieusement que possible afin de ne pas trahir leur présence avant d'avoir pris position autour de la hutte.

En se rapprochant, Christina crut discerner des voix étouffées. À chaque pas, elles gagnaient en intensité jusqu'à ce qu'un cri déchire la nuit.

À côté d'elle, Thorne se tendit et il lui saisit le bras avant de la faire rapidement passer derrière lui.

— Ce n'était pas Sam, marmonna-t-il en jetant un regard rapide par-dessus son épaule.

— Mrs Miller ? murmura Christina. Qui d'autre ?

Un coup sonore résonna à travers la forêt comme si quelqu'un avait jeté quelque chose de lourd à travers l'espace réduit de la hutte. S'accrochant au bras de son mari, Christina eut un mouvement de recul puis ils poursuivirent leur approche, les yeux braqués vers la faible lueur qui sortait des fenêtres de l'habitation.

Pas à pas, ils se rapprochèrent et Christina regarda des deux côtés, prenant note des deux autres torches qui s'avançaient aussi. Elle ne distinguait pas ceux qui les tenaient, mais au moins, elle savait qu'ils étaient là. Seuls son père et Troy restaient dissimulés par la hutte qui se dressait sur leur chemin.

— Où se trouve-t-elle ? dit soudain une voix masculine indignée à l'intérieur de la cabane. Qu'avez-vous donc fait ?

— Rien, leur parvint la voix à présent larmoyante de Mrs Miller, parfaitement reconnaissable. Je ne sais pas où elle est. Je dormais, moi aussi.

Encore une fois, le son d'objets qui fendaient l'air leur parvint et Christina tira sur le bras de son mari avant de le regarder dans les yeux.

Thorne lui rendit son regard avec la même lueur stressée et contemplative dans les prunelles. Pendant un moment, ils restèrent où ils étaient sans savoir quoi faire. Samantha était-elle parvenue à se glisser hors de la hutte ? N'était-elle plus là ?

— Je vais aller la chercher ! tonna une fois de plus Mr Sullivan. Si je ne la trouve pas, je…

Sa voix mourut à l'instant où il ouvrit brusquement la porte et que son regard tomba sur la lueur vacillante de leur torche.

Pendant un moment, le temps parut s'arrêter alors qu'ils se contemplaient, les contours du corps de Mr Sullivan illuminés dans l'encadrement de la porte par la légère luminosité à l'intérieur de la hutte.

D'après ce que Christina pouvait voir, il était grand, mais aussi hâve que Mrs Miller. Ses vêtements étaient dépenaillés et une barbe sauvage lui mangeait le visage.

Du coin de l'œil, Christina vit les autres torches se rapprocher d'eux. Le duc et Harriet – ainsi que Drake, Phineas et Leonora – devaient avoir remarqué que la porte avait été ouverte et qu'une confrontation se déroulait. Mais où était Samantha ?

Mr Sullivan ouvrit de grands yeux en prenant note du nombre de personnes qui se rassemblaient lentement devant la hutte. Pendant un moment, il n'eut pas l'air de savoir comment réagir. Cela dit, il tendit soudain les bras à l'intérieur de la pièce et un instant plus tard, il fit sortir Mrs Miller qu'il positionna devant lui.

— N'avancez pas ! cria-t-il avant de sortir une lame qu'il plaqua sur sa gorge. N'avancez pas ou je la saigne à blanc !

Christina eut un mouvement de recul et regarda Mrs Miller. Son visage était plus pâle que d'ordinaire, elle avait les yeux écarquillés et s'accrochait au bras de Mr Sullivan.

À côté d'elle, Thorne se redressa.

— Je suis venu récupérer ma fille !

Mr Sullivan poussa un reniflement moqueur et enfonça davantage la lame dans la chair de Mrs Miller.

— Vous devrez payer le prix ! Mais d'abord, allez-vous-en !

La main qui tenait la lame parut trembler et Christina craignit de ne pas être capable de tenir la promesse qu'elle avait faite à Owen.

— Je ne partirai pas sans ma fille ! dit Thorne d'une voix forte et claire, une voix bien plus assurée que le bras sous la main de Christina. Montrez-la-moi ! Je ne bougerai pas de là avant de savoir qu'elle va bien !

Christina sentit presque son cœur lui sortir de la poitrine. Une partie d'elle l'encourageait à oublier toute prudence et à se précipiter dans la hutte. Pourtant, si Samantha était toujours là…

Mais l'était-elle ? Car alors, Mr Sullivan ne l'aurait-il pas plutôt menacée *elle* ? Où se trouvait-elle donc ?

Christina laissa ses yeux courir sur les environs. Dans l'obscurité, elle ne distinguait pas grand-chose. Si Samantha se trouvait bel et bien dans les parages, pourquoi ne s'était-elle pas déjà manifestée ?

Un sentiment de frustration envahit Christina quand elle marqua soudain un temps d'arrêt. Son regard s'attarda sur la torche sur sa droite, pas plus proche qu'avant, mais quand même relativement loin. Phineas la tenait et Leonora était à son côté. Toutefois, elle ne distinguait pas Drake dans les ténèbres qui les entouraient. Où était-il ? Christina ne voyait pas pourquoi il se serait éloigné de sa femme dans un tel moment.

— Vous allez partir, hurla Mr Sullivan, et vous attendrez mes instructions. Sans quoi, je tuerai cette catin ici, sous vos yeux.

Il ricana sournoisement.

— Et votre fille juste après.

Christina s'accrocha fort au bras de son mari alors que son regard continuait à chercher Drake, les yeux plissés. Elle vit les troncs des grands arbres, parsemés de buissons et de fougères. Une chouette poussa un ululement de protestation parce qu'ils perturbaient le calme de la nuit, quand soudain...

Mrs Miller émit un son étranglé. Sa bouche s'ouvrit et se referma comme si elle souhaitait dire quelque chose. Toutefois, Mr Sullivan enfonça davantage le couteau dans sa chair jusqu'à ce que le sang perle.

Christina se détourna du spectacle qui s'offrait à elle alors que la voix du duc résonnait dans la nuit.

— Si vous lui faites du mal, à elle ou à l'enfant, vous ne quitterez pas cette forêt vivant. Je vous suggère de choisir sagement.

Christina s'immobilisa quand elle vit quelque chose remuer dans l'obscurité. Elle plissa encore davantage les paupières et elle aperçut le visage tendu de Drake, à une bonne distance de l'endroit où il aurait dû se trouver. Il se tenait enveloppé par l'obscurité, la tête légèrement penchée, et il paraissait être en pleine concentration. Il agita rapidement les mains devant lui puis recula, carra les épaules et pointa le menton. Christina le vit ensuite lever son bras droit et le braquer vers Mr Sullivan. Elle hoqueta quand elle aperçut le pistolet dans sa main. Que faisait-il ? Avait-il vraiment l'intention de lui tirer dessus ? Et s'il touchait Mrs Miller ?

Puis Christina se souvint de quelque chose que Leonora lui avait confié, quelque chose qui suggérait que Drake savait parfaitement comment atteindre sa cible. Il avait été impliqué dans d'innombrables duels et en était toujours sorti victorieux. C'était un excellent tireur... qui ne ratait jamais sa cible.

Christina espérait simplement que c'était vrai.

Puis un tir résonna et Christina ne fut pas la seule à sursauter.

CHAPITRE 45
UNE LUMIÈRE VACILLANTE

Thorne sentit le tir se répercuter dans ses os. Son corps eut un sursaut et il regarda l'endroit où la balle avait transpercé la gorge de Mr Sullivan... à quelques centimètres du visage de Mrs Miller.

Sans réfléchir, il fourra la torche dans les mains de Christina puis se précipita vers eux. Il voyait les yeux de Mr Sullivan écarquillés par le choc, sa main crispée sur la lame alors que l'autre était refermée autour du bras de Mrs Miller. Les jambes de l'homme cédèrent quand du sang se déversa de la plaie qui fendait sa gorge.

Du coin de l'œil, il vit que Drake aussi s'élançait. Cependant, Thorne atteignit en premier les quelques marches qui menaient à la porte. Se jetant sur celui qui avait kidnappé sa fille, Thorne lui saisit le bras avant que son couteau ne s'enfonce plus profondément dans la gorge de Mrs Miller. Il lui tordit la main pour lui faire lâcher la lame alors que Drake saisissait les bras de la femme pour l'écarter de l'homme.

Mr Sullivan s'écroula comme un arbre coupé. Les yeux écarquillés, il s'étouffait avec son sang. Puis il s'arrêta de respirer...

— Où est ma fille ? cria Thorne en s'agenouillant et en attrapant l'homme par l'avant de sa chemise. Où se trouve-t-elle ?

— Elle... elle n'est pas là, haleta Mrs Miller.

Elle avait le visage pâle et gardait une main plaquée sur sa gorge. Les mains de Drake la remirent d'aplomb, puis il fourra la main dans sa poche, en tira un mouchoir et le lui tendit.

Thorne se redressa d'un bond.

— Où est-elle ? Qu'avez-vous fait ?

Christina gravit les marches à la hâte. Sur ses talons, le reste de sa famille, les yeux écarquillés, se précipitait à ses côtés avec terreur.

— Sam ?

Thorne secoua la tête et se tourna vers Mrs Miller. Elle plaqua le mouchoir de Drake contre sa gorge et inspira prudemment.

— Il s'est endormi, murmura-t-elle en jetant un regard hésitant au corps étendu à ses pieds. Il avait verrouillé la porte, mais il y a une petite fenêtre à l'arrière. J'ai aidé Sam à sortir et je lui ai dit de s'enfuir.

Thorne poussa un soupir de soulagement. Toutefois, c'était une réaction prématurée, n'est-ce pas ? Après tout, sa fille était loin d'être en sécurité. Elle était toute seule, dans la forêt, de nuit. Où avait-elle pu aller ?

— Je suis vraiment désolée pour ce qui s'est passé, sanglota Mrs Miller.

L'épuisement lui fermait les paupières alors qu'elle luttait pour rester consciente.

— Je ne voulais pas que cela arrive. Je ne l'aurais jamais cru capable de faire une telle chose.

Elle secoua la tête et plissa profondément le front.

— Il était vraiment en colère et ne cessait de marmonner : *Il avait dit que ce serait facile*. Il a menacé mon fils et je...

Elle se figea soudainement avant de lever brusquement sa main libre pour saisir la veste de Thorne.

— Comment va-t-il ?

Ses yeux débordaient de peur, la même qui remplissait le cœur de Thorne.

— Est-il en vie ?

Thorne hocha la tête, content de pouvoir apaiser ses craintes.

— Il va bien. Il a une bosse sur la tête, mais il va bien.

Fermant les paupières, Mrs Miller faillit tomber quand ses genoux cédèrent.

— Il va bien, marmonna-t-elle à plusieurs reprises alors que Thorne la tenait toujours. Je suis vraiment désolée. Je ne savais pas quoi faire, je ne savais pas…

Les larmes aux yeux, elle les regarda successivement, Christina et lui.

— Je suis vraiment désolée.

Drake fit un pas en avant et retira doucement la femme tremblante des bras de Thorne. Il croisa le regard de Leonora qui hocha la tête et s'approcha de lui. Confiant à son épouse la femme qui sanglotait doucement, Drake redescendit les quelques marches et regarda successivement le duc, Phineas, Troy et son beau-père.

— La fillette s'est échappée par la fenêtre. Dispersons-nous pour la retrouver.

Les autres hochèrent la tête et lui obéirent, levant leurs torches en se mettant à crier le nom de Samantha. Harriet se joignit à eux.

Thorne se passa une main sur le visage avant de sortir aussi.

— Attendez ! s'écria Christina qui se hâta de le rattraper. Je viens aussi.

Ensemble, ils traversèrent la forêt plongée dans les ténèbres, leur torche illuminant le chemin devant eux.

— Nous devrions aller à l'arrière de la cabine, cria Thorne aux autres, puisqu'elle s'est faufilée par la fenêtre de derrière.

Des murmures lui parvinrent aux oreilles et il vit les autres se tourner dans une direction similaire, la faible lueur de leurs torches trahissant leur position.

— Si elle est dans les parages, murmura Thorne à sa femme qui s'accrochait à son bras, pourquoi ne répond-elle pas ?

Pendant un moment, Christina garda le silence. Puis elle leva les yeux vers lui.

— On ne sait pas quand elle s'est glissée par la fenêtre ni combien de terrain elle a réussi à parcourir.

Elle prit une grande inspiration qui résonnait d'espoir.

— Peut-être ne nous entend-elle pas.

Thorne hocha la tête. Il tournait le regard dans tous les sens et vers le sol, comme s'il craignait de marcher sur elle par accident. Où pouvait-elle être ? Son regard se perdit à l'horizon... ou là où il aurait dû être. La nuit était bien trop sombre, dénuée de la moindre lumière offerte par le ciel nocturne qui leur était caché par la frondaison épaisse de la forêt. Seule leur torche illuminait leur chemin. Où pouvait-elle être ?

Soudain, Christina se figea et il s'arrêta brusquement aussi, se tournant pour la regarder.

— Qu'y a-t-il ? demanda-t-il en levant la torche plus haut pour voir son visage.

À la lueur orange de la torche, il vit une expression étrange s'emparer de son visage. Elle était quelque peu hésitante, pourtant, il vit une lueur émerveillée dans ses yeux.

— Des fées, murmura Christina.

Les coins de sa bouche s'étirèrent comme si elle avait envie de sourire.

Thorne fronça les sourcils.

— Quoi ?

Elle le regarda et cette fois, elle sourit.

— Des fées.

Elle tendit le bras droit et tourna les yeux dans cette direction.

— Regardez !

Détournant le regard d'elle pour scruter le paysage, Thorne s'immobilisa. Il ne savait pas exactement ce qu'elle lui désignait. Qu'avait-elle vu ? Il ne voyait que l'obscurité. Il s'apprêtait à revenir vers elle pour lui demander des explications quand il comprit enfin.

Devant eux, au loin, il crut voir... une lumière. Pas une seule, mais plusieurs. Elles dansaient et voltigeaient comme... des fées.

— Des lucioles...

— Oui ! s'exclama Christina qui lui serra le bras encore plus fort. Dans le noir, elle les aurait vues, n'est-ce pas ?

Elle leva la tête vers lui et il se tourna vers elle.

— Elle s'est peut-être souvenue de mon histoire.

Malgré sa peur d'y croire, Thorne ne put contenir l'espoir que ces paroles éveillèrent.

— Elle est peut-être partie dans cette direction. Venez.

Attirant sa femme plus près, il leva la torche et ensemble, ils se déplacèrent vers les lumières qui dansaient.

CHAPITRE 46

DES RETROUVAILLES

Le cœur de Christina battait sauvagement dans sa poitrine alors qu'elle gardait le regard braqué sur les petites lumières clignotantes. Elles étaient exactement comme elle se les était imaginées, précisément comme elle les avait décrites à Samantha. Plus d'une fois, sa fille lui avait demandé de répéter l'histoire d'une fillette qui s'était perdue dans la forêt après s'être enfuie de chez elle à la suite d'un malentendu. Malheureusement, elle n'avait plus retrouvé le chemin du retour.

Puis la fillette était tombée sur un endroit où les lucioles dansaient pendant la nuit. Elle y avait été attirée par la lumière, mais avait découvert que ce qu'elle avait pris pour des insectes était en réalité des fées.

Dans l'histoire de Christina, les fées avaient guidé la fillette sur le chemin du retour et l'avaient aidée à retrouver sa famille. Voir ces lumières avait-il rappelé cette histoire à Samantha ? Les avait-elle vues et s'était-elle dirigée vers elles ?

Se déplaçant lentement, ils parcoururent tous les deux le sous-bois. Plus ils avançaient, plus son cœur commençait à battre d'impatience. Enfin, le bosquet devint moins dru et ils furent capables de marcher plus facilement, trouvant leur chemin à travers les arbres, à gauche et à droite, jusqu'à une clairière.

Un minuscule filet de lune brillait au-dessus d'eux, mais il se reflétait sur les eaux tranquilles d'un petit lac. De grands arbres poussaient du côté opposé et Christina s'arrêta quand son regard tomba sur les innombrables petites lumières qui dansaient sur le rivage.

Elle n'avait jamais rien vu d'aussi beau. Était-il possible que Samantha soit ici ?

Lentement, ils longèrent le lac, leurs yeux observant les petites lumières toutes proches.

— Samantha !

Ils l'appelèrent tour à tour, pourtant gênés de perturber le silence de cet endroit.

— Samantha !

— Et si elle n'était pas là ? demanda Thorne d'une voix tendue et emplie de terreur. Et si elle était partie dans une autre direction ?

Il se passa une main dans les cheveux. Les dents serrées, il sondait les alentours du regard.

Christina ne parvenait pas à se l'expliquer, mais elle avait l'étrange certitude que Samantha n'était pas loin. Son regard passa sur les innombrables lumières et s'arrêta sur un endroit où plusieurs d'entre elles paraissaient s'être réunies. Lentement, elle se rapprocha et laissa son regard tomber à terre, courant sur les hautes herbes en direction d'un vieux chêne noueux. Elle sentit quelque chose tirailler son cœur comme pour l'encourager à avancer, à se rapprocher.

C'est là qu'elle la vit.

Roulée en boule, Samantha était allongée au pied du grand arbre. Deux de ses larges racines paraissaient l'encercler comme si elles essayaient de l'étreindre, de la protéger. Des libellules dansaient au-dessus de sa tête comme un indicateur, les dirigeant vers le trésor le plus précieux qu'ils avaient jamais connu.

— Thorne ! l'appela Christina d'une voix étouffée tout en se rapprochant lentement, les yeux braqués sur Samantha.

Elle respira plus facilement quand elle vit la poitrine de la petite fille endormie monter et descendre avec régularité.

— Thorne ! Elle est ici !

Rapide comme l'éclair, son mari la rejoignit. Elle put quasiment sentir son soulagement alors qu'ils tombaient à genoux à côté de leur fille. Les larmes aux yeux, il tendit prudemment la main et la plaça sur son épaule. Christina aussi ressentit le besoin de la toucher, de sentir la chaleur de l'enfant et de savoir qu'elle était vivante, qu'elle allait bien.

Leurs regards se croisèrent dans la pénombre et ils relâchèrent leur souffle ensemble.

— Nous l'avons retrouvée, murmura Christina en tendant l'autre main vers son mari qui la saisit avec un sourire.

— Votre histoire l'a sauvée, murmura-t-il alors que ses yeux pétillaient à la faible lumière émise par les lucioles qui dansaient autour d'eux. Elle a su qu'elle devait venir ici à cause de l'histoire que vous lui avez racontée.

Les yeux de Christina s'embuèrent de larmes et ils baissèrent tous les deux les yeux vers leur fille lorsque Samantha commença lentement à se réveiller. Ses paupières papillonnèrent et elle étira ses petits membres.

— Papa ?

Elle cligna des paupières puis ouvrit les yeux.

Thorne lui sourit.

— Nous sommes ici. Nous sommes ici.

Il posa la main sur ses épaules alors qu'il attendait patiemment qu'elle se réveille entièrement.

Samantha cligna des paupières plusieurs fois puis un large sourire s'empara de son visage. Enfin, elle se jeta dans ses bras.

— Papa ! Les fées vous ont ramené à moi.

Christina éclata de rire et poussa un profond soupir tout en regardant le père et la fille. Thorne ferma les paupières en étreignant Samantha, savourant le moment, douloureusement conscient qu'ils avaient failli la perdre.

Regardant le visage de son père, Samantha fronça les sourcils.

— Pourquoi pleurez-vous ?

Thorne essuya ses larmes.

— Je craignais de ne pas vous trouver, murmura-t-il en passant une mèche derrière son oreille. Tout va bien ? Cet homme…

Il déglutit difficilement.

— Vous a-t-il fait du mal ?

Prise d'un léger frémissement, Samantha plissa le nez.

— Je ne l'aimais pas. Il était très méchant. Mais Ellen lui a dit de ne pas me faire de mal et quand il s'est endormi, elle m'a soulevée vers la petite fenêtre et m'a dit de m'enfuir.

Elle se tourna vers Christina et tendit la main vers elle.

Christina l'attrapa doucement, surprise par la chaleur de sa peau.

— Alors vous êtes venue jusqu'ici ?

Un petit sourire joua sur les lèvres de Samantha.

— Je ne savais pas où aller. Tout était sombre. J'ai failli rebrousser chemin.

Elle sourit davantage.

— Mais quand j'ai vu les lumières, j'ai su que ce devait être des fées, expliqua-t-elle en serrant la main de Christina. Je me suis souvenue de votre histoire, alors je suis allée vers elles.

Elle leva le regard vers les petites lumières vacillantes qui les entouraient.

— Ne sont-elles pas belles ? Et elles vous ont amenés à moi.

Encore une fois, elle se tourna vers Christina.

— J'ai toujours su que votre histoire était vraie. Toujours.

Serrant toujours sa fille contre sa poitrine, Thorne ricana.

— Je suppose que cela scelle le tout.

Christina plissa le front.

— Que voulez-vous dire ?

— Ce que je veux dire, dit-il en tendant le bras pour prendre sa main libre, c'est qu'après cette remarque si élogieuse, vous n'avez pas d'autre choix que de faire publier vos histoires, de partager votre talent avec le monde pour faire le bonheur d'autres enfants.

Il la contempla avec des yeux chaleureux.

— Ne dissimulez pas un talent tel que le vôtre.

Christina sentit son cœur s'arrêter de battre.

— Vous n'êtes pas sérieux.

Elle secoua la tête et soudain, elle eut l'impression de redevenir la petite fille de treize ans qui avait surpris la conversation de sa tante avec ses parents cette nuit-là, tant d'années en arrière. Cela l'avait façonnée de bien plus de façons qu'elle aurait pu l'entrevoir sur le moment, et pourtant, sa personnalité d'adulte lui disait qu'après tout, elle était maîtresse de sa propre destinée. Elle n'était pas sa tante et Thorne n'était pas comme le mari de cette dernière. Ils avaient leurs propres personnalités et devaient donc prendre leurs propres décisions.

Indépendamment du passé.

— Bien sûr que je suis sérieux, confirma Thorne qui lui prit la main pour la rassurer. Ne pensez-vous pas que je serais ravi de me vanter du génie de mon épouse, capable de donner vie à des histoires aussi extraordinaires ?

Il lui sourit avec son air bien à lui.

Christina le regarda sans oser y croire.

— Vous n'y verriez vraiment pas d'objection ? Vous pensez sincèrement que… ?

— Je pense toujours ce que je dis. Cela dit, fondamentalement, c'est votre décision. Faites ce qui vous rend heureuse, parce que c'est précisément ce que je souhaite pour vous… que vous soyez heureuse.

Samantha les avait regardés tour à tour. À présent, toute souriante, elle applaudit joyeusement.

— Cela signifie-t-il qu'il y aura d'autres histoires ?

Ils éclatèrent tous les deux de rire puis Christina hocha la tête.

— Oui, je suppose que oui.

Elle hésita pendant un moment puis se pencha en avant et murmura :

— En vérité, j'ai encore d'innombrables carnets à la maison, tous remplis de dizaines d'histoires.

Lui souriant toujours, Thorne s'approcha aussi.

— Pour être honnête, je m'en doutais.

Ils rirent ensemble alors que les lucioles continuaient à danser autour d'eux.

CHAPITRE 47
POUR ÊTRE HONNÊTE...

Quand Thorne quitta son étude, la maison était silencieuse. Des ombres s'accrochaient à tous les coins et il fut incapable de contenir la sensation étrange qui dévala son épine dorsale. L'obscurité lui rappelait la nuit précédente, quand ils étaient partis chercher Samantha, et il se demanda si cela serait toujours le cas.

Il commença à gravir les marches vers l'étage dans un silence absolu. Tous s'étaient retirés dans leurs appartements, épuisés par les événements récents.

Thorne sourit en se rappelant comment les Whickerton avaient accueilli Samantha à son retour. Ayant tous eu peur pour elle, ils s'étaient réjouis de son retour.

À présent, elle était l'une d'entre eux.

Tout comme lui.

Thorne était profondément reconnaissant de cette sensation qui ne ressemblait à nulle autre. Samantha et lui avaient été une famille depuis le début, mais c'était merveilleux que d'autres personnes se joignent à leurs vies, leurs joies et leurs tristesses.

D'autres personnes sur qui compter.

D'autres gens vers qui se tourner.

D'autres personnes à aimer.

Thorne savait que Mrs Miller avait désiré la même chose. Elle aimait son fils plus que tout, mais ils étaient seuls. Cela rendait la vie difficile pour elle ainsi qu'Owen.

À leur retour à Pinewood Manor, Mrs Miller leur avait expliqué comment elle avait appris l'existence de Samantha. Tout n'était qu'une simple coïncidence.

Il y avait quelques mois de cela, la véritable mère de Samantha était morte après une longue maladie. Mrs Miller s'était occupée d'elle durant ses derniers jours. Elles ne se connaissaient pas très bien, mais la mère de Samantha lui avait parlé d'elle et du petit bébé qu'elle avait laissé sur le perron de Thorne plusieurs années auparavant. C'est avec des larmes dans les yeux qu'elle avait parlé de son enfant chérie et du fait qu'elle lui avait manqué pendant tout ce temps.

Seule la vie les avait empêchées de se connaître mutuellement et Thorne se demanda comment les choses auraient pu tourner si elle n'avait pas simplement laissé Samantha, mais était venue lui demander son aide… pour toutes les deux. Quelle différence cela aurait-il fait dans leurs vies ?

Il ne le saurait jamais.

Mrs Miller avait voulu se libérer de l'emprise de Mr Sullivan. En prétendant être la mère de Samantha, elle avait espéré pouvoir accéder à la maison de Thorne. C'était elle qui avait dérobé le coupe-papier en argent ainsi que plusieurs autres objets, voulant entamer une nouvelle vie avec son fils.

Une vie où elle n'aurait pas à lutter au quotidien pour nourrir son fils. Elle avait vu une opportunité et l'avait saisie.

Puis Mr Sullivan l'avait retrouvée.

Seulement, il semblait que ce dernier n'agissait pas de son propre chef. *Il avait dit que ce serait facile.* Les paroles que Mrs Miller l'avait entendu marmonner à plusieurs reprises continuaient de trotter dans la tête de Thorne et il se demanda si peut-être, il y avait toujours quelqu'un dans la nature qui représentait une menace.

Il aurait aimé le savoir. Toutefois, il savait que si Mrs Miller avait commis des erreurs, elle n'était qu'une victime de plus dans ce bas monde. Elle faisait partie de ces personnes pour lesquelles Thorne avait juré de se battre, celles qu'il voulait protéger.

Après tout, il avait la quasi-certitude qu'il ne se serait pas comporté différemment si le bien de Samantha avait été en jeu, aussi avait-il assuré à Mrs Miller qu'à partir de maintenant, son fils et elle seraient en sécurité. Il s'en assurerait. Puis dans quelques jours, il se rendrait à Whickerton Grove afin de rencontrer d'autres lords du royaume et tenter de les convaincre de travailler avec lui pour améliorer les conditions de vie de ceux qui souffraient le plus.

— Vous ne lui avez pas encore parlé, n'est-ce pas ? demanda Grannie Edie qui apparut dans la lumière un instant plus tard et le chercha du regard.

Surpris de la voir, Thorne s'arrêta.

— Je croyais que tout le monde était couché.

— Je vous attendais, dit la vieille dame avec un petit rire.

— Pourquoi ?

— Pour vous libérer de votre promesse.

Elle soutint son regard et hocha lentement la tête.

— Vous ne le lui avez pas encore dit ?

Thorne baissa la tête.

— J'ai essayé, admit-il en levant à nouveau les yeux. J'en ai dit autant que j'ai osé le faire, mais je me demande ce qu'elle ressentira quand elle apprendra la vérité.

Grannie Edie lui adressa un sourire chaleureux.

— Elle ne vous fermera pas son cœur, j'en suis certaine.

Levant sa canne, elle désigna la porte de Christina.

— Allez lui parler. Vous ne dormirez pas avant de l'avoir fait.

Puis elle lui adressa un dernier sourire et s'en alla d'un pas lent.

Thorne inspira profondément. Il savait qu'elle avait raison. Il s'approcha de la porte de sa femme et toqua, espérant qu'elle ne dormait pas encore.

Il fut surpris qu'elle le prie d'entrer si rapidement d'une voix étouffée par la fatigue. Quelque chose la tenait-il éveillée, elle aussi ?

En entrant, Thorne la trouva debout près de la fenêtre, le regard perdu sur les champs plongés dans la pénombre. Puis elle se tourna vers lui avec un petit sourire aux lèvres.

— J'avais espéré que vous viendriez me trouver.

Elle inspira profondément, avant que son regard ne se pose sur le parchemin qu'elle serrait dans sa main.

— J'ai reçu une lettre de Sarah aujourd'hui.

Thorne s'apprêtait à s'approcher d'elle, mais il se figea.

— Est-elle en colère contre vous ? demanda-t-il, sentant que quelque chose ne tournait pas rond.

Le regard de la jeune femme exprimait quelque chose de vulnérable, mais elle se faisait violence pour contenir l'étincelle de colère qui paraissait bouillonner dans ses veines.

Christina ferma les yeux.

— J'ai été aveugle de ne pas le voir, dit-elle en secouant lentement la tête. J'ai toujours su que ses parents étaient égotistes et pourtant…

Elle ouvrit les yeux et braqua sur lui un regard profondément désolé.

— Je n'aurais jamais cru qu'ils auraient recours à des mesures aussi extrêmes. Jamais.

Une inquiétude remonta le long du dos de Thorne et il lui prit les mains. Elle serrait toujours la feuille de papier.

— Que se passe-t-il ? Dites-moi tout.

Sentant son malaise croître, il scruta son regard.

Christina déglutit fort et elle pinça les lèvres. Pendant un moment, elle parut être à deux doigts de s'emporter, puis elle parvint à se contenir à la dernière seconde.

— Sarah nous a écrit pour nous prévenir.

Sa mâchoire se crispa.

— Nous prévenir ? Que voulez-vous dire ?

Elle lui retira ses mains, la feuille toujours serrée dans un poing.

— Elle dit qu'elle a surpris une conversation entre son père et quelqu'un qu'elle ne connaît pas et que d'après ce qu'elle a entendu, elle craint que son père ne prévoie un enlèvement.

Thorne sentit son sang se glacer.

— Sam…

Les larmes aux yeux, sa femme hocha la tête. Seul son pouls dans son cou martelait sauvagement.

— Oui, Sam. Ce qui est arrivé est de ma faute. Si je n'avais pas...

Thorne lui saisit les mains.

— Non ! Ne dites pas ça ! Ce n'est pas vrai !

— Mais si nous ne nous étions pas mariés...

— Le père de Sarah aurait fait du mal à quelqu'un d'autre afin d'obtenir ce qu'il désire, lui dit-il avec véhémence. Ce n'est pas votre faute.

Il la prit dans ses bras et la serra contre lui.

— Sam va bien, aujourd'hui et pour le reste de sa vie.

Il baissa les yeux vers elle, tout aussi ébranlé par la perspective que le moindre mal puisse arriver à sa fillette.

— Nous allons nous en assurer.

Christina hocha la tête, ses yeux bleus vibrant d'une détermination féroce qui rappelait à Thorne celle d'une ourse protégeant ses petits.

— Je vous le promets.

Elle inspira profondément et fit un pas en arrière avant de regarder à nouveau la feuille froissée.

— Sarah m'a écrit qu'elle a demandé à une servante de poster cette lettre en douce parce que son père lui a interdit de m'écrire.

— Voilà, dit Thorne qui avait senti que la perte de l'amitié de Sarah pesait lourdement sur le cœur de son épouse. Vous avez votre réponse. Elle n'a jamais été contrariée ou en colère contre vous, n'est-ce pas ?

Christina afficha un sourire hésitant.

— Non, elle a écrit qu'elle nous souhaite tout le bonheur du monde.

— C'est une bonne amie, dit-il avec un sourire chaleureux, soulagé de voir son épouse respirer plus facilement.

Le visage de Christina s'illumina.

— La meilleure du monde ! dit-elle en inspirant profondément. Je voudrais pouvoir faire quelque chose pour l'aider. Peut-être... Grannie connaît peut-être un moyen.

Posant la lettre sur la petite table près de la fenêtre, elle s'avança vers lui avec un sourire hésitant sur le visage.

— Au cas où vous ne l'auriez pas encore remarqué, elle se mêle de tout. Toutefois, généralement, ses plans fonctionnent. Peut-être réussira-t-elle à trouver quelque chose.

Serrant les dents, Thorne inspira lentement, se préparant à ce qui allait arriver. Serait-elle furieuse une fois qu'il lui aurait dit la vérité ?

Sa femme plissa légèrement le front en le regardant avec des yeux observateurs qui évoquaient ceux de sa grand-mère.

— Je ne peux m'empêcher de penser que quelque chose vous tracasse depuis plusieurs jours.

Les yeux bleus de la jeune femme scrutèrent les siens.

— Dites-moi tout.

Thorne poussa un profond soupir avant de lui reprendre les mains.

— C'est vrai, dit-il en l'attirant plus près de lui. Il y a quelque chose que vous ne savez pas. Quelque chose que j'avais promis de ne pas vous dire.

Elle plissa le front.

— Promis à qui ?

— À votre grand-mère, révéla Thorne, incapable de contenir un sourire.

Christina ferma les paupières et éclata de rire.

— Pourquoi ne suis-je pas surprise ?

Elle le scruta.

— Qu'a-t-elle fait ? Que *vous* a-t-elle persuadé de faire ?

Thorne retint son souffle.

— Elle m'a persuadé de vous compromettre dans la bibliothèque, ce soir-là.

Clairement, Christina ne s'était pas attendue à cette réponse.

— Quoi ?

Elle ouvrit la bouche et le regarda avec incrédulité.

— Pourquoi aurait-elle... ?

Elle lui retira ses mains et fit un pas en arrière.

— Que dites-vous ?

Thorne se passa une main dans les cheveux. Il détestait cette distance renouvelée entre eux, cependant, il savait qu'il la méritait. Il lui avait menti. Il lui avait caché quelque chose de vital et elle avait tous les droits d'être en colère contre lui.

— Elle a passé un accord avec vous ? demanda soudain Christina d'une voix assombrie par la colère. Vous aviez besoin d'une femme avec des connexions et tout le monde sait à quel point elle aime se mêler de tout et jouer aux entremetteuses. Je l'ai vu avec mes sœurs et même ma cousine. Bien entendu, elle n'a pas de mauvaises intentions. Elles sont toujours bonnes. Mais…

Elle n'acheva pas sa phrase alors qu'elle secouait la tête, le regardant d'une façon qui lui brisait le cœur.

— Vous m'avez ôté mon choix, murmura-t-elle d'une voix tremblante. Je sais tout ce que cela signifie pour vous d'aider ceux qui n'ont aucun autre recours. Toutefois, je n'aurais jamais pensé que vous iriez aussi loin.

— Ce n'est pas ce qui s'est passé ou la raison pour laquelle j'ai accepté de vous épouser.

Christina émit un reniflement moqueur.

— Accepté de m'épouser ? Vous m'avez plutôt compromise.

Thorne serra les dents, se rappelant ce que la douairière lui avait dit le jour où elle était venue le trouver et lui avait fait cette proposition plutôt étonnante.

— Oui, je vous ai compromise.

Il s'avança vers elle et la chercha du regard.

— Mais vous m'avez laissé faire.

Elle écarquilla les yeux.

— Moi… ?

— Vous m'avez laissé faire ! insista Thorne en refusant de la lâcher du regard. Vous auriez pu vous en aller, mais vous ne l'avez pas fait. Vous avez *choisi* de ne pas le faire.

Pinçant les lèvres, sa femme le regardait fixement.

Thorne prit sa réaction pour une invitation à poursuivre et à s'expliquer davantage.

— Votre grand-mère est venue me trouver et a dit qu'elle avait remarqué la façon dont je ne cessais de vous regarder. Quelque part, elle savait ce que je ressentais pour vous à l'époque.

Christina poussa un soupir tremblant.

— Elle a dit qu'elle pensait que nous étions assortis, pas en matière de titre ou de fortune, mais de la seule façon qui compte vraiment.

Observant sa femme avec beaucoup d'attention, Thorne tendit lentement les mains pour saisir à nouveau les siennes. D'abord, il avait pensé qu'elle les retirerait. Il sentait aux légères contractions de ses muscles qu'elle en avait envie. Mais elle ne le fit pas. Elle lui permit de la toucher, de s'accrocher à elle.

— Elle m'a parlé de son plan, poursuivit Thorne, et s'est assurée que je reçoive une invitation à la fête de mariage de votre sœur.

Christina ferma les yeux.

— Honnêtement, je n'ai jamais pensé que c'était elle. Je me suis toujours demandé qui vous avait invité.

Thorne inspira profondément et ses doigts se refermèrent sur les siens.

— Elle n'a jamais eu l'intention de vous forcer la main, seulement de vous pousser à prendre une décision.

Elle ouvrit les yeux et le regarda.

— Une décision ? À quel propos ?

— À mon propos, répondit Thorne avec un petit sourire.

Christina fronça les sourcils et secoua la tête.

— À votre propos ? Mais pourquoi aurait-elle pensé que… ?

Thorne haussa les épaules.

— Je n'en suis pas certain. Elle a dit que vous le sauriez.

CHAPITRE 48

COMMENT TOUT A COMMENCÉ

Christina regardait toujours son mari quand son esprit revint à quelque chose que sa grand-mère lui avait dit autrefois. *La haine est toujours basée sur quelque chose.*
Déglutissant fort, elle inspira lentement. Elle se souvenait parfaitement de la fureur qu'elle avait ressentie chaque fois que son regard tombait sur *Mr Sharpe*. Elle l'avait crue due à ses intentions envers son amie, mais récemment, elle avait réalisé qu'il y avait peut-être eu quelque chose de plus.

Clignant des paupières, elle se reprit.

— Elle savait que j'avais des sentiments pour vous avant même que je le sache, murmura Christina, dépassée par la pensée que si son aïeule ne s'en était pas mêlée, elle ne se serait peut-être pas retrouvée mariée à l'homme qu'elle aimait.

Un léger sourire joua sur le visage de Thorne.

— Elle a dit que c'était à vous de prendre votre décision, lui dit-il doucement.

Ses mains chaudes serraient toujours celles de sa femme.

— Elle a dit que si vous ne ressentiez absolument rien pour moi, vous partiriez dès que vous vous retrouveriez seule avec moi dans la bibliothèque, car vous saviez que sans quoi, vous seriez compromise.

Il la serra plus fort et passa un bras autour de sa taille.

— Elle a dit que même si *vous* n'en aviez pas conscience, votre cœur saurait quoi faire.

Christina soupira.

— Elle avait raison. Je suppose que mon cœur le savait. Je me rappelle avoir pensé que je devais sortir, mais j'en ai été incapable. Quelque chose m'a clouée sur place. Vous ! sourit-elle.

Le bras de son mari se resserra autour d'elle tandis que son autre main se glissait dans ses cheveux, puis soudain, il l'embrassa, l'embrassa comme elle avait voulu qu'il le fasse ce jour-là, dans la bibliothèque.

— Vous aviez déjà des sentiments pour moi à l'époque ? murmura Christina en scrutant son regard, ayant besoin de savoir si c'était la vérité. Vraiment ?

Thorne hocha la tête.

— J'aurais pu accepter un mariage sans amour tant que les deux partis étaient consentants et sans autres liens affectifs.

Il secoua la tête avec une note d'incrédulité dans le regard.

— Puis je vous ai vue et tout a changé. Je ne crois pas m'en être vraiment rendu compte sur le moment, mais c'est la vérité.

Christina posa le front contre sa poitrine et inspira profondément avant de lever les yeux vers lui.

— J'aurais préféré qu'elle m'en parle directement ! Pourquoi n'est-elle pas venue me trouver ? Elle aurait pu me confier ses soupçons, me dire ce qu'elle pensait au lieu de…

— L'auriez-vous écoutée ? Crue ?

— Non ! Bien sûr que non ! laissa-t-elle échapper malgré elle.

Thorne sourit et haussa les sourcils de façon entendue.

— Je sais que c'est terrible de se faire manipuler, même si c'est pour notre bien. Cela étant, je lui suis reconnaissant de son geste. Vous devez bien admettre que sinon, vous n'auriez jamais accepté de m'épouser, n'est-ce pas ?

Lentement, Christina secoua la tête, consciente que les paroles de son mari étaient vraies.

— Je ne l'aurais pas fait.

Cette pensée était effrayante.

Dévastatrice.

— Alors, me pardonnerez-vous ? demanda Thorne.

Dans ses yeux verts, le regret se mêlait à la certitude d'avoir bien agi.

— Je n'ai jamais eu l'intention de vous duper. Je n'en suis pas moins content de l'avoir fait.

Christina ne put s'empêcher de sourire.

— Très bien. Je vous pardonne, mais seulement pour cette fois. Ne prenez pas l'habitude de me duper, car je ne le supporterai pas, dit-elle avec un petit rire.

— Je n'oserais pas, murmura Thorne avant de baisser la tête vers elle.

Il l'embrassa doucement sur les lèvres.

— C'est promis.

Christina leva la main pour lui toucher le visage, sentant les poils rugueux qui envahissaient son menton après une journée agitée.

— Je sais que je ne devrais pas être en colère contre elle, mais je le suis.

Thorne lui sourit puis lui caressa la joue avec le revers de la main.

— Je crois qu'elle s'en fiche. Elle fait ce qu'elle juge être bon sans se préoccuper des conséquences.

Christina éclata de rire.

— Elle sait que je ne resterai pas en colère contre elle pendant très longtemps. C'est tout bonnement impossible.

— Il est difficile d'être en colère contre cette femme, n'est-ce pas ? demanda-t-il avec un petit rire.

— Vous n'avez pas idée ! répondit Christina. Elle agit peut-être ainsi parce que la vie n'est pas assez aventureuse pour elle.

Elle fronça les sourcils.

— Je me demande ce qu'elle est en train de mijoter.

— Même si je ne réfute pas son côté aventureux, je crois qu'elle agit ainsi par amour pour vous. Vous, votre frère et vos sœurs.

Saisie par une certaine appréhension, Christina leva les yeux au ciel.

— Mes parents ont trois enfants encore célibataires.

Elle arqua un sourcil en direction de son mari.

— Croyez-vous qu'on devrait les mettre en garde ?

— Je crains que cela ne fasse aucune différence, rit Thorne.

— Vous avez probablement raison.

Il se pencha et colla leurs fronts l'un à l'autre.

— Devons-nous vraiment continuer de discuter de votre grand-mère ?

Il lui sourit d'une façon fâcheusement tentante.

Le ton suggestif de la voix de son époux fit dévaler un frisson le long du dos de Christina.

— Quel autre sujet avez-vous à l'esprit ? répondit-elle d'un ton taquin.

Conquérant ses lèvres, il l'embrassa avec ardeur.

— Quelque chose d'innommable.

— Innommable, dites-vous, murmura Christina en se hissant sur la pointe des pieds pour lui rendre son baiser. C'est intrigant.

— N'est-ce pas ? murmura Thorne contre ses lèvres avant de la soulever d'un geste soudain.

Christina poussa un cri quand ses pieds quittèrent le sol, puis elle plaqua une main sur sa bouche, craignant que sa famille ne l'entende.

Thorne poussa un petit rire.

— Ils dorment, lui dit-il en la portant vers le lit.

— Nous devrions y songer aussi.

Encore une fois, un sourire taquin fendit le visage de Thorne.

— Plus tard.

Christina ne trouva rien à redire. Après tout, elle aurait été bien bête de le faire.

ÉPILOGUE

Quelques semaines plus tard

— Ouvrez-la ! Ouvrez-la !

Samantha poussa un cri aigu tout en frappant dans ses mains avec excitation et en faisant des bonds sur place. Elle ne quittait pas son père du regard alors qu'il faisait de son mieux pour ouvrir la boîte en bois.

Sentant la même impatience bouillonner sous sa peau, Christina se mordit la lèvre inférieure.

Thorne grogna quand le couvercle refusa de céder.

— On croirait qu'elle renferme un trésor.

Il serra les dents et réessaya.

— *C'est* un trésor ! s'exclama Samantha.

La dévotion inconditionnelle de la petite fille donna à Christina l'envie de l'étreindre.

Puis le couvercle s'ouvrit et Samantha fit un bond en avant, sauta sur le bureau de son père et jeta un regard à l'intérieur.

Protégés par un lit de paille se trouvaient quelques exemplaires reliés en cuir du premier ouvrage de Christina.

Ce spectacle fit faire un saut périlleux à son cœur !

— Puis-je en avoir un ? s'exclama Samantha qui leva vers Christina de grands yeux lumineux. Je vous en prie !

Ses petites mains se tendirent vers le livre du dessus puis s'arrêtèrent alors qu'elle attendait une réponse.

Christina lui sourit.

— Bien entendu. Choisissez celui que vous voulez.

Elle vit Samantha prendre doucement un livre dans la boîte, se retenant de le serrer dans ses bras, ses petits yeux dévorant les lettres dorées sur la couverture.

Un conte de fées.

Sans retirer les yeux du livre, Samantha se dirigea vers la porte.

— Je dois montrer cela à mes poupées. Elles vont adorer. J'en suis certaine. Et Owen aussi.

Son ton se fit admiratif, rappelant à Christina le lien qui s'était développé entre elles, en grande partie à cause de cette histoire.

Étonnamment, ce qu'elle avait pris autrefois pour un obstacle à son bonheur était à présent devenu une belle connexion entre elle et sa famille.

Christina était fière.

Fière d'elle-même.

Fière de faire partie d'une famille dont les membres se soutenaient sans hésitation, sans le moindre doute. Et à présent, son mari en faisait partie. Il avait prouvé qu'il méritait sa confiance et elle ne craignait plus le fait de lui avoir offert son cœur.

— C'est une réussite remarquable, murmura-t-il à côté d'elle, enroulant un bras autour de ses épaules alors qu'ils continuaient de regarder dans la boîte. J'ai toujours su que je me débrouillerais bien, mais de m'être dégotté une épouse dotée d'un tel talent littéraire…

Il la regarda en souriant.

— Seul un homme extraordinaire comme moi aurait pu l'épouser.

Christina éclata de rire puis lui donna une claque sur le bras.

— Vous êtes impossible ! Êtes-vous capable d'être sérieux ?

Thorne se tourna pour la regarder et la serra contre lui.

— Je trouve la vie bien plus intéressante quand je ne le suis pas. Toutefois, ajouta-t-il en déposant un léger baiser sur ses lèvres, j'ai fini par me rendre compte qu'il y a un ingrédient clé à mon bonheur.

Christina haussa les sourcils.

— Vais-je oser demander ce que c'est ? Votre ego, peut-être ? Ou bien… ?

— Vous, l'interrompit-il avec un sourire avant de la prendre dans ses bras pour l'embrasser à nouveau. Vous, Samantha et même votre famille un peu particulière.

Il s'éclaircit la gorge et se tourna pour regarder le bureau.

— Puisqu'on en parle, il y a une lettre pour vous.

Il lui tendit l'enveloppe scellée et Christina reconnut immédiatement l'écriture de sa sœur.

— Juliet ?

Elle fronça les sourcils et brisa le sceau.

— Je dois admettre que je ne m'attendais pas à avoir de ses nouvelles. À ce que j'en sais, elle a accompagné Grannie Edie au domaine d'une amie pour le reste de l'été.

Elle prit la lettre et la lut.

Ma très chère Christina,

Je t'écris à la hâte parce que j'ai besoin de ton aide et je ne sais pas quoi faire. Ce n'est peut-être rien, rien de plus qu'une rumeur… ou alors c'est une situation terrible.

Grannie Edie et moi sommes toujours à Rosemere Hall. Ce matin, un visiteur est arrivé de Londres. Il apportait une rumeur particulièrement troublante. Apparemment, on murmure que notre benjamine s'est enfuie à Gretna Green avec lord Burnham. N'est-elle pas avec vous à Pinewood Manor ?

Christina sentit ses doigts se crisper sur le parchemin.

— Oh, Harry, marmonna-t-elle à mi-voix alors qu'un frisson glacial coulait le long de son échine.

Après tout, Harriet n'était pas à Pinewood Manor, ne l'était plus depuis un moment.

— Tout va bien ? demanda son mari. Vous avez l'air pâle.

Il se rapprocha et Christina lui fit signe de lire la lettre en même temps qu'elle.

Je t'en prie, réponds-moi au plus vite. Je ne souhaite pas alerter nos parents et les inquiéter à propos de ce qui n'est peut-être qu'une rumeur perfide.

Toutefois, je me fais du mouron. Même si Harriet a toujours été imprévisible, cela ne lui ressemble pas. N'a-t-elle pas toujours proclamé qu'elle ne se marierait jamais ?

Je prie pour qu'elle se trouve toujours saine et sauve à Pinewood Manor. Toutefois, si ce n'était pas le cas, Grannie Edie insiste pour que tu informes immédiatement le duc de Clements de la situation, bien qu'elle refuse de me dire pourquoi.

Ta sœur dévouée et très anxieuse,

Juliet

— Lord Burnham ? demanda Thorne qui se tourna pour la regarder, un pli profond lui barrant le front. Le nom ne m'est pas familier. Qui est-il ?

Regardant toujours la lettre, Christina secoua la tête. Son esprit courait dans tous les sens, essayant de comprendre.

— Une simple connaissance, rien de plus, répondit-elle en se tournant vers son mari. Je ne comprends pas. Pourquoi Juliet penserait-elle que Harriet pourrait être ici ? Elle est partie pour Whickerton Grove il y a quinze jours.

— Ce n'est peut-être rien de plus qu'un malentendu, la rassura

Thorne en plaçant les mains sur ses épaules. Vous devriez écrire à vos parents pour leur demander où se trouve Harriet.

Toujours quelque peu confuse, Christina hocha la tête.

— Étrange, fit remarquer Thorne en regardant à nouveau le parchemin avant de soupirer. Honnêtement, je commençais à croire que peut-être le duc et elle…

Levant les yeux vers lui, Christina hocha la tête.

— Moi aussi. J'ai été surprise quand elle est partie aussi abruptement.

Elle secoua la tête, détestant la confusion qui semblait régner.

— Croyez-vous qu'ils se soient querellés ? demanda-t-il.

Christina haussa les épaules.

— Je suppose que c'est possible. Cela étant…

— Harriet est plutôt impulsive, dit prudemment Thorne. Pensez-vous qu'elle puisse être tombée follement amoureuse de Burnham ?

Christina ne parvint pas à contenir une grimace.

— J'ai du mal à le croire. Elle n'a jamais paru apprécier lord Burnham, malgré tous ses efforts pour l'impressionner.

Encore une fois, elle secoua la tête.

— Non, Harriet ne s'enfuirait pas pour se marier. Pas elle !

Elle leva les yeux vers son mari.

— Quelque chose cloche. Vraiment.

Lui tenant les mains, Thorne hocha la tête.

— Asseyez-vous et écrivez à vos parents ainsi qu'au duc. Nous ferons livrer les lettres aujourd'hui même.

Il lui serra doucement les mains.

— Alors, nous en saurons davantage.

Hochant la tête, Christina s'assit à son bureau et sortit rapidement du papier et une plume.

— Oh, Harry, qu'as-tu fait ?

Harriet avait toujours été audacieuse, mais jamais téméraire. Si elle souhaitait réellement s'enfuir pour se marier, elle aurait laissé un mot. Elle ne disparaîtrait pas sans donner de nouvelles, leur faisant vivre un enfer.

Christina en était certaine.

Alors que s'était-il passé ?

FIN

Merci d'avoir lu *Un baiser fâcheusement magique* !

Si vous voulez en lire plus sur la famille Whickerton, allez jeter un œil à *Un baiser absolument catastrophique* (l'histoire d'Anne), *Un baiser diaboliquement enchanteur* (l'histoire de Louisa) et *Un baiser agréablement dévastateur* (l'histoire de Leonora).

À PROPOS DE BREE

Auteure primée figurant dans les listes de best-sellers de USA Today. Depuis toujours passionnée par le langage (même si elle n'est pas grammairienne !), Bree Wolf est rarement vue sans un livre à la main ou les doigts collés à un clavier. Quand elle cherchait sa voie, elle a enseigné l'anglais en tant que langue étrangère, a voyagé à l'étranger et a travaillé pour une agence de traduction ainsi qu'un cabinet d'avocats en Irlande. Elle a mis de très longues années pour décrocher sa licence en anglais et sciences de l'éducation, suivie par une maîtrise en traduction spécialisée, alors qu'elle aurait simplement souhaité devenir écrivaine. Même si la vie d'écrivaine n'est pas facile, ses rêves sont enfin devenus réalité.

Un grand merci à ma bonne fée !

Présentement, Bree a trouvé sa place dans le monde des romances historiques et elle rédige des romans et des nouvelles dont l'intrigue se situe à l'époque de la Régence. Appréciant le mélange des faits et de la fiction, elle se sent parfois comme une marionnettiste. En effet, elle place ses personnages dans des situations toujours nouvelles qui mettront à l'épreuve leur force de caractère, leurs croyances, et leur amour, avec l'espoir qu'au final, ils triompheront et trouveront le bonheur parfait dont nous rêvons tous.

Connectez-vous avec Bree et restez au courant des nouvelles parutions :

- facebook.com/breewolf.novels
- x.com/breewolf_author
- instagram.com/breewolf_author
- amazon.com/Bree-Wolf/e/B00FJX27Z4
- bookbub.com/authors/bree-wolf